插图本
名著名译
丛书

傲慢与偏见

Pride and Prejudice
Jane Austen

插图本名著名译丛书

〔英〕简·奥斯丁 著

张玲 张扬 译

Jane Austen
PRIDE AND PREJUDICE

图书在版编目(CIP)数据

傲慢与偏见/(英)简·奥斯丁著;张玲,张扬译.—北京:人民文学出版社,2017
(插图本名著名译丛书)
ISBN 978-7-02-013067-2

Ⅰ.①傲… Ⅱ.①简…②张…③张… Ⅲ.①长篇小说—英国—近代 Ⅳ.①I561.44

中国版本图书馆 CIP 数据核字(2017)第 170841 号

责任编辑	马爱农 翟 灿
装帧设计	刘 静
责任印制	徐 冉

出版发行　人民文学出版社
社　　址　北京市朝内大街166号
邮政编码　100705
网　　址　http://www.rw-cn.com

印　　刷　三河市延风印装有限公司
经　　销　全国新华书店等

字　　数　276千字
开　　本　880毫米×1230毫米　1/32
印　　张　10.25　插页3
印　　数　1—10000
版　　次　1993年7月北京第1版
印　　次　2018年6月第1次印刷

书　　号　978-7-02-013067-2
定　　价　28.00元

如有印装质量问题,请与本社图书销售中心调换。电话:010-65233595

出 版 说 明

人民文学出版社自上世纪五十年代建社之初即致力于外国文学名著出版,延请国内一流学者论证选题,优选专长译者担纲翻译,先后出版了"外国文学名著丛书""世界文学名著文库""二十世纪外国文学丛书""名著名译插图本"等大型丛书和外国著名作家的文集、选集等,这些作品得到了几代读者的认可。丰子恺、朱生豪、傅雷、杨绛、汝龙、梅益、叶君健等翻译家,以优美传神的译文,再现了原著风格,为这些不朽之作增添了色彩。

2015年,精装本"名著名译丛书"出版,继续得到读者肯定。为了惠及更多读者,我们推出平装版"插图本名著名译丛书",配以古斯塔夫·多雷、约翰·吉尔伯特、乔治·克鲁克香克、托尼·若阿诺、弗朗茨·施塔森等各国插画家的精彩插图,同时录制了有声书。衷心希望新一代读者朋友能喜爱这套书。

人民文学出版社
2018年1月

前　言

十八世纪末叶，英国小说似乎发展到了一个滞留阶段。从这个世纪之初开始，以丹尼尔·笛福和乔纳森·斯威夫特为前导，英国小说经过亨利·菲尔丁、塞缪尔·理查森等小说大家的昌隆盛世，到此时已显出"世纪末"的征候。社会上流行的对上述作家的效颦之作，使得晚餐后壁炉前的家庭阅读活动变得索然无味，而当时正在时兴的哥特式小说，又以它那离奇、恐怖的情节将读者的神经刺激得麻木不仁。正当这样一个时候，英格兰中南部汉普顿郡的斯蒂文顿镇出了个令人耳目一新的女作家简·奥斯丁（1775—1817）。

奥斯丁是牧师的女儿，自幼和父母兄弟姐妹一起，住在父亲任职教区的牧师住宅里，过着祥和、小康、半自给自足的乡居生活。她早年只上过初等学校，主要受教于父亲和自学，从中获得广博的知识和良好的修养。奥斯丁二十五岁时，父亲退休，不久逝世，她即随家人先后迁居巴斯、南安普顿、乔顿等地，最后在温彻斯特养病，并逝世于此。奥斯丁的一生短促而又平淡，但她就是在这样的生活环境中，创造出了奇迹。她从十一二岁就开始文学习作，此后在平庸的家居生活中，一直默默无闻地坚持小说创作。她终生未嫁，将自己的作品视为"宝贝儿"。她成书发表的作品，只有六部篇幅不大的小说，总共约一百五十万字左右。出版之初，销行数量有限，并未引起很大轰动，但就是这有限的文字，为她在英国小说史上争得显要地位，使她成为十九世纪与瓦尔特·司各特齐名的又一座英国小说的丰碑。

奥斯丁创作的小说，几乎都经过长时间的反复修订改写，而且有时是几部小说交叉进行修改。她发表的第一部小说是《理智与情感》(1811)。

《傲慢与偏见》(1813)是她的第二部作品。这两部小说,连同她逝世后发表的《诺桑觉寺》(1818),都写于十八世纪九十年代,通常算做她的前期作品。《傲慢与偏见》一般被视为前期代表作。她的另外三部小说《曼斯菲尔德庄园》(1814)、《爱玛》(1816)和《劝导》(1818),写于十九世纪,属后期作品。《爱玛》被认为最有代表性,更有人认为其艺术价值甚至在《傲慢与偏见》之上。但是经过近两个世纪时间的考验,《傲慢与偏见》所拥有的读者,始终胜于《爱玛》;而奥斯丁自己也认为《爱玛》在才智情趣方面,较《傲慢与偏见》略逊一筹①。

  读了奥斯丁的作品,自然会得到一种印象:正如她自己所说,她的小说所涉及的范围,只是一个村镇上的三四家人②,同奥斯丁本人的生活和社交圈子一样;她的小说又多以女主人公为主要角色,也同奥斯丁本人以及亲友当中的中产阶级淑女一样;奥斯丁的其他一些人物,有贵族商贾人家有闲的老爷、太太、少爷,以及他们在军队中供职的中青年亲属,还有当时社会上必不可少的教区牧师等,这也都是奥斯丁和她的家人平素交往的亲朋邻里。构成奥斯丁小说情节的,大体不外乎居室壁炉前和会亲访友中有关婚姻、财产的闲谈,集市、教堂、舞会、宴饮等场合的蜂追蝶逐,谈情说爱,中途经过一连串"茶杯中"的小小波澜,最后总是男女主人公和其他对应男女纷纷来个"他们结了婚,以后一直很幸福"③。《傲慢与偏见》大体亦未脱离这类格局。它的中心故事是本内特太太嫁女儿。主要相关人物确实不过三四户人家。结局是五个女儿嫁出去三个,其余两个也都适得其所;另外在不知不觉当中,还解决了一位邻家大女的燃眉之急。

  这部小说虽然主要篇幅都是谈婚论嫁,通常却不被视为爱情小说,而被称为世态(或风俗)小说。因为作家在这部书中是把恋爱和婚姻过程置于比一般言情小说略微宽广的社会环境中去处理的。恋爱、婚姻的男女双方当事人的活动,大多是开放性的、理性的、现实的,很少有通常言情

---

① 据简·奥斯丁致当时一位王室的藏书主管克拉克先生的信(1815年12月11日)。
② 据简·奥斯丁致其侄女安娜·奥斯丁的信(1814年9月9日)。
③ 引自托马斯·哈代:《英国小说中的真实坦率》(1890年)。

小说的浪漫激情。通过婚姻恋爱当事人对事件的态度、认识以及相关人物的反应,读者可以看到当时中产阶级社会普遍的世态风习,诸如对社会和人生至关重要的婚姻与财产二者之间的关系、十七世纪资产阶级革命之后英国封建等级制度瓦解过程中社会阶级关系和人际关系的变化,女性意识的觉醒等等。

一般世态小说常常带有通俗浅显的特点,《傲慢与偏见》经过了两个世纪的阅读和批评,却能始终引起长盛不衰、雅俗共赏的兴趣,并对一代代后起作家发生影响,自然有其多方面的原因。从历史的角度看,《傲慢与偏见》和奥斯丁的其他小说,反映了她那个时代的世态人情,在英国小说史上开辟了写实的世态小说之先河。然而奥斯丁的价值,既是历史性的,同时又是现世性的。关于她的现世性,历来都有研究者从各自的角度做种种解释,其实还是奥斯丁自己的话,也是日后屡屡为人引用的话,最能准确概括其本质内涵:"……有些作品,其中展示了才智最强大的力量;其中作者以最精心选择的语言向世人传达了对人性最透彻的了解、对这种丰富多彩的人性恰到好处的描绘,以及对机智幽默最生动活泼的抒发。"[①]奥斯丁对优秀作品所必须具备的要素的阐述,正可用来衡量她自己的小说。而对她的小说来说,这几句话中关键的词语是"对人性最透彻的了解","对机智幽默最生动活泼的抒发",还有"最精心选择的语言"。

"对人性最透彻的了解",表明了《傲慢与偏见》思想内容方面的本质。

奥斯丁在构筑这部小说引人入胜的故事情节时,总是以具有鲜明个性的人物的活动(包括外在动作和内心活动)为载体的。奥斯丁是一向公认的善于塑造形象的小说家,而且她塑造人物形象的重点不在外表,而在内心。英国二十世纪著名小说家爱·摩·福斯特著名的"圆形人物"说,主要就是以奥斯丁的人物为例的[②]。多半是作家本人的性别使然,奥

---

① 见《诺桑觉寺》第五章末段。
② 见福斯特:《小说面面观》第四章。

斯丁小说中的女性人物，无论是数量还是质量，往往都比男性为盛；而且每个人物都各有鲜明个性，少见雷同。在这方面，《傲慢与偏见》尤其显得突出。它的众多女性人物，从最重要的主人公伊丽莎白·本内特，直到极其次要的陪衬人物德伯格小姐，都有自己独有的特色。她们各自既具有时代特征，又因所体现的为作者透彻了解的人性而为世世代代的读者所认同。伊丽莎白这个女主人公，更是早已成为英国小说人物画廊中一个无可取代的女性形象。她那秀外慧中的个人素质，她那充满理性的爱情婚姻观念和实际选择，以及她最后所获得的圆满归宿，都充分表达了女作家本人对做人，对爱情婚姻以及对全部人生的理想。而伊丽莎白那种独立不羁，蔑视权贵，敢作敢为的表现，恰恰体现了当时的先进思想，使她成为小说中女性追求独立人格和婚姻自主权利的一名先锋人物。

一些批评家曾经提出，奥斯丁的创作题材多是平凡人物的日常琐事，缺乏像菲尔丁、司各特那样紧扣时代琴弦奏出的强音，而且她对当时发生的法国大革命这样震惊世界的历史事件无动于衷。其实像伊丽莎白这样一个无钱无势的弱小女子，在争取幸福婚姻和美好前途上所做的种种努力，在当时社会条件下也不啻是非同小可的壮举。这反映了当时尚未取得稳固政治地位和社会荣誉的新兴中产阶级争取权力的斗争。这部小说的题目，从初稿时的《初次印象》改为后来的《傲慢与偏见》，正好强化了一定范围和程度的阶级冲突：男主人公的傲慢和女主人公的偏见（或说成见）都带有明显的阶级属性，他们在爱情上遭逢的种种挫折，并非出于彼此偶然的误会，或有小人从中拨弄，而是由于处在不同阶级地位的双方之间横亘着一条无可回避的鸿沟。伊丽莎白身为缺少妆奁资财的平民少女，仅凭人格的魅力和个人的优良素质，赢得名门望族、财势两旺的贵族少爷真心倾慕，最后与其结为佳偶，依照神话原型的模式来看，这又是灰姑娘故事的一个翻版。但是联系这部小说的历史背景来看，它确实反映了当时英国平民资产阶级地位的升迁；同时这也正是对当时正在进行的法国大革命中自由、平等呼声一个遥远曲折的回应。在奥斯丁的其他几部小说中，有时也能听到这种声音，但都似乎显得较为微弱。

"精心选择的语言"和"机智幽默"代表了《傲慢与偏见》艺术形式方

面的本质。

奥斯丁处于那样的时代,身为普通家庭妇女而为文,加上她那种以自己最熟悉的身边事物为素材的写实作风,再加上她作品中表现出的那种自然流畅的风格,起初她曾被理解为一位不自觉的作家。意思无非是说,她仅凭本能而写作,既无创作理论和主张为指导,也不考究写作方法和技巧。但是如前所述,奥斯丁在她的书信和早期作品《诺桑觉寺》中,都曾明确申述过自己的创作主张。此外,在那部《诺桑觉寺》中,通过对女主人公读哥特式小说走火入魔、到朋友家老宅做客时见神见鬼而出尽洋相的描述,她讽刺了流行一时的哥特式小说;在《理智与情感》中,通过对一些貌似多愁善感、实为自私自利、自我中心的人物的刻画,她又讽刺了当时社会上和小说中的一种时髦习尚——感伤主义。奥斯丁以自己的创作实践直接或间接地表明,她对小说艺术有所肯定,有所否定,从这一意义说,她也不应被视做不自觉的小说家。

奥斯丁遣词造句的精练考究,恐怕只有细读原文才能尽情领略。英国的批评家曾说,《傲慢与偏见》中的叙述,像诗似的对仗匀整,富有节奏;它的对话,像剧似的自然流畅,妙趣横生。这部小说之所以浅显而不浅薄,流畅而不流俗,正是由于作家的字斟句酌,反复推敲,而非仅凭妙手偶得。奥斯丁自己也说过,她创作小说,像是用一支又尖又细的画笔,在小小的一块象牙上轻描慢绘①。这从她那些存留至今的大量手稿中也可得到印证。

《傲慢与偏见》中的机智幽默,无疑正是作家本人才智的自然流露,这不仅表现在她对人物性格的把握上,而且更突出地表现在她的喜剧风格和对话上。珍藏至今的有关简·奥斯丁的原始传记性资料告诉我们,这位在人世上仅仅生活了四十二个春秋的女作家本人,是一位极为聪颖理智,敏于观察而又富有幽默感的英国女子,她那过人的智力与才情在小说中常常通过幽默与讽刺得到传达。在《傲慢与偏见》中,奥斯丁的幽默和讽刺通过多种渠道,特别是通过本内特太太和柯林斯先生这两个喜剧

---

① 据简·奥斯丁致其侄女爱德华·奥斯丁的信(1816年12月16日)。

人物，达到了珠联璧合。英国小说中的幽默和讽刺，早在奥斯丁之前，就经斯威夫特和菲尔丁等大作家开创了基业，但是这些男性作家所代表的，是一种夸张、明快、一针见血的风格。奥斯丁的幽默和讽刺则应属于另一类型。她不动声色，微言大义，反话正说，令人常感余痛难消。奥斯丁在英国小说的幽默和讽刺传统中，无疑也曾亲手铺垫过一块重要的基石。

张　玲

一九九二年十月

目　次

第一卷··· 1

第二卷·· 109

第三卷·· 196

第 一 卷

第 一 章

饶有家资的单身男子必定想要娶妻室,这是举世公认的真情实理。

正是因为这个真情实理家喻户晓深入人心,这种人一搬到什么地方,尽管他的感觉见解如何街坊四邻毫不了解,他就被人当成了自己这个或那个女儿一笔应得的财产。

"我亲爱的本内特先生,"本内特太太有一天对丈夫说,"你听说了吗?内瑟菲德庄园到底还是租出去了。"

本内特先生回答他没听说。

"可确是租出去了,"她又说道,"郎太太刚才来过,她把这件事通通都告诉我了。"

本内特先生没答腔。

"难道你不想知道,是谁租下的吗?"他太太急得直喊。

"既是你想告诉我,我岂能不洗耳恭听。"

这就足以逗得太太接着讲了。

"嗨,亲爱的,你可要知道,郎太太说,租内瑟菲德庄园的是英格兰北边来的一个年轻人,有大笔家当;说他星期一坐了一辆驷马轿车来看了房子,一看就十分中意,马上跟莫里斯先生租妥,说要在米迦勒节①以前就

---

① 米迦勒节在每年的九月二十九日,为英国四大结账日之一,各种租约、合同多习惯于这天开始。

搬进去,而且他的几个用人下个周末就要先住进去了。"

"他姓什么?"

"宾利。"

"他成亲了,还是单身?"

"哦,单身,我亲爱的,一点儿不错!一个有大笔家产的单身汉;每年四五千镑,这对咱们的几个姑娘是件多好的事呀!"

"怎么个好法儿?这和她们有什么关系?"

"我亲爱的本内特先生,"太太回答说,"你怎么这么烦人!你要知道,我这是在捉摸着他会娶她们中的哪一个呢。"

"他住到这儿来就是打的这个主意吗?"

"打主意!瞎胡说,亏你说得出口!不过,倒是很有可能他兴许看上她们中的哪一个呢,所以他一来你就得去拜会他①。"

"我看没那必要。你跟姑娘们可以去,要不然你就打发她们自己去;这样也许倒更好,因为你那么标致,比她们谁都不差,你一去,宾利先生也许倒先看上你了。"

"我亲爱的,你过奖了。我确实也一样美过。不过现在我可不硬充还有什么过人之处了。一个女人有了五个长大成人的闺女,就不该再为自己的美貌多费心思了。"

"如此说来,女人也并不总是为美貌要去多费心的喽。"

"不过我亲爱的,等宾利先生搬到这里来,你可真得去看看他呀。"

"我得让你明白,我可没应许过那么多。"

"可是顾念顾念你的女儿们吧,哪怕只是想一想,这对她们中的哪一个也许会是份儿多大的家当呀。威廉爵士夫妇②决定要去拜会,纯粹就是为的这个。你知道,他们通常是不去拜会新邻居的。真的,你一定得去,你要是不去,我们娘儿几个就没法儿去拜会他了。"

"你可真是太墨守成规了。我认为,宾利先生一定很乐意见你们。

---

① 英国风俗,新邻居迁来,附近老住户的男家长应先去拜会。
② 即威廉·卢卡斯爵士夫妇。

我还可以写封短信让你们带去,告诉他无论他要娶哪个选中了的姑娘,我都热诚应允;不过我得给我的小丽琪①说上几句好话。"

"我求你别干这种事。丽琪一点儿也不比别的几个强。我敢说,论端庄标致,她还不及简的一半,论脾气随和,她也不及莉迪亚的一半。可是你老是偏向她。"

"她们哪一个也没多少值得夸的。"他回答说,"她们全都又蠢又笨,跟别的女孩儿一样;倒是丽琪比她那几个姐妹还有点儿伶俐劲儿。"

"本内特先生,你怎么能这样子作践你自己的孩子呢?你这是拿激我冒火取乐子。你一点也不体恤我神经脆弱。"

"你错怪我了,我亲爱的。我非常看重你的神经,它们是我的老朋友了。至少这二十年来我是一直听着你煞有介事地谈论它们的。"

"唉!你不知道我受的这份罪哟。"

"不过我还是希望你会熬过来,活到亲眼看见好多每年有四千镑的年轻人搬到附近来。"

"你既是不肯去拜会他们,就是有二十个这号人搬了来,对咱们也没用。"

"你放心,我亲爱的,等来了二十个,我准要全都去拜会。"

本内特先生可真是刁钻古怪。他善于谐谑,又能不露声色,还好突发奇想,简直是集敏捷机智于一身了。他太太积二十三年之经验,还是没能摸透他的脾气。她的心思,倒不是那么不易显露。她是个缺乏悟性,孤陋寡闻,喜怒无常的妇人,遇事不能称心如意的时候,就自以为是神经有毛病。她一辈子的正经营生就是把女儿们都嫁出去;她一辈子的赏心乐事就是会亲访友,探听消息。

第 二 章

本内特先生是最早拜访宾利先生的人之一。他一直都在打算去拜会

---

① 丽琪是二女儿伊丽莎白的爱称。

他,可是顶到最后还对太太说他不去,而且等到他都拜访过后当天晚上她才知道。这件事是这样透露出来的:他看着他的二女儿正在拾掇一顶帽子,突然对她说:"我希望宾利先生喜欢这顶帽子。"

"既然不去拜会,我们可没法知道宾利先生喜欢什么。"她母亲直抱怨。

"可是,妈妈,你不记得了,"伊丽莎白说,"我们可以在舞会上碰见他。郎太太答应过要把他介绍给我们。"

"我才不信郎太太会干这种事儿呢。她自己也有两个侄女。她是个又自私又虚伪的人,我对她可没什么好说的。"

"我也没有,"本内特先生说,"听到你不指望她给你帮忙,我很高兴。"

本内特太太不屑再作任何回答,可是自己又按捺不住,就申斥起一个女儿来了。

"看在老天爷的分儿上,别老是那么一个劲儿地咳嗽了吧,基蒂①!体恤体恤我的神经吧,你都快把它们震碎了。"

"基蒂咳嗽得太不小心在意了,"她父亲说,"她选的时候不对。"

"我又不是自己咳着玩的。"基蒂没好气地回答。

"你们下一次舞会定在什么时候,丽琪?"

"从明天起再过两个星期。"

"啊,原来是这样的呀,"她母亲嚷起来,"郎太太到舞会的前一天才回得来,这样她就不可能介绍宾利先生了,因为她自己也还没认识他呢。"

"那么,我亲爱的,你可就要比你那位朋友强了,而且可以向她介绍宾利先生了。"

"没有的事儿,本内特先生,没有的事儿,连我自己都还没和他交往过呢;你怎么能这样嘲弄人呢?"

"你虑事周全本人深表敬佩。交往才两个星期确实不足挂齿,谁也无法在两个星期之内了解一个人究竟如何。但是假如我们不冒险一试,别的什么人也会;郎太太和她两个侄女终归也得去试试的;再说无论如何

---

① 基蒂为四女儿凯瑟琳的爱称。

"I hope Mr Bingley will like it"

[Copyright 1894 by George Allen.]

她会把这么做看成是一番好意,所以你要是不肯介绍,那就让我自己来介绍好了。"

几个女孩子都直愣愣地瞪着父亲。本内特太太只是说:"胡说八道,胡说八道。"

"你这样大喊大叫是什么意思?"本内特先生大声说,"难道你认为给人作介绍等等这套礼节,还有强调这些礼节,都是胡说八道?这我可完全不能赞同你。玛丽,你说呢?我知道你是位见解深刻的年轻女士,你还读过大部头的书,还做了札记。"

玛丽希望说些非常得体的话,可是又不知道怎么说。

"趁玛丽斟酌她的意见的时候,"本内特先生接着说,"咱们还是回过头来谈宾利先生吧。"

"我腻烦宾利先生。"本内特太太嚷着。

"听你这么一说我可真后悔,可是你怎么不早点儿这么告诉我呢?如果我今天早上就知道了,我肯定就不去拜访他了。我可真是太糟糕了;可是,既然我实实在在拜会过了,咱们现在就没法儿不跟他交往了。"

果然不出他所料,太太小姐们都大吃一惊,而本内特太太比其他人更甚;不过等到一阵欢呼雀跃过后,她却声言,这件事早在她的意料之中。

"你这个人真好,我亲爱的本内特先生!不过我早就知道,我到头来会说服你。我肯定你那么疼爱女儿,就绝不会把这么一档子交往不放在心上。哈,我多高兴呀!你今天早上就去了,直到刚才还一声不吭,你这个玩笑开得真绝。"

"好了,基蒂,你现在想咳多久就咳多久吧。"本内特先生说,并且一边说,一边走出了屋子,他太太那种疯疯癫癫的样子让他看着心烦。

"姑娘们,你们有个多了不起的爸爸呀!"门一关上,本内特太太就说,"我不知道你们要怎样报答他的恩情,或是为这件事报答我。我可以告诉你们,到了我们这把年纪,天天去交新朋友可不是桩轻松的事;可是为了你们,我们什么事都愿意干。莉迪亚,我的宝贝儿,尽管你是最小的,我敢说再举行舞会的时候宾利先生准会跟你跳舞。"

"啊!"莉迪亚勇气十足地说,"我才不怕呢,因为虽然我是最小的,可我个儿最高。"

当天晚上剩下的那段时间,她们都花在了猜测宾利先生回访得会有多快和断定应该什么时候请他来吃饭上。

第 三 章

尽管本内特太太有五个女儿帮忙问这问那,还是没能从她丈夫的描述中对宾利先生得出个明确印象。她们千方百计对他下功夫;厚着脸皮盘问,费尽心机揣摩,望风扑影猜测,但是,不管她们的手段多么高明,他都躲闪腾挪开了,无奈她们最后只好听取邻居卢卡斯夫人的第二手情报。她的报道尽说好话。威廉爵士很喜欢他。他十分年轻,一表人才,极其平易近人,而且更妙的是,他还准备带一大帮人一起来参加下次舞会,这真是令人再高兴不过了。喜欢跳舞恰恰就是向堕入情网迈出的一步;大家都满怀希望,要博得宾利先生的好感。

"我只要看到哪个女儿有福气在内瑟菲德庄园有个归宿,"本内特太太对丈夫说,"另外几个女儿也都嫁了好人家儿,我就什么也不再想了。"

没过几天,宾利先生就来回拜本内特先生,在书房里跟他坐了大约十分钟。他本来满心盼望一睹年轻小姐们的丰姿,因为她们的美貌动人他早有风闻;但是他只见到了她们的父亲。倒是太太小姐们更为走运,她们从楼上的窗口看得一清二楚,他穿的是蓝外衣,骑的是匹黑马。

不久就发出了宴请帖子,本内特太太早已计划好了各道菜,都是能为她挣得持家有方的美名的,可是回信一来却把这一切都推迟了。宾利先生第二天一定要到城里去①,因此无法接受他们的盛情邀请,如此等等。本内特太太甚至焦虑不安。她无法想象,宾利先生刚到哈福德郡不久,究竟会有什么要事得马上又进城。于是她担起心来:他也许老是东跑西颠,

---

① 指去伦敦。

而不会安分地住在内瑟菲德庄园。卢卡斯夫人灵机一动,想到他上伦敦只是为了弄一大帮人来参加舞会,这才让本内特太太稍稍放了心。紧接着消息就传开了,说宾利先生还要带十二位女宾和七位男宾来参加舞会,这么多女宾让太太小姐们很是发愁,但是到舞会的前一天,又听说他从伦敦并没带来十二位女宾,而只是六位,其中五位是他的姐妹,另一位是他的表姐妹,大家这才松了口气。等到这一行人走进舞会会场,却一共只有五个:宾利先生,他的两个姐妹,他的姐夫,还有另一位年轻人。

宾利先生仪表堂堂,具有绅士风度,而且满面春风,平易近人,毫不装腔作势。他的姐妹也都仪态万方,言谈举止入时随分。他姐夫赫斯特先生看来不过是个上流社会的绅士而已,但是他的朋友达西先生身材魁伟,相貌英俊,气宇轩昂,很快就引起了整个舞厅的注目。他进来还不到五分钟,消息就传开了,说他每年有万镑收入。先生们断言他一表人才,有男子气概;太太小姐们宣称他比宾利先生英俊得多。差不多有半个晚上,大家都用羡慕的目光盯着他,一直到后来他的举止引起了大家的厌恶,又使他这阵走红急转直下,因为大家发现他傲慢自大,高人一等,难于接近,就算他在德比郡广有产业,也无法抵消他那副极其可畏可憎的面目;他同他的朋友简直无法相提并论。

宾利先生不久就结识了在场的所有主要人物;他生气勃勃,直率洒脱,每场舞都跳,还因为舞会散得太早而不高兴,说他要亲自在内瑟菲德再举行一次舞会。这些可亲可近的品性,不言自明。他和他的朋友真有天壤之别!达西先生只和赫斯特太太跳过一场,和宾利小姐跳过一场,人家向他介绍别的哪位太太小姐,他都一概谢绝。整个晚上其余的时间,他都在舞厅里到处溜达,偶尔跟他自己那一帮人中的一位聊聊。他的脾气果断倔强。他是世界上最骄傲自大,最讨人厌的人了,谁都希望他切勿再次光顾。本内特太太就属于对他最为反感的人之一。她讨厌他整个的言谈举止,又因为他曾经小看过她的一位千金,对他更是变本加厉地憎恶。

因为男宾人少,有两场舞伊丽莎白·本内特只好枯坐一旁,就在这段时间,达西先生有一会儿工夫站在离她很近的地方,她无意中听到他同宾利先生的一段谈话,那会儿宾利先生没有跳舞,走过来催这位朋友去跳。

"来吧,达西,"他说,"我一定得让你跳。我见不得你愣头愣脑独自呆着那副样子。你顶好还是去跳舞。"

"我决不跳。你知道我多恨跳舞,除非我跟舞伴特别熟。像这样的舞会,简直让人待不下去。你的两位姐妹都搭好了伴儿,跟这座舞厅里随便哪个别的女人跳,没有不让我活受罪的。"

"我可不像你那样吹毛求疵,"宾利大声说,"太犯不上。凭良心说,我这辈子也没见到像今天晚上这么多顺眼的姑娘;其中有几位,你看,真是非同寻常的俊俏。"

"你的确是在和舞厅里唯一标致的姑娘跳。"达西先生一边说,一边看着本内特家的大小姐。

"哦,她的确是我所见过的绝色美人儿!可是她有个妹妹就坐在你后面,也非常漂亮,我敢说,也很可爱。让我求我的舞伴给你介绍吧。"

"你指的是哪一位?"达西说着转过身去,朝伊丽莎白看了一会儿,等碰到她的目光,他才收回自己的目光,冷冷地说,"她还算可以,但是还没有标致到能让我动心。我现在可没有那种兴致,向那些遭到别的男士白眼的年轻小姐投去青睐。你最好还是回到你的舞伴那儿去欣赏她的笑容,跟我一起只是浪费时间。"

宾利先生听从了他的劝告,达西先生也走到一边去了,伊丽莎白还留在那儿,当然对他没有什么好印象。然而,她还是兴高采烈地把偶然听到的这件事告诉了几位朋友;因为她生性活泼,爱开玩笑,遇到任何荒谬的事情都觉得开心。

这一家人整个晚上都过得很愉快。本内特太太亲眼得见她那位长女备受内瑟菲德庄园那帮人赞赏。宾利先生曾经和她跳了两场舞,而且他的姐妹对她特别垂青。简同她母亲一样,为这件事也很得意,不过比较含蓄。伊丽莎白对简的欢快感同身受。玛丽曾经听到别人对宾利小姐提起自己,说她是邻近一带最为多才多艺的姑娘。凯瑟琳和莉迪亚十分幸运,每场舞都不缺舞伴,她们在每一次舞会上也只学会了去注意这件事。她们因此都兴致勃勃地返回自己居住的朗博恩村,她们正是这里的首户。她们发现本内特先生一直还没睡,他向来是只要一书在手就不问晨昏;而眼前的情况却是出于他对晚会的结果极为好奇,切望了解,因为它曾经引起大家那样五光十色的想望。他原来倒是宁愿他太太对这位新来的人的希望会全部落空,可是他很快就发觉,他要听到的完全是另一番光景。

"啊!我亲爱的本内特先生,"她一跨进屋门就说,"我们今天晚上过得痛快极了。舞会太棒了。你要是去就好了。大家那样夸赞简,没什么能比得上这个。人人都说她长得好看;而且宾利先生认为她美丽动人,同她跳了两场舞。你就只想想这个吧,我亲爱的。他确确实实同她跳了两场,舞会上他邀请跳第二场的,只有她一个人。他先邀请了卢卡斯小姐。看见他同她站在一起,我真发愁。可是他对她压根儿就没夸过。其实,你知道,谁也不会夸她。等到简走到下首准备起跳的时候,他好像就十分着迷。于是他打听她是谁,经过介绍,就邀请她跳下一场的双曲①,后来第三场的双曲他同金小姐跳,第四场的双曲同玛丽亚·卢卡斯跳,第五场的双曲又同简跳,第六场的双曲同丽琪跳,然后就跳布朗热②……"

"他要是对我有一点儿体恤之情,"她丈夫不耐烦地喊起来,"就不会跳那么多舞,连一半也不会!看在老天爷的分上,别再唠叨他那些舞伴了吧。唉,要是他跳第一场舞脚脖子就崴了该多好!"

"啊!我亲爱的,"本内特太太接着说,"我可非常喜欢他。他真是漂亮透顶了!他的两个姐妹也很有魅力。我这一辈子也从来没有见过像她们那么高雅的服装呀。我敢说,赫斯特太太那件长袍上面的花边……"

她说到这儿又给打断了。本内特先生反对再谈什么华衣美饰,因此她只好在这方面另找别的话茬儿。接着她就以尖酸刻薄而又过甚其词的口吻,谈起达西先生那种令人震惊的粗暴无礼来了。

"不过你可以放心,"她加了一句,"丽琪不合他的口味,倒也没有多少损失;因为他是个最讨人厌、招人恨的人,根本犯不上去叫他顺心。那么高傲,那么自负,谁去受他那一套!他一会儿溜达到这儿,一会儿溜达到那儿,自以为有多么了不起!一块儿跳跳舞还嫌人家不够标致!你要

---

① 据英国当时风俗,每场舞连奏双曲。
② 布朗热为法国一种乡间舞,起源于法国大革命时代。

在那儿就好了,我亲爱的,可以训他一顿。我对这个人可真是深恶痛绝了。"

第 四 章

简一直谨口慎言,对宾利先生没有轻易赞美,待到只有她和伊丽莎白呆在一起的时候,才向妹妹表白,她对宾利先生是多么爱慕。

"年轻人应当什么样,他刚好就是什么样,"简说,"通情达理,脾气随和,人又活泼;我从来没见过这么得体的风度!——那样潇洒自如,又有那样完美的教养!"

"他也很有气度,"伊丽莎白回答,"只要可能,青年男子就该这样。所以,他的人品很完美。"

"他第二次邀请我跳舞,我真感到太荣幸了。我从没想到会这么受人敬重。"

"你没想到吗?我可为你想到了。这正是你和我迥然不同的地方,一受到敬重你总是受宠若惊,我却不然。他再一次邀请你,不是再自然也不过的事吗?他难道看不出,你比舞场里哪个女的都要漂亮上十倍。他是为了这个对你殷勤的,用不着过意不去。不错,他确实挺讨人喜欢的,你尽管去喜欢他好了。以前你不是也喜欢过比这还蠢的家伙吗。"

"亲爱的丽琪!"

"唉!你是知道的,你通常总是太容易喜欢上什么人了。无论是谁,你都看不出一点儿毛病来。在你眼睛里,普天之下都是好人,都很可爱。我这辈子从来没有听到你说过一个人不好。"

"我不愿意随随便便就苛责什么人;不过我总是怎么想就怎么说。"

"我知道你是这样的。正是这样,才让人觉得奇怪。凭你那份见识,怎么能老实得连别人的愚蠢和无聊都看不见!冒充坦白直率的事太平常了——到处都可以碰得上。但是坦率得毫无保留,不留心眼——只说别人的长处,还要加枝添叶,而又矢口不提别人的短处,这可只有你才这样。那么,你也喜欢上那位先生的姐妹了吧?她们的风度可赶不上他。"

"初看上去的确赶不上,可是你同她们一交谈,就觉得她们很讨人喜欢。宾利小姐要和她哥哥住在一起,帮他管家;将来要是我们发现她不是一个可爱的邻居,那就是我大大看错了人。"

伊丽莎白听着,沉默不语,可是并不信服。一般说来,这两姐妹在舞会上的举止并不是刻意要讨好。伊丽莎白比她姐姐观察力锐敏,脾气又没有她姐姐那样柔顺,再加上她有自己的主见,绝不会因为别人献了点殷勤就放弃,所以她不肯随便称许她们。事实上,她们都是出众的小姐,高兴的时候脾气随和,愿意的时候也会招人喜欢;但是都很矜持自负。她俩都相当标致,在伦敦第一流的私立女子学校受过教育,拥有两万镑的资财,花起钱来总是过度挥霍,而且总爱结交有身份、有地位的人,因此在各方面也就有了自视过高和小看别人的条件。她们出身于英格兰北部一个体面人家,她们对此念念不忘,远比对她们的兄弟和她们自己的财富来自经商一事为甚①。

宾利先生从父亲那里继承的遗产将近十万镑。他父亲本来打算购置一所庄园,可是生前没有来得及去办。宾利先生也同样有这个打算,时不时地还选择郡址;但是现在既然有人给他提供了一所好房子,又有个庄园可以无条件地享用,于是许多深知他那种得过且过的脾气的人就猜想,他也许会在内瑟菲德度过后半生,而留待下一代人去购置产业。

他的两个姐妹倒是切望他有一份自己的产业;不过,即使他现在只是作为房客在此定居,宾利小姐也决不会不愿意来为他代主中馈;至于赫斯特太太,她嫁了个派头大、家财小的丈夫,所以也一点没有不想在自己乐意的时候,把弟弟的这所房子当做她自己的家。宾利先生为别人的一次偶然推荐所动,来看了内瑟菲德庄园,那会儿他成年之后还不满两年②。他着实里里外外看了半个钟头,对房子坐落的位置和几间主要的屋子都很中意,确与房东的夸赞相符,于是马上租定了。

他和达西尽管性格大相径庭,却是莫逆之交。宾利让达西喜欢,是

---

① 这里指他们来自与贵族有瓜葛的乡绅人家,当时英国上流社会一般看不起生意人。

② 当时法律规定,二十一岁才算成年。

因为他脾气随和,直率、驯良,尽管这与达西自己的脾气截然相反,而他也从来没对自己的脾气有什么不满。达西很尊重宾利,因而宾利也对他十分信赖,对于他的判断也极为推崇。达西的悟性较胜一筹。宾利当然也绝没有什么短处,不过达西确实机灵。同时他又目空一切,寡言少语,吹毛求疵。他虽然教养有素,可是举止仪容却令人敬而远之。在这方面,他的朋友则远胜于他。宾利处处招人喜欢,达西却不断得罪人。

他们谈论梅里顿那次舞会的方式,足以显示各自的个性特征。宾利认为,他平生从没遇见过比这儿更和善的人和比这儿更漂亮的姑娘;每个人对他都极为亲切殷勤,大家既不拘礼,又不呆板,他很快就同在场的人都熟悉了。至于本内特小姐①,他再也想象不出会有比她更美的天使了。达西则跟他刚好相反,他看到了一大堆人,既没有什么美,也没有什么风度,他对谁都没有丝毫兴趣,从谁那儿也没有得到一点关注或是乐趣。本内特小姐嘛,他承认她还算漂亮,可是她笑得太多。

赫斯特太太和她妹妹同意这种看法,不过她们还是夸赞她,喜欢她,并且断言她是个漂亮可爱的姑娘,她们不会不再和她交往。于是本内特小姐就被公认为一个漂亮可爱的姑娘,她们的弟兄则将这样赞美视为允许他对她可以要怎么想就怎么想。

第 五 章

离朗博恩不远的地方,住着一户人家,本内特家同他们过从甚密。这家的威廉·卢卡斯爵士从前在梅里顿做生意的时候,发了一笔不大不小的财;他担任市长的时候上书国王,荣获了爵士封号。可能他蒙此殊荣感受过重,使他对自己的营生和他在小市镇上的住所感到厌恶,于是把这两样全都丢弃,全家搬进离梅里顿大约一英里的一所房子里,从此名之为卢

---

① 指本内特家大女儿简。当时称呼一家的长男、长女,一般可根据姓氏而称某先生、某小姐,不必提名字。

卡斯寓。他在这里可以陶醉于自己拥有的尊荣显贵,而且由于摆脱了生意俗务的羁绊,也就可以独自对一切人都文明有礼。他虽然因为有了爵位而得意洋洋,但这也没让他目空一切。恰恰相反,他对任何人都殷勤周到。他生来就从不犯人,而且友善恳切,在圣詹姆士①觐见之后更加礼貌周全。

卢卡斯夫人是个好人,并不特别机灵,这倒使她成了本内特太太一位难得的邻居。他们夫妇有几个孩子,老大是个女儿,聪明懂事,年约二十七岁,是伊丽莎白的好朋友。

卢卡斯家和本内特家的几位小姐见见面,谈谈舞会的事,是绝对必要的;于是在那次舞会过后的第二天早上,卢卡斯家的小姐们就来到朗博恩,听听意见,交流情况。

"昨晚上你开场开得很好,夏洛蒂,"本内特太太客客气气,很能自制地对卢卡斯小姐说,"你是宾利先生选中的第一位。"

"是呀;——可是他看来更喜欢选中的第二位。"

"啊!我想,你指的是简吧,因为他同她跳了两场。的确,这看来真像是他爱慕她——我确实相信他是——关于这件事儿,我还听到了一点——不过我还不大清楚——一点和鲁宾孙先生有关的事。"

"或许你说的是我碰巧听到的他同鲁宾孙先生的谈话吧;我难道没有告诉过你吗?鲁宾孙先生问他是不是喜欢我们梅里顿的舞会,是不是认为在舞厅里有许多漂亮的女宾,他认为哪一个最漂亮?他一开口就回答了最后一个问题——啊,毫无疑问是本内特家的大小姐,除此以外,不会有另外的看法。"

"那是一定的!——是呀,那是确定无疑的——那看来好像——不过,虽然如此,你知道,这也可能会落个一场空呢。"

"我偶然听到的比你偶然听到的要更中肯呢,伊莱莎②,"夏洛蒂说,"达西先生的话并不像他朋友的话那样,不值一听,是不是?——倒霉的

---

① 即圣詹姆士宫,为亨利八世所建,曾为英国王宫。这里指卢卡斯受爵后首次进宫。
② 伊莱莎也是伊丽莎白的爱称。

伊莱莎!——居然只说,还算可以。"

"我请求你,别把这件事再往丽琪的脑子里塞,惹得她因为他那样无礼待人而心烦。他这个人那么讨厌,要让他喜欢上了,那才真不走运呢。郎太太昨天晚上告诉我,他在郎太太旁边坐了半个钟头都没开过一次口。"

"你很有把握吗,妈妈?——该不是有点儿弄错了吧?"简说,"我确实看见达西先生对她说话来着。"

"喔——那是因为她最后问他喜不喜欢内瑟菲德,所以他不得已才回答了她一下;——不过她说,他好像很生气,不高兴人家对他说话。"

"宾利小姐告诉我,"简说,"他从来话不多,除非是在至交当中。他对他们还是特别和蔼可亲的。"

"我亲爱的,她这番话,我一个字儿也不相信。要是他真那么和蔼可亲,他早就会同郎太太说话了。不过我能够猜出是怎么一回事。大家都说他傲慢透顶了;我敢说,无论如何他也听说过,郎太太没有马车,参加舞会还是雇车来的。"

"我并不理会他没和郎太太谈话,"卢卡斯小姐说,"我倒是希望他能同伊莱莎跳舞来的。"

"我要是你,丽琪,"本内特太太说,"下一次我就不同他跳。"

"我相信,妈妈,我可以毫不含糊地向你保证,决不同他跳舞。"

"他的那种骄傲,"卢卡斯小姐说,"倒没像通常见到的骄傲那样让我气愤,因为他的骄傲还是情有可原的。一个这样出色的年轻人,家世,财产,样样事情都很优越,当然要过高估计自己,这也没什么可奇怪的。要是让我说嘛,他有权利骄傲。"

"那倒是千真万确,"伊丽莎白答道,"而且要不是他伤害了我的这份傲气,我还能很容易就原谅了他的那份傲气呢。"

"骄傲嘛,"一向以见解高明自诩的玛丽发议论了,"我认为是一种屡见不鲜的通病。根据我所研读的一切著述来看,我确信它甚为普遍。人的天性特别容易产生这种毛病。而且我们之中很少有人能够想到自己的某种品质——姑且不论它是确实存在,还是出于幻想——而不沾沾自喜的。虚荣与骄傲是截然不同的东西,然而大家常常把它们当同义词来用。一个人可能骄傲而并不虚荣。骄傲多半涉及我们自己怎样看自己,而虚荣则涉及我们让别人怎样看我们们。"

"我要是像达西先生那样有钱,"跟姐姐一起来的卢卡斯小少爷吵嚷着,"我就不去管我自己有多骄傲。我要养一群猎狐犬,还要每天喝它一瓶酒。"

"那样你就喝得太过量了,"本内特太太说,"要是我看见你喝,我就索性把酒瓶拿走。"

小家伙反驳说,她不应该那样;可是她还一个劲儿扬言她会那么办。直到拜会结束,争论才告终止。

第 六 章

朗博恩的太太小姐很快就去拜访了内瑟菲德的太太小姐。内瑟菲德的太太小姐也礼尚往来回访了她们。本内特小姐迷人的举止风度,越来越赢得赫斯特太太和宾利小姐的好感;虽然那位母亲简直令人难以容忍,几个妹妹也让人不屑交谈,宾利姐妹对本内特家两个年长的女儿还是表示了愿意同她们深交。简欣然接受了这份盛情;但是伊丽莎白却依然看到,她们对每个人都是那副目空一切的神气,连对她姐姐也毫无例外,因此她还是没法喜欢她们。而且她们对简所表现出来的那份和气,充其量也不过是由她们的弟兄爱慕简而引起的。大家眼里都看得很清楚,只要他们见面,他就表露出对她的爱慕之情;而对她来说,事情也同样明显,简一开始就属意于他,越来越受制于这种感情,已经可以说是深溺爱河了;不过,她想起来还觉得高兴的是,这件事看来一般还不大会让外人觉察出来,因为简一方面感情强烈,同时却镇定沉着,又一向情绪欢快,这样就可以使她不易举止失措,引起怀疑。伊丽莎白对自己的朋友卢卡斯小姐提到了这一点。

"这种事要是能瞒过大家,"夏洛蒂回答说,"也许是很有意思的;但是要瞒得那样严实,有时反倒不利。如果一个女人用这样的手法把感情掩盖起来,不让自己的意中人知道,那么她就有可能失去抓住他的机会;而到那时还拿反正世上的人都同样蒙在鼓里聊以自慰,也真够可怜的了。相互爱恋,差不多总有很多施恩图报或是华而不实的成分,所以放任自流是不保险的。开头我们可能都是随兴之所至——那不过是略有好感罢了;但是,我们很少有人还没得到鼓励就有勇气去动真情。在十之八九的情况下,女人所表示出来的情意,最好还是比她从对方感受到的要多一些。毫无疑问,宾利喜欢你姐姐,但是如果她不帮助他更进一步,他可能永远也不过只是喜欢她而已。"

"可是就她的性情来说,她确实是竭尽所能地帮助他了。如果说我都能看出她对他的关注,而他却看不出来,那么他一定是个大傻瓜。"

"别忘了,伊莱莎,他可没像你那样摸着了简的心思呀。"

"不过,一个女的如果对一个男的有意,而且又不故意隐瞒,那么男的一定会感觉出来的。"

"如果他见她的机会够多了,或许会感到。不过,宾利和简虽然还算经常见面,可从来没有一连几个钟头都待在一起。他们彼此见面老是在大庭广众之中,所以他们不可能把每时每刻都用来彼此交谈。因此只要是能抓住他注意力的每时每刻,简都应该充分利用。等到她把他抓到手了,那么有的是时间,她愿意怎样从从容容去谈情说爱都可以。"

"如果什么也不考虑,只是想好好嫁出去的话,你的主意倒是不错,"伊丽莎白回答说,"我要是真能下定决心找一个有钱的丈夫,或者说,不管什么样的丈夫,我想我会听你这个主意。但是这些都不是简的想法;她可不是在用心计。到现在为止,她甚至还不能断定自己对他已经钟情到了什么程度,这样钟情是不是应该。她认识他还不过两个星期,她在梅里顿同他跳了四曲舞,一天早上她在他家里同他见面,随后同他一起吃过四次饭。要让她了解他的性格,这是很不够的。"

"这事儿可不像你所形容的那样。要是她仅只和他吃吃饭,她也许只能发现他胃口好不好;但是千万别忘了,有四个晚上他们是在一起过的呀——四个晚上可以干许多事情呢。"

"是呀,这四个晚上让他们弄清楚了,他们俩都更喜欢玩二十一点儿①,而对康默斯②就差点儿,至于任何其他什么主要的性格特点,我想,了解得并不多。"

"唉,"夏洛蒂说,"我是满心希望简成功。如果她明天就同他结婚,我想,她得到幸福的可能,也不会比她花上一年工夫去研究他的性格所得到的少。婚姻幸福全靠机缘。即使双方在婚前就十分熟悉彼此的性情,或者性情十分相似,这一点儿也不会增添他们的幸福。他们往后总是会不断变化,越来越南辕北辙,彼此分尝苦恼。你要和一个人过一辈子,那么最好还是尽量少了解他的缺点。"

"你真叫我好笑,夏洛蒂。可是并不是那么回事。你也知道不是那么回事,而且你自己也决不会那样办。"

伊丽莎白一心用在观察宾利先生对她姐姐的情意上,一点也没疑惑她自己倒逐渐成了他的朋友瞩目的对象。达西先生开头不大愿意承认她漂亮,他在舞会上看她的时候并无爱慕之意;而且等到他们再度会面,他对她注目不过是要挑刺儿。可是他刚刚让他自己和他那些朋友明白,伊丽莎白五官相貌简直一无可取,马上就发现,她那对乌黑的眼睛顾盼生辉显得聪颖非凡,紧接着又发现了其他一些同样令他感到惭愧的地方。虽然他用苛刻的眼光找出了不止一处显得她身材尚欠匀称完美的地方,但是他还是不得不承认,她体态轻盈动人;尽管他声言她举止风度不符合时新潮流,他还是为她那谐谑风趣的态度而倾倒。这种情况她毫无觉察;对她来说,他不过是一个到处自讨没趣的人,一个认为她不够标致,不配和他跳舞的人。

达西开始想对她多了解了解,为了自己能进一步同她攀谈,他先留神听她同别人谈话。他这样做引起了她的注意,那是在宾客如云的威廉·卢卡斯爵士府上。

"达西先生听我和福斯特上校谈话,"伊丽莎白对夏洛蒂说,"他这是

---

① 二十一点为一种牌戏,每人两张牌,然后可根据情况要牌,争取自己的牌总点数达到二十一点,不能超过。
② 康默斯为一种法国牌戏。

什么意思?"

"这是个只有达西先生才能回答的问题。"

"可是他如果再这么干,我肯定要让他知道,我明白他在捣什么鬼。他老爱讽刺挖苦人,我要是不自己先给他点颜色看看,我很快就会让他给镇住了。"

过了一会儿,达西走近前来,卢卡斯小姐虽然不像是有意要说,却还是怂恿伊丽莎白向他提起这个话头,她这位朋友马上就给撩拨起来,转身对他说:

"我刚才硬逼着福斯特上校在梅里顿给我们举办一次舞会,达西先生,难道你不觉得我讲得奇妙无比吗?"

"讲得真带劲儿;不过这个话题总是会让小姐太太上劲儿的。"

"你对我们可真刻薄。"

"马上就轮到别人来硬逼她了,"卢卡斯小姐说,"我去把琴打开,伊莱莎,下文如何,你是知道的。"

"你这个做朋友的可真是奇怪,当着大家,不管是谁的面,老是要我弹琴唱歌!——如果我想在音乐方面出出风头,你倒可以大大派上用场,可是实际上,我确实不愿意坐在那些肯定是看惯了最佳表演的人面前献丑。"然而在卢卡斯小姐撺掇之下,她只好又说,"那么好吧,既然非得献丑不可,那就献献吧。"接着她就板起面孔向达西先生扫了一眼,说道,"有句古话说得好,在场诸位自然人人都熟习,'省下一口气,好把粥吹凉'①,那么我就省下我这口气儿,好更大声地唱。"

她的演唱固然说不上妙不可言,却也颇为动听。她唱了一两首歌,大家求她再唱,她还没来得及答话,她妹妹玛丽就迫不及待地过来接替她,坐到了琴边。在本内特家几个姐妹之中,就数她相貌平常,所以她就在学识才艺上下功夫,老是急不可耐地想一显身手。

玛丽既乏天资,又少情趣,虽然虚荣心促使她刻苦用功,但是同时也使她养成了那种书呆子气和自负劲儿,即使她的造诣比现在更高,也会大

---

① 意指省点劲儿少开口,别浪费唇舌。

杀风景。伊丽莎白落落大方,毫不矫揉造作,虽然她弹奏得远不如她妹妹,可是大家却听得津津有味。玛丽弹完一首很长的协奏曲以后,也乐于接受她那两个小妹妹的请求,又弹了几支苏格兰和爱尔兰的乐曲,来博取大家的夸奖和感谢;那两个小妹妹这时就和卢卡斯家的几个孩子以及两三个军官一起,在舞厅的那一头起劲儿地跳起舞来。

达西先生站在她们近旁,见她们就这个样子打掉一个晚上,根本不相互交谈,不免心中暗自生恨。他只顾全神贯注地想自己的心事,直到威廉·卢卡斯爵士开口说话,才发觉他就在身边。

"这种娱乐多让年轻人着迷呀,达西先生!——毕竟什么也赶不上跳舞——我觉得,这是文明完美社会的精华之一。"

"的确如此,先生;——而且它还有一种优越性,就是在世界上不文明完美的社会里也可以流行。——每个野蛮人都能跳舞。"

威廉爵士只是笑了笑。他停了一会儿,看到宾利也同他们一起跳起舞来,才接着说下去:"你那位朋友跳得真好;而且我毫不怀疑,达西先生,你在这一行一定也是高手。"

"我想,先生,你看见过我在梅里顿跳舞。"

"是呀,的确看见过,而且看着真是赏心悦目。你常常去圣詹姆士宫跳舞吧①。"

"从来没有,先生。"

"难道你不认为,这是对那个地方应该表示的敬意吗?"

"只要我避免得了,不管是什么地方,我都决不去表示这种敬意。"

"我肯定,你在城里有所宅子吧?"

达西先生弓了弓身②。

"我以前一度想过到城里去定居——因为我喜欢上流社会;但是伦敦的空气对卢卡斯夫人是不是合适,我没有多大把握。"

他说到这里停了下来,等着答话;但是对方却无意作任何回答;而刚

---

① 英国贵族和有身份的人,应国王邀请入宫晋见并参加舞会,是一种殊荣。
② 按当时习俗,这是一种谦恭地表示自己某种优越性的方式。

好在这个时刻,伊丽莎白向他们走过来,他立刻灵机一动,想大献一番殷勤,于是招呼她:

"我亲爱的伊莱莎小姐,你干吗不跳舞呀?——达西先生,请允许我介绍这位年轻小姐,她作你的舞伴刚好相配。有这样一位大美人在你眼前,我相信,你总不会不肯跳吧。"他一边说,一边拉着她的手,差点儿就把这只手交给达西先生了,达西先生虽然大为吃惊,却并非不愿意接受,而这时伊丽莎白却马上把手缩了回去,稍微有点慌乱地对威廉爵士说:

"先生,我确实一点儿也不想跳舞。——我请求你不要以为,我朝这边走过来是想找舞伴。"

达西先生庄重有礼地请求她赏光同他共舞,但是没有如愿。伊丽莎白决心已定,威廉爵士大力劝说,她也毫不动摇。

"你那么擅长跳舞,伊莱莎小姐,居然不肯让我一饱眼福,那未免太冷酷了吧。这位先生虽然一般说来并不喜欢这种娱乐,但是我相信,赏我们半个小时光,他还是不会拒绝的。"

"达西先生正是文明礼貌的化身。"伊丽莎白微笑说。

"他确实是这样——不过考虑到这种诱惑力量,我亲爱的伊莱莎小姐,我们对他的殷勤礼貌就无可怀疑了,因为谁会不想找你这样的舞伴呢?"

伊丽莎白露出一副调皮的神气,扭头就走了。她的拒斥并没有使她在这位先生心目中受损,而且还使他怀着某种满意的感情想念她,正是在这个时候,宾利小姐和他打起招呼来:

"我猜得到,你在为什么事出神。"

"我想你猜不到。"

"你是在想,在这样一个交际场合,用这样一种方式来打发掉一个又一个晚上,多么令人难以容忍;说真的,我和你颇有同感。我还从来没有这样烦恼过! 这伙人枯燥乏味,可还吵吵嚷嚷;空虚无聊,而又自命不凡! ——要是我能恭听你斥责他们一顿,那该多好!"

"告诉你吧,你全猜错了。我所想的可比这愉快得多。我正在回味女郎俏脸上秋波流转所能赐予的极大欢乐。"

宾利小姐立刻用眼睛盯着他的脸，希望他会告诉她，是哪位小姐具有这样大的魅力，激起他这样的遐思。达西先生无所畏惧地回答她：

"伊丽莎白·本内特小姐。"

"伊丽莎白·本内特小姐！"宾利小姐照样说了一遍，"我真感到惊讶。她成了你心上人有多久了哪？——而且，什么时候我可以向你贺喜呢？"

"我料到你要问的就是这个问题。女人的想象很迅速；它一下就从仰慕跳到爱情，又从爱情跳到结婚。我知道你会给我贺喜的。"

"嘻，既然你说得这样一本正经，我当然就认为问题已经彻底解决了。你当然就会有一位可爱的丈母娘，自然她会永远和你一起住在彭贝利喽。"

她用这么一种方式自己给自己取乐，而他则心不在焉，充耳不闻；待到她见他那么泰然自若，便相信这一切并无危险，于是她那副伶牙俐齿就更是滔滔不绝了。

第 七 章

本内特先生的财产几乎全部都在一宗房地产上，每年收入有两千镑。对他的几位女儿来说，这真不幸，因为没有男性继承人，这宗产业就得由一位远亲来继承。她们母亲也有一笔财产，就她的生活境遇来说，虽然还算富裕，但是却难以弥补她丈夫的不足。本内特太太的父亲曾经在梅里顿当过律师，给她留下了四千镑。

她有个妹妹嫁给了菲利普斯先生。他原来是她们父亲的办事员，后来继承了他的业务。她还有个弟弟住在伦敦，经营一项体面的生意。

朗博恩村离梅里顿不过一英里，这段距离对这几位年轻小姐极为方便，她们通常每星期要到那里去三四次，一来是孝敬姨母，同时也可以去逛逛对面的女帽店。两个最小的妹妹凯瑟琳和莉迪亚去看望得更勤。她们俩内心比起姐姐来更为虚荣，每逢没有更好的事情可干，就必定要往梅里顿跑一趟，这样早晨可以消遣消遣，晚上也就有了更多的话题。乡下一般是没有什么新闻的,可是她们却常常能从姨母那里打听到一点什么。最近这一带开来了国民军的一个团,这件事眼下既给她们提供了消息,又让她们感到高兴。这个民团整个冬天都要驻扎在这一带,团部设在梅里顿。

如今她们看望菲利普斯太太总能获得最有趣的消息。她们每天都能多知道一些军官的姓名和他们的亲戚。军官的住址不久就不成其为秘密,后来她们自己也逐渐同军官们认识了。菲利普斯先生拜访过所有的军官,这就为他的那些外甥女开凿了一道前所未闻的幸福源泉。她们现在不谈别的,满口都是那些军官。宾利先生的大笔家财,她们的母亲一提起来就兴高采烈,如今同带有军衔的军官制服一比,在她们眼里简直一文不值。

一天早上听她们信口开河地大谈这个问题,本内特先生冷冷地开口说道:

"从你们谈话的那种样子,我能下个结论,你们俩一定是这儿的头号傻丫头。我已经疑惑了好一阵子,而现在确定无疑了。"

凯瑟琳顿时不知所措,一声不吭,莉迪亚却满不在乎,继续表达她对卡特上尉的爱慕之情,并且希望能在当天见到他,因为他第二天早上就要去伦敦。

"我真吃惊,我亲爱的,"本内特太太说,"你怎么这样爱说自己的孩子傻。即使我想鄙视什么人的孩子,那决不会是我们自己家的孩子。"

"如果我的孩子真是傻,我就希望总有点自知之明。"

"是呀——可是事实上呢,她们个个都很聪明呀。"

"只有在这一点上——我也算聊以自慰吧——咱们不一致。我向来希望,在所有具体问题上,咱们都能意见相同,但是现在我对你的看法可不敢苟同,我认为咱们最小的两个女儿真是愚蠢得出奇。"

"我亲爱的本内特先生,你千万不能指望这样一些丫头有她们爹妈的那种见识。——等她们到了我们这种年纪,我敢保她们就会像我们一样,不会再去想那些军官了。我还记得,从前我自己也非常喜欢一个穿红大衣①的——的确,一直到现在我心里还喜欢他呢。要是有位年轻帅气

---

① 指当时的英国军人,他们穿红色制服。

的上校,每年有五六千镑的收入,想娶我哪一个女儿,我决不会对他说不行。那天晚上在威廉爵士家里,福斯特上校穿着军服,我觉得,看着挺合适。"

"妈妈,"莉迪亚喊道,"我姨说,福斯特上校和卡特上尉到瓦森小姐家去得不像他们刚来的时候那样勤了。她现在常常见到他们站在克拉克家的书房里。"

本内特太太刚要答话,男仆进来把她打断了,他手里拿着给本内特小姐的一封信,是内瑟菲德来的。他等着回信。本内特太太高兴得眼睛直放光,而在女儿读信的时候,她焦急得直嚷嚷:

"哦,简,谁来的信?谈的什么事?他说些什么?哦,简,赶快告诉我们呀!快,快,我亲爱的。"

"是宾利小姐来的,"简说,接着就大声念起来:

我亲爱的朋友:

如果你不大发慈悲,今天就来同路易莎和我一起吃饭,我们就要有这一辈子都是冤家对头的危险了,因为整天就是两个女人在一起嘀嘀咕咕,到头来决不会不发生争吵。收到信后请尽快赶来。我哥哥和几位男士要出去同几位军官一起吃饭。

你永久的朋友

卡罗琳·宾利

"和军官们一起呀,"莉迪亚叫嚷着,"真奇怪,姨怎么没把这件事儿告诉我们。"

"出去吃饭,"本内特太太说,"这真可惜。"

"我能坐马车去吗?"简问。

"不行,我亲爱的,你最好骑马去,因为天好像要下雨;那样你就非在那儿过夜不可了。"

"要是你准保他们不会把她送回来,"伊丽莎白说,"这倒是条好计策。"

"哦,不过那些男士要搭宾利先生的马车去梅里顿;赫斯特夫妇又没有马来拉他们的车。"

"我倒是很希望能坐马车去。"

"可是,我亲爱的,我肯定你父亲腾不出几匹马来拉车。农场里要用马,本内特先生,不是吗?"

"农场里要用马的时候,远比我能把它们抓到手的时候多。"

"但是,如果你今天能把马抓到手,"伊丽莎白说,"那么妈妈的目的就达到了。"

她终于逼得她父亲承认,几匹拉车的马都在干活儿。于是简只好骑了另外一匹马去,母亲把她送到门口,满心欢喜地预言了一番天气要变坏。她的希望果然实现了;简还没有走多远,就下起大雨来。几个姐妹都为她担心,可是她母亲却很高兴。整个晚上这场雨都下个不停;简肯定是回不来了。

"这是我的一条妙计,真的!"本内特太太说了不止一次,好像让天下雨的功劳都是她的。然而,直到第二天早上,她才知道她的锦囊妙计究竟带来了多大的福分。早餐还没吃完,从内瑟菲德派来的仆人就给伊丽莎白送来这样一封短信:

亲爱的丽琪:

今天清晨我感到很不舒服,我想是由昨天让雨淋透所引起的。我好心的朋友们不等我身体好转不让我回家。她们还坚持要琼斯先生来给我看病——所以如果你们听说他来我这儿,切切不要惊慌——我除了嗓子疼和头疼,没有什么了不得的事儿。
(下略)

你的……

"现在好了,我亲爱的,"本内特先生等伊丽莎白大声念完信,就对太太说,"要是你女儿病得很厉害,要是她死了,那么知道这都是为了追求宾利先生,而且是奉了你的命令,也就觉着宽慰了。"

"嘻!我才不怕她会送命呢。人可不会因为一点儿伤风感冒就死。人家会好好护理她的。只要她待在那里,一切都会平安无事。要是我能弄到马车,我就去看她。"

伊丽莎白真正感到十分焦急,尽管弄不到马车,还是决心去看她。她不会骑马,唯一的办法就是步行。她把自己的决定告诉大家。

"你怎么能这么傻,"她母亲喊着,"这一路都是泥泞,居然想要这么走。你到了那儿,就没法儿见人了。"

"我见见简总可以吧——我想的就只有这件事。"

"丽琪,你这是提醒我,"她父亲说,"要我派人去备马吗?"

"不是,真的不是。我没想不走着去。一个人一心想着去干什么的时候,这点路就不在话下了。才三英里嘛。晚饭前我就回来了。"

"我佩服你这种仁义友爱之举,"玛丽说,"不过,任何感情冲动都应该受理智的指导,而且在我看来,致力于一件事总要看是否得体。"

"我们陪你走到梅里顿。"凯瑟琳和莉迪亚说。伊丽莎白同意让她们做伴,于是这三位年轻小姐就一起出发了。

"如果我们快走,"她们一路向前走的时候,莉迪亚说,"我们或许还能在卡特上尉动身之前见他一面。"

她们在梅里顿分手,两个小妹妹到一个军官太太家里去,伊丽莎白自己一个人继续步行。她急匆匆地快步穿过一片片田野,翻过一道道围栏,跳过一个个水坑,最后总算看到那幢房子了,这时她脚踝酸软,袜子上满是泥浆,已经走得浑身发热,满脸通红了。

她被引进早餐厅,大家都在那儿,唯独不见简。她一露面,在场的人都感到惊讶。这么一大清早,这么泥泞的道儿,她居然独自一人步行了三英里。这在赫斯特太太和宾利小姐看来,简直令人难以相信。而伊丽莎白断定,她们因为这个还瞧不起她。不过,她仍然受到她们非常客气的招待。从她们弟兄的举止看来,还不仅仅是客气,而且和颜悦色,亲切友好。——达西先生不大讲话,赫斯特先生更是一言不发。达西先生一半是对她步行之后容光焕发心生爱慕,一半是对她孤身一人远道赶来是否有当萌发怀疑。至于赫斯特先生则是全心全意专注于他那顿早餐。

伊丽莎白问起姐姐的病情,答复可不令人欣慰。本内特小姐睡得一直不好,虽然已经起床,但是仍然在发高烧,还不能走出她住的屋子。伊丽莎白很乐意他们立刻就把她领到姐姐那儿去。简瞧见妹妹进来满心欢喜,她原先只是因为怕引起家里的人惊恐不安,或者给他们添麻烦,才没有在信里透露她多希望有亲人来看她。然而她现在还不能多说话,所以当宾利小姐离开她们姐妹俩走出屋子去的时候,她除了对自己所受到的特别亲切的关怀表示感谢之外,没有再想多说什么。伊丽莎白一声不响地侍候着她。

宾利家的两姐妹,吃过早饭之后都来陪伴她们;伊丽莎白看到她们对简那样情真意切,那样体贴入微,自己也慢慢喜欢上她们了。卖药的郎中来了,对病人作了检查,然后说——果然不出大家所料——她是得了重感冒,大家要努力调理让她好转。他还嘱咐她卧床休息,并答应给她几剂药。郎中的嘱咐立即——照办,因为病人发烧的症状加剧,头也痛得非常厉害。伊丽莎白片刻不离地守护着她,其他两位小姐也很少不在;几位先生都外出了,实际上他们在别处也无事可做。

时钟敲三点的时候,伊丽莎白觉得自己必须走了,只好很不情愿地说了出来。宾利小姐提出派马车送她,她想推辞一下,等对方略加坚持,就接受这番好意,可这时简表示舍不得和她分手让她回去,宾利小姐只好改变派马车送客人的主意,转而邀请她暂时在内瑟菲德住下。伊丽莎白十分感谢,同意留下。随后派了一个仆人去朗博恩,通知她家里她要暂时住下,并且要带几件衣服来。

第 八 章

到了五点钟的时候,宾利家两姐妹回自己屋子更衣,六点半,有人来请伊丽莎白去吃饭。大家彬彬有礼,纷纷探询简的病情,伊丽莎白看出了宾利先生非同寻常的挂肚牵肠,感到喜悦,不过她无法做出令人满意的答复,因为简的病情一点也未见好,那两姐妹听到这话,再三说她们感到多么难过,得了重感冒又是多么可怕,她们多么不喜欢自己生病;说过之后,这件事就给抛到了脑后。简不在她们面前的时候,她们这样漠不关心,这使伊丽莎白又完全恢复了原先对她们的反感。

确实,她们的弟兄宾利先生是这伙人里面唯一使她感到满意的人。他为简着急发愁明显可见,他对她本人关怀备至,也让她高兴万分。她本来觉得其他人都把她看做闯上门来的不速之客,他的这些关怀使她不再多想别人的看法。除他以外,那些人都不怎么理会她。宾利小姐全神贯注在达西先生身上,她姐姐也和她差不多;至于赫斯特先生,则是一个懒骨头,他活着就是为了吃,喝,玩牌;伊丽莎白坐在他的旁边,他看到她宁愿吃点清淡的菜肴,而不愿吃浓味蔬菜炖肉,同她也就无话可说了。

正餐用完之后,伊丽莎白就马上回去陪简,她刚一走出餐厅,宾利小姐就对她恶语中伤,声称她真真确确没有礼貌,既傲慢又粗野;说她不善应对,毫无风度,缺乏情趣,长相难看。赫斯特太太也有同感,而且还添了几句:

"总而言之,她一无是处,不过还算得上是一个走路的能手。我永远也忘不了她今天早上那副模样。她看起来差不多真像一个疯子。"

"确实像,路易莎,我差点儿就要憋不住笑出来了。她跑来完全是胡闹!她姐姐着了点凉,她干吗就要在野地里胡乱跑?头发弄得那么乱,那么脏!"

"是呀,还有她那条衬裙;我想你准看到她那条衬裙了,我绝对肯定有六英寸长都沾上了泥;她还把长袍拉下来遮掩,也没遮住。"

"你那番形容也许非常准确,路易莎,"宾利说,"可是这对我毫无影响。我觉得,伊丽莎白·本内特小姐今天早上走进来的时候,看上去出奇的好。我完全没顾得去看她的什么衬裙。"

"达西先生,我想你瞧见那脏衬裙了吧?"宾利小姐说,"而且我总以为,你不会愿意看见你的妹妹出这种洋相吧。"

"当然不愿意。"

"步行三英里,或者四英里,或者五英里,不管它究竟多少吧,踏着深到脚脖子的泥浆,而且是一个人,孤零零一个人!她这么干是什么意思?在我看,这显示了一种令人讨厌的自行其是,是一种根本不顾规矩礼节的乡巴佬的作风。"

"这表现了她对她姐姐骨肉情深,值得称赞。"宾利先生说。

"达西先生,"宾利小姐半似耳语地说,"恐怕这种冒失劲儿多少有些影响你对她那双漂亮眼睛的爱慕吧。"

"丝毫没有,"他回答说,"走了这么一段路,她那双眼睛更加明亮了。——"这句话说完以后,大家停了一阵儿,随后赫斯特太太又讲起来:

"我非常敬重简·本内特,她真是一位非常甜美的姑娘,我衷心希望她能喜结良缘。但是有那么一对父母,又有那样一些低微的亲戚,这恐怕就没有那个缘分了。"

"我记得我听见你说过,她们有位姨父在梅里顿当律师。"

"是的,她们另外还有一个亲戚呢,住在靠近奇卜赛德①的什么地方。"

"那可真绝了。"妹妹添了一句,姐妹俩都开怀大笑起来。

"即使她们有许许多多的姨父和舅舅,把整个奇卜赛德都住满了,"宾利大声叫道,"那也不会使她们的人缘儿减损一分。"

"不过那样一来,她们与天下所有地位显要的人喜结良缘的机会就会大大减少了。"达西回答说。

宾利对这句话未作答复,不过他的两个姐妹都表示衷心赞成,而且还拿她们那位好朋友的一些粗鄙的亲戚,大大取笑了一阵子。

不过,她们一离开饭厅,又重新摆出了脉脉含情的样子,来到简的屋子,坐在那里陪她,一直陪到有人来请她们下楼去喝咖啡的时候。简的病情还是很糟,伊丽莎白寸步不离地陪着她,直到天色已晚。见到她睡着才放下心来,而且感到即使自己并不愿意也理当下去看看,她才走下楼去。她一进客厅就瞧见大家都在玩鲁牌②,他们也请她参加,但是她怕他们赌得太大,所以不肯参加,于是用姐姐作为借口,说她只能在楼下待一小会儿,找本书看看消遣。赫斯特先生大惑不解地直盯着她看。

"你喜欢看书,不愿玩牌?"他说,"这真是奇特。"

---

① 奇卜赛德为伦敦一条繁华的大街,原来是一个露天市场,后毁于大火灾,重建后开设有许多珠宝、绸缎商店。这里暗指此亲戚为商人。
② 一种纸牌游戏,一般用来赌博。

"伊莱莎·本内特小姐看不起玩牌,"宾利小姐说,"她是个了不起的读书人,对别的任何事情都没兴趣。"

"这算赞扬也罢,责备也罢,我都不敢当,"伊丽莎白喊着说,"我不是什么了不起的读书人,再说我对许多事情都有兴趣。"

"看护你姐姐,我相信你一定高兴,"宾利说,"而且我想,你要是看到她病体康复,一定会更高兴。"

伊丽莎白对他表示衷心感谢,然后就朝一张放有几本书的桌子走过去。他立即提出要去给她再拿一些来,把藏书室里所有的书都拿来。

"我要是有更多藏书就好了,可以供你享用,又可为我增光;不过我是个懒人,虽然我的书并不多,可有些我还没读过。"

伊丽莎白对他说,有屋里这些书,她就满足了。

"我觉得非常奇怪,"宾利小姐说,"我父亲怎么只留下这么一点点书。——你在彭贝利的那个藏书室是多让人喜欢呀,达西先生。"

"应该说是不错的,"他回答说,"那是几代人不断努力的成果。"

"而且你自己还添购了那么多,你老是在买书。"

"在目前这样的时代,我不懂怎么能忽视家庭藏书室。"

"忽视!我相信,凡是能给那个富丽堂皇的地方增色的事,你一点儿也不会忽视。查尔斯①,将来你建造你的房子的时候,希望它能有彭贝利一半那么让人喜欢也就行了。"

"但愿如此。"

"但是我还真正要劝你在那附近买下地产,把彭贝利作样板。在英国没有哪一个郡比德比郡更好的了。"

"我衷心接受;如果达西要卖掉彭贝利,我就把它买下来。"

"我是在讲有可能的事,查尔斯。"

"真的,卡罗琳,我以为把彭贝利买下来,比仿照它重建一幢更有可能。"

伊丽莎白让刚才的交谈吸引住了,没有多少心思容她去看书;不久她

---

① 查尔斯是宾利先生的名字。

干脆把书搁在一边,走近牌桌,坐在宾利先生和他姐姐中间,看他们玩牌。

"从春天起,达西小姐又长高了很多吧?"宾利小姐问道,"她将来会长到我这么高吗?"

"我想她会的。她现在已经同伊丽莎白·本内特小姐差不多高了,或者还要高一点。"

"我多么想再看见她啊!我从来没有遇见过任何人,像她那么让我特别高兴的。那种容貌,那种举止!小小年纪就那样才艺绝伦!她那手钢琴弹得优美极了。"

"我真感到惊奇不已,"宾利说,"年轻小姐们怎么能有那么大的耐心,一个个全都练得那样多才多艺。"

"一个个都多才多艺!我亲爱的查尔斯,你这是什么意思?"

"是的,我想,她们全都如此。她们全都会彩绘台桌,张挂屏幔,编织钱包。我几乎不知道有谁不擅长做所有这些事,而且我相信,我从来没有听见谁第一次介绍一位年轻小姐的时候,不提到她多才多艺。"

"你举出普通那一套的多才多艺,"达西说,"一点也不错。许多女人不过会编织钱包,或者张挂屏幔,就给安上了这个美名。至于你对太太小姐的总评价,我可不敢苟同。在我认识的所有人中间,真正算得上多才多艺的,我可不敢夸口说能超过半打。"

"我相信我也是。"宾利小姐说。

"那么,"伊丽莎白说,"照你的想法,女子多才多艺一定是综合了许多方面喽。"

"是的,我的确把许多方面综合在其中。"

"噢,当然啦,"他的忠实副手喊着,"任何女子要是不能超凡出众,就不能算作多才多艺。在音乐鉴赏、唱歌、绘画、舞蹈和现代语言各方面,都必须精通熟谙,才配得上这个词。而且除了这些,步态风度、声腔语调、谈吐表情,样样都得地道,来不得半点虚假,要不,也不过才达到一半罢了。"

"所有这一切,都必须具备,"达西还加上一句,"除了这一切,还必须博览群书,增长见识,而且还得达到具有真才实学。"

"这样说,你仅只认识六位多才多艺的女性,我就不再感到惊奇了。我现在甚至怀疑,恐怕你连一位都不认识。"

"你对你们女性怎么这样苛刻,居然认为具备这一切没有可能?"

"我可从来没有见过这样的女性。我从来没见过像你说的那样,不仅才识过人,情趣不俗,而且勤奋好学,仪态优雅,种种优点集于一身。"

赫斯特太太和宾利小姐两人都大声嚷嚷起来,认为她这种不言而喻的怀疑有欠公正,两人都反驳说,她们就见过许多符合这些条件的女性,这时赫斯特先生叫她们不要嚷嚷,狠狠责怪她们对牌局太不专心,这样一场争论才算结束,不久伊丽莎白就离开了客厅。

宾利小姐等她走出屋子,刚一关上门,就说开了,"伊莱莎·本内特同许多年轻姑娘都是一号人,她们千方百计博取异性的青睐,不惜褒贬自己。在许多男人身上,我敢说,这一着是成功的。不过依我看来,这是一种卑劣的手段,非常可耻的伎俩。"

她这番话主要是说给达西听的,他于是回答说:"毫无疑问,姑娘小姐们有时不惜屈尊纡贵,采用种种手段进行笼络勾引,所有这些手段都含有卑劣的成分。所有近乎奸诈狡猾的行为都是可鄙的。"

宾利小姐对这种回答并不完全满意,所以也就没有继续谈论这个话题。

伊丽莎白再来找他们的时候,是要告诉他们,她姐姐病情恶化,所以她不能离开她。宾利主张立即派人去请琼斯先生,而他的两位姐妹则相信,乡下郎中的意见不顶用,提议火速派人到城里去请一位最出色的医生来。伊丽莎白不愿考虑这两姐妹的意见,但是倒是愿意采纳她们弟兄的建议;最后决定:本内特小姐的病情要是不能大有起色,明天一早就去把琼斯先生请来。宾利先生内心十分不安;他那两位姐妹极力表示感到非常痛苦。然而,她们晚餐后居然表演了几曲二重唱,来排解她们的痛苦;至于宾利,委实找不到任何好点儿的办法来宽慰自己,只好一再吩咐管家,要尽心竭力侍候生病的小姐和她的妹妹。

第 九 章

伊丽莎白那天晚上大部分时间都是在她姐姐屋子里过的。第二天一大早宾利先生就派了个侍女来打听病情,过了一段时间,侍奉他那两位姐妹的两个举止文雅的女仆也来探问,她感到欣慰,自己可以给她们报告一点点差强人意的消息。然而,尽管病情有所好转,她还是请求派人送封信到朗博恩去,想要她母亲来看看简,亲自判断一下她的病情。信马上就送去了,信里的事情也很快照办了。宾利家刚刚吃过早饭,本内特太太就由两个最小的女儿陪着到了内瑟菲德。

本内特太太如果看到了简当时病得真有什么危险,一定会非常难过;但是此时看到她的病情并不那么令人担心,已经放下心来,她反倒不希望她马上康复,因为她身体复原,她多半就得给从内瑟菲德接走。因此女儿提出要她带她回家,她就不愿听从,而且那位差不多同时到达的郎中也不同意,认为这个意见绝不可取。母亲陪着简坐了不大会儿,宾利小姐就来请她,于是她和三个女儿一起进了餐厅,宾利迎上前来,说但愿本内特太太看到,本内特小姐的病没有她原来预料的那样严重。

"先生,我的确看到比预计的还严重,"她回答说,"她病得太重,没法挪动。琼斯先生也说,我们决不可以考虑挪动她。我们只好多打搅你们几天了。"

"挪动!"宾利先生叫喊起来,"千万不要那么考虑。我妹妹一定也不愿听谁说让她挪走的。"

"请你相信吧,太太,"宾利小姐说话礼貌周全,但态度冰冷,"本内特小姐待在我们这儿,我们会尽力体贴照顾的。"

本内特太太于是千恩万谢。

"真的,"她接着又说,"要不是遇上这些好朋友,我真不知道她会弄成什么模样了,因为她确实病得很重,受了多大的罪呀,好在她是最能忍耐的,她一向都是这样,因为她的性子一向都是极温柔的,我一辈子都没见过谁像她这样。我常常对我另外几个女儿说,她们简直没法和她相比。

宾利先生，你这个地方真叫人喜欢，从那条鹅卵石便道望过去，那景色也叫人着迷。我不知道在乡下还有什么地方能比得上内瑟菲德，虽然你订的租约期限很短，可我希望你不会急急忙忙地搬走。"

"我做什么事都是急急忙忙的，"他回答，"所以，如果我决定离开内瑟菲德，我很有可能在五分钟之内就走了。不过在目前，我觉得我在这儿总算住定了。"

"我猜想你也正是这样。"伊丽莎白说。

"你开始了解我啦，是不是？"他转过身来对她大声说。

"噢，是的——我完全了解你。"

"但愿你这样说是在夸奖我；否则，要是那么轻而易举地就让人看透，恐怕也很可怜吧。"

"那就得看碰巧是什么样的了。一个性格复杂、城府很深的人，也不见得就一定比像你这样的人更有多少价值。"

"丽琪，"她母亲大叫，"记住你是在什么地方，别像你在家里那样撒野。"

"我以前还不知道，"宾利立刻接下去说，"你是一位研究性格的人。这种研究一定很有趣吧。"

"是的，不过还是那些复杂性格最有趣。他们至少还有那么一种长处。"

"在乡下，"达西说，"一般说来，可以提供作这种研究的材料寥寥无几。在乡下邻里间，你只能在一种十分闭塞、一成不变的环境中活动。"

"但是人们本身改变太大了，在他们身上永远可以观察到某种新的东西。"

"是呀，确实不错，"本内特太太因为刚才达西提到乡下邻里的那种口气而感到不快，这时喊了起来，"我告诉你，那种情况在乡下也和在城里一样多。"

大家都吃了一惊；达西盯着她看了一会儿，一言未发，转身就走了。本内特太太自以为压倒了他，大获全胜，于是更扬扬得意起来：

"照我说，伦敦和乡下比较起来，除了商店和公共场所以外，我就看不出还有什么了不起的地方。乡下可就舒服痛快得多了,宾利先生,你说是不是?"

"我在乡下的时候,"宾利先生回答,"从来不想离开乡下;我在城里的时候,情况也差不多完全一样。每一方面都有它们自己的长处,所以我无论身在何处,总是同样快乐。"

"呃——那是因为你性格气质好,但是那位先生,"她朝达西那边看了看,"好像把乡下看得根本一钱不值。"

"真的,妈妈,你说得不对,"伊丽莎白说,她为母亲感到脸红,"你把达西先生的话完全理解错了。他不过是说,在乡下不像在城里那样,你可以见到各式各样的人。你一定得承认,这样讲是对的。"

"当然喽,我亲爱的,谁也没说呀;至于说在这一带见不到许多人,我相信,没有哪儿比我们这一带更大的了。我知道,我们就常常和二十四户人家一起吃饭。"

只是出于对伊丽莎白的关怀体贴,宾利才能竭力忍住不笑。他那位妹妹却没有这样体谅周到的心怀,带着意味深长的微笑,向达西递过一个眼色。伊丽莎白想说点什么来转换母亲的思路,于是问她,自从自己离开家以后,夏洛蒂·卢卡斯是否去过朗博恩。

"去过,她是昨天同她父亲一起去的。威廉爵士是个多么和蔼可亲的人呀,宾利先生,你说是不是?那么时髦!那么有礼貌!那么平易近人!——无论对谁,他随时随地总可以交谈几句。那才是我想象中的良好教养。有那么些人,自以为了不起,金口难开,那才是大错特错。"

"夏洛蒂陪你吃饭了吗?"

"没有,她要回家。我猜想,是家里等着她回去做肉末馅饼。至于我嘛,宾利先生,我总是雇一些胜任的仆人。我的那些女儿是用不同的办法教养大的。不过,每个人都要自己去作出判断,告诉你吧,卢卡斯家的都是很好的姑娘。很可惜,她们长得都不漂亮!并非我觉得夏洛蒂不那么很好看——何况她还是我们特别要好的朋友。"

"她好像是一个很招人爱的年轻女子。"宾利说。

"啊,亲爱的,是的;——不过你得承认,她长得很平常。卢卡斯夫人本人也常常这样说,而且还因为简美貌羡慕我呢。我并不欢喜吹捧自己的孩子,不过说真的,简嘛——比她好看的人还不多见。人人都是这么说的。我不相信我自己偏心。她还只有十五岁的时候,在我城里的弟弟加德纳家,有位先生对她那么喜欢,所以我那弟妹就满有把握地说,他会在我们回家以前向她求婚。不过他并没有。也许他认为简太年轻了。然而,他为她写了几首诗,都写得挺美的。"

"他的感情也就这样完结了,"伊丽莎白听得不耐烦,"我猜想,有很多人,就是以同样的办法给制服的。我不知道是谁第一个发现了诗有驱除爱情的功效。"

"我一向认为,诗是爱情的食粮。"达西说。

"那可能是一种美好、坚贞、健康的爱情。每一种东西都可以哺育本来就坚强的东西,但是如果它只是一点点轻微、淡薄的倾慕,我相信,只要一首过得去的十四行诗就可以让它活活饿死。"

达西只是笑笑,接着大家都沉默不语,这又让伊丽莎白开始提心吊胆,唯恐她母亲再一次大出洋相。她想开口,可是又想不出讲点什么好;沉默了一会儿之后,本内特太太又开始喋喋不休地感谢宾利先生关心照顾简,还为伊丽莎白打搅他道歉。宾利先生的回答彬彬有礼,毫不做作,迫使他妹妹也讲起礼貌来,而且说了些得体的话。她那副表情虽然并非十分谦恭和蔼,可是已经让本内特太太感到心满意足了,接着她就吩咐备车。见到这个信号,她最小的女儿就挺身上前。原来在整个拜会当中,两个姑娘一直在窃窃私语,商量的结果就是:由最小的那个提醒宾利先生,他刚到这个地方时曾答应过要在内瑟菲德举行一次舞会,就这样来压他履行诺言。

莉迪亚是个身体丰满、发育成熟的十五岁姑娘,她皮肤白皙,脸上总是笑嘻嘻的,深得母亲宠爱,小小年纪就给带进了社交界。她整天生龙活虎一般,而又天生不知天高地厚。她姨父既多次以美酒佳肴款待那些军官,而她自己又以轻佻举动送上门去,军官们因此也就向她大献殷勤,这就使她更加胆大妄为,因此她非常胜任就舞会一事向宾利先生发难,而且还粗野无礼地提醒他记住自己的诺言;并且说,如果他不遵守诺言,那就是世界上最丢脸的事情。宾利先生对这一突然袭击的回答,她母亲觉得真是悦耳动听。

"告诉你吧,我十分乐意遵守我自己的诺言,等你姐姐身体康复,如果你愿意的话,你就可以指定舞会的日期。不过你总不会希望在她发病的时候跳舞吧。"

莉迪亚表示她很满意:"噢,是呀——等简病好了再开舞会当然要好得多,而且到那时候,卡特上尉很有可能又到梅里顿来了。等你举行了你的舞会。"她又添了两句,"我就坚持要他们也举行一次。我要告诉福斯特上校,他要是不开,那就够丢脸的啦。"

于是本内特太太带上女儿走了,伊丽莎白立刻回到简那儿去,任凭那两位女士和达西先生去议论她自己和她亲人的言谈举止。不过,尽管宾利小姐妙语连珠,在一双秋波上打趣逗乐,却始终无法逗引达西先生跟着她们来褒贬她。

第 十 章

这一天过得大体和前一天一样。赫斯特太太和宾利小姐上午花了几个小时陪伴病人。病人虽然恢复得很慢,却是在不断好转。晚上伊丽莎白到客厅去同大家待在一起。不过那一桌鲁牌没有再打。达西先生在写信,宾利小姐靠近他坐着,一面看他往下写,一面一次次地转移他的注意力,要附笔向他妹妹致意。赫斯特先生同宾利先生在玩皮克牌①,赫斯特太太在旁边看他们玩。

伊丽莎白拿起了针线活,津津有味地听着达西同他那位伙伴之间的交谈。那位小姐不是说他字写得好,就是说他一行行写得整齐,再不就是说他信写得很长,这些没完没了的恭维和对此完全无动于衷的反应,构成了一场绝妙的对话,这与伊丽莎白对他们彼此双方的印象恰相吻合。

"达西小姐收到这封信该多高兴呀!"

---

① 一种两人对抗的牌戏,只用扑克牌中七点以上的三十二张牌。

他没有回答。

"你写得这么快,真不简单。"

"你说得不对,我写得相当慢。"

"这一年当中你该写多少封信呀!还有那些公函,想起来有多么讨厌啊!"

"那么幸好这些信函是落在我的身上,而不是你的身上。"

"请告诉令妹,我切盼见到她。"

"我早已遵命告诉过她一次了。"

"恐怕你不喜欢你那支笔吧,让我来帮你削一削。我削笔削得好极了。"

"谢谢你——不过我总是自己削。"

"你怎么竟能写得这么整齐呀?"

他一声不吭。

"告诉令妹,听说她弹竖琴有进步,我很高兴。还要请你告诉她,她为台桌设计的那个美丽的小花样,我简直爱死了。我觉得,它比起格兰特利小姐的那个不知要高明多少。"

"是否可以允许我推迟一下,等我下次写信再转达你的喜爱之情?——这一次我没有地方把这些都写上了。"

"哦!那没关系。一月份我就会见到她啦。不过,你总是给她写这么优美动人的长信吗,达西先生?"

"信一般都很长,不过是不是总优美动人,那可不是我说了算的。"

"我觉得有这么一条规律,凡是能挥洒自如地写出长信的人,一定写得不坏。"

"卡罗琳这句话可恭维不了达西,"她哥哥嚷嚷起来,"因为他写起来并不挥洒自如。他对四个音节的字琢磨得太过火了①——是不是这样,达西?"

"我写信的风格和你的可不大一样。"

---

① 指达西好用大字眼。

"噢！"宾利小姐叫道，"查尔斯写信马虎得叫人难以想象。他把一半的字漏掉，另外一半又涂掉了。"

"我的思路跑得太快，简直都来不及表达出来了——这一来，有时候人家看了我的信却不知所云。"

"你那么谦虚，宾利先生，"伊丽莎白说，"准得让想责备你的人也没法儿责备了。"

"什么也比不上假装谦虚更能骗人，"达西说，"那往往只是在表达意见时含糊其辞，有时候还是一种拐弯抹角的吹嘘。"

"我刚才那点小小的谦虚，你认为是属于这两种之中的哪一种呢？"

"是拐弯抹角的吹嘘。你实际上是对你写信的种种缺点感到骄傲，因为你认为它们来源于思维敏捷和行动散漫，你还认为，这点即便不算难能可贵，至少也是大有意趣，办事迅速的人总是以这种能力为荣，常常不去考虑事情办得还有美中不足之处。你今天早上告诉本内特太太，说你要是下了决心离开内瑟菲德，五分钟之内你就走了，你就是有些要自旌自夸——不过，急躁轻率必定会弄得该做的事情没做成，无论对自己或是对别人都没有真正的好处，还有什么值得那样大加赞扬的？"

"算了，"宾利叫嚷道，"到晚上还死记着早上说的蠢话，这太过分了。然而，我还是以名誉担保，我谈到的都是自己的真实情况，而且现在我仍然相信这一点。因此我至少并非只为在小姐太太面前炫耀，就显出那种不必要的急躁轻率模样。"

"我敢说，你相信，但是我决不相信你会走得那么快。你和我认识的人都一样，总是相机而动，假如说吧，你上马的时候，有位朋友说，'宾利，你最好等到下星期再走'，你多半就会照办，你多半就不走了——要是再来一句话，你也许会再待上一个月。"

"你这番话恰好证明，"伊丽莎白大声说，"宾利先生并没有由着他自己的性子办事，你对他的夸赞比他所自夸的厉害多啦。"

"这让我感到十分高兴，"宾利说，"我朋友的话，经过你这番诠释，就成了称赞我性格圆通。不过，恐怕你这一来就有违这位先生的本意吧；因为假若在那种情况下我断然拒绝那位朋友的意见，尽快策马而去，那么他肯定对我会有更高的评价。"

"那么,难道达西先生认为,你固执己见一意孤行,就把你原有的鲁莽轻率一笔勾销了吗?"

"说真的,这件事我可讲不清楚,这得由达西自己来讲。"

"你们把那些意见硬说成是我的,而且我也根本没有承认过,可是你们却想要我来说明。不过,就算是你说的那样吧,本内特小姐,你别忘了,根据假定,那位朋友是希望他回到屋里,推迟他的计划,不过是表示了一个愿望,提出了一种请求,并没有提出论证说这样做才对。"

"爽爽快快——毫无难色——顺从朋友的劝告,在你看来并不是什么优点喽。"

"没有信服就盲目顺从,那么对说服和被说服的双方的智力都不值得称道。"

"在我看来,达西先生,你好像不同意友谊和感情可以发生影响。对提出请求的人表示尊重,常常可以使人爽爽快快地顺从这种请求,而不必等待提出论据来说服他这样去做。我并不是在具体谈论你为宾利先生假设的那件事。我们也许可以等到这种情况真的发生以后,再来讨论他处理事情是否慎重,但是在一般情况下,只涉及朋友之间一些普普通通的事情,如果一个人有个无足轻重的决定,另一个人希望他改变,他不等待说服就顺从了朋友的希望,你认为他这样就不好吗?"

"在我们讨论这个问题之前,先比较准确地判定一下这个请求的重要性达到什么程度,他们的友谊又亲密到什么程度,这个意见是否可取?"

"当然可取,"宾利嚷道,"让我们听你讲讲全部具体细节吧,不要忘了对比他们的个子高矮大小;因为在争论中,本内特小姐,这件事有你所意想不到的分量。我向你保证,假如跟我一比,达西不是这样的大高个儿,我就远远不会像现在这样尊敬他了。我得说,在某种场合和在某些地点,我真不知道,还有比达西更让人害怕的家伙,特别是在他自己家里,在星期天晚上无所事事的时候。"

达西微微一笑;不过伊丽莎白觉得她自己看得出,他有些恼怒,因此就忍住没笑出来。宾利小姐见这番话有伤达西的尊严,不禁满腔愤慨,告诫哥哥不要这样胡言乱语。

"我看得出你的鬼主意,宾利,"他的朋友说,"你不喜欢辩论,想把它压下去。"

"也许是这样。辩论太像争吵了。如果你和本内特小姐等一下,让我走出这间屋子再辩论,那我将感激不尽。到那时候,你们愿意怎样说我都行。"

"你要求的这些,"伊丽莎白说,"对我来说毫无损害;达西先生最好还是把信写完吧。"

达西先生接受她的意见,果然把信写完了。

他把这件事办完之后,就请宾利小姐和伊丽莎白赏光,让大家听听音乐。宾利小姐喜不自胜,走到钢琴旁边,彬彬有礼地请伊丽莎白领先弹奏,伊丽莎白也同样彬彬有礼而且更加真挚地辞谢了,于是她自己坐了下来。

赫斯特太太给妹妹伴唱。她们俩弹奏演唱的时候,伊丽莎白翻阅放在钢琴上的几本乐谱,这时她不禁觉察到,达西先生那双眼睛老是盯着她瞧。她简直不敢想象,她居然能够成为一个这样了不起的人物垂青爱慕的对象,可是要说他注视她是因为他不喜欢她,那就更加不可思议。不管怎么说,她最后只能猜想,她所以引起他的注意,是因为按照他的是非标准,她身上有某种东西比在场的其他人都更讨厌,更该受指责。这个设想并没使她感到十分难过。她太不喜欢他了,对他的赞赏毫不在意。

宾利小姐弹了几首意大利歌曲之后,变换花样弹起一支轻快活泼的苏格兰曲子;没过一会儿,达西便走到伊丽莎白面前,对她说:

"本内特小姐,难道你不很想抓住这个机会,跳一场瑞乐舞①吗?"

她笑了笑,没有回答。他见她一言不发,感到有些惊讶,于是又问了一次。

---

① 瑞乐舞为英格兰与爱尔兰的一种三拍子民族舞蹈,节奏很快,音乐流畅。通常由两对舞伴对舞,有时多对参加,十八世纪末在英国舞厅颇为流行。

No, no; stay where you are
[*Copyright 1894 by George Allen.*]

"哦!"她说,"我刚才听见了;不过我马上还决定不了作何回答。我知道,你想要我说'乐意',这样你就可以看不起我的趣味,觉得开心了。但是我总喜欢拆穿这种诡计,要弄一下存心蔑视我的人。因此我已经决定要告诉你,我根本不想跳瑞乐舞——现在如果你有胆量,就蔑视我吧。"

"我的确没有那个胆量。"

伊丽莎白本来打算挖苦他一番,现在他表现出了谦恭有礼,她不禁有些惊奇;不过她态度既是温柔中又透着调皮,这也就使她很难去挖苦什么人了;而且达西又从来没有像现在对她这样对任何女人着迷。他确实相信,要不是她的社会关系低微贫贱,他就该处于某种危险之中了。

宾利小姐亲眼目睹,或者内心猜疑,都足以使她横生妒意。于是她渴望好友简尽早康复的心理,由于希望撵走伊丽莎白而变得更加迫切了。

她常常谈论他们那份空中楼阁似的姻缘,设想他在这种联姻中的幸福,以此挑拨达西讨厌她的这位客人。

他们第二天在灌木丛间一起散步的时候,她说:"我希望,在这件称心如意的喜事如愿以偿的时候,你给你那位岳母大人提醒着点儿,让她管住她的舌头,如果你力所能及,还要治一治那两个小姨子追求军官的毛病。——还有一件事,十分微妙,难以启齿,如果允许我提一提的话,尊夫人多少有那么一点点狂妄自大和急躁鲁莽,还是制止一下为好。"

"为了舍下的家庭幸福,你还有别的什么建议吗?"

"哦!有呀。千万要把令姨丈菲利普斯和姨母的肖像陈列在彭贝利的画廊里。把它们摆在那位当法官的令叔祖旁边。你知道,他们是同行,不过级别不同而已。至于你那位伊丽莎白的画像,你就不必费心找人去画啦,因为哪位画家能逼真地描绘出她那对美丽的眼睛呢?"

"要画出那对眼睛的神韵的确不易,可是那颜色、形状和睫毛,那么美好,不同凡响,总还是可以描绘得出来的吧。"

正在这个时刻,他们遇见了赫斯特太太和伊丽莎白本人,她们是从另一条便道走过来的。

"我不知道你们也要散步。"宾利小姐说,因为担心她们刚才听见了那些话,有些神色不安。

"你们待我们太糟了,"赫斯特太太说,"不告诉我们一声说要出来,自己就跑了。"

接着她就挽起达西先生空着的那只胳臂,让伊丽莎白自己走自己的。这条小路只容得下三个人一排,达西先生觉得她们粗鄙无礼,立刻说道:

"这条便道不宽,容不下咱们大家。咱们最好还是到林阴大道上去吧。"

可是伊丽莎白根本不想同他们一起,笑着回答说:

"不必啦,不必啦。你们还是走那条路吧。你们三个人一起搭配得真美,看起来真是不同寻常。要是再加上第四个人,画面就破坏了。再见。"

她随即轻盈地跑开了,她一面独自漫步,一面心里想着,很可能在一两天之内就回到家里了,不觉十分欣喜。简已经好多了,都想当天晚上就走出屋子去玩它两个钟头了。

第十一章

吃完正餐,太太小姐都离开餐厅了,伊丽莎白赶忙跑到楼上姐姐那儿去,等姐姐穿戴严实不会着凉,才陪她到客厅里来。她那两位朋友接二连三地说明自己多么高兴以示欢迎。在男客们到来之前的那一个小时里,两姐妹显得那样和颜悦色,伊丽莎白从来都没见过。她们谈话的本领真是非同小可。她们能把一个应酬场面描述得毫厘不爽,把一个掌故讲得妙趣横生,而嘲笑起哪位熟人来则精神抖擞。

但是等到男客们进来之后,简就不再是最受关注的对象了。宾利小姐的目光立即转向达西,他往前还没走出几步,她就有些话要对他讲了。达西径直向本内特小姐问好,很有礼貌地祝贺她康复。赫斯特先生也向她微微鞠了一躬,说他感到"非常高兴"。但是宾利的问候才是无微不至而又热情亲切。他满怀喜悦而且殷勤有礼。头半个小时都花在添火加温上了,免得她因为换了屋子而受害;她还按照他的请求挪到了壁炉的另一边,这样就可以离门远一点。随后他就在她旁边坐下,很少再和别人谈话。伊丽莎白在对面角落里做活,看到这一切情景,心里十分高兴。

喝完茶以后,赫斯特先生提醒他小姨子打牌——可是没有成功。她早已得到秘密情报,知道达西先生不愿意玩牌。过了一会儿赫斯特先生又公开提出要求,也遭到拒绝。她对他说,谁也不打算玩牌,对这件事在场的人都一言不发,好像证明她没有说错。赫斯特先生因此无所事事,只好直挺挺地躺在沙发上,睡起觉来。达西拿出一本书来,宾利小姐也跟着照办。赫斯特太太主要在专心玩赏自己的手镯和戒指,偶尔在她弟弟和本内特小姐的谈话中插上几句。

宾利小姐一边注意观察达西先生,看他那本书看了多少,一边又自己看书,她在这两个方面的注意力可说是平分秋色。她老是一会儿问个什么问题,一会儿看看他那本书的页码。然而她没有办法争取他同她谈话。他只是应付一下她的问题,然后又继续看书。她单单挑了她那本书,是因为它是达西先生那本书的第二卷,她本来想从自己那本书里找到一点乐趣,可是却弄得精疲力竭,最后只好打了一个大呵欠,说:"用这种方式度过一个晚上,有多愉快啊! 依我说,干什么事都不像读书这样让人快乐。读书不像干任何别的事情,不会那么快就让人感到厌倦! ——等我有了我自己的家,如果我没有一个很好的藏书室,我就会难受死了。"

谁也没有答腔,于是她又打了一个呵欠,把书扔在一边,用眼睛把整个屋子扫了一圈,想找点什么消遣。这时她听见她哥哥对本内特小姐提到舞会的事,就突然转向他说:

"我顺便说一句,查尔斯,难道你真是在正经地考虑在内瑟菲德举行一次舞会吗? ——我愿意奉劝你,在做出决定之前,先征求一下在座诸位的意见,如果我说我们中间没有人把舞会看做是惩罚而不是乐趣,那么我就估计错了。"

"如果你指的是达西,"她哥哥大声说,"在舞会开始之前,要是他愿意,他可以上床睡觉。——至于舞会嘛,那是已经定了的事。只等尼科尔斯把白汤①备足了,我就下请帖。"

"如果舞会换个方式举行,"她回答,"那我对它就会喜欢得多了。像通常那种舞会程序,有些东西真叫人讨厌死了。如果那些节目是相互交谈而不是跳舞,那肯定就合理多啦。"

"是合理多啦,我亲爱的卡罗琳,但是保准那就太不像舞会了。"

宾利小姐没有答话,过了一会儿,她站起来,在屋子里面走来走去。她身材窈窕,步履优美,这样做完全是为了达西,可是达西却依然埋头读书,心无旁骛。她感到毫无希望,于是决心再做一次努力,便转过身来对伊丽莎白说:

"伊莱莎·本内特小姐,我愿意劝劝你学我的样儿,在屋子里转一圈。我告诉你,用一种姿势坐那么久,站起来走动走动可以提提精神。"

伊丽莎白先是吃了一惊,不过立刻就同意了。宾利小姐表现得彬彬有礼,自有她真正的目标,这样一来,她也同样成功了;达西先生果然抬起头来。他同伊丽莎白本人一样,也领悟到她那是故意出花招引人注意,不知不觉把书合上了。她们立刻邀请他和她们一起走走,不过他推辞了,还说,他想象得出,她们在屋子里一起走来走去,不外乎两个动机,无论是出于哪个动机,他一加入就给搅和了。"他这是什么意思?"宾利小姐急不可耐,一定要弄清楚他的意思,于是就问伊丽莎白究竟能不能理解。

"根本不理解,"她回答说,"不过看情况,他是存心跟我们耍厉害,要杀他的威风最好的办法就是不予理睬。"

然而,宾利小姐无论如何也不能去杀达西先生的威风,因此坚持不懈,一定要他对所说的两个动机解释清楚。

"我完全不拒绝作些解释,"他等她一给他说话的机会就说,"你们要么是想选择这种办法来度过这个晚上,因为你们是贴心的朋友,有些私事需要讨论;要么是因为觉得走动起来最能显露你们身材的长处;如果是第一种动机,我一参加就会妨碍你们;如果是第二种动机,我坐在壁炉旁边,

---

① 一种用白肉(如小牛肉、鸡肉等)加蔬菜所熬制的汤。舞会结束客人离去前,通常飨以热腾腾的白汤、咖啡或其他饮料。

倒还可以更好地欣赏你们。"

"啊！真是吓死人啦！"宾利小姐大叫起来，"这么可恶的话我可从来没听见过。他说出这种话来，我们该怎样惩罚他呢？"

"只要你有这种想法，那还不容易，"伊丽莎白说，"我们全都可以互相折磨，互相惩罚。捉弄捉弄他——嘲笑嘲笑他——你和他那么亲近，你一定懂得怎么做。"

"不过凭良心说，我真不懂。我老实告诉你，我和他亲近也还没有教会我这一点。捉弄性格沉静、头脑清醒的人！不，不。我觉得，他可能认为我们不堪一击。至于说嘲笑，对不起，我们不能无缘无故地嘲笑别人而使自己丢丑。那样，达西先生可就会自鸣得意了。"

"原来达西先生是嘲笑不得的呀！"伊丽莎白大声说，"这可是个不同寻常的长处，我希望他还会继续不同寻常下去。这种熟人要是多了，对我来说就是个很大的损失了。我是非常喜欢开玩笑的。"

"宾利小姐刚才对我过奖了，"达西说，"一个人要是把开玩笑看做是人生的第一目的，那么最聪明最优异的人，不，是他们的最聪明最优异的行动，也可能都让这种人给变成荒谬可笑的了。"

"当然喽，"伊丽莎白答道，"确实有这样的人，不过，我希望，我不是其中之一。我希望我决不会嘲弄聪明的或者优异的行动。愚蠢行动，胡说八道，胡思乱想和自相矛盾，的确能让我开心，这我承认。只要有可能，我就要嘲笑一番。——不过，我想，这些正是你身上所没有的。"

"或许谁都不可能有。不过我这一生都在研究如何避免这些弱点，这些弱点常会使一个头脑清楚的人招人嘲弄。"

"比如虚荣和傲慢。"

"对，虚荣确实是一种弱点。不过，傲慢嘛——如果真是头脑聪明高人一等，傲慢总是会比较适度而有所节制的。"

伊丽莎白转过脸去，暗自发笑。

"我想，你对达西先生已经考问完了吧，"宾利小姐说，"请问：结果如何？"

"我完全相信，达西先生是毫无缺点的。他自己也直言不讳地承认了这一点。"

"不,"达西说,"我并没有那样自以为是。我的毛病也够多的,不过,我希望,它们不是头脑方面的问题。我的脾气,我就不敢担保。我认为,那就是太不肯妥协,不肯让步——当然是太不给人一点儿方便。我不能恰合时宜忘掉别人的愚蠢和缺德的行为,别人得罪了我,我也不能忘怀。我的感情也不是推一下就可以激动起来的,我的性子也许可以说是爱发脾气的。我对人的好感一旦失去,就再也不会恢复。"

"这倒真是一个缺点!"伊丽莎白大声说,"一旦结怨终生难解,是性格上的一个阴影。不过你已经很好地挑出了你这个缺点,我实在不能嘲笑它了。现在你在我面前也就平安无事啦。"

"我相信,每个人的性格都会有某种倾向,容易犯某种特定的毛病。这种天生的缺陷,即使受最良好的教育,也是克服不了的。"

"你的缺陷就是对谁都厌恶。"

"你的缺陷呢,"他笑着回答,"就是存心误解别人。"

"我们还是听点音乐吧,"宾利小姐看到这场谈话没有她说话的份儿,于是感到厌倦,就嚷嚷起来,"路易莎,你不会介意我把赫斯特先生吵醒吧。"

她姐姐丝毫没有反对,于是钢琴打开了。达西先生寻思了一会儿,觉得没有什么可惜。他开始感到,对伊丽莎白过分殷勤未免危险。

第十二章

本内特姐妹俩商量好了以后,伊丽莎白第二天早晨就给母亲写信,要求当天派马车来接她们。但是本内特太太原来合计让两个女儿在内瑟菲德逗留到下一个星期二,让简在那儿刚好待够一个星期,因此不愿意在此之前接她们回家。这样,她的回信并不让人遂心,至少不符合伊丽莎白的愿望,因为她迫不及待地想回家去。本内特太太的回信说,在星期二以前她们别指望有马车;而且在信末尾的附言中还加了一句,如果宾利先生和他妹妹坚决挽留她们多住几天,她完全同意她们留下。然而伊丽莎白下定决心不再继续逗留,而且她也觉得,他们不会提出挽留;相反,她还害怕别人认为她们这两个不速之客待得太久,所以催促简立刻去借用宾利先生的马车,最后姐妹俩决定向他们说明,她们原来打算这天上午离开内瑟菲德,然后提出借车。

这个意思一说出来,就引起大家纷纷表示关怀,希望她们至少要等到第二天再走,好让简的身体多恢复一些。于是她们的行期就推迟到第二天。宾利小姐这时却又懊悔起来,觉得不该提出推迟行期,因为她对这两姐妹中的一位所怀的嫉妒和厌烦,大大超过了她对另一位的友爱之情。

这家的主人听说她们这么快就要走,心里真正感到难受,而且一再想说服本内特小姐,这样快就走对她有危险——她还没有很好复原;但是简觉得自己对,所以坚定不移。

对于达西先生来说,这倒是一个好消息——伊丽莎白在内瑟菲德待得够久了。她把他吸引住了,而且超过了他所希望的程度——宾利小姐对她很不客气,而且捉弄他也比平常多。他头脑精明,于是当机立断,今后遇事要特别小心谨慎,现在决不可再流露丝毫对她的爱慕,决不能增加她的指望,让她以为可以影响他的幸福。他感觉到,如果她有了这种想法,那么他在这最后一天的举止行为就必定关系重大;或者肯定它,或者否定它。他主意已定,于是星期六这一整天都没跟她说过几句话,而且有一次只有他们俩一起待了半个小时,可是他聚精会神地埋头读书,连看都没看她一眼。

星期日晨祷完毕,姐妹俩就和大家告别了,差不多每个人都觉得高兴。宾利小姐最后对伊丽莎白表示的客气,也和她对简的感情一样迅速增加了。她们分手的时候,她对简说,今后无论是在朗博恩或是在内瑟菲德与她重逢,她都会非常高兴,然后又十分亲切地同她拥抱,她甚至还同伊丽莎白握了一下手。伊丽莎白同所有的人都愉快热情地告别。

她们回到家里,并没有受到母亲非常真诚的欢迎。她们归来,本内特太太有些出乎意料,认为她们造成那样多的麻烦很不像话,还说简肯定又会着凉。但是,她们的父亲见到她们回来,嘴里尽管没有多说感到快乐的话,内心却是真正高兴。他已经感觉到她们在家里的重要意义。他们一家人晚上聚在一起聊天的时候,简和伊丽莎白不在场,谈话就没有生气,而且几乎完全失去了意义。

她们发现玛丽还是同往常一样,埋头研究低音部的和声问题和人性问题;她有一些新的摘要可供鉴赏,还有一些关于陈腐道德的新论述可供聆听。凯瑟琳和莉迪亚则给她们讲了一些截然不同的新闻。自从上星期三以来,民团发生了很多事情,有很多议论;有几位军官最近同姨父一起吃晚饭,一个大兵受了笞刑,而且确实有人隐隐约约地透露,福斯特上校就要结婚了。

第十三章

第二天吃早饭的时候,本内特先生对太太说:"亲爱的,我希望你今天已经盼咐准备好一顿像样的正餐了,因为我有理由相信,我们家会来一位客人。"

"你指的是谁呀,亲爱的?我根本不知道有谁会来,除非夏洛蒂·卢卡斯碰巧来看望一下,我想我的家常便饭招待她就够好的啦。我不相信她在家里能经常见到这种饭食。"

"我说的这个人是位绅士,还是位生客。"

本内特太太的眼睛顿时闪亮起来:"一位绅士,还是位生客!我相信一定是宾利先生。怎么,简,这件事你一点儿口风都没漏;你这个鬼东西!好呀,马上要看到宾利先生,我真高兴极了——可是,老天爷!多么不巧呀!今天一点鱼也买不到啦,莉迪亚,小宝贝,摇摇铃吧,我得马上盼咐希尔。"

"不是宾利先生,"她丈夫说,"是我这一辈子从来没有见过的一个人。"

这句话引得全家都大为惊讶。太太和五个女儿顿时都迫不及待地纷纷追问,使他好不得意。

看到她们这样好奇,他觉得十分有趣。过了一会儿,他才解释说:"大约一个月以前,我收到这封信,大约两个星期以前,我回了一封信,因为我认为这件事有点棘手,需要早点注意。信是我表外甥柯林斯先生来的,等我死了以后,这个人什么时候愿意就可以什么时候把你们全都赶出这所房子。"

"啊,天呐!"他太太叫了起来,"听到你提起这件事,真让我受不了。请你不要再谈那个可恶的家伙啦。你的产业不传给你自己的孩子,却要依法传给别人,我的确认为,这是世界上最冷酷无情的事情了。我相信,如果我要是你,我早就会想方设法对付这件事情了。"

简和伊丽莎白努力给母亲解释限定继承法的性质,她们从前也常常尽力向她解释,可是在这个问题上,本内特太太确实无法理解。她无尽无休地破口大骂,说一家五个女儿都不能继承产业,而要传给一个毫不相干的外人,简直太残酷了。

"这确实是一件极不公平的事,"本内特先生说,"柯林斯先生继承朗博恩的产业,这个罪名他无论如何都洗刷不清。不过,如果你听听他来的这封信,听到他表明自己心迹的态度,你的情绪也许会缓和一点。"

"不,我知道我是不会的;而且我认为,他写这封信给你,根本就是鲁莽无礼的,而且还是虚伪透顶的。我恨的就是这种虚情假意的朋友。他为什么不能像他父亲以前那样继续同你生分下去?"

"嗯,的确,他真像是心里还有点儿作后人的进退两难,你听听就知道了。"

亲爱的先生:

先生前与家父牴牾,念及常感不安。自家父不幸谢世,我常以弥合裂隙为怀,转念深思,又恐与家父向以仇之为快者修好,有辱其在天之灵,是以裹足未前。("本内特太太,你听听这儿。")然目下我于此事决心已定,盖我业已于复活节日愧受圣职。蒙刘易士·德伯格爵士遗孀凯瑟琳·德伯格夫人优宠有加,鼎力推荐,得以荣任本教区教区长一职。从今以后,将感恩戴德,恭侍夫人,并竭尽绵薄,奉行英国教会厘定之礼法仪式。除此之外,身为教士,我当恪职守分,力促本人影响所及一切家庭安宁福祉。据此种种,窃以此次修好诚意为荣,并愿先生勿为依法继承朗博恩产业一切耿耿,笑纳我所奉献之橄榄枝,而不拒我于千里之外。此项继承将使诸令爱利益受损,我深感不安,谨预致歉意,并愿向先生保证,将乐于竭尽所能为诸令爱补偿——且容日后再议。如蒙惠允登门,我愿于十一月十八日星期一下午四时前往拜谒,或将叨扰府上直至下星期六。此一时期于我并无不便,因我星期日偶有缺席,只需另有教士代行当日圣职,则凯瑟琳夫人决不反对。亲爱的先生,乞向尊夫人与令爱致意。

您之衷心祝福人及朋友

威廉·柯林斯

十月十五日

肯特郡维斯特安姆附近之亨斯福德

"因此在四点钟的时候,我们就可见到这位前来修好的先生了,"本内特先生一边叠信,一边说,"请相信我吧,看来他像是一个很有良心,很讲礼貌的年轻人。特别是如果凯瑟琳夫人慨允他再来看望我们,我毫不怀疑,他会成为一个难得的朋友。"

"关于几个姑娘,他讲的那些话也还有些道理。如果他真打算给她们些补偿,我一定不会作帮他打退堂鼓的人。"

"虽然很难猜想他能考虑用什么办法来为我们作出补偿,"简说,"这个愿望还是确实值得赞许的。"

伊丽莎白觉得印象深刻的主要是他对凯瑟琳夫人那种非同一般的毕恭毕敬,还有他那种善良的心意——在需要的时候为他那个教区的教民举行洗礼、婚礼和丧礼。

"我想他一定是个怪人,"她说,"我摸不透他。——他的文笔有些地方非常浮夸。——他依照法律继承产业却又要表示歉意,他这是什么意思?——我们不能设想,如果他能补救他就会那么干。——他能够是一个明白事理的人吗,爸爸?"

"不是,亲爱的,我想他不是,我觉得他大有可能刚好相反。他那封信是既奴颜婢膝又妄自尊大,倒是做了很好的承诺。我是真想赶快见他。"

"从结构措词来说,"玛丽说,"他这封信似乎没有什么毛病。橄榄枝这个说法虽然并不怎么新颖,不过我想表达得也很确切。"

就凯瑟琳和莉迪亚来说,不论是那封信,还是写信的人,她们都丝毫不感兴趣。她们那位表哥几乎没有可能会穿一件红外衣来这儿。她们同穿别种颜色衣服的男子交往而感到快乐,那已经是几个星期以前的事情了。至于她们的母亲,柯林斯先生的信已经打消了她不少的怨气,她还准备以颇为泰然自若的态度去见他,让她丈夫和女儿都感到惊讶。

柯林斯先生准时到达,受到全家人非常客气的欢迎。本内特先生几乎没讲什么话,不过太太和小姐们却都非常乐意交谈,柯林斯先生看来既不需要别人鼓励他张口,本人又不是个愿意保持缄默的人。他是个二十五岁的年轻人,身材高大,显得迟钝。他神情严肃,举止拘谨,刚一落座就恭维本内特太太有一群这么美好出众的千金,说他早已听到人们称赞她们的美貌,但是今日一见,方知事实远在盛名之上,然后又加了一句,说他毫不怀疑,她会看到她们在适当的时候一个个都要结下美满姻缘。这样大献殷勤并不太符合在座的几位姑娘的口味,只有对恭维话百听不厌的本内特太太,才十分乐意搭话:

"你真是仁义呀,先生,我一心一意希望,事情会像你说的那样,要不,她们就得遭罪啦。如今许多事情都办得稀奇古怪的。"

"你大概指的是这份产业的依法继承问题吧?"

"哦!先生,我确实指的是这件事。你得承认,在这种事情上,我那些可怜的女儿可是受到损害啦。并不是我要怪罪你,因为我知道,在如今这种世道,这种事情全得靠运气。等到产业要依法继承的时候,根本就不知道情况会怎样。"

"太太,我十分了解我这几位贤表妹的苦处——而且在这个问题上有许多话可说,不过我得小心从事,不要唐突急躁。但是我可以向几位年轻小姐保证,我来是准备好了要向她们表达仰慕之情。眼下我还不愿多说,不过也许等到我们更加熟悉的时候……"

他这番话被招呼就餐打断了;几个姑娘彼此相视而笑。不仅她们是柯林斯先生仰慕的对象,而且大厅、餐厅和全部家具都受到察看和称赞,本内特太太如果不是觉得他把所有这些东西都看做他未来的财产而感到伤心,她听到他对它们一一加以赞美本来是会心花怒放的。这顿正餐也受到高度赞赏,而且他请他们告诉他,如此精湛的厨艺,究竟是出自哪位贤表妹的妙手。不过本内特太太在此处纠正了他的说法,声色俱厉地告诉他,他们绰有余力,可以雇用高明的厨师,她那几位姑娘一向远离庖厨。他请求原谅,说不该惹她不高兴。于是她缓和语气,说她自己根本没有生气;不过他还是接二连三地道歉,大约足折腾了一刻钟。

第十四章

吃饭的时候,本内特先生几乎一言未发。不过,仆人退下以后,他想,这时应该同客人谈谈了,于是谈到一个估计他听了一定会眉开眼笑的话题,说他看来非常幸运,找到了一位女恩主。凯瑟琳夫人顾念他的种种愿望,关怀他的舒适安乐,看来真是无以复加了。本内特先生选择这个话题真是再好不过了。柯林斯先生对这位夫人赞不绝口。这个话题顿时把他提高到举止动作异常庄严肃穆的境界,他以极为自命不凡的腔调断言:他生平从来没有见过一位重要人物这样为人处世——像他本人从凯瑟琳夫人那里亲身体验到的那样和蔼可亲,肯于降尊垂顾。他曾有幸在夫人尊前讲道两次,这两次都蒙夫人垂爱嘉勉。她曾两次请他去罗辛斯进餐,就在上星期六晚上还派人请他去陪着打四十张①。有许多他认识的人认为凯瑟琳夫人盛气凌人,不过他在她身上看到的只有和蔼可亲,别无其他。她对他讲话总是同对其他任何绅士一样。她一丝一毫也不反对他与邻居交往,不反对他偶尔离开他的教区一两个星期,去探望亲戚。她甚至屈尊劝告他尽快成婚,不过特别要他择偶小心谨慎。有一次她还亲临他的寒舍,对他将那所牧师住宅所做的一切整修大加赞许,甚至不吝亲自赐教——赐教在楼上壁橱里增添几层搁板。

"我相信这一切都非常得体,合乎礼节,"本内特太太说,"我敢说,她

---

① 四十张为一种牌戏,流行于十八世纪,由四人分玩四十张牌,故名。

是个和蔼可亲的人,可惜高贵的夫人一般都不大像她。她住的地方离你不远吧,先生?"

"寒舍的花园同夫人她住的罗辛斯庄园只隔着一条小路。"

"我记得你好像说过,她是个寡妇吧,先生?她还有什么子女亲属吗?"

"她只有一位千金小姐,也就是罗辛斯的继承人,要继承一笔非常之大的财产。"

"哦!"本内特太太大叫一声,同时摇摇头说,"那么她比许多姑娘都阔气得多啦。这位小姐是个什么样的人?她漂亮吗?"

"她确实是一位最动人的年轻小姐。凯瑟琳夫人亲口说过,以真正的美貌来说,德伯格小姐要远远超过世界上最标致的女人,因为她眉目之间显露出这位年轻女子天生就是名门闺秀。可惜她体弱多病,妨碍了她在各种学艺方面的长进,不然一定会多才多艺。这是那位负责她的教育的女教师告诉我的,她现在还同她们住在一起。德伯格小姐十分友好可亲,常常赶着她那辆双马四轮马车驾临寒舍。"

"她觐见过国王吗?进过王宫的夫人小姐中,我不记得有她的名字。"

"她健康情况不佳,使她不幸没能到京城去。正是因为这一点,有一天我亲口告诉凯瑟琳夫人,英国王宫就缺少了一个最光彩照人的人物。夫人看来对这个见解很中意,你们可以想象得到,在任何场合,我都乐于说几句这种玲珑巧妙的恭维之词,小姐太太听了都很愉快。我不止一次对凯瑟琳夫人说过,她娇媚可爱的千金好像天生是位公爵夫人,而且哪怕是这种最崇高的爵位,也算不上是给她增添荣耀,反而是借重她而增添光彩——像这样一些小小不言的事儿,就能让夫人非常开心。就是这种事情呀,而且我觉得,我必须在这类事情上特别献献殷勤。"

"你的判断非常恰当,"本内特先生说,"你很幸运,有这种刻意逢迎的本事。敢问你说这种讨人欢心的奉承话是靠灵机一动,还是素有钻研而胸有成竹呢?"

"主要是靠随机应变。当然我有时也自己开开心,预先设想,准备一些符合一般场合的乖巧玲珑的谀词,不过我总尽量装做好像这些话是脱口而出的样子。"

所有一切都完全未出本内特先生所料。他的表外甥同他预想的一样可笑,他听他讲话感到十分逗乐,不过脸上却是一本正经,不露声色,他并不需要别人来分享他这份乐趣,不过偶尔对伊丽莎白使个眼色而已。

到喝茶的时候,这一场才算完了。本内特先生很高兴地又把客人领进客厅,喝完茶以后,又高兴地请他给太太小姐们朗诵。柯林斯先生欣然从命,于是她们就给他拿出一本书来,但是他一看那本书(因为完全可以看出,是从流动图书馆借来的),不禁吓得往后一缩,并且请求原谅,连声解释说,他从来不看小说①。——基蒂两眼直愣愣地望着他,莉迪亚大叫起来。——于是又拿出几本书来,他仔细考虑了一会儿,才挑了《福代斯讲道集》②;莉迪亚看到他打开了这本书,立刻打了一个呵欠,还没等他腔调呆板、一本正经地念完三页,就打起岔来:

"你知道吗,妈妈?菲利普斯姨父说要把理查德赶走,要是真的赶走了,福斯特上校就会雇他。姨妈星期六亲口告诉我的。我明天去梅里顿,再打听一下这件事的情况,还要问问,丹尼先生什么时候从京城回来。"

两个姐姐一齐吩咐她住嘴,柯林斯先生则非常恼火,把书放在一边,说:

"我常常注意到,年轻小姐对正经书没有什么兴趣,其实这种书正是为她们好才写的。这确实令我感到奇怪,因为的确没有什么能像教诲一样对她们有那么大的益处。不过我也不再勉强我这位年轻的表妹了。"

他说完这番话,就转向本内特先生,建议陪他玩十五子棋③。本内特先生同意和他下棋,还说,他这个办法很好,让姑娘们自己去找她们的消遣。本内特太太和几个女儿都客客气气地为莉迪亚打断朗诵表示歉意,

---

① 当时英国上层社会认为看小说是一种无聊的消遣。
② 詹姆斯·福代斯(1720—1796),美国牧师,他的《福代斯讲道集》当时很流行,主要是宣传当时已经过时的伦理道德。
③ 十五子棋由两人在一特制棋盘上对弈,各执十五个棋子,掷骰决定走棋格数。

并且答应他说,如果他接下去再念,保证不让这种事情再发生;但是柯林斯先生向她们保证,他对表妹毫不见怪,决不会认为她的行为是冒犯了他而怀恨在心,然后他就和本内特先生坐到另一张桌子旁边,准备下十五子棋。

第十五章

柯林斯先生不是一个很明白事理的人,他先天的缺陷并没有因为受过教育和社会影响而有所弥补。他出生以来最多的时间是在一个无知而又吝啬的父亲管教之下度过的。他念过一个大学①,可只是混够了那几个学期,也没有在学校里交上任何有益的朋友。他父亲对他管教很严,所以造成他一向谦卑恭顺,可是他现在过上悠闲的生活,年纪轻轻就出乎意料地发了迹,从而产生种种自鸣得意之感,以愚钝之材而却自视颇高,这就大大抵消了他原有的那份谦卑恭顺了。那时亨斯福德教区牧师职位空缺,他时来运转,得到凯瑟琳·德伯格夫人的赏识提拔。他敬仰夫人的高贵门第,铭感自己女恩主的知遇之恩,同时又自命不凡,重视自己作为教士的权威,作为教区长的权利,所有这些集于一身,使他既傲慢又谄媚,既自负又谦卑。

他现在有了一所很好的房子,一笔丰厚的收入,于是有意结婚。他想同朗博恩这家人言归于好,本来怀有找个妻子的意思;他的原意是,如果他觉得那几位姑娘名不虚传,确实俊美可爱,就从中挑选一个。这就是他为了要继承她们父亲的遗产而做的补偿计划——改过赎罪计划。他认为这是个绝妙的计划,完全妥帖适宜,又显得他自己慷慨无私。

他见到她们之后,并没改变自己的计划。本内特小姐娟秀可爱的容颜,使他的主意更加坚定,而且还使他确定了以长幼为序的极其严格的概念。第一天晚上,她成了他选中的目标。然而,第二天早晨他就作了改变,因为在早餐前他同本内特太太密谈了一刻钟,开头谈的是他那幢牧师

---

① 指当时仅有的牛津或剑桥大学。

住宅,随后自然而然地表白了他自己的心愿:也许可以从朗博恩找到那幢住宅的女主人。本内特太太自是洋洋得意,笑逐颜开,满口应承恩惠,不过告诫他不要挑选简。至于她那几个小女儿,她固然不能说话就算——她不能做出正面的回答——不过了解,她们的事还没有定下来;——可是她的大女儿,她可得说,她觉得她义不容辞必须表示,大概很快就要订婚了。

柯林斯先生只好从简换到伊丽莎白——而且换得很快——就在本内特太太拨火的那一会儿。伊丽莎白从年龄和美貌来说,同样都仅次于简,自然应该接替她。

本内特太太得到这种暗示,如获至宝,她相信很快就会有两个女儿出嫁了,而且她前一天连提都不愿提的那个人,现在却深得她的欢心。

莉迪亚没有忘掉她想去梅里顿走一趟的打算,除了玛丽以外,几个姐妹都同意和她一起去。柯林斯先生应本内特先生的请求,准备陪同她们。本内特先生急于想把他打发走,好在藏书室内独享清静;因为柯林斯先生早餐之后就跟着他到了藏书室,好像还要一直在那儿待下去,表面上是在阅读藏书中部头最大的一册对开本书籍,但是实际上却几乎是喋喋不休地同本内特先生聊天,谈他在亨斯福德的房子和花园。这种做法搅得本内特先生格外烦恼,他一向总是在藏书室内独自安享清闲自在,虽然,像他告诉伊丽莎白的那样,他也准备在其他任何一间屋子里接待愚蠢而又自大的人,但是在这里却要一概谢绝。因此他立即客客气气地请柯林斯先生和他女儿一同出去走走。至于柯林斯先生,说他是个步行家事实上比说他是个读书人还要恰当得多,所以他就高高兴兴地合上那本大书走了。

他们一路走去,柯林斯先生这一边是口吐莲花,言之无物,他的几位表妹那边则是彬彬有礼,唯唯诺诺,时间就这样过去,最后到了梅里顿。这时他就再也得不到两个小表妹的注意了。她们的眼睛立刻在街道上东张西望,搜寻那些军官。只有的确非常时髦的女帽,或者商店橱窗里真正新颖的细布,才能引起她们的注意。

不久,每位小姐的注意力都集中到一个以前大家从未见过的年轻人身上。他有一副十足的绅士派头,同一位军官坐在街的对面。那位军官正是丹尼先生,莉迪亚来梅里顿就是要打听他是否从伦敦回来了。她们走过的时候,他对她们鞠了一躬。大家全都给那位陌生人的风度镇住了,都在寻思,他究竟是谁。基蒂和莉迪亚假装要在对面一家商店里买点东西,便走到街对面去,她们运气真好,刚刚走到人行道上,那两位先生恰好转身也走到了同一个地点。丹尼先生立即招呼她们,并且请她们允许他介绍他的朋友魏肯先生,他前一天才同他一起从京城回来。他很高兴,说他已经接受委任,派到他们民团来。事情本来就应该如此:因为这个年轻人只需要穿上军服,就会变得完美无缺,令人动心了。他的外表非常讨人喜欢。他把美之极致全部集于一身,眉清目秀,体格匀称,谈吐悦耳。介绍之后,他就马上欣然与大家畅谈起来——同时还畅谈得十分得体,毫不做作。大家全都站在那儿,谈得非常痛快,这时一阵马蹄声引起了他们的注意,可以看到达西和宾利骑着马沿街道跑来。两位骑马人认出了这些人中间的几位小姐,于是径直朝她们赶过来,依礼互相寒暄。宾利是主要说话的人,本内特小姐则是主要听他说的人。他说,他那时正要去朗博恩探望她。达西先生欠了欠身,证明他讲的是真话,并且刚要打定主意别把眼睛盯在伊丽莎白身上,这时他忽然看见了那个陌生人,伊丽莎白刚好看到了他们两人面面相觑的那种表情,对于他们两人邂逅相逢的这种模样感到极其惊诧。那两个人的脸色都变了,一个脸色煞白,一个满面通红。过了一会儿,魏肯先生举手触了触帽檐——表示问好,达西先生则只是勉勉强强还了一礼。这究竟是什么意思?真是令人难以想象,而且也难以令人不想去弄出个究竟来。

又过了一会儿,宾利先生同大家告辞,和他的朋友一起上马走了,好像没有注意到刚才发生的事情。

丹尼先生和魏肯先生陪着几位年轻小姐走到菲利普斯先生家门口,尽管莉迪亚小姐一再坚持邀请他们进去,甚至菲利普斯太太都打开了客厅的窗户,也放大嗓门连声表示邀请,他们还是鞠躬告辞了。

菲利普斯太太一向总是高兴见到外甥女,两个大外甥女最近没有来过,更是特别受到欢迎,她迫不及待地诉说她听到她们突然回家去了感到大吃一惊,因为她们自家的马车没有去接她们,要不是碰巧在街上遇见琼斯先生家那个小伙计告诉她,本内特家两位小姐都回了家,他们不用再给内瑟菲德送药了,那她就压根儿还都不知道呢。说到这儿,简向她介绍柯林斯先生,于是她又向他招呼。她十分客气地欢迎他,他也更加客气地答谢,说他与她素昧平生,此次唐突登门,实在感到歉疚,然而他又不能不感到十分荣幸,因为把他引荐到尊前的几位小姐是亲戚,已使他的唐突稍可谅解了。菲利普斯太太见到这种过分周全的礼貌,不觉心生敬畏。但是她对这位生客还来不及多琢磨,思路就让一连串对另一个生人的惊叹和询问打断了。然而她所能告诉他们的也不外她们已经知道的,说是丹尼先生从伦敦把他带来的,他就要接受委任到某某郡担任中尉。她说,前一个钟头他们在街上溜达来溜达去的时候,她一直在注意看着他,要是魏肯先生再露面,基蒂和莉迪亚一定也会继续不断地看他,但是很可惜,现在除了几个军官以外,谁也没有走过这个窗口,他们同那个陌生人一比,就变成了"一些笨头笨脑、招人讨厌的家伙"。有几位军官第二天要来菲利普斯家吃饭,姨母答应,她们一家人如果第二天晚上能从朗博恩来,她就让她丈夫去看望魏肯先生,也邀请他来参加。大家都赞成她这个主意。菲利普斯太太还主张,他们到时候还可以玩一种既巧妙又热闹有趣的摸彩票①的游戏,然后再吃一点热乎乎的晚餐。这种欢乐的情景就要来临,大家都很高兴,他们分手的时候都兴高采烈,柯林斯先生出门告别的时候还要再次道歉,主人又毫不厌烦,客客气气地说,完全不必客气。

在回家的路上,伊丽莎白把她刚才见到那两位先生之间发生的情况告诉简。这两个人要是有什么过错,简一般也会维护其中之一,或者维护他们两人,可是现在她也同她妹妹一样,说不清这种举动是怎么回事。

柯林斯一回来就称赞菲利普斯太太礼貌周全,殷勤待人,本内特太太听了非常满意。他还说得十分肯定,除了凯瑟琳夫人和她那位小姐以外,他从来没有见过比她更高雅的女人,因为虽然他和她素昧平生,可是她不仅极其客气地招待了他,而且甚至还指名邀请他参加第二天晚上的聚会。

---

① 这种游戏一部分靠竞争,一部分靠运气,所以热闹有趣。

他推想,这与他同她们是亲戚有些关系,不过他有生以来却实在没有遇见过这样殷勤的关注。

第十六章

几个年轻人同姨母定下的约会并没有人反对。柯林斯先生本来有些顾虑,觉得自己前来拜望,不应该把本内特先生和太太留在家里独度清宵,但是这些顾虑后来都给打消了,于是他和五位表妹就坐上马车准时来到了梅里顿。几位姑娘一进客厅就听说魏肯先生接受了姨父的邀请,并且已经到了姨父家里,都觉得非常高兴。

大家听罢这个消息,都落座之后,柯林斯先生从容不迫地朝四处打量了一番,然后就赞美起来,说这所住宅的规模和家具陈设令他惊叹,还说他恍若置身罗辛斯那间消夏的小小早餐厅里。这个对比开头并没有多么让人感到满足,但是等到菲利普斯太太从他那儿了解到罗辛斯是处什么所在,它的主人是何许人,等到她听了他仅仅对凯瑟琳夫人的几间客厅之一所做的一番描述,知道一个壁炉架就花去了八百镑,这时候她才感觉到此番恭维的整个分量,哪怕他把管家的房间拿来对比,她也不会有什么愤愤不平了。他兴高采烈,向她描述凯瑟琳夫人和她那幢府第如何富丽堂皇,偶尔还插上几句,夸耀一番他自己那所寒舍和正在进行的改建装修,一直讲到男宾都进来为止。他发现菲利普斯太太听得聚精会神;她越听越觉得他非同寻常,并且决定尽快把他讲的这一套拿到左邻右舍那里去贩卖一番。至于那几位姑娘,她们听不得表兄那一套,希望有架钢琴弹弹却又没有,无事可做,只好端详壁炉架上她们自己眼前那些拙劣的仿制瓷器,所以等待的时间显得很长。不过这段时间总算过去了。男宾终于都到了,魏肯先生一走进客厅,伊丽莎白就觉得,无论是第一次见到他的时候,还是以后想到他的时候,她的爱慕都没有一丝一毫不合情理。某郡的军官一般说来个个都是非常可钦可敬、具有绅士风度的人物,当时在座的本来都是其中的精英。但是魏肯先生则在人品、相貌、风度和待人接物上远远超越了在座的军官,正如同这些军官大大优于那位肥头大耳、索然寡味的姨父一样。姨父这时跟在他们后面也进了客厅,嘴里还喷出一股酒味。

魏肯先生是当晚最幸福的男子,几乎博得了每一个女性的青睐,伊丽莎白则是最幸福的女子,他最后坐到了她的身边,而且立即和颜悦色地同她攀谈起来,虽然谈的不过是今晚是个下雨天,雨季大概要到来之类,但是这种和蔼的态度却让她感到,哪怕是最普通、最沉闷、最陈旧的话题,只要说话的人富有技巧,也能变得意蕴无穷。

柯林斯先生遇到魏肯先生和其他军官这样一些博取女士青睐的敌手,好像变得无足轻重了;就年轻小姐来说,他肯定是一文不值;但是他还有菲利普斯太太不时前来听听他说话,对他精心照看,飨以大量咖啡和松饼。

等几张牌桌摆好了,他才有了报答菲利普斯太太的好意的机会,坐下来玩惠斯特①。

"眼下我还不大会玩这种牌,"他说,"不过我愿意学习提高,因为在生活中处在我这样的地位……"菲利普斯太太非常感谢他肯屈尊俯就,但是却等不及让他述说理由。

魏肯先生没有玩惠斯特,而是非常愉快地让人请到另一张桌子上,坐在伊丽莎白和莉迪亚中间。开头似乎莉迪亚有把他一手包揽之势,因为她十分健谈,毫不松劲;不过她也同样极其喜欢摸彩票,所以不久就过分热衷于玩这个游戏,急于下注,得了奖就大嚷大叫,来不及注意其他任何人的事情了。魏肯先生只是在应付一下这种游戏的一般要求,所以能从容不迫地同伊丽莎白聊天。她非常愿意听他闲聊,可是她主要想听到的事情——他同达西先生交往的历史,却没有希望听到。她甚至不敢提起那位先生。然而,她的好奇心却出乎意料得到了满足。魏肯先生自己谈起他来了。他先打听内瑟菲德离梅里顿有多远,听了她的回答以后,他又吞吞吐吐地问起达西先生在那里待了多久。

"大约一个月,"伊丽莎白回答,这时她可不愿意丢下这个话头,于是

---

① 惠斯特是当时由四人玩的一种牌戏,后来发展为桥牌。

又添了一句,"据我了解,他这个人在德比郡拥有很多财产。"

"那是,"魏肯说,"他在那儿的产业非常大,每年净收入一万镑。要想知道这位大人物的一些情况,你可碰不到一个人能比我更合适了,因为我从小就和他们家有一种特别的关系。"

伊丽莎白不禁感到大为惊讶。

"你昨天想必注意到了我和他见面的时候那种非常冷淡的态度,加上今天又听到我这番话,本内特小姐,你当然会感到惊讶。你同达西先生很熟吗?"

"本来我一心希望跟他熟悉,"伊丽莎白激动地大声说道,"我和他在一幢房子里待了四天,我觉得他非常讨厌。"

"他究竟是招人喜欢还是招人讨厌,"魏肯说,"我没有权利谈我自己的意见。我没有资格来讲出一种意见。我和他认识太久了,对他知道得也太多了,当不了公正无私的裁判。对我来说,不可能做到不偏不倚。不过我认为,你对他的看法会使一般人感到震惊——也许你在别的地方不会表现得这么强烈吧。这儿毕竟是在你自己亲戚家里。"

"真的,我在这儿说什么,在附近任何一家都可以照样说,除去内瑟菲德之外。在哈福德郡根本没有人喜欢他。谁都讨厌他那种傲慢的态度。你绝对听不到有任何人会说他的好话。"

"他,或者任何人,都不应该名不符实地受到过高的推崇,"魏肯停了一会儿才说,"对这一点我不能假装有什么可抱憾之处。但是就他来说,我相信,情况却常常不是如此。他有钱有势,也就蒙蔽了世人的耳目,他那种居高临下、咄咄逼人的架势也很吓唬人,他想让别人怎么看他,别人就得怎么看他。"

"尽管我同他不过萍水之交,我还是看得出,他是一个脾气很坏的人。"

魏肯只是摇了摇头。

"我不知道,"他等到又有了说话的机会就说,"他是不是可能在这个地方住很久。"

"我根本不知道;不过我在内瑟菲德的时候,没有听说他要走。我希望,他呆在附近,不会影响你选中本郡的计划。"

"哦,不会,我可不会给达西先生赶走。要是他不愿意见到我,那就得他走。我和他的关系不好,每次见到他总是让我感到难受,但是我没有理由要躲避他,不过我要向大家宣布——一种受到极其严重亏待的感觉,对他的为人感到极其痛苦的惋惜。本内特小姐,他那已故的父亲老达西先生,属于世界上最善良的人之列,是我毕生最要好的朋友,我只要和眼下这位达西先生待在一起,就会怀念旧情,痛心疾首。他的所作所为,对我一直都是诽谤中伤,不过我真心诚意地相信,我可以宽恕他一切的一切,就是无法宽恕他辜负了他父亲的种种期望,辱没了他父亲的好名声。"

伊丽莎白发现自己对这个话题越听越感兴趣,于是就专心致志地听他讲下去,不过这件事情非常微妙,也就没有再提问题。

魏肯先生接着就谈起一些比较一般的话题,梅里顿、附近的地方、社交界,好像对他已经看到的一切都非常喜欢,在谈到社交界的时候更显得温文尔雅,不过却非常明显地流露出向女人献殷勤的味道。

"正是这里社交界安定美好的前景,"他又接下去说,"成了把我吸引到本郡来的主要原因。我也知道这里的民团是一个可爱、体面的民团,我的朋友丹尼又进一步鼓动我,谈起他们目前的驻地,谈到梅里顿人对他们十分关心,非常高兴和他们友好往来。我承认,社交界,对我是必不可少的。我一直是个失意的人,我精神上受不了孤独寂寞。我一定得有份工作,有社交活动。行伍生涯并不是我的向往,不过由于环境,现在也变为可取的了。教会本应成为我的专业——本来是培养我做教会工作的,如果我们刚才谈到的那位先生乐意的话,这时候我早就有一份十分可观的薪俸了。"

"真的!"

"是的,已故的老达西先生在遗嘱上指定,等最优越的牧师职位下次出缺,就把它赐赠给我。他是我的教父,对我特别慈爱。我真是无法报答他那样的慈爱之心。他的用心是想让我有个优裕的境遇,而且还以为已经做到了。谁知有了空缺的时候,却给了别人。"

"我的老天!"伊丽莎白大叫一声,"怎么能这样办呢?怎么能把他老人家的遗愿置之不理呢?——你当时为什么不去寻求法律解决?"

"遗嘱的文字不是那么很正规的,所以我没有希望诉诸法律。一个讲究名望信誉的人本来是不会不相信这种意图的,可是达西先生却立意要不相信——或者是把它当做一种附有条件的推荐,然后就硬说我挥霍无度,胡作非为,总而言之是无中生有,就这样剥夺了我递补这个圣职的权利。确确实实,两年以前这个圣职出缺了,当时我正好达到了出任这个圣职的年龄,可是却把它给了另一个人,而且同样确实的是,我自己问心无愧,没有做过什么事情使我不配得到这个圣职。我这个人脾气急躁易怒,心无城府,有时也许可能过于直言不讳,在别人面前谈了我对他的意见,我当着他的面和盘托出我的看法。我想不出我做过比这更不好的事情。不过事情明摆着:我和他是截然不同的两种人,而且他恨我。"

"这真是骇人听闻!应该让他当众出丑。"

"迟早总有一天他会这样的,不过不应当由我来出面。我决不能公然反对他,或者当众揭露他,除非我能把他父亲置诸脑后。"

伊丽莎白看到他表露这种情感而对他肃然起敬,而且由于他表露了这种情感,觉得他显得更加俊美。

"不过,"她停了一会儿又说,"他究竟出于什么动机呢?——是什么事情使他做得这样残酷无情呢?"

"是对我恨之入骨,深恶痛绝——这种憎恨,我只能归之于某种程度的嫉妒。要是老达西先生不那么喜欢我,他的儿子也许会对我宽厚一些,但是他父亲对我的慈爱非同一般,我相信,这使他从小就对我嫉恨。他没有那种气量能容许我同他作这种竞争,这种常常由我取得优胜的竞争。"

"我没想到达西先生竟然这样坏——虽然我从来都讨厌他,不过我也从来没有把他想得这样心狠手辣——我原来以为他只是一般的看不起别人,可是并没怀疑,他会堕落到这步田地;居然蓄意报复,冤枉别人,野蛮残酷!"

然而,她经过几分钟的思考以后,又说:"我确实记得,他有一天在内瑟菲德曾经自夸说,他怀恨在心决不和解,他的脾气就是爱记仇,不饶人。

他的性格一定很可怕。"

"在这个问题上,我可不能自以为是,"魏肯先生回答说,"我对他几乎是难以公平相待的。"

伊丽莎白又陷入沉思,过了一会儿,她惊叫起来:"用这种态度对待自己父亲的教子、朋友和心爱的人!"——她本来可以再加一句:"而且还是像你这样的一个年轻人,凭你这相貌就可以保证你是和蔼可亲的。"——不过她后来只这样说了一句也觉得足够了:"而且还是一个从小就在一起的伙伴,我想就像你说过的,最亲密的伙伴!"

"我们出生在同一个教区,同一个庄园,年轻的时候我们大部分时间是在一起度过的,住的是同一所房子,玩的是同样的游戏,得到同一慈父的关怀。我父亲踏入社会从事的职业,正是你姨父菲利普斯先生扬名的那种职业,但是他放弃了一切,专为老达西先生效力,把全部时间都用于照顾彭贝利的财产。老达西先生对他极为器重,把他当做知心朋友、莫逆之交。老达西先生常常亲口承认,我父亲努力为他照料,他欠了他极大的情,就在先父谢世之前不久,老达西先生自愿答应抚养我。我相信,他觉得这样做既是偿还了先父的情谊,同样也是出于对我本人的慈爱。"

"多么奇怪!"伊丽莎白叫道,"多么可恶!我真不懂,眼前这位达西先生这样高傲,怎么会没让他对你公正相待呢!——即使并没有更加良好的动机,也会因为极端高傲而不屑于这样阴险狡猾呀!——我不能不把它叫做阴险狡猾。"

"这确实是不可思议,"魏肯回答,"因为差不多他所有的行动都可归之于傲慢,而且傲慢常常是他最要好的朋友。正是傲慢而不是其他任何感情,使他还没有远离道德。不过我们大家总会前后矛盾的;而且他对我的所作所为,则是感情冲动比傲慢更甚。"

"像他那种令人憎恶的傲慢,能给他带来什么好处呢?"

"有的。它往往使他变得开明,慷慨——大手大脚施舍钱财,表示豪爽大方,帮助佃户,赈济穷人。他做这些事都是出于家族的骄傲,孝敬先辈的骄傲,因为他对他父亲的为人非常引以为豪。不要玷辱家风,不要失去人心,不要丧失彭贝利府上的威望,这就是一种强大的动力。他还有身为兄长的骄傲,再加上某些手足之情,使他成为他妹妹的非常仁爱、非常细心的保护人。你会听说的,大家都称赞他是个最能体贴入微的好哥哥。"

"达西小姐又是个什么样的姑娘呢?"

他摇了摇头,"我但愿能说她可爱。说达西家任何一个人不好,我都感到痛心。不过,她同她哥哥太相像了——非常非常傲慢。她还是个小孩子的时候,倒很有感情,讨人喜欢,还特别喜欢我。我常常一连几个钟头陪她玩。可是她现在对我来说是无所谓了。她是个标致姑娘,大约十五六岁,据我了解,多才多艺。她父亲谢世之后,她就搬到伦敦去了,有位太太同她住在一起,照管她受教育。"

他们断断续续地谈了其他许多话题,伊丽莎白还是情不自禁地又转回原先的话题,她说:

"我很奇怪,他怎么同宾利先生那么亲密!宾利先生那么一个看来脾气随和的人,而且我确实认为,他是一个真正和蔼可亲的人,怎么能和这种人保持友谊呢?他们相互之间怎么能合得来呢?——你认识宾利先生吗?"

"根本不认识。"

"他是个心地善良、和蔼可亲、讨人喜欢的人。他不可能了解达西先生的为人。"

"大概不了解;——不过达西先生只要愿意,是很会讨好别人的。他的能耐多得很。如果他认为值得,他也会十分健谈。在那些与他地位相当的人中间,和在那些地位不怎么高的人中间,他的表现可截然不同。他从来都很傲慢;不过同有钱人在一起,他就宽宏大量,公正无私,开诚布公,通情达理,高尚正直,而且或许还彬彬有礼;——这是看在财产和身份的分儿上。"

惠斯特牌不久就散了,打牌的人围到另一张桌子边上来。柯林斯先生站在他表妹伊丽莎白和菲利普斯太太中间。菲利普斯太太照例问他是否赢了。柯林斯的牌打得不大成功,他全都输了;不过菲利普斯太太为此对他表示关切的时候,他就十分热切认真地对她说,这没有什么了不起,这点钱他并不在乎,并且请她不要感到不安。

"我很清楚,太太,"他说,"打牌的人一坐上牌桌,就得看他们在这些事情上的运气了。——好在我的境况还不至于把五个先令当做一回事。毫无疑问,有许多人还不能够说这种话。不过,承蒙凯瑟琳·德伯格夫人恩典,我已经远远脱离了必须计较这些小事的境地了。"

他这番话引起了魏肯先生的注意,他对柯林斯先生观察了一会儿,然后低声问伊丽莎白,她这位亲戚同德伯格家族是否有亲密的关系。

"凯瑟琳·德伯格夫人,"她回答,"最近给了他一份教士的俸禄。我不大知道柯林斯先生开头是怎样给介绍到她尊前的,不过他认识她肯定时间不久。"

"你当然知道,凯瑟琳·德伯格夫人同安娜·达西夫人是姐妹俩,所以她是眼前这位达西先生的姨母。"

"不,我的确不知道。——我根本不知道凯瑟琳夫人的亲属关系。直到前天我才听说有这位夫人。"

"她的女儿德伯格小姐将来要得到非常巨大的一笔财产,而且大家相信,她和她表哥会把两家的财产合并起来。"

伊丽莎白听到这句话,想起可怜的宾利小姐,不禁笑了。既然达西先生已经同别人预先订了终身,她对他的百般殷勤肯定要完全落空,她对他妹妹的关切和对他的赞美,就毫无用处,也要完全落空了。

"柯林斯先生,"她说,"讲到凯瑟琳夫人和她女儿的时候,都赞颂备至,但是从他谈到这位夫人的某些具体事情来看,我怀疑,他那种感恩戴德把他搅糊涂了,她尽管是他的恩主,却依然是个狂妄自大、目空一切的女人。"

"我相信在这两方面她都达到了很严重的地步,"魏肯先生回答,"我有多年没有见到她了,不过我记得非常清楚,我从来都不喜欢她,她的态度既专横又无礼。她一向有通情达理、聪颖过人的美誉,但是我可宁愿相信,她的才能一部分来自她的地位和财富,一部分来自她那种不可一世的态度,其余的则来自她那个外甥的骄傲自大,他总认为,任何人只要是他的亲戚朋友,都具有第一流的聪明才智。"

伊丽莎白认为,他对这个问题谈得合情合理,他们又继续谈下去,十分投机,直到吃晚餐前打牌散场才停止,这时别的太太小姐才得以分享魏肯先生奉献的殷勤。菲利普斯太太的晚餐会人声嘈杂,大家都无法交谈,但是魏肯先生的一举一动都得到每个人称赞。不管他说什么都说得很得体,不管他做什么都做得很高雅。伊丽莎白离去的时候,满脑子里装的都是他。回家的路上,她没想别的,想的只是魏肯先生,只是他告诉她的那些事情。可是他们一路走着,她连提一下他的名字的机会都没有,因为莉迪亚和柯林斯先生都说个不停。莉迪亚没完没了地谈摸彩票,说她哪一把输了,哪一把赢了。柯林斯先生则大谈菲利普斯夫妇礼貌周全,硬说他丝毫也不在乎他玩惠斯特输掉的钱,还一一列举晚餐的菜肴,一再表示怕把表妹们挤坏了,他有许多话还没说完,马车已经停在朗博恩府了。

第十七章

第二天,伊丽莎白把魏肯先生和她之间谈话的情况告诉简。简听到这些既惊讶又关心。她无法相信达西先生竟会这样不配宾利先生的器重;然而要怀疑像魏肯先生这样一位仪表堂堂、和蔼可亲的年轻人说话不老实,又不合乎她的天性。也许真会有人这样险恶地对待他吧,仅仅这种可能就足以牵动她的万般柔情;因此毫无办法,只好认为两个人都好,为他们每个人的行为辩解,把无法解释的种种事情,一概归结为偶然或误会。

"我敢说,"简说,"他们两个人在某一点上都让人骗了。至于究竟是怎么回事,我们也弄不清。也许与事情有关的小人一直在中间挑拨。总而言之,我们无法猜测究竟是什么原因,或者是什么情况使他们相互失和,而在实际上又不怪罪其中一方。"

"的确说得很对呀,那么,亲爱的简,你要为那些小人说些什么呢?他们大概与这些事情还真有些牵连呢,也为他们开脱一下吧,否则我们就不得不怪罪某个人啦。"

"你愿意怎么取笑就怎么取笑吧,反正你取笑我,我也不会放弃自己的意见。我最亲爱的丽琪,你想想,达西先生以这种态度对待他父亲钟爱的人,还是他父亲曾经答应要供养的一个人,这样达西先生就处在多么卑劣下流的境地了。这绝不可能。任何人,只要有一般的人道观念,只要还尊重自己的人格,就不会这样干。他最要好的一些朋友,难道就能被他骗得这么厉害?啊,不会的。"

"我可以非常容易地相信,是宾利先生受骗上了当,而很难相信魏肯先生昨天晚上同我谈的是凭空捏造他自己的历史。那些人名、事实,每一件都是信手拈来,未加文饰。如果说情况不是那样,那就让达西先生来反驳吧,而且,从他的神色就可以看出,这都是实情。"

"这真叫人为难——也叫人难受——真不知道应该怎么想。"

"请别见怪;——谁都确切知道怎么想。"

不过,简肯定只会想一件事:宾利先生如果真是一直在受骗上当,那么一旦事情公之于众,宾利先生就会大受其害了。

两位年轻小姐在灌木林间小路上正谈着话,有人来叫她们回去,原来她们正在谈论的那些人有几位来了。宾利先生同他的两姐妹亲自来下请帖,邀请参加期待已久的内瑟菲德舞会,舞会订在下一个星期二举行。那两位女士与她们这位亲爱的朋友重逢,感到非常高兴,说数日不见如隔三秋,并且一再问简别后她在做些什么。对本内特家其余的人,她们都不大关心,对本内特太太是尽量回避,对伊丽莎白没有多说什么,对其他人则根本没有理会。不久她们就突然从坐位上站起身来,这个动作把她们的弟兄吓了一跳,她们匆匆忙忙地离去,好像是急于逃避本内特太太那套礼貌客气似的。

内瑟菲德要举行舞会,本内特家的太太小姐个个都感到十分高兴。本内特太太认为举行这次舞会是为了向她的大女儿表示敬意,而且由于宾利先生亲自登门邀请,而不是送一张礼仪性的请帖,所以感到格外光彩。简自己心里想象着可以同自己的两位朋友欢度黄昏,还能得到她们的弟兄的关注。伊丽莎白十分愉快,心想可以同魏肯先生在舞会上大跳几场,还可以从达西先生的举止神情中印证每一件事情。凯瑟琳和莉迪亚则并不那样把快乐开心寄托在任何一件事情上或一个人身上,因为她们俩都像伊丽莎白一样想同魏肯先生一起跳它半个晚上,但是他毕竟也不是她们唯一中意的舞伴,而且舞会不管怎么说总还是大家共舞的舞会。甚至玛丽也对家里的人说,她对这次舞会也并不是毫无兴趣。

"反正我可以把上午这段时间留给自己支配,"她说,"这也就足够了。——我想,偶尔在晚上参加几次约会,也算不上什么损失。我们大家都有义务参加社交活动。许多人认为,每个人都应该有些时间拿来消遣和娱乐,我自认属于这类人之列。"

伊丽莎白这时候真是兴高采烈,平时她没有必要就不多和柯林斯先生说话,这时也忍不住要问他是否打算接受宾利先生的邀请,如果接受邀请,他认为参加晚上的娱乐活动是否合乎规矩。真有点儿出她所料,他对此没有丝毫犹豫,并且敢于跳舞,完全不怕主教或者凯瑟琳·德伯格夫人怪罪。

"我告诉你吧,"他说,"像这样一个舞会,由一位品德端正的年轻人举办,邀请人格高尚的人参加,我决不认为会有任何不良倾向。另外我不仅不反对自己跳舞,而且还希望我这几位漂亮的表妹在那天晚上同我共舞。我还愿意借这个机会邀请你,伊丽莎白小姐,特别同我一起跳开场的双曲。我相信,大表妹简会认为我优先邀请你是有正当理由的,并不会认为这是对她不够尊重。"

伊丽莎白觉得自己完全上当了。她本来一心想着要同魏肯先生跳那场双曲;——现在却杀出来了这个柯林斯先生!她从来没有高兴得这样不是时候。然而,这又无计可施。魏肯先生的快乐和她自己的快乐也只好往后推一小段时间了。柯林斯先生的邀请也只能尽量彬彬有礼地接受下来。想到他这次表现殷勤还有另外的含意,她就觉得更加不是滋味了。现在她才第一次突然想到,在自己姊妹当中,她已经给选中了,认为够格当亨斯福德牧师住宅的女主人,而且在罗辛斯如果没有其他更合适的客人,她也可以够格凑上一手参加打打四十张。这个想法很快就成为确凿无疑的了,因为她觉察到,他对自己越来越殷勤客气,听到他经常恭维自己的机敏活泼。她的妩媚韵致能有这样大的效果,她不是满心欢喜,倒是更加满怀惊诧,可是她母亲不久就让她领悟,他们大有可能缔结姻缘,让她做母亲的觉得分外高兴。然而伊丽莎白只好装做不理解这个暗示,因为她非常清楚,只要一答话就会发生一场认真的辩论。柯林斯先生也许根本不提出求婚的事,在他提出之前就为他争吵有什么用呢?

要不是因为有个内瑟菲德舞会需要做些准备和提供了谈论的话题,这会儿那两位年纪最小的本内特小姐就会可怜巴巴的了,因为从接到邀请那天起,直到举行舞会的那一天,连着几天都下雨,弄得她们一次也没有去成梅里顿。姨母,看不到;军官,见不着;新闻,也打听不了;——连赴内瑟菲德舞会的舞鞋上的玫瑰花结,也是托别人买的。甚至伊丽莎白都觉得这种天气难以忍受,因为它使得她同魏肯先生的交情没有机会取得一点儿进展。幸亏星期二有个舞会,否则基蒂和莉迪亚会觉得星期五、星期六、星期日和星期一每一天都是度日如年。

第十八章

伊丽莎白走进内瑟菲德的客厅,在一群身穿红色上衣的人中间寻找魏肯先生,一直没有找见;直到这个时候,她才怀疑他大概没来。她回忆起了一些事情,虽然并非不能提醒她这很有道理,但是她还是一直坚信能够见到他。她事先比往常更加细心地打扮了一番,兴致勃勃地准备征服他那颗尚未完全屈服的心,相信用一个晚上的时间,一定可以把它完全争取到手。但是现在转瞬之间她却起了一种可怕的怀疑:宾利先生在向军官发出请帖时为了让达西先生高兴而故意把他漏掉了。尽管实情并非如此,但是他没有出席这个千真万确的事实,却在莉迪亚急不可耐地追问他的朋友丹尼先生的时候,由丹尼先生肯定了。他告诉她们,魏肯有事不得不在前一天到城里去了,到现在还没有回来,并且还意味深长地笑了笑,又加上一句:

"如果他不是想要回避这里的某位先生,我想,他有事也不会刚好现在离开的。"

他这条消息的后一部分,虽然莉迪亚没有听见,却让伊丽莎白听见了。这使她确信,即使她原来的那个猜想并不准确,但是达西对魏肯的缺席依然要承担同样的责任,于是她就由于这陡然的失望而更是对达西气不打一处来,等达西随后向她走来殷切问好时,她就无法用勉强还算礼貌的态度回答了。对达西表示关注、宽容和忍耐,就是对魏肯的伤害。她决心什么话也不同他说,很不高兴地扭头走开了,甚至同宾利先生谈话也不能完全摆脱这种不高兴的情绪,因为他盲目偏爱达西也让她生气。

但是伊丽莎白生来就不是个爱生气的人,虽然她对这晚上的一切美好期望都给破坏了,可是这种情绪在她心里并没持续多久。她同夏洛蒂·卢卡斯有一个星期没见面了,她把自己全部的伤心事告诉她以后,很快就能自动地转移目标,谈起他表兄的怪癖来,并且还把他特意指给她看。然而,开场的双曲舞又给她带来了苦恼,这真是丢人现眼的双曲舞。柯林斯先生笨手笨脚还装模作样,只知道连声道歉而不知道步履小心,常常出错步子自己还莫名其妙,凡是一个尴尬的舞伴在双曲舞当中所能做到的,他都做到了,简直让她丢尽了脸,受够了罪。所以她一脱身就感到欣喜若狂了。

她接下来同一个军官跳,同他谈起魏肯先生,还听说大家都喜欢他,不觉精神为之一振。跳完舞之后,她又回到夏洛蒂·卢卡斯身边,同她聊天,这时突然发现达西先生在向她招呼,请她同他跳舞,这种邀请太出乎她意料之外,在不知所措之中,她也就接受了。跳完舞,他又立刻走开了。她自己待在那儿,自怨自己怎么会如此心不在焉。夏洛蒂想方设法安慰她。

"我觉得,你会发觉他是很让人喜欢的。"

"决不可能!那才是天下最大的不幸呢。——下了决心痛恨一个人,却又发觉他让人喜欢!——别希望我会这么糟糕吧!"

然而舞会重新开始的时候,达西先生又走过来邀请她,这时夏洛蒂不禁附耳悄声提醒她,不要当傻瓜,不要迷恋魏肯,而让自己在一个身份地位高出他十倍的人眼里显得不知趣。伊丽莎白没有答话就站到自己的位置上去了,她感到自己这样尊贵,居然能够同达西先生迎面相对,不禁十分惊奇,而且发现周围的人见到这种情景也在神色中流露出同样的惊奇。他们俩都一言不发,对面站了一会儿;伊丽莎白心想,这双曲舞他们是要沉默到底了。她本来下了决心不肯打破沉默,后来她突然想到,逼迫自己的舞伴开口,也许对他是个更大的惩罚,于是她就对跳舞略微讲了几句,他回答了几句,然后又默不作声。停了几分钟以后,她第二次又对他说话了:

"现在该轮到你来说点儿什么啦,达西先生——我谈了谈跳舞,那么你就应该谈谈,房间有多大呀,舞伴有多少对呀。"

他一边微笑一边向她保证,她希望他说什么,他就说什么。

"很好。——这个答复现在还算可以。——也许再过一会儿我就会发点小小的议论,说私人舞会比公众舞会好玩得多。——不过,现在我们可以闭上嘴了。"

"那么,你跳舞的时候,总是按规矩讲话吗?"

"有时候是那样。你知道,一个人总得说点什么。在一起待上半个钟头可一声不吭,该多么古怪可笑呀。不过,为某些人着想,谈话应该安排得很适当,好让他们尽量少说。"

"在目前这种情况下,你是在考虑你自己的情绪呢,还是你以为你是在照顾我的情绪?"

"两样都有,"伊丽莎白故弄玄虚,"因为我总感到,我们的性情脾气非常相似。——我们都生性不爱交际,沉默寡言,不愿开口,除非我们预料说出话来可以语惊四座,像格言一样光彩夺目,流传千古。"

"我相信,这不大像你自己的性格,"他说,"至于同我的性格是否相近,我可不敢乱说。——毫无疑问,你一定认为这是忠实写照了。"

"我可不应该给自己妄下断语。"

他没有回答,于是他们又沉默不语,一直等到他们再下舞池跳舞,他才问她,她和她的姐妹是不是常常步行去梅里顿。她答复说常去,而且实在忍不住,又添了一句:"那天你在那儿遇见我们的时候,我们刚刚结识了一位新朋友。"

这话马上引起反应了。他的脸上立刻布满一层更加傲慢的阴影,不过他一句话也没说。伊丽莎白尽管责备自己软弱,可还是没能说下去,最后则是达西讲话了,他局促不安地说:

"魏肯先生生就一副欢快的模样,可以保他结交朋友——不过他是否能够长久保住这些朋友,那就不那么肯定了。"

"他如此之不幸,竟然失去了你的友谊,"伊丽莎白加重语气回答说,"而且可能要到让他受一辈子苦的地步。"

达西没有答话,看来好像要改变话题。正在这个时刻,威廉·卢卡斯爵士出现在他们跟前,准备穿过跳舞的人群走到屋子另一边去,但是他一看到达西先生,就停了下来,彬彬有礼地鞠了一躬,赞美他的舞姿和舞伴。

"我真是感到心满意足,亲爱的先生,像这种十分高超的舞技,真是难得一见。显然你是属于第一流的水平。然而请你允许我说一句,你这位漂亮的舞伴和你真是般配,我真希望能这样常饱眼福,亲爱的伊莱莎小姐,特别是在大家盼望的喜事(朝她姐姐和宾利扫了一眼)将来实现的时候,那时候该有什么样的祝贺场面啊!我请求达西先生:——不过,我还是不要打扰你吧,先生。——妨碍你同这位年轻小姐令人心醉的谈话,你是不会感谢我的,这位小姐晶莹明亮的眼睛也在责备我呢。"

这段话的后一半,达西几乎就没有听见,但是威廉爵士暗指他那位朋友的话,好像使他猛地一惊,他那对眼睛就以一种非常严肃的神色朝正在一起跳舞的宾利和简望过去,然而他很快就恢复了原来的神态,转过头来对自己的舞伴说:

"威廉爵士打断了我们的谈话,我忘了我们刚才在谈什么啦。"

"我认为我们刚才根本就没有谈话,威廉爵士在这个屋子里无论打断的是哪两个人的谈话,他们相互的谈话也不会比我们的更少。——我们已经试过两三个话题,可是都没有成功。我简直想象不出来,下一个话题我们该谈点什么。"

"你看谈谈书怎么样?"他微笑着说。

"书——啊!不成。——我相信,我们决不会读同样的书,即使读了,也不会有同样的感受。"

"你这样想,我感到遗憾。不过,即使情况果真如此,那么至少也可以不缺话题呀。——我们可以比较一下我们不同的意见。"

"不成——在舞厅里我可谈不了书;我脑子里塞的尽是别的事情。"

"在这样的场合,你脑子里老是想到眼前,是吗?"

"Such very superior dancing is not often seen."

[Copyright 1894 by George Allen.]

"是的，老是这样，"她回答说，可是她并不知道她说的是什么，因为她的思想早已飞得离题万里了，就像她随后突然嚷出的这几句话所表明的那样，"我记得曾经听你说过，达西先生，你几乎从来不宽恕别人，你的憎恨一旦产生就无法和解。我想，你是非常小心，不轻易让它产生的吧。"

"我是这样的。"他以斩钉截铁的口吻说。

"而且决不让自己受到偏见的蒙蔽？"

"我希望是这样。"

"对那些从不改变自己意见的人来说，首先要保证判断正确，这特别要作为他们义不容辞的责任。"

"敢问提出这些问题用意何在？"

"只是想说明你的性格而已，"她一边说，一边尽力减少自己那股严肃认真劲儿，"我在努力把它弄清楚。"

"那么你究竟弄清楚了没有呢？"

她摇了摇头："根本没弄清楚。我听到关于你的事情都是大相径庭，弄得我不知如何是好。"

"我可以毫不犹豫地相信，"达西先生一本正经地说，"关于我的说法确实是南辕北辙。所以我希望，本内特小姐，你不要在目前这个时刻来勾画我的性格，因为有理由担心，那样做对我们谁都不会有好处。"

"但是，如果我现在不勾画出一个大致的形象，我可能永远也不会再有机会了。"

"如果你有这方面的乐趣，我决不会让你扫兴。"达西先生冷淡地回答，她没有再说什么，他们又跳了一场舞，然后默默地分手了。双方都感到失望，不过程度不同，因为达西心里对伊丽莎白还很有几分感情，所以很快就原谅她了，而且把满腔怒气转到了另一个人身上。

他们刚分开不久，宾利小姐就向她走过来，带着一副客客气气而又看不起人的表情，同她打了个招呼。

"好哇，伊莱莎，我听说你很喜欢乔治·魏肯！你姐姐刚才同我谈起他来，问了我好多好多问题；我发现那个年轻人告诉你许多信息，却忘了告诉你,他是过世了的达西先生的管家老魏肯的儿子。不过,让我以朋友的身份来劝劝你,不要盲目相信他说的所有那一套。至于说达西先生待他不好,那也满不是那么回事。相反,虽然乔治·魏肯一直采用极其卑劣的手段对待达西先生,可是达西先生对他还总是做到仁至义尽。具体的事情我不知道,但是我知道得很清楚,达西先生没有丝毫可以受到责怪的地方。他一听见别人提到乔治·魏肯就觉得受不了。我哥哥虽然觉得在邀请军官的请帖中不好把他排除掉,可是听到他自己避开了,却感到分外高兴。他居然跑到这个地方来,真是蛮横无理到了极点。我真不懂,他怎么胆敢这样做。我很抱歉,伊莱莎小姐,揭露了你所垂青的人的罪过。不过认真想想他那种出身,也就不会指望他有多么好啦。"

"照你这么说,他的罪过同他的出身就好像是一回事啦,"伊丽莎白气冲冲地说,"因为我听你大骂他如何如何,其实也不过是骂他是达西先生管家的儿子罢了。我可以老实告诉你,这一点他早就亲口告诉过我啦。"

"请你原谅,"宾利小姐回答说,接着冷笑一声,扭头就走,"打扰了,对不起。——这是一片好心呢。"

"蛮横无理的丫头!"伊丽莎白自言自语,"你要是想用这样一种卑鄙的攻击来影响我,那你就打错算盘了。你做这件事,也不过是让我看穿了你自己顽固不化和达西先生心狠手辣而已。"她于是去找她姐姐,因为她答应要向宾利问问这件事。简见着她的时候显得满面春风,喜气洋洋,这种幸福神态充分表明,这个晚上的种种事情让她多么称心如意。——伊丽莎白一眼就看出了她的感情,在这种时刻,希望姐姐踏上通往美满幸福的光辉前程,什么对魏肯的惦念呀,对他的敌人的憎恨呀,以及其他种种事情,一股脑儿都得让路。

"我想知道,"她说话的时候也同姐姐一样春风满面,"关于魏肯先生的情况,你打听到什么啦。不过,也许你玩得太快活了,想不起还有另外第三个人。即使是这种情况,你也可以相信,我会原谅的。"

"没有,"简回答,"我没有忘掉他;不过我没有什么令人满意的情况告诉你。宾利先生并不知道他的全部历史,而且也不大了解他主要在什么情况下开罪了达西先生；但是他可以保证他那位朋友品行优良，待人诚恳，为人正直，而且他完全相信，魏肯先生已经从达西先生那儿得到的比他应该得到的多得多。说来我很抱歉，根据他所说的和他妹妹所说的情况来看，魏肯先生绝不是个品德高尚的年轻人，恐怕他一直很不慎重，他失去达西先生的关注，那是他罪有应得。"

"宾利先生本人并不认识魏肯先生吧？"

"不认识，一直到那天上午在梅里顿，他才见到他。"

"那么他这番话是从达西先生那里听来的啦。我完全满意了。对那份牧师薪俸，他是怎么说的？"

"他听达西先生说过不止一次，可是具体情况他记不大清楚了，不过他相信，把那份薪俸传给魏肯先生是有条件的。"

"宾利先生为人真诚，我毫不怀疑，"伊丽莎白热切地说，"不过，请你原谅我，仅仅几句保证的话并不能让我信服。宾利先生为他的朋友辩护，我敢说，是很得力的，但是，因为他对这件事的几个情节都不熟悉，而且其他情节又是从他那位朋友那儿听来的，所以我还要鼓起勇气坚持我原来对这两位先生的看法。"

于是她换了一个她们俩都喜欢的话题，这样谈起来就不会出现意见分歧。简谈起宾利对她的关注使她怀有获得幸福的希望。虽然这还只是不大不小的希望，伊丽莎白听了，也觉得欢喜，并且还尽自己的力量说了许多话来增强她对这件事的信心。后来宾利先生也来了，伊丽莎白就回避开，去找卢卡斯小姐。卢卡斯小姐问起她同最后那位舞伴在一起是否愉快，她还没来得及回答，柯林斯先生就来到她们身边，欣喜若狂地告诉她，说他刚才十分幸运，发现了一件极其重要的事情。

"由于一个偶然的机会，"他说，"我发现，现在这间屋子里有我恩主的一位近亲。我偶然听到这位先生亲口向本舞会主人家的那位年轻小姐，提起他的表妹德伯格小姐以及她母亲凯瑟琳夫人的芳名。这件事情发生得多么奇妙！谁会想到我在这次聚会上居然能遇见——也许是——凯瑟琳·德伯格夫人的外甥呢？谢天谢地，这次发现很及时，我还来得及去向他表示敬意。我现在就去，并且相信他会原谅我没有早一点去，我根本不知道有这位亲戚,这样就一定可以求得谅解了。"

"你不是要去向达西先生作自我介绍吗?"

"的确是要去,我这就去。我要请他原谅我没有早点去。我相信他是凯瑟琳夫人的外甥。我可以告诉他,在八天前,我见到夫人,她十分安康。"

伊丽莎白极力劝他放弃这个打算,说他未经介绍就去同达西先生攀谈,他会认为这个行动唐突无礼,而不会看做是对他姨母的敬重;双方谁也没有丝毫必要去打什么招呼,而且如果有必要,也得由身份地位高的达西先生首先来结识他。——柯林斯先生听她讲话的时候带着一副自行其是、胸有成竹的神气,等她说完了,便这样答复她:

"亲爱的伊丽莎白小姐,你在自己理解范围之内对一切事情所做出的具有真知灼见的判断,我都佩服得五体投地,不过恕我直言,世俗社会通行的礼仪规矩与教士所受的约束,真有天壤之别,请允许我说明,因为,我认为:教士的职位与王国最高的职位相比,就其尊严而论,是不分高低贵贱的——前提就是要同时做到举止行为谦恭得体。因此在目前这种场合,你一定得允许我按照自己良心的指示办事,让我履行我认为是义不容辞的职责。请原谅我的粗疏,没有从你的忠言获得教益,不过在其他任何问题上,你的教诲一定是我时刻遵行的准则。至于我们目前面临的这种情况,我接受教育,研读不辍,自认比你这样一位年轻小姐,更适于决定何者正确。"接着他深深鞠了一躬,就离开伊丽莎白,去向达西先生讨好。伊丽莎白急切地注视达西先生如何对待他这种逢迎讨好的行为,很显然,他对这种招呼感到非常惊讶。她的表兄还未开口就先恭恭敬敬地鞠了一个躬,她虽然一个字儿也听不见,可是却又好像听得句句分明,而且从他嘴唇的动作,看得出是在说"歉疚"、"亨斯福德"和"凯瑟琳·德伯格夫人"这些字眼。——她看见他在这样一个家伙面前丢人现眼,心中十分懊恼。达西先生用一种毫不掩饰的惊异眼神看着他,最后柯林斯先生结束讲话,好让他有时间开口,他却爱答不理,客客气气地回答了一下。然而柯林斯先生并未灰心,又讲起话来;他第二次讲话唠叨没完,看来达西先生鄙视的神气也随之大大加重。他的话刚一停下,达西先生就点了一下头,转身走了。柯林斯先生这才回到伊丽莎白这边来。

"你放心吧,"他说,"我没有任何理由对我受到的接待感到不满意。达西先生对我讲究礼貌似乎非常愉快。他对我答话的时候客气之至,甚至对我表示赞赏,说他对凯瑟琳夫人的鉴别能力十分信服,所以他相信她决不会施恩不当。他这种想法的确是仁爱大度。总地说来,我对他非常喜欢。"

伊丽莎白再也没有什么自己本人感兴趣的事情值得去追寻,于是把注意力几乎全部都转到姐姐和宾利先生身上。她从旁观察,结果产生了一连串心情舒畅的想法,所以她差不多同简一样快乐。她想象中姐姐住进了这幢房子,享有真正恩爱夫妻的全部幸福。她觉得在这种情况下,她也能想方设法去喜欢宾利的那两个姐妹。她看得清楚,她母亲也抱着同样的想法,所以决心不去靠近她身边,免得听她唠叨。因此他们坐下吃晚饭的时候,她觉得真是倒霉透顶,她们的座位离得不远,她看见母亲老是跟那一个人(卢卡斯夫人)没完没了、没遮没拦地聊天,聊的没有别的,又尽是她料想简马上就要同宾利先生结婚这一件事,伊丽莎白觉得懊恼至极。——它是一个令人兴奋的话题,本内特太太一条又一条数说这门亲事的好处,好像不会疲倦似的。宾利先生是这样一位招人喜欢的年轻人,又是那么有钱,住得离他们家又只有三英里,这是自鸣得意的前几条;接下来,令人快慰的是,那两姐妹多么喜欢简,肯定也会像她一样,希望能够结亲。除此之外,这也给她那几个小妹妹带来美好前途,简攀上这么高的一门亲事,一定会让她们能有机会遇上其他阔人。像她这么大的年纪,能够把她那几个还没出嫁的女儿托付给她们的姐姐去操心,这样,她自己不喜欢的交际应酬,就不一定非去参加不可了,这也是令她高兴的事。人必须使交际应酬成为赏心乐事,因为在这样的事情上,这已经成了一定之规,可是人人都会像本内特太太那样,一生中无论什么阶段,总感到还是待在家里自在逍遥。她最后表示了许多良好的祝愿,希望卢卡斯夫人不久也会得到同样的幸运,尽管明摆着,她扬扬得意地相信,那是没门儿的事。

伊丽莎白想方设法制止她母亲那滔滔不绝的讲话,或者劝她放低嗓门悄悄地诉说她那点福分,可都是徒然。而且,达西先生就坐在她们对面,她看得出来,她母亲那些话大部分都给他听见了,这更让她有说不出的苦恼。而她母亲则骂她不懂事。

"请问,达西先生对我算得了什么,我就得怕他吗?我相信,我们不欠他什么情,也不欠什么礼,干吗他不爱听的就不能说。"

"看在老天爷的分上,妈妈,你小声点。——得罪达西先生对你又有什么好处呢?——你这样做,决不会让他的朋友看得起你。"

然而,不管她怎么说都丝毫不起作用。她母亲还是照样用那么大的嗓门谈她的意见。伊丽莎白又羞又恼,弄得脸上红一阵白一阵的。她忍不住时常要朝达西先生看一眼,每看一次都让她相信,她的担心果然不错;因为他虽然并没有老盯着她母亲,可是她相信,他的注意力一直集中在她身上。他脸上的表情先是轻蔑愤慨,逐渐变得从容自若,安详持重。

最后,本内特太太再也无话可说了;卢卡斯夫人听她絮絮叨叨叙说说她那些赏心乐事,看来自己也无法分享,早就呵欠连天了,这时才有机会去享受凉火腿和鸡肉的美味。伊丽莎白这时也开始振作起来,但是这种清静的时刻并不长;因为大家吃完晚饭就谈起唱歌来了,而使她感到羞愧的是看到玛丽略微一受撺掇,就准备满足大家的要求。伊丽莎白一再向她递眼色打暗语,阻止她向大家讨好,可是毫无用处。玛丽根本不愿意理解;她很高兴有这样一个出出风头的机会,于是就唱了起来。伊丽莎白眼睁睁地看着她,浑身上下都感到不舒服。她焦急地听着她唱了一节又一节,一直等她唱完,可是仍然没能放下心来,因为玛丽在接受同桌人谢意的时候得到一种暗示,希望她赏脸为他们再唱一次,于是停了半分钟以后,她又唱起另一支歌来。玛丽的才艺决不适于这样的一种表演;她嗓音细弱,态度做作。——伊丽莎白难受已极。她瞧着简,想看看她是怎么忍受的。可是她泰然自若地在同宾利聊天。她又瞧瞧他那两个姐妹,只见她俩在互做鬼脸,表示嘲弄,而达西则依然是他那副威仪俨然、深不可测的神气。她最后看看她父亲,请他出面干涉一下,不然她会唱上一个通宵的。他接受了她的暗示,等玛丽唱完第二支歌的时候,父亲就大声说道:

"你表演得好极了,孩子。你让我们大家开心的时间够长了。让别的年轻小姐也有时间施展施展吧。"

玛丽虽然假装没有听见,可是也有点不知所措。伊丽莎白替她难受,也替父亲说的那席话难受,又恐怕自己的那份焦心都是白费。——这时大家又请别人来表演了。

"假如我也那么幸运能唱的话,"柯林斯先生说,"我相信我一定会深感荣幸地为大家高歌一曲,因为我认为,音乐是一种毫无害处的娱乐,完全适合教士的职业。——然而我的意思不是说,我们可以有理由把太多时间花在音乐上,因为确实还有其他一些事情要办。一位教区长有很多事情要做。——首先,他必须使什一税①税则既有利于他本人,又不至于得罪他的恩主;他必须亲自写布道词;这样剩下的不多一点时间,还要履行对自己教区的职责,照管、修缮自己的住宅,因为对于把它弄得尽量舒服一点,他是没有理由推辞的。我认为同样重要的是,他还应当以殷勤和善的态度对待每一个人,特别是那些对他有提携之恩的人。我不能替他解脱这种义务,任何人如果错过机会,不去向这个家族的任何亲友表示敬意,我是不会推崇他的。"说到这儿,他对达西先生鞠了一躬,结束了他的讲话。这番宏论讲得声音响亮,半个屋子的人都听得见。许多人目瞪口呆。——许多人面带笑容。不过看来谁也没有像本内特先生那样开心,他太太则一本正经地夸奖柯林斯先生讲得合情合理,并且悄悄地对卢卡斯夫人说,他是个特别聪明的好青年。

在伊丽莎白看来,她家里的人哪怕事先商量好了要在晚上尽量丢人现眼一番,也不可能表演得如此淋漓尽致,如此精神抖擞,或者取得如此辉煌的功绩。她觉得宾利和姐姐很幸运,有些献丑的场面没有引起他的注意,有些蠢事他一定看见了,不过他当时并不是见到这种事情就会难过痛苦的,然而宾利的两个姐妹和达西先生却会找到机会嘲笑她的亲属,这可真是糟透了。那位先生是默不作声的轻蔑,而那一位太太和一位小姐则是骄横傲慢的讥笑。究竟哪一种更加令人难以忍受,她也确定不了。

晚上其余的时间伊丽莎白也没有享受到任何乐趣。柯林斯先生死气

---

① 什一税为英国一种教会税收,按农畜产品年产值的十分之一交给教会,故名。

白赖地缠在她身边,搅得她心烦;他虽然无法勉强她再和他跳舞,可是也逼得她无法和别人跳舞。她请他去和别人跳,并且提出为他介绍舞厅里任何一位年轻小姐,却枉费心机。他对她说,对于跳舞,他根本没有兴趣;他的主要目的就是小心周到地照顾她,博得她的青睐;因此他应当下定决心整个晚上都守在她的身边。对这个打算也无可争辩,她感到极大欣慰的是,她的朋友卢卡斯小姐常常到他们这里来,温厚和善地同柯林斯先生谈话。

伊丽莎白现在至少能够自由自在,不因达西先生更多的注意而心烦了。他虽然常常站在离她不远的地方,也没怎样和别人说话,可是却一直没有来到近得可以交谈的地方。她觉得这大有可能是因为她提起过魏肯先生吧,心里倒觉得很庆幸。

朗博恩来的这一伙人,是所有来宾中最后离开的。原来本内特太太施了一点诡计,等所有其他客人都走了,他们还得再等一刻钟的马车,这一来他们倒有时间看到,主人家里有些人是多么地真心希望他们快快离开。赫斯特太太和她妹妹除了抱怨累得要命以外,几乎就没开口,看得出来是在轰他们快走。本内特太太老想拉她们开腔说话,她们却不肯答理,这样一来弄得大家全都无精打采,就是柯林斯先生的长篇大论也提不起大家的精神。柯林斯先生恭维宾利先生和他的两个姐妹举办的舞会高雅脱俗,他们对待宾客慷慨大方,彬彬有礼。达西根本一言不发。本内特先生同样沉默不语,径自一旁欣赏这种情景。宾利先生和简站在一起,有点超然于大家之外,只顾相互交谈。伊丽莎白与赫斯特太太和宾利小姐一样保持沉默。连莉迪亚也困得不行,只是偶尔叫出一声:"天哪,我累死啦!"外加一个大呵欠。

最后他们起身告辞的时候,本内特太太客气得无以复加,希望不久就在朗博恩见到宾利先生全家,而且特别向宾利先生招呼,告诉他,不论任何时候,他如果能不需正式请帖就去同他们一起吃一顿家常便饭,他们会感到欣慰。宾利先生十分高兴,表示感谢,说他第二天就得去伦敦稍作逗留,并且欣然同意,从伦敦回来之后,找个机会尽早去拜访她。

本内特太太感到十分满意;离开这所宅子的时候,心中已经在打着如意算盘:必须准备解决婚姻财产授受问题,准备新马车和出嫁衣服;所以她毫不怀疑地认为,她女儿三四个月内就可以嫁到内瑟菲德了。她同样有把握,相信另一个女儿会嫁给柯林斯先生。这件婚事虽然不是叫人同样高兴,但也是相当高兴。在她所有的孩子之中,她对伊丽莎白最不喜爱。虽然对她来说,能有这样一位先生,结成这样一门亲事,也算是蛮不错了,不过同宾利先生和内瑟菲德一比,就显得黯然失色了。

第十九章

第二天,朗博恩演了场新戏。柯林斯先生正式发出宣告。他的假期只到星期六,所以下了决心得赶快把那件事办成,不能再拖延,而且直到此刻他仍然没有因缺乏自信而感到烦恼,因此他就有条不紊地行动起来,按照他所认为这种事情应当遵循的一切正常规矩去办。刚刚吃罢早饭,他见到本内特太太、伊丽莎白和另一个小妹妹在一起,于是便对那做母亲的这样说:

"今天上午,我希望令爱伊丽莎白小姐赏光,同我单独会会面,不知可否得到你惠予帮助?"

伊丽莎白一听,惊讶得满脸通红,还来不及有任何表示,本内特太太就立即回答说:

"啊! 亲爱的! ——好哇——当然喽。——我相信。丽琪会非常高兴的——我相信,她不会反对的。——来吧,基蒂,我要你上楼去。"然后她收拾起针线,急匆匆就要离开,这时伊丽莎白大声说道:

"亲爱的妈妈,别走。——请你别走。——柯林斯先生一定会原谅我。他不会有什么只能对我说可又是别人不能听的话。我自己这就走了。"

"别价,别价,胡说什么呀,丽琪。——我要你就待在这儿,别走。"只见伊丽莎白真像是又气恼又为难,恨不得马上就要逃脱似的,于是她又加了一句,"丽琪,我一定要你待在这儿,听柯林斯先生说话。"

伊丽莎白不好违抗这样的命令——再想了一下,自己也觉得,尽快让这件事悄悄过去才是最聪明的办法,于是又坐了下来,不停地做着手上的活计,掩饰自己那种哭笑不得的心情,本内特太太和基蒂躲开了。她们一走,柯林斯先生就开口了:

"相信我吧,我亲爱的伊丽莎白小姐,你的忸怩谦让,非但远未对你有丝毫损害,反而让你更添几重完美无缺。如果你没有这点小小的推托不前,在我眼里倒显不出这般可亲可爱了。不过,请允许我向你保证,我这次向你求爱,是得到令堂大人恩准的。也许你自然生就的娇羞会使你掩饰自己的真情,可是我说话的用心,你是不大可能会怀疑的。我的仰慕之情明显可见,不会让人误会。我几乎在我一踏足府上,就把你选中当做我未来生活的伴侣。不过,在这个问题上,我最好还是在我还未完全受到感情驱使的时候,先谈谈我结婚的理由。——而且是像我确实在做的那样,来到哈福德郡打算选择一个妻子的理由。"

柯林斯先生那么一副一本正经、从容不迫的样子,他的这一意图居然会是受到感情驱使,伊丽莎白一想到这点几乎不禁失笑,所以她还没来得及利用他这暂时停歇的工夫把他的话顶回去,他就又接着讲起来了:

"我结婚的理由是:第一,我认为,在安适的环境中(就像我现在这样),每个教士在自己的教区建立婚姻的榜样是一种正当的事情;第二,我深信,这将大大增进我个人的幸福;还有第三——这一点我也许应当尽先提出来——这是那位我有幸称为恩主的高贵夫人特别建议和叮嘱的。承蒙她两次垂顾,惠赐她对这个问题的意见(而且未经请求!)。就在我离开亨斯福德之前的那个星期六晚上,在玩四十张下赌注的空隙时间,詹金森太太正在给德伯格小姐放踏脚凳,夫人对我说:'柯林斯先生,你一定得结婚。像你这样一个教士,一定得结婚。——好好挑选吧,为了我的缘故,挑选一个淑女,当然也为了你自己。要是个活泼能干的人,出身不必高贵,但是要会精打细算地过好日子。这是我的忠告。尽快找一个这样的女人,把她带到亨斯福德来,我会去看望她的。'请让我顺便说一句,我的好表妹,在我所能提供的优厚条件中,我认为凯瑟琳夫人的垂顾厚爱不能不归于至关重要之列。你自己将来会看到的,她的礼节规度我根本无法形容。你的伶俐活泼,我相信,一定会博得她的欢心,特别是等你训练得沉静恭顺之后,而她那种地位不可避免会使你的这种态度油然而生。以上这些就是我赞成结婚的一般意图。下面还要说说,为什么我的考虑要转向朗博恩,而不在我附近的地区。我告诉你,那里也有许多年轻可爱的女人,但是事实是,在令尊大人谢世之后(不过他还能活许多年),像我这种情况,我得继承这份产业,我如果不打定主意从他的千金小姐中挑选一位作为配偶,好在这种令人悲伤的事情一旦发生的时候——不过,正像我刚才说过的,几年之内都不会发生的——尽可能减少她们的损失,那么我是于心不安的。这就是我的动机,我的好表妹。我为自己感到庆幸,相信这不会让你对我的评价一落千丈。现在我没有什么要说的了,只不过要用我最激动的语言向你倾诉我强烈炽热的感情。对于财产,我是完全不以为意的,决不会向令尊提出这种问题,因为我完全明白,决不会那么办;你将来应当得到的款项有一千镑,利息四厘①,但是这笔钱要在令堂过世之后才能落在你的名下。因此对这笔钱我将始终如一地矢口不提。而且你可以相信,我们结了婚,从我的口中永远不会说斤斤计较的小气话。"

现在非得立即阻止他再说下去了。

"你太着急了,先生,"她大声说道,"你忘了我并没有答复你呢。让我告诉你,别再浪费时间了。你刚才对我说了许多恭维话,请接受我的谢意。你提出求婚,我深感荣幸,可是除了拒绝以外,我别无他法。"

"我并不是现在才知道,"柯林斯先生说,还郑重其事地挥了挥手,"年轻小姐们在男人第一次求婚的时候,虽然内心深处想要接受,可是通常总还是表示拒绝,有时第二次甚至第三次都要拒绝,因此你刚才说的话决不会叫我灰心丧气,我还是希望不久就能领你到圣坛之前。"

"千真万确,先生,"伊丽莎白嚷道,"我正式表示了意见以后,你还这么希望,这可真是太离奇了。我老实告诉你,如果有那样一些年轻小姐敢于那么冒险,把自己的幸福还寄托在等男方第二次求婚上,那么我也绝不是那号人。我的拒绝是完全严肃认真的。——你不可能让我幸福,而且

---

① 此处指投资于政府的证券,年息四厘。

我也完全相信,我也决不可能让你幸福。——而且,如果你的朋友凯瑟琳夫人认识我,我相信,她会认为我在任何方面的条件都不适合。"

"即使凯瑟琳夫人确实这样认为也罢,"柯林斯先生郑重其事地说,——"不过,我无法想象,夫人居然会不赞成你。你可以放心,等我下次再有幸见到她的时候,我要把你的谦恭、节俭以及其他种种可爱的优越条件大大夸奖一番。"

"真的,柯林斯先生,所有对我的称赞都是没有必要的。你应该让我自己来作出判断。请你赏脸相信我所说的话。我希望你美满幸福,财源不断,我拒绝你的求婚,也正是尽我一切力量来使你能够这样事事如意。你现已向我提出了求婚,也就应当满足了你对我们家表示关切的恻隐之心,将来有一天朗博恩这份产业落到你手里的时候,你接受起来就可以问心无愧了。因此这件事就可算是彻底解决了。"她一边说,一边站起身来,如果不是柯林斯又对她说出了这番话,她早就离开那间屋子了。

"我希望在我下次有幸同你再谈这个问题的时候,能够得到一个比你刚才给我的更加满意的答复,不过我远远不是指摘你现在冷酷无情,因为我懂得,你们女性拒绝一个男性的第一次求婚,已经成了惯例;甚至你刚才说的那些话,也都与女性性格中的精细微妙恰相符合,大概也足以鼓励我继续追求了。"

"说句老实话,柯林斯先生,"伊丽莎白有些火了,大声嚷道,"你真叫我不知如何是好了。如果我刚才说的一切,在你看来都是鼓励你再提,那我就真不知道,用什么样的一种方式表示拒绝,才能让你相信确实一点不假了。"

"你也应该让我表现一点自负吧,我亲爱的表妹,我觉得你拒绝我的求婚,自然不过是口上说说而已。我相信这一点,简单说来有这样几条理由:在我看来,我的求婚总不至于不值得你接受,我所提供的收入总不至于不屑一顾。我的生活境遇,我同德伯格家的关系,以及我同你们家的亲戚关系,都是我极为有利的条件。而且你还应当进一步考虑,尽管你具有多种多样的吸引力,但是决不能肯定,会有另外的人来向你求婚。你的财产不幸又太少,这完全可能把你美丽可爱的条件一笔勾销。因此我一定得做出这样的结论:你拒绝我并不是严肃认真的,我倒是觉得你在施用高雅女性的惯技,以悬念增爱情。"

"我切切实实向你保证,先生,我并没有假装那种什么高雅,去折磨一位体面的先生,我倒宁愿受到恭维,说相信我诚实不欺。你向我求婚,我深感荣幸,不胜感激之至,可是我绝对不可能接受。我在感情上怎么都不可能接受。我说的难道还不清楚吗?现在再不要把我看做是一位高雅的女性,存心要耍弄你,而要把我看做一个通情达理的人,说的都是真心实意的话。"

"你始终总是叫人迷恋!"他大声说道,那神气显得是殷切中透着尴尬,"我相信,等到令尊令堂双亲大人明令批准,我的求婚就不会遭到拒绝了。"

看到他自欺欺人到了这种顽固不化的程度,伊丽莎白已经不屑再作回答,一句话也没再说就立刻告退了。她拿定了主意,如果他死气白赖,一定要把她这样拒之再三看做是怂恿鼓动,那么就只好去找自己的父亲求救了;他可以斩钉截铁地一口回绝,而且他的行动至少总不至于再让他误认为是一位高雅女性在搔首弄姿,卖弄风情了吧。

第 二 十 章

柯林斯先生一个人被丢下来不声不响地琢磨他这桩大功告成的恋爱,不过时间不长,因为本内特太太一直在门厅里晃来晃去,观察这次会谈的结果,她一看见伊丽莎白打开门,快步从她身边走过,向楼梯奔去,就马上走进餐厅,用热烈言词祝贺柯林斯先生,也祝贺她自己,因为现在出现了亲上加亲的美好前景。柯林斯先生同样高兴地接受了她的祝福,并且也向她祝福,紧接着就开始叙述他同伊丽莎白谈话的细节,他有充分理由相信,谈话结果是令人满意的,因为他表妹对他表示的坚定不移的拒绝,是她性格腼腆忸怩、娇羞柔媚的自然流露。

然而,这个信息却让本内特太太一愣;——如果她女儿是故作拒绝他的求婚而实际是在鼓舞他,那她当然欣然同感满意,但是她不敢这样断定,不得不把实话说了出来。

"请你放心吧,柯林斯先生,"她接着又说,"我们会让丽琪明白过来的。我要马上亲自对她谈谈这件事情。她是个又倔又蠢的丫头,不知道为自己打算;不过我要让她知道。"

"请原谅我打断你的话,太太,"柯林斯先生大声说道,"如果她真是又倔又蠢,我不知道她是否配作我这样的人的妻子,因为有我这种地位的人,结婚自然是为了寻求幸福。如果她真是坚决拒绝我的求婚,也许最好还是不要强迫她来接受我,因为如果她脾气有这样的毛病,她就不可能给我增添多少幸福。"

"先生,你完全误解我了,"本内特太太感到又惊又怕,"丽琪只是在这样一些事情上有点儿倔。在别的事情上,她的性子可是再好也没有了。我马上就去找本内特先生,我敢担保,我们很快就会和她谈妥这件事。"

她不让他得空回答,就立刻急匆匆去找她丈夫,一进藏书室就叫了起来:

"啊,本内特先生,正急着找你呢。我们大伙炸了锅啦。你一定要来让丽琪嫁给柯林斯先生,因为她赌咒发誓说不要他,如果你不赶快让她这么办,他就要改变主意,不要她啦。"

太太进来的时候,本内特先生把眼睛从书本上抬起来,盯着她的脸瞧,带着他那种若无其事、漠不关心的神色,本内特太太那一番话并未能让他那神色改变分毫。

"我很可惜没有听懂你的意思,"他等她把话说完,就问道,"你在说些什么呀?"

"说的是柯林斯先生和丽琪。丽琪正式说她不要柯林斯先生,柯林斯先生也开始说他不要丽琪了。"

"既然是这种情况,我又有什么办法呢?——这好像是件没有希望的事。"

"你亲自去同丽琪说说。告诉她,你一定要她嫁给他。"

"把她叫下来吧。我要把我的意见告诉她。"

本内特太太打铃把伊丽莎白叫到了藏书室。

"到这儿来吧,孩子,"她父亲一看见她就大声说,"我叫你来是为一件重要的事。我听说柯林斯先生向你求婚了,是真的吗?"伊丽莎白回答说是真的,"很好。——那么这次求婚,你拒绝了?"

"我拒绝了。"

"很好。我们现在来谈正题吧。你妈妈一定要你接受。是不是这样,本内特太太?"

"是的,要不,我就永远不再见她。"

"一个不幸的抉择摆在你的面前呢,伊丽莎白。从今天起,你就得同你双亲中的一个成为陌路人了。——如果你不嫁给柯林斯先生,你妈妈就永远不再见你。可是,如果你嫁给他,我就永远不再见你了。"

伊丽莎白看到这件事情这样开头又这样收尾,忍不住笑了,可是本内特太太却大失所望,因为她自己原来很有把握,以为她丈夫对这件事的看法和她所希望的一致。

"你这样说是什么意思,本内特先生?你答应过我,一定要她嫁给他的。"

"亲爱的,"她丈夫回答说,"我有两件小事要请你开恩。第一,请你允许我在目前的情况下自由使用我的理解能力;第二,自由使用我的屋子。我愿意我自己一个人待在这间屋子里,越快越好。"

然而,本内特太太尽管对她丈夫大失所望,但她对此还是死抓住不放。她找伊丽莎白谈了又谈,一遍又一遍地连哄骗带吓唬。她想方设法让简帮她说话,但是简可真是集温柔敦厚之大成,绝不肯干预这种事;——伊丽莎白答复母亲的责难,有时情词恳切,有时顽皮逗趣,她的手法变化多端,然而她的决心却毫不动摇。

此时此刻,柯林斯先生独自琢磨刚刚发生的种种事情。他自视过高,无法理解他的表妹拒绝他是出于什么动机,虽然他的自尊心受到伤害,但是在其他方面他并不感到难过。他看中她,大多是出于虚浮的想象;她可能会受到她母亲的责备,那是活该;想到这里,他在感情上也就无憾了。

正当这一家人乱作一团的时候,夏洛蒂·卢卡斯却到她们这儿来散心了。她在门厅遇见莉迪亚,只见她飞奔过来,压低了嗓子大声说:"你来了,我真高兴,因为这儿可好玩儿啦!——你想到今天早晨发生了什么事吗?——柯林斯先生向丽琪求婚,可她不要他。"

夏洛蒂还没来得及答话,基蒂也来了,报告同样的新闻,她们刚一走进餐厅,就见到本内特太太一个人待在那儿,本内特太太同样也说起这件事,要求卢卡斯小姐同情她,并且恳求她去劝说她的朋友丽琪,要她依从全家人的愿望。"求求你了,亲爱的卢卡斯小姐,"她用凄楚动人的调子又加了一句,"因为谁也不站在我这一边,谁也不支持我,大家对我都狠毒无情,谁也不体谅我这可怜的神经。"

这时候简和伊丽莎白走进来,夏洛蒂也就省得答话了。

"唉,她来了,"本内特太太继续说,"瞧她没事人似的,根本不关心我们,好像我们都远在天边似的,只要她能由着自己的性子就行。——不过我告诉你,丽琪小姐,如果你心血来潮,接像像这样遇到求婚就拒绝,你就永远找不到主儿啦。——我相信,等你爸爸死了,我就不知道还有谁来养活你。——我是供养不了你的——所以我要警告你。——从今天起,我就和你一刀两断。——我在藏书室里就告诉过你,这你知道,我再也不和你说话了,你会知道,我是说一不二的。我没有心思和不孝顺的孩子说话。——这并不是说,我同别人讲话就有多大的心思。像我这样神经上有病的人,是不大喜欢说话的。谁也不知道我受的什么罪!——不过事情总是这样。不诉苦,就没有人可怜你。"

她那几个女儿一声不响地听着她大发牢骚,她们明白,要和她讲道理,或者想安慰她,只是火上加油。她唠唠叨叨说个没完,谁也没去打断她,一直到柯林斯先生来了才算完。他进来的时候那副神气显得比平常更加一本正经;本内特太太一见到他,就对几位姑娘说:

"好了,我告诉你们,你们全都给我把嘴闭上,让柯林斯先生同我一块儿谈一会儿。"

伊丽莎白悄悄走出了屋子,简和基蒂也跟着出去了,但是莉迪亚站在原地不动,拿定主意要尽量听个明白;夏洛蒂先是让柯林斯先生的一番礼数给留住了,他不厌其详地问候她本人和她全家;后来又有点出于好奇,于是她也就只走到窗前,假装并没有听他们谈话。本内特太太以一种悲悲切切的声调这样开始她设计好了的谈话——"啊！柯林斯先生！"

"亲爱的太太，"他回答，"让我们永远闭口不提这件事情吧。"他马上又用一种表示不悦的腔调说下去，"憎恨令爱的举止行为，我是远远办不到的。对于必不可免的坏事退避忍让，是我们大家的义务。像我这样一个少年得志，一直这么走运的年轻人，就更应该承担这种义务。我相信，我是退避忍让了。如果我漂亮的表妹赏脸答应了我的求婚，也许我同样会对我是否一定得福有所疑虑，因为我常常看得出来，幸福遭到拒斥之后，在我们的评价中就开始或多或少地丧失了原有的价值，在此情况下退避忍让就可以完满无缺了。亲爱的太太，事先没有恭请你和本内特先生出面，用你们自己的威信来给我以支持，就贸然撤回对令爱求婚的意图，希望不要认为这是我有意对府上表示不敬。我是从令爱那里，而不是从你们这里，接受对我的拒绝，我这种做法，恐怕有些不妥。但是，我们大家都是会犯错误的。在整个这件事情中，我的确是一片善意。我的目的一直是要为自己找一个宜人的伴侣，同时也适当考虑你们全家的利益。如果我的做法真是当受指责，我在此表示歉意。"

第二十一章

柯林斯先生求婚一事，现在大家议论得差不多已告一段落了，伊丽莎白只是觉得不大舒服，这也是在所难免；有时候，还得听听母亲指桑骂槐地发泄怒气。至于那位先生本人，他的情感主要不是表现为狼狈不堪或者垂头丧气，也不是对伊丽莎白百般回避，而是板起面孔生闷气。他几乎不和她说话，而在那天的后半天，则把他那份向以自诩的殷勤多情，统统转用到了卢卡斯小姐身上。她听着他谈话的时候彬彬有礼，客客气气，恭恭敬敬，这恰好使他们大家，特别是她的朋友，松了一口气。

第二天早晨，本内特太太的心情和健康都未见好转，柯林斯先生也还是同样怒气冲冲，盛气凌人。伊丽莎白原来希望，他一气之下可能要缩短逗留的时间，可是看来他的计划丝毫没受影响。他一直计划要在星期六才离开,现在仍然打算待到星期六。

吃过早饭,姑娘们去梅里顿,想打听一下魏肯先生回来没有,再对他未能出席内瑟菲德的舞会表示惋惜。一到镇上,她们就碰上魏肯先生了,他于是陪她们到姨母家,在那里,魏肯先生的歉意和懊恼,她们每人对他的关怀挂念,都一一说了一遍。——不过他对伊丽莎白自愿承认,他是自己故意不去参加的。

"舞会日期快到的时候,"他说,"我觉得,我最好还是不要碰上达西先生;——在同一个时间和他参加同一个舞会,而且要一起待好几个钟头,这我可受不了,并且还可能有某些场合,弄得不仅我一个人不痛快。"

伊丽莎白对他这种宽容大度大为赞扬。后来魏肯和另一位军官陪她们回朗博恩,他们就有空闲时间来原原本本地谈论这件事,而且还非常客气地相互对对方大加称赞,这一路上,他对她特别的殷勤。他伴送她们回家有双重的好处,一方面她可以感觉到他对她体贴周到,另一方面这也是一个让他认识她父母的大好机会。

她们回家不久,就收到一封给本内特小姐的信。这封信是从内瑟菲德送来的,她立刻拆开,里面装的是一张小巧精美、经过热压①的信纸,上面的字迹是女性的那种娟秀流利的手笔。伊丽莎白看到,姐姐念信的时候脸色变了,还看到她细心琢磨其中几个段落。简很快又重新镇定下来,把信放在一边,努力摆出她那一向高高兴兴的样子,同大家一起聊天。不过伊丽莎白却对这件事感到担心,甚至也顾不得对魏肯注意了。他和他的同伴刚一离开,简就对她使了个眼色,让她跟她一起上楼去。她们进了自己的屋子,简就掏出信来,说:

"这封信是卡罗琳·宾利写来的。信上写的大大出乎我意料。他们那一帮人在这个时候已经离开了内瑟菲德,正往城里去,没有任何再回来的打算。你听听她是怎样写的。"

于是她大声念了第一句,意思是说她们刚刚打定主意,跟随她们的

---

① 纸张经过两层热金属板碾压处理,表面现出光泽,比较昂贵。

弟兄立刻到城里去,并且打算当天在格罗维诺①大街家里进餐。赫斯特先生有一所房子在那儿。接下去是这样说的:"我最亲爱的朋友,离开哈福德郡,除不能与你时相过从外,我对其他任何事都不怀歉意;但我们希望,将来某个时期仍可一如既往享受交游之乐,而在目前,则希望常有音信,尽诉心曲,不胜企盼之至。"伊丽莎白听着这些夸张浮华的词藻,态度冷漠,疑心重重。她们出其不意地匆匆离去,使她感到很是突然,但是她并不认为这件事有什么真正值得惋惜。很难说她们离开内瑟菲德就会让宾利先生不再在那里长住下去。至于今后不能再和她们往来,她相信,简在与宾利先生怡然相处中,不久就会把这件事淡忘。

"真不走运,"待了一会儿,她说,"你的朋友离开这里之前,你没能见见她们。不过,难道我们不能这样设想,像宾利小姐所盼望的那种未来的幸福时期,会比她料想的来得更早吗?你们过去那种朋友之间的愉快交往,一旦成为姑嫂之间的,岂不好上加好,更为圆满吗?——宾利先生不会让她们给扣在伦敦的。"

卡罗琳斩钉截铁地说,他们这批人谁也不会在今年冬天回到哈福德来。我给你念念:

"家兄昨天离开我们的时候,原以为他去伦敦处理的事务可在三四天内完成,但我们确信,不可能如此;同时我们深信,查尔斯抵达城里后,将不致再次匆忙离开,因此我们决定追随前往,以免他办事之暇必须栖身毫无乐趣可言的旅舍。我的朋友中已有许多人前往过冬。我原来希望我能听见我最亲爱的友人——你也打算参加,但我现在已不抱此幻想了。我诚挚地希望你在哈福德过圣诞节,尽享这一节日常有的种种欢娱,并希望你能得到许多爱友,以免我们离去使你失去三位朋友而感到失望。"

---

① 伦敦市中心穿过格罗维诺广场的一条大街,向西直通著名的海德公园。

"Walked back with them"

[Copyright 1894 by George Allen.]

"从这里可以看得很清楚,"简自己加了一句,"今年冬天他不会再回来了。"

"从这里只能看清楚,宾利小姐不愿让他回来。"

"你为什么要这样想?这一定是他自己的想法。——他是他自己的主人。不过你并不知道全部情况。我愿意把特别让我伤心的那几段念给你听听。我对你不愿有任何保留。'达西先生急不可耐地要去看他妹妹,说句老实话,我们也同样急切盼望同她久别重逢。我确实相信,乔治安娜·达西的美貌、优雅与才艺,无人可以企及。她激起了路易莎和我的情怀,而且由于我们心怀希望,愿她将来和我们姐妹成为姑嫂,这种感情将变得更加使人不能忽视。我不知道我以前曾否把我对这件事的感情告诉过你,但我不愿没告诉你就离开此地。我相信,你不会认为这种感情不合情理。我哥哥早已对她极为仰慕。现在由于这一极其亲密的基点,他会经常有机会前去看她。她的亲属也全部同他自己的亲属一样,希望结成这门亲事。我把查尔斯称为最能赢得任何女人欢心的人,我想,这并不是作妹妹的出于偏心眼而被误导。所有这些情况都有助于这一爱慕之情,而且并无任何反对,我最亲爱的简,我对这件能使那么多人得到幸福的事情满怀希望,难道会是错了吗?'

"你对这句话怎么看,亲爱的丽琪?"简念完以后问道,"这难道还不够明白吗?——这不是清清楚楚地声明,卡罗琳既不期待也不希望我当她的嫂子吗?说她完全相信她哥哥没把我放在心上吗?如果她猜到我对她哥哥有情有义,她的意思(多好的心肠呀!)难道不是让我自己小心为是吗?对这个问题还能有别的看法吗?"

"是的,当然能够,因为我的看法就完全不同。——你愿意听听吗?"

"非常愿意。"

"几句话就可以给你讲清楚。宾利小姐看出来了,她哥哥爱上了你,可是她想让他娶达西小姐。她紧跟着他到城里去,就是希望让他留在那儿,并且努力让你相信,他并不挂念你。"

简摇摇头。

"的的确确,简,你应该相信我。——无论是谁,只要看见过你们在一起,就不会怀疑他对你的情意。我相信,宾利小姐也不会怀疑。她并不是什么傻瓜。如果她在达西先生身上看出他对她有这一半的情意,她早就去定做结婚礼服了。但是事情就是这样。我们不够有钱,也不够高贵,配不上他们;她更着急想让达西小姐嫁给她哥哥,是出于这种念头:两家有了一次联姻,她再实现第二次联姻,困难就少了。这个想法倒真有点别出心裁呢,而且我敢说,如果没有德伯格小姐挡在中间,还真可能办成呢。但是,我最亲爱的简,你可不能因为宾利小姐告诉你她哥哥非常仰慕达西小姐,就当真以为他星期二同你告别以后,对你的那些长处会感到丝毫淡漠;或者以为她有足够的能耐,可以劝服她哥哥,让他相信他非常热爱她的朋友,而不是在爱你。"

"如果我们俩对宾利小姐的看法相同,"简回答,"你对这个问题的所有说法,就可以让我心安理得了。不过我知道,这个根据是不公平的。卡罗琳不会故意欺骗什么人,在这件事情上,我唯一能希望的是她自己受骗了。"

"这就对了。——既然你不能从我的想法中得到宽慰,那么你能生出这个想法来真是再好也没有了。你就权且相信她是不知怎么地受骗了吧。你现在已经对她尽到了你的本分,别再烦恼啦。"

"不过,我亲爱的妹妹,即使朝最好的方面想,如果我嫁给一个人,可他的姐妹和朋友全都希望他娶别人,那么我会幸福吗?"

"那就得由你自己做决定了,"伊丽莎白说,"如果经过深思熟虑,你觉得,得罪他那两个姐妹引起的苦恼,大过做他太太的幸福,那么我就劝你无论如何也要拒绝他。"

"你怎么能这样说话呢?"简微微笑了笑说,"你要知道,她们不赞成,我虽然会极其伤心,可是我也不会犹豫不决呀。"

"我想你是不会犹豫的;——既然情况是这样,我就不必怀有那么多的同情来为你的处境着想了。"

"不过,要是他今年冬天不回来,我也就不需做什么抉择了。六个月的时间,事情会千变万化!"

伊丽莎白对于他再也不会回来了这种想法极不以为然。在她看来,这不过是卡罗琳的自私愿望而已,而且这些愿望无论是直截了当说的,还是拐弯抹角说的,她根本不会相信这对一个独立不倚的年轻人能有丝毫影响。

她向姐姐讲述了她对这个问题的看法,尽量讲得让她十分信服,而且很高兴马上就看到可喜的效果。简天生就不爱灰心丧气,妹妹这么一开导,她就逐渐看到了希望:宾利会回到内瑟菲德来,了却她的每一桩心愿,尽管感情上的猜疑有时还是压倒了这种希望。

她们商量好,只告诉本内特太太宾利一家走了,而不谈宾利先生行动的实情,免得让她担惊受怕;可是就这一点零星的消息也弄得她牵肠挂肚,悲叹命运不济。那两位女士刚刚同大家相处得亲亲热热,怎么说走就走了呢。不过她伤心了一阵子以后,又得到了安慰,心想宾利先生不久又会回来,不久就会来朗博恩吃饭,想来想去最后还是感到宽慰,于是告诉大家:虽然请宾利先生来只是吃一顿便饭,她还是要细心准备两道主菜。

第二十二章

本内特全家应邀到卢卡斯府上吃饭。承蒙卢卡斯小姐一片好心,一天的大部分时间又都用来听柯林斯先生说话了。伊丽莎白瞅了个空子感谢她。"这让他心情愉快,"她说,"我对你真是感激不尽。"夏洛蒂对自己的朋友说,她很满意自己能起点作用,她花这点时间,却得到了很大的酬报。这是非常令人欣慰的,不过夏洛蒂的好心却超出了伊丽莎白的意料之外;——好心的目的正是要让柯林斯先生不要再向伊丽莎白献殷勤,而是转向她自己。这就是卢卡斯小姐的诡计;而且从表面的迹象看来显得非常顺利,他们晚上分手的时候,她已经感觉到,如果他不是那么快就要离开哈福德郡,她几乎就可以稳操胜券了。不过,她这可就低估了他性格中火热炽烈和独断独行的特点,因为正是这种性格使他第二天清晨就以令人惊叹的狡猾手段溜出了朗博恩府,匆匆赶到卢卡斯寓,投身在她的足下。他提心吊胆地生怕表妹们看到,是因为他相信,如果她们看见他离开,就会猜想到他的图谋,而这种图谋不到胜利在握可以公之于众的时候,他是不愿让别人知道的;因为虽然夏洛蒂总算一直在推动,鼓舞,使他感到几乎完全有了把握,可是自从星期三那次冒险行动以来,他总有些缺乏信心。然而他受到的接待却令人得意非凡。他向他们家走去的时候,卢卡斯小姐从楼上的窗口看见了他,她立即下楼跑到那条小路上来迎他,还装做意外相逢。不过她还没敢希望,在那里等待她的竟是不尽情意和滔滔雄辩。

也不过是在能够包容柯林斯先生那几套长篇大论的短短时刻,双方就称心如意地解决了一切问题。他们一进屋,他就请求她订下一个吉日,好让他成为世界上最幸福的人。虽然这样一种要求目前必须搁在一边,可是卢卡斯小姐却无意把他的幸福视作等闲。上天开恩赐给他一副呆头呆脑,使他求爱也谈不上有何魅力,所以没有哪个女人会希望把他求爱的时期拖长。卢卡斯小姐接受他,完全是出于成家立业这个纯洁无私的愿望,至于多快可以成立,她倒不大在意。

这件事迅速提交给威廉爵士和卢卡斯夫人,请他们同意,他们当然是欢欣雀跃地满口答应。他们拿不出一点财产作为嫁妆,柯林斯先生目前的境况,使这门亲事对他们那个女儿来说真是再合适不过了,而且柯林斯先生将来发财的机会还很多。卢卡斯夫人立刻开始计算本内特先生大概还能活上多少年,这件事以前从来没激起过她这么大的兴趣。威廉爵士提出了他决定性的意见,说柯林斯先生无论什么时候得到了朗博恩那笔财产,他和太太就有极大的希望可以觐见国王了。总而言之,全家人都为这件事欢欣鼓舞,几个小女儿有了希望,可以早一两年出去参加社交活动了;几个男孩子也不用再担心夏洛蒂要老死深闺了。夏洛蒂本人倒还相当镇定。她已经达到了自己的目的,还有时间对此再考虑考虑。她仔细想想,总的说来感到满意。柯林斯先生肯定不是个通情达理的人,也不叫人喜欢;和他相处令人厌烦,他对她的爱慕一定是出于想象。不过尽管如此,他还是可以做她的丈夫。——婚姻一直是她的目标,至于找什么样的男人,婚后生活怎样,则不大看重。对于受过良好教育但财产不多的年轻女子来说,嫁人是唯一的一条体面的出路,而且尽管能否得到幸福毫无把握,嫁人也一定是她们最惬意的可以免于贫困的避难所。这种避难所她现在总算得到了;她如今芳龄已二十有七,从来也不曾美丽动人,所以她也感到十分走运。这件事情最令人不愉快的地方是它一定会让伊丽莎白·本内特大吃一惊,而她的友谊她看得比其他任何人的都宝贵。伊丽莎白会感到奇怪,很有可能还会责备她;虽然她自己的决心不会因为这种责难而发生动摇,可是她的感情一定会受到伤害。她决心亲口把这个消息告诉她,因此叮嘱柯林斯先生,让他回朗博恩去用正餐的时候,在他们家任何人的面前,都不要把刚刚发生的一切透露一点风声。对方答应保守秘密,当然保证如仪,但是执行起来,却不那么容易。因为他出外很久,已经引起了好奇心,所以他一回到朗博恩,大家就纷纷提出许多非常直截了当的问题,要一一回避的确需要某种本事。同时他还表现了很大的自我克制能力,因为他老想公开宣布他这场前景乐观的恋爱。

柯林斯先生次日很早就要动身上路,来不及向这一家人辞行,所以就在头一天太太小姐们回屋就寝的时候同大家正式告别。本内特太太非常客气、非常热诚地说,他以后有别的事能抽空来看看他们,他们大家都会十分高兴地欢迎他再到朗博恩来做客。

"亲爱的太太,"他回答道,"承蒙邀请,我特别感谢,因为这正是我盼望得到的盛情,你们可以完全放心,我将尽快前来府上拜访。"

他们大家都感到惊讶,本内特先生根本不希望他这么快又要回来,立即说道:

"不过,先生,这不会冒遭到凯瑟琳夫人不满的危险吗?你对亲戚疏远一点不要紧,最好还是别冒险得罪你那位恩主。"

"亲爱的先生,"柯林斯先生回答,"我特别感谢你这样友善地提醒我。不得到夫人她的允许,我是不会采取这样重大的行动的,这可以请你放心。"

"你多加小心,保准没错。冒什么险都行,就是别让她不高兴,如果你觉得再来看我们有可能会引起她不高兴——我认为这大有可能——那么你能安安静静地待在家里,你放心吧,我们是不会见怪的。"

"相信我吧,亲爱的先生,承蒙如此热情关怀照顾,我不胜感激之至。等着瞧吧,你会很快收到我的一封感谢信,感谢你的关怀,也感谢我在哈福德逗留期间你对我的一切好意。至于我这些好表妹,虽然我不会离开多久,似乎不需拘礼,可是我仍然不揣冒昧,祝愿她们健康幸福,其中包括伊丽莎白表妹。"

随后太太小姐们礼数周到地纷纷告退,大家听他说他考虑很快就回来,全都同样吃惊。本内特太太希望这些话的意思是说,他想再向她哪个小女儿求婚,那么就可以劝说玛丽接受。她对他的本事比其他姐妹都看得高得多,他思考问题踏实稳重,常常给她留下深刻印象,虽然他不及她自己聪明,但是她认为,如果他能以她这样一个榜样来鼓励自己读书提高,是可以成为一个情投意合的伴侣的。但是到第二天上午,这类希望都一概化作泡影了。卢卡斯小姐刚吃过早餐就来看他们,她同伊丽莎白私下谈话,把头一天的事都讲了出来。

在前一两天,伊丽莎白曾经想到过,柯林斯先生有可能想入非非,自以为爱上了她的这位朋友。可是要说夏洛蒂怂恿他,几乎就像说她自己怂恿他一样,简直是没影儿的事,因此这件事叫她大吃一惊,初听之下,使她顾不上礼仪,不禁大声喊叫起来:

"同柯林斯先生订婚!我亲爱的夏洛蒂,——这不可能!"

卢卡斯小姐告诉她这件事情的时候,本来保持着一副镇定自若的神色,现在突然听到这一声直截了当的责备,顿时也变得不知所措,不过这毕竟也未出乎她意料之外,所以很快就恢复了镇定,平心静气地回答说:

"你干吗要感到吃惊呢,亲爱的伊莱莎?——难道因为柯林斯先生不幸在你这里碰了钉子,你就不相信他能得到其他任何一个女人的好感吗?"

不过伊丽莎白这时已经让自己镇定下来,并且竭力克制自己,用相当坚定的态度对她说,他们的关系前景十分可喜,并且祝愿她获得一切可能想象到的幸福。

"我看得出来你的感情,"夏洛蒂回答,"你一定感到惊讶,非常惊讶——因为柯林斯先生刚刚不久前还想娶你。不过,等你有时间把事情从头到尾考虑一下,我希望,你就会对我所做的感到满意。我不是个有浪漫情趣的人,这你知道,我从来都不是。我只要求有一个舒适的家;考虑到柯林斯先生的性格、社会关系和社会地位,我相信,嫁给这样一个人,我获得幸福的机会,同许多人结婚的时候所夸耀的机会,是同样美好的。"

伊丽莎白平静地回答说:"确实如此。"她们别别扭扭地,谁也没再说话,停了一会儿,就回到大伙中间去了。夏洛蒂没有再待多久就走了,留下伊丽莎白自己去考虑她听到的那些话。她想了很久,才算对这门不般配的亲事想开了。柯林斯先生三天之内居然能向两个人求婚,同这种怪事一比,那么有人接受他求婚,也就根本不算一回事了。她一直都觉得,夏洛蒂关于婚姻的意见,并不完全同她的意见一样,可是她从来也无法想象,等到付诸实行的时候,这个人居然会为了世俗的利益而牺牲所有美好的感情。夏洛蒂成了柯林斯的妻子,这是一种多么丢人现眼的景象!——一个朋友自己羞辱自己,并且还要贬低对她自己的评价,这本来已经够沉痛的了,何况还要再加上那令人痛苦的信念,相信这位朋友选择的命运并不能为她自己带来差强人意的幸福呢。

第二十三章

伊丽莎白正同母亲和姐妹们坐在一起,暗自寻思她刚才听到的事情,拿不准是否可以把这件事告诉大家,刚好威廉·卢卡斯爵士来了。他是应他女儿的请求来向本内特家宣布她订婚的消息。他讲述这件事情的时候,连连恭维他们,说两家就要联姻,他感到非常高兴,——可听他讲话的那些人不仅惊诧不已,而且都不敢相信。本内特太太连礼貌都不顾,硬是一口咬定,说他一定是完全弄错了。莉迪亚向来都是冒冒失失,有时又很粗野无礼,这时大喊起来:

"老天爷!威廉爵士,你怎么能编出这样一个故事来呀?难道你不知道,柯林斯先生想娶丽琪?"

只要不是那种极尽阿谀逢迎之能事的谄媚小人,谁听人对自己说这种话都会勃然大怒;可是威廉爵士教养有素,能够容忍下来;同时他尽管还是请求她们相信他的消息全属实情,可是依然尽量宽容有礼地聆听她们那些唐突不恭之词。

伊丽莎白觉得自己有责任帮他解脱这种令人不快的处境,这时便挺身而出,说她刚好在这之前亲耳听到夏洛蒂本人讲的这件事情,以此证实了他刚才讲的话真实无误;她为了不让她母亲和小妹妹再大声叫嚷,又向威廉爵士表示衷心祝贺,简也一起欣然贺喜,还连声称赞这门亲事可能带来何等的幸福,称赞柯林斯先生品格优良,还有亨斯福德与伦敦相距不远,来去方便。

本内特太太确实给压垮了,威廉爵士没走以前,她再也说不出多少话来;等他一离开她们,她的感情顿时就发泄出来。首先,她硬是不相信整个这件事情;第二,她很有把握,断定柯林斯先生中了圈套;第三,她相信,他们在一起绝不会幸福;第四,这门亲事可能破裂。不过,从整个这件事情还可以清清楚楚地推演出两条结论:一条是,伊丽莎白是整个这场灾难的真正罪魁祸首;另一条是,他们大家都对她蛮横无理。这一天剩下的时间她主要就是谈论这两条。无论什么都安慰不了她,无论什么都不能使她平静下来。这一整天也没能消解她的愤恨。过了一个星期,她见了伊丽莎白才不破口大骂;过了一个月,她同威廉爵士和卢卡斯夫人讲话才不那么粗野无礼;过了几个月,她才完全宽恕了他们那个女儿。

在这种情况下,本内特先生的感情就平静得多了。他说他感到极为快慰,他当时也确实是这样的。他说,他一向以为夏洛蒂·卢卡斯还勉强算得上是个明白人,可是这件事却让他认清了她同他太太一样愚蠢,当然比他那个女儿愚蠢多了,所以他很高兴!

简承认自己对这门亲事感到吃惊;不过她并没怎么说出她的惊异,而是表示热诚希望他们美满幸福。伊丽莎白劝她,说那不大可能,她也不肯相信。基蒂和莉迪亚根本不羡慕卢卡斯小姐,因为柯林斯先生不过是个牧师,这事同她们没有关系,只不过是一条新闻,可以拿到梅里顿去散布一下而已。

卢卡斯太太不禁感到扬扬得意,因为女儿喜结美满姻缘,可以对本内特太太回报一下了。她去朗博恩比往常更勤,一去就大谈她多么高兴、幸福,尽管本内特太太那副哭丧脸和满嘴刻薄话,也总是足够把这高兴一扫而空。

伊丽莎白同夏洛蒂之间已经有所保留,这使她们彼此都对这个问题保持沉默;伊丽莎白已经确信,她们相互之间再也不会有真正的信任了。她对夏洛蒂灰心失望了,于是回过头来对姐姐更加亲切关心。她姐姐正派不俗,她相信自己这种看法永远不会动摇,她还对姐姐的幸福越来越担心,因为到现在宾利已经走了一个星期,而且听不到一点儿他回来的消息。

简很早就给卡罗琳写了回信,现在数着日子,看看到什么时候才可以再从她那儿听到消息。柯林斯先生说过要写的感谢信星期二收到了,是写给她们父亲的,尽是些郑重其事的感谢之词,写出这封信就像是曾经在他们家叨扰了一年似的。他在这方面表白了歉疚之后,接下去就用许多欣喜若狂的字眼告诉他们,说他有幸博得了他们的芳邻卢卡斯小姐的欢心,然后解释说,他完全是因为想同她共享重逢之乐,当时才欣然接受他们希望他重访朗博恩的盛情邀请,现在他希望能在两星期后的星期一到达;他还加了几句,说凯瑟琳夫人衷心赞成他的婚事,并且希望尽快完婚,他相信,这将成为一项无可辩驳的根据,可以促使他心爱的夏洛蒂早定佳期,让他成为世界上最幸福的人。

柯林斯先生重返哈福德郡,对本内特夫人已经不再是一件乐事了。相反,她还像她丈夫一样发起了牢骚。——真是奇怪得很,柯林斯先生要跑到朗博恩来,而不到卢卡斯寓去。这也很不方便,而且又特别麻烦。——她讨厌在她健康状况不佳的时候家里来客人,而且谈情说爱的人大都是些最令人讨厌的家伙。本内特太太小声唠叨的就是这些东西,只有想起宾利先生迟迟不归这种更大的烦恼,这一套唠叨才会让路。

简和伊丽莎白都为这件事感到不安,日子一天天过去,听不到一点点他的消息,只是近来传说纷纭,说他整个冬天都不会再来内瑟菲德。本内特太太听了这类消息非常生气,少不了总要驳斥,说这是造谣生事,诽谤中伤。

甚至伊丽莎白也开始担心了——担心的不是宾利负心,而是那两姐妹真会把他留住。她本来不愿往这种既有损简的幸福,又有辱她爱侣的坚贞的方面去想,可是又禁不住常常让这种想法袭上心头。有他那两个狠心的姐妹,又有他那位专断的朋友,这三个人齐心协力,再加上达西小姐的千娇百媚,还有伦敦的娱乐享受,她担心,尽管他对简倾心爱慕,也难以招架。

至于简,在这种疑虑重重的情况下,她的那份焦急当然比伊丽莎白更加难受;不过,不管她感觉如何,她总想掩饰起来,因此她同伊丽莎白两人都从来不提这件事。但是她母亲却没有这样能体贴,有节度,所以几乎每过一个钟头都要谈谈宾利,或者表示等他回来已经等得不耐烦了;有时甚至还要简承认,要是他老不回来,她就应当认为自己受到了亏待。多亏简能够忍辱负重,不为所动,才使她相当平静地忍受她这样一些非难和抨击。

柯林斯先生两星期后的星期一准时无误地又回来了,但是他在朗博恩所受到的接待,却完全不像他初次来时那样亲切愉快。然而,他乐不可支,也就用不着多少关心照顾。对别人来说,很幸运的是,谈情说爱这桩大事使他们得到解脱,免去了大量陪客的任务。他每天主要的时间都花在卢卡斯寓,有时很晚才回朗博恩,刚刚来得及在全家就寝之前道一声歉,请大家原谅他总不在家。

本内特太太的处境简直是可怜透顶。只要一提到跟这门亲事有关的事,她就会大发雷霆,痛苦不堪;可是不论她走到哪里,她保准又总会听到别人议论这件事。她一见到卢卡斯小姐,就感到恶心厌烦。她一想到她要来接替她成为这所房子的女主人,就又嫉妒得咬牙切齿。每逢夏洛蒂来看望他们,她都认为她是在预先算计接收的时刻。每逢她低声同柯林斯先生说话,她都相信他们是在谈论朗博恩这份产业,决计等本内特先生一死,便把她们母女都赶出门去。

"真的,本内特先生,"她说,"夏洛蒂早晚就要来当这所房子的女主人,我就得被硬逼着让位给她。眼睁睁地瞅着她来占了我的位子,真让人受不了!"

"亲爱的,别老往这些愁人的地方想,咱们还是往更好的方面去盼吧。我可能活得比你还长呢,让咱们自己给自己开心吧。"

这种话并没给本内特太太多大的安慰,因此她根本不答理,还像以前一样唠叨不停。

"一想到他们要占去这全部家业,我就受不了。要不是因为有这个限定继承权的事,我就不用操心了。"

"你不用操心什么?"

"我就一点事都不用操心了。"

"让我们谢天谢地,你现在还没有那样麻木不仁。"

"本内特先生,一扯到限定继承权,我就决不会谢天谢地。有谁能这样没良心,把财产从自己女儿的手中夺走,去让别人来继承呢?我真弄不明白。而且还是要交给柯林斯先生!——干吗非让他而不是别人得到呢?"

"我把它留给你自己去定吧。"本内特先生说。

第 二 卷

第 一 章

宾利小姐来信了,大家无需再牵肠挂肚。开头第一句表示出,他们肯定都在伦敦住下过冬了,结尾是为她哥哥表示歉意,因为他离开哈福德郡之前来不及同他的朋友们告辞。

希望落空了,完全落空了。等简能够再往下看的时候,她发现,除了写信人的虚情假意,没有任何可以给人丝毫安慰的东西。信上大部分都是对达西小姐的赞颂之词,又把她的千娇百媚啰嗦了一番。卡罗琳还兴高采烈地大吹一通,说她们越来越亲热,并且大言不惭地预告,她上次信中表示的种种愿望都可以实现。她还得意非凡地写到她哥哥已经住到达西先生家里去了,并且欢天喜地地提到达西先生准备添置新家具的种种计划。

简马上把信的主要内容告诉了伊丽莎白,她听着,暗自气愤。她内心一方面关怀姐姐,另一方面怨恨那伙人。卡罗琳信上说她哥哥对达西小姐情有独钟,她一点也不相信。她还是同从前一样,相信他是真心实意喜欢简。她一向都很喜欢他,现在看到他性情这样随和,这样缺乏应有的决断,居然成了他那伙要弄诡计的朋友们的奴隶,竟牺牲自己的幸福,听任他们随意摆布,不禁感到愤怒,并且对他还有些轻蔑。然而,如果仅仅是牺牲他自己的幸福,那么他尽可以觉得怎样最好就怎样去折腾,但是她想,他自己一定也明白,这还牵涉到她姐姐的幸福。总而言之,这个问题她可以长时间全神贯注地反复琢磨,可是必定徒劳无益。别的事情她可以不想,可还是得想宾利的爱慕之情究竟是确实已经烟消云散,还是由于他那些朋友干预而抑制下去;究竟是他感到了简对他的一片真情,还是毫无觉察;究竟是哪一种情况,这内中的差别一定会使她对他的看法有很大不同,然而她姐姐的处境却都是一样,她的宁静反正都是给搅乱了。

开头一两天,简还没鼓起勇气对伊丽莎白诉说自己的感情。但是最后等到本内特太太对内瑟菲德和它的主人比平时更长地发了一通火才走之后,就剩下她们两个人,简才忍不住说道:

"唉!我亲爱的妈妈要是能控制一下自己该多好。她老是不断地提到他,她根本不懂得,她这样做会给我带来多少痛苦。不过,我决不愿意诉苦。这拖不了多久。他会被忘掉的,那时候我们又会同以前一样了。"

伊丽莎白带着虽有怀疑但却关切的神情望着她,一句话也没说。

"你不相信我说的话,"简大声说着,脸上有点发红,"的确,你确确实实不应该这样。他会作为我最喜欢的朋友活在我的脑海里,但是也不过如此而已。我没有什么可希望的,也没有什么可担心的,而且也没有什么要责备他的。感谢上帝!我没有那样痛苦。因此稍微过一阵子,——我一定会尽力让自己好起来的。"

没过一会儿,她用更坚强的语气又说:"我现在就可以这样自慰:这不过是我自己想入非非罢了,它只伤害了我自己,并没有伤害其他任何人。"

"我亲爱的简!"伊丽莎白大声叫道,"你真太善良了。你温柔美丽,公正无私,真正是天使一般。我不知道应该对你说什么,我觉得,好像我以前敬你敬得还不够,爱你也爱得还不够。"

本内特小姐极力否认自己有什么过人的贤淑,反过来还称赞她妹妹的诚挚热情。

"别价,"伊丽莎白说,"你这样太亏了。你希望把世人个个都想得那么值得尊敬,如果我说了谁不好,你就觉得伤心。我只想把你看做是完美无缺的,你就表示反对。别害怕我会走极端,也别害怕我会侵犯你的权利,不让你相信人人都是善口慈心。你用不着害怕。我真正爱的人没有几个,我认为善良的人就更少了。我在世界上经历的事情越多,我也就越觉得不满。我相信所有人的性格都是前后矛盾的。外表上的长处或见解都不足为凭,每过一天都更进一步证实了这一点。最近我遇见了两个例子,一个我不愿意讲,另一个就是夏洛蒂的婚事。真是莫名其妙!无论怎么说,都是莫名其妙!"

"我亲爱的丽琪,别老是这样想,这样就会毁掉你的幸福。你不肯充分理解地位和性情之间的差异。考虑考虑柯林斯先生值得尊重的地方和夏洛蒂谨慎稳重的性格吧。你不要忘了,她家里兄弟姐妹多,从财产来考虑,这也算得上是一门很合适的婚配。看在大家的分上,咱们就高高兴兴地相信算了,她对我们的表兄可能还真有点尊重和敬佩呢。"

"看在你的分上,我几乎可以想法相信任何事情,可是这种相信对别的任何人都没有益处;因为如果我相信夏洛蒂对他有任何敬佩,那就只能使我对她的领悟能力比我现在对她的感情的评价更加糟糕。我亲爱的简,柯林斯先生是个自以为是、装模作样、心胸狭窄、愚蠢透顶的家伙。他是个什么样的人,你同我一样清楚,你一定也同我一样感觉到,嫁给他的女人,思路不可能没有问题。虽然这个女人正是夏洛蒂·卢卡斯,你也不要为她辩护。你不要为了一种个人的关系,而改变原则和是非标准的含义,也不要想说服你自己或者说服我,硬要相信自私自利就是小心谨慎,不识危险就是保证幸福。"

"我不能不这么想,你对这两个人说的话都太过火了,"简回答说,"我希望等你将来看到他们在一起幸福生活,你就会相信这一点。这件事就到此为止吧。你还提到另外的事,你说有两个例子。我不会误解你,不过,我请求你,亲爱的丽琪,不要认为应当责怪那个人,不要说你看不起他了,那样就会让我感到痛苦。我们决不要那么轻易地就以为别人是有意在伤害我们。我们决不能指望一个精力旺盛的年轻人能够时时处处谨言慎行。常常是什么事也没有,不过是我们受了自己虚荣心的骗。女人常常把想象出来的别人对自己的爱慕估计得超过实际。"

"而男人又煞费苦心让她们那样。"

"如果是存心那么做,那他们就不对了。不过,我并不认为世界上有那么多诡计,像某些人想象的那样。"

"我并没有把宾利先生的任何行为看做是诡计,"伊丽莎白说,"不过,即使并没有存心要干坏事,或者要别人倒霉,仍然有可能做错事,仍然有可能引起不幸。粗心大意,对别人的情意满不在乎,还有优柔寡断,都会造成那种后果。"

"你把这件事的原因归于其中之一吗?"

"就是,归于最后一种。不过,如果我继续往下说,我就会说到我对你所敬重的那些人是什么看法,这会让你不高兴的。在你还能阻止我说的时候,就阻止我吧。"

"那么,你是坚持你的意见,认为他受了他两个姐妹的操纵啦。"

"是的,而且是和他那位朋友合谋的。"

"我可不相信。她们为什么要操纵他?她们只可能希望他幸福。如果他爱慕的是我,那么别的女人就得不到他的爱慕了。"

"你第一个论点就错了。除了他的幸福以外,她们还希望很多东西。她们可能希望他更加有钱,更加有势;她们可能希望他娶一个有钱有势、亲友显赫、门第高贵等等应有尽有的女人。"

"毫无疑问,她们的确希望他选中达西小姐,"简回答说:"不过那可能是出于好心,不像你所猜想的那样。她们认识她的时间比认识我长得多,如果她们更喜欢她,那也没什么可奇怪的。但是,不管她们自己的愿望如何,她们总不大可能反对她们弟兄的愿望吧。除非有了非常要不得的事,否则,哪个做姐妹的可以认为自己能随意行事呢?如果她们认为他爱慕我,那么她们就不会想方设法来拆散我们。如果他真是爱慕我,她们想拆散我们也是枉费心机。你先假设了他有这份情义,于是每个人就都显得不合人情,居心不良,而且我也十分不幸了。不要用这种想法来让我苦恼啦。我一直想错了,我也不会为此羞愧,至少不会羞愧难当,比起让我认为他或者他的姐妹都很坏来,那就更显得无足轻重了。还是让我从好的方面来想,从可以想通的方面来想吧。"

伊丽莎白无法反对这样一种愿望,从此以后,她们俩就几乎不再提到宾利先生的姓名了。

本内特太太对宾利先生一去不返依然继续表示迷惑不解,而且焦急苦恼;尽管伊丽莎白几乎每天都要明明白白地开导她一番,可是看来没有什么办法能让她想起这件事来不那么烦恼。女儿想拿一些她自己也不相信的话来让她相信,说宾利先生向简献殷勤不过是人们常见的那种一时高兴罢了,他不再见到她,情分也就了了。本内特太太虽然当时也承认这种说法有几分道理,不过她每天还是照样重复那个故事,她最大的安慰就是,宾利先生到了明年夏天一定会回来。

本内特先生对这件事的态度则不一样。"这么说,丽琪,"有一天他说,"我看,你姐姐是在恋爱上受到挫折了。我祝贺她。女孩子喜欢的,除了结婚之外,其次就是时不时地在情场上尝尝小小挫折的滋味。这是有点儿可以琢磨琢磨的事,而且可以使她在同伴们中间小小地出出风头。什么时候轮到你呀?你是不甘心长久落在简后面的。这回该你了。现在梅里顿有的是军官,足可以让附近乡下所有的年轻小姐失望一番的。让魏肯当你的心上人吧,他是个挺讨人喜欢的小伙子,而且会漂漂亮亮地把你给甩了。"

"谢谢你,爸爸,不过,比他略逊一筹的,我也会满意的。我们决不能大家全都指望有简那样的好运气呀。"

"说得对,"本内特先生说,"不过,令人欣慰的是,你有个深切疼爱你的妈妈,不管诸如此类的什么事会落到你头上,她总要尽力而为的。"

朗博恩家里最近遇到了几件悖理反常的事,闹得好多人都闷闷不乐,魏肯先生常来走动走动,倒是很有实际作用,驱散了一些郁闷气氛。他们常常见到他,除了别的长处以外,他现在又增加了一条:对大家都很直率。伊丽莎白早已经听说过的所有那些事情,他认为应该从达西先生那儿得到的东西,以及他从他那儿受到的亏待,现在大家都已经公认了,也就可以当众议论了;而且在他们还一点都没听说过这件事情之前,就一直那么讨厌达西先生,这使大家非常得意。

只有本内特小姐一个人猜到,这件事也许还有些情有可原的地方,眼下在哈福德的社交界还不甚了解。她那种又温柔又稳重的磊落心怀,总是要求宽容海涵,并且竭力主张可能是误会了——可是其他所有人都谴责达西先生是特大的坏蛋。

第 二 章

　　柯林斯先生这一个星期都花在了谈情说爱和筹谋幸福上,不觉又到了星期六,他得离开他亲爱的夏洛蒂了。他有理由相信,他下次再来哈福德郡,很快就可以择定佳期,使他成为世界上最幸福的人,因此他得做好准备迎娶新娘,这样他的离愁别恨也就可以减轻一些了。他还是同上次一样郑重其事地同朗博恩的亲戚告别,再次祝愿他亲爱的表妹们健康幸福,应许要给她们的父亲再写一封感谢信。

　　就在下个星期一,本内特太太欢欢喜喜地接待她的弟弟和弟媳,他们像往常一样,到朗博恩来过圣诞节。加德纳先生是个通情达理、具有绅士风度的人,在天性和所受教育方面都远远超过他姐姐。他这样一个以经商为生、眼界限于自己店铺的人,居然能这样富有教养、和蔼可亲,这是真会叫内瑟菲德的小姐太太觉得难以置信的。加德纳太太比本内特太太和菲利普斯太太小几岁,是个和气、聪明、高雅的人,朗博恩的这些外甥女都非常喜欢她。尤其是在那两个大外甥女和她之间,感情特别亲切。她们经常到城里去住在她那儿。

　　加德纳太太来到以后的第一件事就是分送礼物,然后就是描述最新的时装。她把这些事做完之后,就不再充当那么活跃的角色,而是听别人讲话了。本内特太太有许多苦情要诉,还有大量牢骚要发。自从她上次见过弟媳以来,他们全家都受到了别人的欺负。两个女儿差一丁点儿就要结婚了,到头来又都落了空。

　　"我并不埋怨简,"她接着往下说,"因为简要是能做得到,她就会嫁给宾利先生了。可是,那个丽琪呀!唉,弟妹呀!说起来叫人很难相信,她要不是脾气别扭,这时候早当上柯林斯先生的太太了。他就是在这间屋子里向她求婚的,她硬是把人家回绝了。结果弄得卢卡斯夫人倒要有一个女儿比我的先结婚了。朗博恩的产业还是和以前一样,要让别人来继承。真的,弟妹,卢卡斯这一家子可鬼呢,他们能捞的就赶紧捞。本来我不应该讲他们这些话,可他们就是这样嘛。在自己家里,大家顶撞我,邻居又都是只考虑自己不顾别人,害得我神经非常紧张,身子也垮了。不过,你们来得正是时候,对我是最大的安慰,我很高兴听你讲那些长袖子①什么的呀。"

加德纳太太以前同简和伊丽莎白通信的时候,已经知道了这些事情的概况,便略微应酬了她几句,然后就岔开话题,跟她那几个外甥女聊起来。

加德纳太太后来同伊丽莎白单独在一起的时候,又谈起了这件事。"看来这对简倒像是一门美满如意的亲事,"她说,"断了线真可惜。不过,这种事情多的是! 一个年轻人,就像你说的宾利先生那样,轻轻易易地在几个星期内就爱上了一个漂亮的姑娘,碰到一次意外事件把他们分开了,又轻轻易易地把她忘了,这种移情别恋的事太常见了。"

"你这么说真能安慰人,"伊丽莎白说,"不过,对我们不合适,我们不是因为意外事件而吃苦头的。一个经济独立的年轻人,几天以前还狂热爱恋一个姑娘,可是受到亲友的干涉劝说,就对她连想也不想了,这种事倒不常见。"

"不过,'狂热爱恋'这个词太陈腐、太含糊、太不明确了,我简直得不出什么确切的概念。它常常用来形容一见钟情的那种感触,也同样用来形容一种真正强烈的爱慕。请问,宾利先生的爱,究竟狂热到什么程度?"

"我从来没见过这样倾心专注的。他变得越来越不理会别人,整个心都扑在她身上。他们俩每见一次面,就显得更加坚定不移,更加不同一般。在他自己举行的舞会上,他得罪了两三位年轻小姐,因为他没有邀请她们跳舞,我自己两次和他讲话,他根本就没答理。难道还有比这更清楚的迹象吗? 这样不同寻常的失礼,难道不正是爱情的精要吗?"

"哦,是的! 我猜想,他所感到的正是这样的爱。可怜的简! 我真为她难受,因为像她那种性格,这件事她是不会马上就忘怀的。事情倒不如落在你的头上,丽琪,你会一笑置之,很快就解脱出来。不过,你觉得可不

---

① 指当时流行的一种服装式样。

可以说服简,我们回去的时候和我们一起去?换换环境可能有点好处——离开家出去散散心,也许很有益处。"

听到这个建议,伊丽莎白格外高兴,并且相信姐姐会欣然接受。

"我希望,"加德纳太太还说,"不要因为考虑到了一个年轻人而对她有什么影响。我们是住在城里完全不同的地区,我们所有的亲戚朋友也都大不相同,而且你也知道,我们很少外出,除非他真的是来看她,否则,他们是根本没有什么可能碰见的。"

"那是绝不可能的!因为他现在被他那位朋友所管,而且达西先生不会再容忍他到伦敦的那样一个地区去看望简的!亲爱的舅妈,你怎么会想到这一点呢?达西先生也许听说过像承恩寺大街这样的地方,不过,如果他真到那地方去一次,他大概会认为,即便斋戒沐浴一个月,也不足以洗净在那里沾染上的污垢;而且请你放心,没有他,宾利先生是决不会自己走动的。"

"那样就更好。我希望他们根本不会见面。不过,简不是和那个妹妹通信吗?她难免会来看望吧。"

"她会完全撇开这段交情的。"

但是,尽管伊丽莎白装作对这一点坚信不疑,而且对有人制止宾利看望简这个更有兴趣的问题也坚信不疑,但是她对这个问题还是感到有些担心,经过仔细考虑之后,她相信这件事情并非完全没有希望。还有可能,有时她还认为,大有可能,他的感情又会复燃,他那些亲友的影响,会敌不过简的种种魅力形成的自然而然的影响。

本内特小姐愉快地接受了舅母的邀请,当时她心里并没有怎么多想宾利那一家人,只不过怀有一种希望,认为卡罗琳既然没有和她哥哥住在同一所房子里,那么她就可以偶尔去和她共度一个上午,而不会有任何碰上他的危险。

加德纳夫妇在朗博恩住了一个星期,也是因为有菲利普斯家,卢卡斯家,还有那些军官,所以没有一天没有约会应酬。本内特太太精心周到地款待她弟弟和弟媳,所以他们没有一次是吃便饭。在家里举行宴会的时候,常常有些军官来参加,魏肯先生每次必到。在这些场合,加德纳太太看到伊丽莎白总是热烈赞扬魏肯先生，不禁心生疑窦，于是对他们俩细心观察。从她所见到的情况来看，她并不认为他们是真正在相爱，不过他们相互之间明明白白是怀有好感，这就足以让她感到不安了。于是她决心在离开哈福德之前同伊丽莎白谈谈这个问题，向她讲明，鼓励这种爱慕之情是不够慎重的。

魏肯对加德纳太太有一种讨好的办法，与他平常的那套本领毫不相干。原来她在十多年前还未结婚的时候，曾经在德比郡他所属的那个地区住过相当长的一段时间，因此他们共同认识的人很多。虽然自从达西的父亲五年以前过世以来，他就几乎没有再待在那儿，可是他还能够给她提供她一些老朋友的消息，比她自己一直在打听的消息还更新鲜。

加德纳太太曾经亲眼见过彭贝利，对老达西先生的令誉盛名也十分熟悉。于是这就成了用之不竭的话题。她把她记忆中的彭贝利同魏肯力所能及的详细描述两相对比，同时对彭贝利已故主人又倍加赞誉，这样她和魏肯两人都感到十分高兴。她听到现在这位达西先生对待他的态度，于是努力回忆往事，想想这与达西儿童时代就名闻乡里的性格中某些特点是否能够吻合，最后她确信不疑，她记得以前曾经听人说起过，费茨威廉·达西先生是个骄傲自大、脾气很坏的孩子。

第 三 章

加德纳太太一得到单独和伊丽莎白交谈的时机就立即抓住，满怀善意地向她提出了忠告；她坦诚地把心中所想的告诉了她，然后又说：

"你是个非常聪明懂事的姑娘，丽琪，决不会仅仅因为别人劝你恋爱要谨慎，就非要去闯情网，正因如此，我才放心大胆、开诚布公地跟你谈。我郑重其事地说，你还是自己小心提防为好。一种缺少财产的感情纠葛是鲁莽轻率的行为，你不要自己陷进去，也千万不要把他往里拉。我并不是在什么事情上反对他，他是个非常有意思的年轻人，如果他得到他该得的那份财产，那我觉得你这么做是再好不过了。但是，现在既然是这样，你就不要由着性子胡思乱想了。你很有头脑。我们都希望你好好用它。

我肯定,你父亲对你的有决断,品行好是完全信得过的,你绝不能让他失望。"

"亲爱的舅妈,这可真是郑重其事。"

"就是的,所以我希望让你也郑重其事。"

"那么好吧,你不必担心,我会小心提防着自己,也会小心提防着魏肯先生。只要我能顶得住,他就不会爱上我。"

"伊丽莎白,你这会儿就不够郑重其事啦。"

"请你原谅,我来再重说一遍。在目前,我还没有爱上魏肯先生;真的,的确没有。不过,他是我见到过的最和蔼可亲的男人,比谁都强,——如果他真是爱上了我,——我想他最好还是别爱上我。我知道,这是太轻率了。哼!那个可恶的达西先生!——我父亲这样看重我,是我莫大的荣幸。我要是辜负他这番好心,那就太丢人了。不过,我父亲也偏爱魏肯先生。总之一句话,亲爱的舅妈,要是因为我而惹得你们任何人不痛快,我会非常难过的。不过,我们每天都看得见,年轻人只要相互有感情,很少因为当前没有财产而在互定终身上止步不前的,因此,如果我的心给打动了,我怎么可以答应,说我会比我们这一伙中间那么多的年轻人更明智呢?或者说,甚至我怎么会知道拒绝就是明智呢?所以我只能够答应你不仓促行事。我不会仓促地确信,我是他的头号对象。我同他一起的时候,我不抱什么奢望。总之一句话,我一定尽力而为。"

"也许你同样还可以不让他老往这儿跑。至少你不该提醒你妈妈邀请他。"

"就像我那天那样,"伊丽莎白会心地笑了,"的确不错,我要是考虑得周到点儿,就不会那样了。不过你也别以为他老是那么经常来这儿。是因为你们的缘故,这个星期才常常邀请他。你知道妈妈的想法,她觉得亲友来了,总得经常有人陪伴。不过,说真的,拿名誉担保,我会努力按我认为最明智的办法去办事的。好了,我想你该满意了吧。"

舅母对她说,她满意了。伊丽莎白谢谢她的亲切提醒,然后她们就分手了。在这样一个问题上提出忠告而没有惹出怨恨,这还真是一个难得的事例。

加德纳夫妇和简一起离开了哈福德郡,随后柯林斯先生就回来了。不过,他这次同卢卡斯一家人住在一起,所以他来后并没有给本内特太太增添很大麻烦。他的婚期很快临近,本内特太太最后总算死了心,觉得这事已无可避免,甚至还一再没好气儿地说,她"祝愿他们幸福"。星期四定作吉日,星期三卢卡斯小姐前来正式辞行。她起身告别的时候,伊丽莎白一方面对母亲那种粗疏无礼、勉勉强强的祝福感到不好意思,另一方面也是动了真情,便陪她走出屋去。她们一起下楼梯的时候,夏洛蒂说:

"我盼望着你常常给我写信,伊莱莎。"

"那是一定的。"

"我还有一个请求。你愿意来看我吗?"

"我希望我们可以常常在哈福德见面。"

"我大概有一段时间不可能离开肯特;因此,答应我吧,到亨斯福德来。"

伊丽莎白预料到那里去访问不会有什么乐趣,可是又不好拒绝。

"我父亲和玛丽亚三月份要去看我,"夏洛蒂接着又说,"我希望你能答应和他们一起去。真的,伊莱莎,你会和他们一样受到欢迎的。"

婚礼举行了,新娘和新郎出了教堂门就直接上路去肯特。每个人都和往常一样对这件事发一通议论,或者听别人发一通议论。伊丽莎白很快就听到她朋友的消息;她们还是和以前一样经常通信,不过要像以前那样开诚布公则绝不可能。伊丽莎白每次写信的时候都不能不感到,所有那种亲密无间的快慰之感已经一去不复返,她虽然打定主意给她写信决不偷懒,可是那主要是为了过去,而不是为了现在。夏洛蒂的头几封信她是怀着急切盼望的心情收到的,不过那也只是出于好奇心,想知道她怎样介绍她的新家,她是否喜欢凯瑟琳夫人,是否敢于叙述自己如何幸福。不过,看了那几封信以后,伊丽莎白觉得,夏洛蒂讲到自己的情况处处都和她预料的毫厘不爽。她的信都写得兴致勃勃、欢欣鼓舞,好像处处都很安逸舒适,提到每件事都赞不绝口。房子、家具、邻居和道路,所有一切都让她称心如意,凯瑟琳夫人的言谈举止都友善谦恭。这正是柯林斯先生一向所描绘的亨斯福德和罗辛斯的图景,不过说得更合情理,不那么夸张生

119

硬罢了。伊丽莎白觉得,一定得等她亲自去那里拜访,才能看出个究竟。

简已经给伊丽莎白写了一封短简,报告他们平安到达伦敦。伊丽莎白希望,她下次再写信的时候,就能够谈点宾利家的情况。

她心急如焚地等这第二封信,得到的结果也和一般在心急情况下所得到的一样。简在城里住了一个星期,既没有见到卡罗琳,也没有收到她的信。不过,她对这种情况所做的解释是一种推想,认为她上次从朗博恩写给她朋友的那封信,由于某种事故丢失了。

"舅母明天要去市区的那一部分,"她继续写道,"我将利用这个机会到格罗维诺大街去拜访一下。"

她拜访以后,又写了一封信,说她见到宾利小姐了,"我觉得卡罗琳情绪不佳,"她这样写道,"不过,她见到我很高兴,还怪我来伦敦也不告诉她一声。所以我猜对了。我上次的信,她没有收到。当然我问候了她们的弟兄。他很好,但是老是同达西先生来往,她们几乎都见不到他。我得知她们正等着和达西小姐共进晚餐。我要是能见到她多好。我拜访的时间不长,因为卡罗琳和赫斯特太太就要出去了。我看,我很快就会在这儿见到她们的。"

伊丽莎白看着信,不禁摇起头来。这封信使她确信,只有靠偶然的机会,宾利先生才会发现她姐姐也在城里。

四个星期过去了,简根本没有见到他。她努力宽慰自己,说她对这件事并不难过,但是她对宾利小姐的慢待再也不能视而不见了。她每天上午在家里等待,每天晚上又为她编造一个新的借口,一直等了两个星期,那位客人才姗姗而来。不过,她待的时间很短,再加上她的态度已经改变,这就使简不能再骗自己了。她在这种情况下写给她妹妹的信,可以证明她内心的感受:

> 我承认我完全让宾利小姐对我表示出来的情意给骗了;我相信,我最亲爱的丽琪该不会因为判断比我正确而幸灾乐祸吧。不过,亲爱的妹妹,虽然事实证明你是对的,如果从她过去的言谈举止来看,我仍然认为,我对她的信任同你的怀疑一样,也是合乎自

然的,那么请你不要认为我是顽固不化。我根本不理解,她为什么希望同我要好,不过,如果同样的情况再次出现,我相信,我还会受骗上当。直到昨天,卡罗琳才来对我回拜,在此之前这么长时间,我没收到她的片言只字。她来的时候,事情也非常明显,她并没有任何兴致。她虚应故事,随便道了声歉,说应该早来看我,只字未提希望能再见到我。她在一切方面都像是完全变成了另外一个人,所以她走的时候,我就下定决心,再也不同她交往了。虽然我不得不责备她,可是我又可怜她,她原来对我另眼相待,那是十分错误的,我可以很有把握地说,我们的交情每一步都是她采取主动发展起来的。但是我可怜她,因为她一定感到她做错了,而且因为我肯定她这样做的原因是为她哥哥着急,我用不着为自己多作解释了。虽然我们知道,她这样着急是完全没有必要的,可是既然她觉得是那样,那也就足可以解释她为什么要那样对待我了。既然他是那样值得他妹妹钟爱,那么她无论怎样为他着急,都是自然而且可爱的了。然而,我又不禁要怀疑,她现在是否还有那种忧虑,因为如果她哥哥对我有一丝一毫的想念,那么我们一定老早以前就会面了。从她本人谈的某些事情来看,我肯定她哥哥知道我在城里;然而从她谈话的态度来看,又仿佛她在强使自己相信,他是真正眷恋达西小姐的。我无法理解。如果我不是害怕说话刻薄,我几乎忍不住要说,这一切都是在弄虚作假。不过我要努力打消一切难过的想法,只想那些让我高兴的事,想你的心意,还有亲爱的舅父舅母始终如一的慈爱。希望很快收到来信。宾利小姐讲了些她哥哥决不再回内瑟菲德,打算放弃那幢房子之类的话,可是说得毫不肯定。我们最好不要提这件事了。你从我们在哈福德的朋友们那儿听到许多令人高兴的事,我感到极为愉快。请你一定要同威廉爵士和玛丽亚一起去看望他们。我相信,你在那里一定会过得很舒畅的。

你的……

这封信让伊丽莎白感到有些难过;可是她一想到简至少不会再受宾利小姐欺骗,情绪又好起来了。对那位哥哥的所有期望现在都完全放弃了。她甚至也不希望他来重续旧情。她对这件事每回顾一次,他的品格就跌落一次。她倒是一本正经地希望他真能很快同达西先生的妹妹结婚,作为对他的惩罚,这对简也可能有好处,因为用魏肯先生的话来说,达西小姐很可能让他因为抛弃原已得到的而懊悔不已。

大约就在这个时候,加德纳太太提醒伊丽莎白,说她去办曾经应允过的有关那位先生的事情,不知情况如何。伊丽莎白回了信,她舅母听了也许比她自己还感到满意。魏肯那种明显的倾心已经消失,他的殷勤已经献完,他正在爱慕另外一个什么人。伊丽莎白留心观察,把事情看得一清二楚,但是她能够看出来,写出来,却并不感到真正的痛苦。她本来不过是略微动了点儿心,而且她相信,如果财产不成问题,那么她就会是他惟一的选择,因此她的虚荣心也已满足。那位小姐一下子得到了一万镑的收入,这就是她最了不起的魅力,于是他现在就让自己对她逢迎讨好。不过,尽管伊丽莎白看他这件事也许不像看夏洛蒂那件事那样洞若观火,但也并没有因为他自行其是就同他争论。恰恰相反,没有什么比这更自然的了。她一方面能够设想,他一定经过几场斗争才决定放弃她,同时她也做好准备接受这一事实,认为这对双方都是一个明智可行的办法,而且还能够真心实意地祝他幸福。

所有这一切她都向加德纳太太承认了;在说了各种情况之后,她还接下去这样写道:"我现在确信,亲爱的舅母,我从来没有深深陷入情网,因为如果我真是有过那种纯洁而崇高的感情,那么我现在就会连他的名字都感到厌恶,希望他倒霉透顶,但是我在感情上不仅对他是真心诚意的,而且甚至对金小姐也不怀偏见。我根本没有恨她的感觉,而且完全愿意把她看作是一个很好的姑娘。在整个这件事情上都谈不上爱情。我的严格防范还是灵验有效的。如果我神魂颠倒地爱上了他,那么我肯定会变成亲友中间打趣的话柄;我也不能说,我因为没有让人更加看重,就引以为憾。让人看重有时可能要付出过于高昂的代价。他弃我而去,基蒂和莉迪亚比我要痛心得多。她们还很幼稚,涉世不深,还没有理解这样一个令人气恼的信念:容貌英俊的年轻人同相貌平凡的年轻人一样,也得有所依靠才能维持生活。"

第 四 章

一月份和二月份过去了,朗博恩这一家除了这些事,也没有什么大事,即使变点花样,也不过是到梅里顿走走,气候有时恶劣,天气有时寒冷,如此而已。三月份伊丽莎白要到哈福德去。她开初并没有很认真地考虑要去那里,但是她不久就发现,夏洛蒂很看重这个计划,于是她就逐渐怀着较大的乐趣和比较肯定的态度来考虑这件事了。两地分离增加了她再去看看夏洛蒂的愿望,同时也减轻了她对柯林斯先生的厌恶。这个计划也有它的新奇之处,而且因为有了这样一位母亲,再加上几个不大合得来的妹妹,这个家也不是完美无缺的,换换环境,从这件事本身来说,倒也不失为一件愉快的事。何况路上还可顺便去看看简。总而言之,时间越来越近,她反倒担起心来了,生怕有什么耽搁。然而,一切事情都进行得很顺利,最后都按照夏洛蒂开头的设想安排妥当了。她要陪同威廉爵士和他的二女儿一起前往,还适时加上了要在伦敦住一个晚上,于是这个计划就尽善尽美了。

唯一难过的是离别她的父亲。他肯定是会想念她的,而且直到最后告别的时候,还那么不愿意放她走,一再叮咛要她给他写信,而且差不多都答应了要给她写回信。

她同魏肯先生告别的时候,双方都十分友好,他甚至还更加友好。他现在正在追求别人,但是这并不能让他忘记:伊丽莎白曾经是头一个激起他垂青而且值得他垂青的人,是头一个听他倾诉而且同情他的遭遇的人,也是头一个他所爱慕的人;他向她告别,祝愿她一切愉快,提醒她说,她会看到凯瑟琳·德伯格是怎样一个人物,并且相信,他们俩对凯瑟琳夫人的看法,以及对每个人的看法,永远都会不谋而合;他说这些话的态度显得热切真诚,休戚相关,使她觉得自己对他一定会永远怀有至诚至信的关切之情;她和他分别的时候,心中坚信:无论他结婚还是单身,他一定会永远成为她心目中一个和蔼可亲、令人喜爱的楷模。

第二天,她和那两个旅伴一起,更觉得魏肯先生和蔼可亲得多。威廉·卢卡斯爵士和他女儿玛丽亚说不出一句值得一听的话,威廉爵士头脑空空,他女儿虽然脾气很好,可是头脑也和她父亲一样,听他们父女絮絮叨叨,正如同听马车辚辚一样枯燥无聊。伊丽莎白喜爱新鲜可笑的奇谈怪论,可是她对威廉爵士那些事已经太熟悉了。他那些觐见和晋封的盛事已经毫不新奇;他那些礼节仪式也同他的阅历见闻一样,都是老掉牙的那一套。

这段旅途只有二十四英里①,他们一大清早就动身了,想在中午之前赶到承恩寺大街。他们的马车走到靠近加德纳先生的门口时,简正在客厅的窗前看着他们抵达。等他们走进过道,她已经在那儿迎接他们了。伊丽莎白急切地望着她的脸,看到那张脸还是同以前一样红润可爱,心里觉得高兴。楼梯上站着一群小男孩和小女孩,他们都急着想见这位表姐,已经不肯在客厅里恭候,可是因为一年不见,又有些认生,就没有再往下走。大家都高高兴兴,亲切友爱。这一天过得愉快极了。上午忙忙碌碌,购买东西,晚上到剧院去看戏。

伊丽莎白设法坐到了舅母旁边。她们首先谈到她姐姐。她详详细细地问了许多问题,舅母回答说,简虽然是强打精神,有时还是免不了有些神情沮丧,她听了不禁觉得惊异,更觉得忧伤。然而有理由相信,这种状况不会延续很久。加德纳太太还告诉她宾利小姐到承恩寺大街来拜望的详情,复述了简和她自己在不同时间的几次谈话,从中可以证明,简已经从内心深处决定同宾利小姐断绝来往。

加德纳太太随后说起魏肯移情别恋,就奚落起外甥女来,同时又称赞她能这么好地挺住。

"可是,亲爱的丽琪,"她接下去又说,"金小姐是怎么样的一个姑娘呢?我真不愿意把我们这位朋友想成惟利是图的人。"

---

① 在奥斯丁时代,英国交通虽有进步,但旅途仍很辛苦,马车速度每小时仅七英里左右。

"请问,亲爱的舅妈,在婚姻问题上,唯利是图和小心谨慎这两种动机有什么区别?审慎到哪儿才算终止?贪婪又在哪儿才算开始?去年圣诞节的时候,你直担心他会娶我,因为那是不慎重的;而现在,因为他在努力追求一个仅仅有一万镑的姑娘,你就想把他说成惟利是图了。"

"只要你告诉我,金小姐是怎么样的一个姑娘,我就知道该怎么去想了。"

"我相信,她是个很好的姑娘,我还不知道她有什么不好。"

"可是,在她祖父逝世让她成了那笔财产的主人以前,他一点儿也没看上她呀。"

"不对——他为什么要那样呢?如果是因为我没有钱才不允许他赢得我的感情,那么在怎样一种情况下,他才可以向一个他并不关心而且又同样贫穷的姑娘求爱呢?"

"不过,一出了这件事,他那么快就去向她献殷勤,这总是显得庸俗不雅吧?"

"家境贫寒的人,不像有些人那样,有那么多工夫去讲究那一套高雅的礼仪。既然她对这件事都不反感,我们干吗要反感呢?"

"她不反感,并不说明他做得对。这不过说明她本人有点什么缺陷——或者是在观念上,或者是在感情上。"

"算了,"伊丽莎白叫嚷起来,"你愿意怎么想就怎么想吧,他是个惟利是图的家伙也罢,她是个大傻瓜也罢。"

"不,丽琪,我可不愿这样想。一个年轻人在德比郡住过那么久,你知道,我真不情愿把他想得那么坏。"

"啊!如果就只凭这一点,那么我对那些住在德比郡的年轻人可真要看不起啦。而且他们那些住在哈福德的好朋友也好不到哪里去。我对他们个个都讨厌。感谢老天爷!我明天就要去一个地方,我会在那里见到一个一无是处的人,他无论在风度上,还是在见解上,都不值一提。说到底,只有傻瓜才值得认识一下。"

"当心,丽琪;你这句话里,悲观失望的味道可太重了。"

看完戏,他们刚要分手的时候,她得到邀请陪舅父舅母一起在夏天出去旅游,真是叫她喜出望外。

"我们还没有完全决定这次旅游要走多远,"加德纳太太说,"不过也许是到湖区①。"

没有任何其他计划能让伊丽莎白更加高兴的了,她怀着极其愉快和感激的心情接受了邀请。"我最最亲爱的舅妈,"她欣喜若狂地叫嚷起来,"多么快乐!多么幸运!你给了我新的生命和活力。去它的灰心丧气吧。比起岩石和高山,人算得了什么?啊!我们要度过多么心旷神怡的时光呀!等我们又回来的时候,那可不会像别的游客那样,什么事都说不出个所以然。我们一定会知道我们到过哪些地方——我们一定会记得我们看过的一切。湖光、山色、河流在我们脑子里决不会混得一塌糊涂。我们想描绘随便哪一处地方的景色风光的时候,也决不会因为弄不清它哪儿挨着哪儿而争论不休。但愿我们旅游归来畅谈观感的时候,不要像一般游客那样讲得不着边际。"

第 五 章

在第二天的旅途中,所见所闻桩桩件件都让伊丽莎白觉得新鲜有趣。她真是心旷神怡,自在逍遥;因为她姐姐气色那么好,所以再也不必为她的健康提心吊胆了,而且她不久要去北方旅游,她一想起来,就乐不可支。

他们离开大路转到通往哈福德的小路,这时候每个人的眼睛都在搜寻牧师住宅,每拐一个弯,大家都以为要看到那所房子了。他们身旁有一边是罗辛斯庄园边界的围栏,伊丽莎白听说过住在那儿的那几个人,她一想起来不禁淡然一笑。

牧师住宅终于看得出来了。花园的斜坡靠着大路,房子建在花园里面,还有绿色的围栏,月桂树篱,每一件东西都说明,他们到了。柯林斯先生和夏洛蒂在门口出现了,马车停在花园那个小门边上,从这里有条短短

---

① 湖区指英格兰西北部著名旅游胜地,风景优美。"湖畔诗人"华兹华斯、柯尔律治等曾生活在此地。

的鹅卵石甬道通往住宅。大家都点头微笑,遥相问候。一会儿工夫,他们一一下了马车,相互见面都欣喜万分。柯林斯太太兴高采烈地欢迎自己的这位朋友,伊丽莎白发现自己受到这样热情亲切的欢迎,越来越觉得不虚此行。她马上就看出来了,她表哥结了婚,但是积习未改。他那老一套生硬死板的礼仪一如既往。他把她堵在门口待了好一会儿,问候她的一家老小,直到听她答复感到满意才算罢休。随后他没再多让大家耽搁,只是指给他们看看门口多么整齐清洁,就把大家带进屋子里。他们一进客厅,他就再一次以虚张声势的仪式,说欢迎大家光临寒舍,他的妻子请大家用点心,他也亦步亦趋,一一效法。

伊丽莎白早就准备看他那股得意劲儿,因此他炫耀整所房屋恰如其分的安排、朝向和家具的时候,她自然而然地想到,他这是特意做给她看的,好像是要让她感觉到她拒绝他求婚是个多大的损失。不过,尽管样样东西都显得整洁舒适,她却难以显露些微悔恨来让他得意;恰恰相反,她倒是用一种困惑的眼光盯着她的那位朋友,纳闷她和这样一个人朝夕相伴,怎么神色还能这样快活。每次柯林斯先生说出一些让他妻子完全有理由感到难为情的事情——而且这种情况并不少见——她不由得就会对夏洛蒂看上一眼。有一两次她还见到夏洛蒂有些脸红;不过夏洛蒂通常总是聪明地装作没有听见。大家坐在那儿对屋子里的每件家具,从餐具柜到壁炉架,都称赞了一番,还把他们在旅途中和在伦敦发生的事情叙述了一遍,这样坐了很久,柯林斯先生才邀请大家到花园去走走。花园很大,设计安排得也很好,其中的栽培种植都由柯林斯先生亲手经管。在花园里干活是他最为高雅体面的乐趣之一。夏洛蒂谈到这项活动有益健康,并且说是她尽量鼓励他去做;她讲这些话的时候,神态那么安详,伊丽莎白很是钦佩。柯林斯先生领着大家走遍了每一条小道和路口,几乎不给一点空隙让大家讲讲他想听到的赞美话,每一个景物他都详加指点,不过美在何处却只字未提。他能数得出每个方向有多少田地,又能说得出最远的那个树丛里有多少棵树。不过,不管是他这花园里的,还是他这整个乡间的,还是这整个王国里的值得一夸的景致,没有一处能与罗辛斯的比美。这所庄园几乎就在牧师住宅对面,周围林木环绕,从树木空隙可以见到那座府第。它是一幢美观的现代建筑,矗立在一片隆起的高岗上。

柯林斯先生本来想把大家从花园领到他的两块草场上去看看,但是太太小姐们的鞋无法走过那残留的白霜,只好都先返回去,剩下威廉爵士一人同他做伴。夏洛蒂带着妹妹和朋友去看整所房子。大概是因为有机会不要丈夫帮忙,由她自己带着她们转吧,她分外高兴。房子很小,不过盖得很好,也很方便。装备很齐全,安排布置都齐整协调,伊丽莎白把这些全都归功于夏洛蒂。只要不想起柯林斯先生,整个环境可真是很有一种安乐舒适的气氛,伊丽莎白从夏洛蒂这种明显的自得其乐的神情中估计到,柯林斯先生一定是常常给丢在脑后。

她早已听说过,凯瑟琳夫人还住在乡间。吃饭的时候又谈起这件事来,柯林斯先生接过去说:

"是呀,伊丽莎白小姐,这个星期天你准会有幸在教堂里见到凯瑟琳·德伯格夫人,不用我说,你自会喜欢她的。她和蔼可亲,没有架子。我相信,做完礼拜之后,你会有幸受到她惠赐一顾。我可以毫不犹豫地说,你们在此小住期间,她每次赏光邀请我们,一定会惠及你和姨妹玛丽亚。她待亲爱的夏洛蒂那么好,真叫人愉快。我们每星期在罗辛斯两次进餐,而且从来不让我们步行回家。夫人的马车总是照常不变地遵命送我们。我应当说,是夫人那些马车中的一部,因为她有几部马车。"

"凯瑟琳夫人是个非常可钦可敬、通情达理的人,"夏洛蒂接上一句,"而且还是个十分殷勤的邻居。"

"就是这样,我亲爱的,这正是我所要说的。像她这样的人呀,怎么恭敬都不为过。"

那天晚上主要就是谈论哈福德的新闻,把早已写信说过的又重复一遍。谈完以后,伊丽莎白独自待在自己屋里,不由得寻思起来,究竟夏洛蒂心满意足到什么程度,驾驭丈夫的本事有多高明,对他忍耐的肚量有多大,她承认这一切都做得很不错,她也不得不预计一下,这段做客的时间怎样度过,怎样适应他们日常起居的那种安逸闲适,柯林斯先生那种令人头疼的频频插话,以及和罗辛斯那些人交往中好玩儿的事。她把所有这些都设身处地地想象了一番,也就心中有数了。

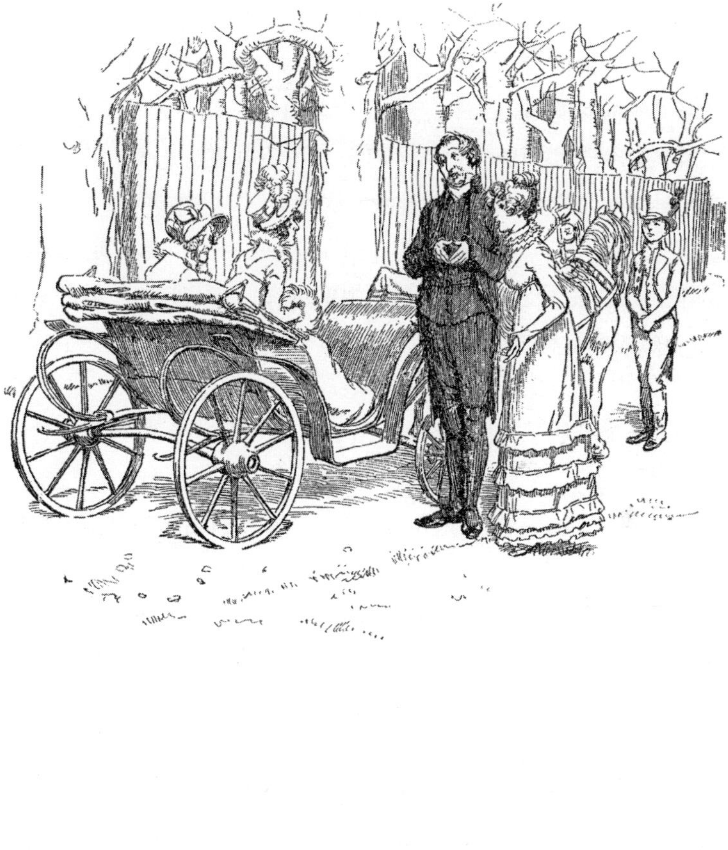

第二天中午,她在屋里准备好要出去散去,楼下突然传来一阵喧哗,好像整个屋子都乱作一团。她仔细听了一下,听到有人火烧火燎地冲上楼来,一面跑,一面大声叫她。她打开房门,在楼梯口上遇见玛丽亚,她激动得上气不接下气,高声喊道:

"哦,亲爱的伊莱莎,请你赶快到餐厅里来吧,可有一场好看的光景呢!我先不告诉你是什么。赶快,马上下来。"

伊丽莎白问了几个问题,都没得到答复。玛丽亚怎么也不肯多说,她们赶紧下楼,跑进面对甬道的餐厅,好看看是什么奇迹。原来是两位女士,坐着一辆低矮的四轮马车,停在花园门口。

"就是这个呀?"伊丽莎白叫了起来,"我还以为是几头猪闯进了花园呢,原来只不过是凯瑟琳夫人和她女儿呀!"

"哎呀,亲爱的,"玛丽亚见她弄错了,大吃一惊,"那不是凯瑟琳夫人。那位老太太是詹金森太太,是同她们母女住在一起的。另外那个是德伯格小姐。就看看她吧,她简直是个小不点儿。谁能想到,她会那么又瘦又小!"

"她太不懂礼貌了,让夏洛蒂顶着这么大的风站在露天里!她干什么不进来?"

"哦,夏洛蒂说了,她几乎从不进来。德伯格小姐进来一次,那简直是太抬爱了。"

"我喜欢她那副模样,"伊丽莎白说,忽然冒出了些意外的念头,"她像是有病,脾气也不好。——对了,她配上他①真是太妙了。她可以做他的贤妻。"

柯林斯先生和夏洛蒂两个都站在花园门口,和那两位女士谈话。伊丽莎白觉得可笑的是,威廉爵士站在门廊里,煞有介事地注视着眼前的这桩盛事,每逢德伯格小姐朝他这边望望,他就连连点头哈腰。

最后再也没有什么可说的了,小姐太太坐着马车走了,其他的人回到屋子里来。柯林斯先生一看见这两位姑娘就祝贺她们洪福齐天,夏洛蒂

---

① 指达西。

则在一旁解释,告诉她们,大家都受到邀请,明天到罗辛斯用餐。

第 六 章

由于受到这次邀请,柯林斯那份扬扬得意真可说是无以复加了。他一直企求的也正是具有这种本事,能够向他那几位感到惊异神往的客人,显示一下他那女恩主富丽堂皇的气势,让他们见识一下这位夫人对他自己和他妻子的礼遇;居然这样迅速就给了他这种良机,恰好说明凯瑟琳夫人纡尊降贵,礼贤下士,这真让他不知如何赞颂敬仰才好。

"我得承认,"他说,"要是夫人邀请我们星期天到罗辛斯去喝茶,共度一个晚上,我根本不会感到出乎意料。我知道她一向待人和善,我倒是想得到她会这样做。但是,谁会预料到她竟这样顾念呢?谁能够想象得出来,我们居然得到邀请去那儿用餐,不仅如此,还邀请我们全体都去,而且是你们刚刚到达,就这样快邀请!"

"我对这件事倒不感到那样意外,"威廉爵士答道,"以我的身份地位,我能够懂得大人物真正的待人接物之道。在宫廷里,这类教养高雅、待人以礼的事,并非奇闻罕见。"

这一整天,或者还要加上第二天上午,大家谈论的都是拜访罗辛斯这件事,几乎没有别的。柯林斯先生就他们可能想望的事,对他们一一指教,免得他们见到那种富丽的厅堂,那么众多的仆役,那么豪华的宴席,会晕头转向。

太太小姐们正要分头去梳妆打扮的时候,柯林斯先生对伊丽莎白说:"亲爱的表妹,不要为你的衣着发愁。凯瑟琳夫人并不要求我们服饰华美,那是她本人和她女儿的事。我劝你,只要穿上一件稍微好一点的衣服就行,没有必要穿得太好。穿着简单朴素,凯瑟琳夫人决不会觉得你不好。她喜欢保持等级分明。"

她们梳妆打扮的时候,他又到她们每个人的屋门口去了两三次,催她们快一点,因为凯瑟琳夫人非常讨厌久等客人入席。——对夫人这些吓人的描述以及她的生活习惯,着实把不大惯于交际应酬的玛丽亚·卢卡斯吓住了。她等待让人引到罗辛斯去的那种诚惶诚恐的样子,和她父亲当年去圣詹姆士宫觐见不相上下。

天气晴朗,他们穿过花园,高高兴兴地步行了大约半英里。——每座花园都各有自己美妙的景观。看到这样的景色,伊丽莎白觉得赏心悦目,但也并不像柯林斯先生原来期望的那样心醉神迷;柯林斯先生指点着府邸正面的那些窗户,并且说到刘易士·德伯格爵士为了安装玻璃当年总共花费了多少钱,她听了却几乎无动于衷。

他们踏上通向门厅的台阶,玛丽亚越来越感到胆战心惊,连威廉爵士看来也不能保持泰然自若。——伊丽莎白倒是勇气可嘉。她从来没听说过,凯瑟琳夫人有什么特殊的才能或者高超的品德足以令人敬畏;她觉得那种靠财势摆出来的显赫气派,并不足以叫她见了就战战兢兢。

进了门厅,柯林斯先生便欣喜若狂,指手画脚地说,这里的结构怎样匀称,那里的装饰怎样优美。从那儿,他们由仆人带领着穿过前厅,走进凯瑟琳夫人和小姐还有詹金森太太已经就座的屋子。夫人她不摆架子,大大赏脸,站起身来迎接他们。柯林斯太太早已同她丈夫约定,由她出面介绍,所以介绍的方式十分得体,免去了柯林斯先生本来认为决不可少的那些道歉和感谢的浮词客套。

威廉爵士虽然进过圣詹姆士宫,但是见到周围这一派富丽堂皇的气势,也完全给震慑住了,只剩下敢深深施礼和悄悄落座的胆量,至于他那个女儿,几乎吓得呆若木鸡,只坐着一点儿椅子边儿,不知道该朝哪里看好。伊丽莎白则自觉完全可以应付这个场面,能够从容不迫地观察在她面前的这三位女士。——凯瑟琳夫人身材高大,浓眉大眼,轮廓分明,年轻时可能还很标致。她的神气并不随和,接待他们的那种态度,也并不会让客人一见就不再想着自己的身份卑微。她并非因沉默寡言而令人生畏,可是她不论说什么,都带着一种盛气凌人的口气,表明她自命不凡,伊丽莎白不禁立刻想起了魏肯先生,经过这一整天的观察,她相信凯瑟琳夫人和他所描述的真是一模一样。

伊丽莎白仔细打量了那位母亲一番,很快就发现她的容貌举止同达西先生有些相似之处,然后她又转眼端详那个女儿,见她长得那样又瘦又小,几乎同玛丽亚一样感到吃惊。这位小姐和那位太太无论在身材还是在相貌方面,都没有任何相像的地方。德伯格小姐脸色苍白,一副病恹恹的神气;她的五官虽然不算难看,却也并不起眼;她几乎不大开口,只是有时同詹金森太太低声嘀咕几句。詹金森太太外表毫无引人注目的地方,而且她全神贯注地听小姐讲话,仿佛自己眼前隔着一道屏幕。

坐了几分钟以后,他们都被请到其中一个窗口去欣赏外面的景色,柯林斯先生陪着他们,指点种种优美之处,凯瑟琳夫人则和气地告诉他们,夏天风景好得多,更值得看。

宴席极其排场,柯林斯先生早已说过,府邸里有众多的仆役,有全套的银制餐具,果然丝毫不假。而且正如他预先说过的那样,他按照夫人的愿望,坐在餐桌的末席①,看上去仿佛他觉得这就是人生可能享受的最大乐事了。——他边切边吃,还兴高采烈地啧啧称赞,每道菜上来,首先是柯林斯先生夸奖一番,接着威廉爵士又应声夸奖一番;他现在已经大大恢复,可以同女婿一唱一和了。见到他那副模样,伊丽莎白不禁觉得奇怪,凯瑟琳夫人怎么能够忍受得了。但是夫人好像对他们这种过甚其词的吹捧很是得意,特别是他们觉得某道菜是从未见过的珍馐佳肴的时候,她更是满脸漾开仁慈的笑容。大家谈话不多,只要有机会,伊丽莎白倒是乐意交谈,不过她的座位夹在夏洛蒂和德伯格小姐中间,夏洛蒂一心一意倾听凯瑟琳夫人谈话,德伯格小姐则在整个宴会中间没有同她说过一句话。詹金森太太主要是在关心德伯格小姐吃得太少,逼着她再吃点别的菜,又怕她感到不舒服。玛丽亚根本就没有想到要说话。而那两位男宾则没有别的,除了吃喝,就是赞颂。

女士们回到客厅②,除了聆听凯瑟琳夫人说话,就没有别的事了。夫人滔滔不绝,一直到上咖啡才住口。她用非常决断的口吻谈论她对每一个问题的见解,说明她一向不容别人对她的判断有争辩的余地。她毫不

---

① 西方餐桌通常为长方形,两侧为客席,男女主人居两端,女主人为首席,男主人为末席,无男主人者,由主人家看重之男客占其座位。
② 按当时习俗,宴会结束后,女宾先退席,男宾则留下,边饮酒边谈些有女宾在场时不便谈的话题。

客气,不厌其详地询问夏洛蒂的家务事,并且给她提出了一大堆意见,教导她如何操持所有家务,告诉她在她那样一个小小家庭里,如何把一切事情归置得井井有条,教导她如何经管奶牛和家禽。伊丽莎白发现,事无巨细都逃不过这位显贵夫人的关注,这样她就得到了对别人发号施令的机会。夫人还利用和柯林斯太太谈话的空子,向玛丽亚和伊丽莎白一次次地问了各式各样的问题,特别是问伊丽莎白。夫人不大了解她和他们之间的亲戚关系,还向柯林斯太太说,她是个很斯文漂亮的姑娘。夫人前前后后曾经问过伊丽莎白,她有多少姐妹,比她大还是小,她们中间是否有谁可能就要出嫁,她们是否美丽动人,她们在哪里受过教育,她父亲有什么样的马车,她母亲的娘家姓什么?——伊丽莎白觉得她问得唐突无礼,不过她还是从容不迫地一一作答。——然后凯瑟琳夫人说道:

"我想,你父亲的财产要依法由柯林斯先生去继承吧。"于是又转向夏洛蒂说:"为你着想,这件事让我高兴。不过,除此以外,我看不出不让女儿继承财产有任何必要。——在刘易士·德伯格爵士家里,就无需乎要这样做。——你会弹琴唱歌吗,本内特小姐?"

"会一点儿。"

"啊!那么——什么时候我们倒是乐意听听你的表演。我们的琴是上好的,大概好过——你哪天来试试吧——你那几个姐妹也会弹琴唱歌吗?"

"有一个会。"

"为什么你们没有都学呢?——你们应该都学。韦伯家的女孩子个个都会,她们的父亲还没有你父亲收入多呢。——你们会画画吗?"

"不,根本不会。"

"怎么,你们谁都不会?"

"谁也不会。"

"这可是太奇怪了。不过我猜想你们没有机会。你们的母亲应当每年春天带你们到城里去投访名师学学呀。"

"我母亲倒并不反对,可是父亲讨厌伦敦。"

"你们的家庭女教师离开你们了吗?"

"我们从来没有家庭女教师。"

"没有家庭女教师!——我还从来没听说过这种事呢。那么,为了教育你们,你们的母亲一定是得像奴隶似的苦干啦。"

伊丽莎白不禁微微一笑,对她说情况并非如此。

"那么,谁教育你们呢?谁照管你们呢?没有个家庭女教师,你们一定是没人管教喽。"

"比起有些家庭来,我想是有点那样;不过只要我们愿意学习,决不会没有办法。家里总是鼓励我们念书,只要有那种需要,也能请到教师。谁愿意偷懒,当然也可以。"

"哦,那是毫无疑问的;可是有个家庭女教师,就可以防止这样的事啦。我如果认识你母亲,一定会拼命劝她请一个。我总是说,在教育方面,没有经常不断的正规指导,什么事都干不成,而且只有家庭女教师,才能提供这样的指导。说来真妙,好多家都是我帮他们介绍家庭女教师的。我也老是喜欢给年轻人安排个好职位。詹金森太太的四个侄女就是由我经手才高高兴兴地得到了好职位的。就是在前几天,有人只是偶然向我提到一位年轻人,我就把她介绍给一个人家,人家对她很喜欢。柯林斯太太,我不是告诉过你,说梅卡福夫人昨天来感谢我吗?她觉得波普小姐是个宝。'凯瑟琳夫人,'她说,'你给了我一个宝贝呀。'你几个妹妹有出来参加社交活动的吗,本内特小姐?"

"有,夫人,都出来了。"

"都出来了!——什么,五姐妹同时都出来参加社交活动了?真是怪事!——你还不过是老二呀。——大的还没出嫁,小的就都出来参加社交活动了!——你那几个妹妹一定都很年轻吧?"

"是的,我最小的妹妹还不到十六。也许她还太小,不宜多参加社交活动。不过,说句真话吧,夫人,如果因为姐姐没有办法或者不想早点出嫁,那么妹妹就都没有参加社交和娱乐活动的份儿,我想,那就太亏待她们了。——最后出生的也应当和最先出生的一样,有同等权利享受青春的乐趣。怎么好用那样一个理由把她们关在家里呢!——我想,那么办不大可能增进姐妹之间的感情,培养美好的心境。"

"说真的,"夫人说,"你小小年纪,就能非常明确地说出自己的见解。请问,你多大了?"

"有三个小妹妹已经长大成人了,"伊丽莎白微笑着说,"夫人你不会盼望我招出自己的年龄吧。"

凯瑟琳夫人没有得到直截了当的回答,好像十分吃惊。伊丽莎白猜想,她自己大概属于破天荒第一个,敢于嘲弄这种威严显赫而又粗俗无礼的行径。

"我相信,你不超过二十。——所以你也用不着隐瞒你的年龄了。"

"我是过了二十,还不到二十一。"

等到男宾也都来了,喝过茶以后,就摆出了牌桌。凯瑟琳夫人、威廉爵士和柯林斯夫妇坐下来打四十张。德伯格小姐要玩卡西诺①,两个姑娘就有幸帮助詹金森太太,为她凑人手。她们这一桌沉闷至极。詹金森太太对德伯格小姐处处表示担心,一会儿怕她太冷,一会儿怕她太热,一会儿怕她的灯光太强,一会儿又怕她的灯光太弱,除了这些话以外,几乎没有一个字是与打牌有关的。另外那一桌可就热闹多了。总的来说,都是凯瑟琳夫人在说话——不是指出另外三个人的打法不对,就是说点她本人的趣闻轶事。柯林斯先生的任务就是:夫人说什么他就赞成什么,每赢一注就要谢她一次,如果他觉得自己赢得太多了,还要向她道歉。威廉爵士说话不多。他是在把听到的各种趣闻轶事和那些贵人的姓名往他的脑袋里装。

等到凯瑟琳夫人和她女儿玩够了,两桌牌就都散了。主人要给柯林斯太太准备马车,她心怀感激接受了,于是立刻吩咐备车。这时大家围在火炉旁边,听凯瑟琳夫人推断他们明天会遇到什么样的天气。大家正在聆听教诲,马车到了,于是都走向马车。柯林斯先生这边是千恩万谢,威廉爵士那边则是频频施礼,他们终于告别。马车刚一驶离门口,柯林斯先生就要他表妹谈谈她对罗辛斯的见闻有何感想。伊丽莎白碍于夏洛蒂的

---

① 卡西诺是一种由两人或更多人玩的牌戏,又分大、小卡西诺,王室卡西诺,黑桃卡西诺等,各以不同种类牌的不同点数计算得分多少。

情面,说了几句言过其实的恭维话。不过,她这几句话虽然让她穷索枯肠,却还是一点也不能让柯林斯先生满意,于是他只好马上亲自出马,又把夫人她颂扬了一番。

第 七 章

威廉爵士在哈福德还只待了一个星期,但是这也足够让他相信,他女儿已经得到了安乐舒适的归宿,她那个丈夫和邻居也都是不可多得的。威廉爵士和他们在一起的时候,柯林斯先生每天清晨都赶着他那辆单马双轮小马车,带着他在附近乡下兜风。但是等他走了以后,整个家里就都恢复了他们日常的生活。伊丽莎白十分庆幸,因为她发现,这种变化并没有增加与表兄见面的机会,在早餐和正餐之间的大部分时间,他要不是在收拾花园,就是在他自己那间面对大路的书房里读读写写,凭窗远望。女士们活动的房间却在后面。伊丽莎白开头还有点纳闷,夏洛蒂为什么没有把餐厅作为大家共用的场所,因为那里房间比较大,朝向也比较好,但是她很快就看出来,她朋友这样做很有道理,因为如果她们坐在一间同样令人愉快的屋子里,柯林斯先生毫无疑问待在他自己屋子里的时间就要少得多,因此夏洛蒂的这种安排,她很是赞赏。

她们从客厅里根本看不清外面的小路,所以总得有劳柯林斯先生前来报告,才知道有哪些马车走过,特别是德伯格小姐经常乘坐的那辆四轮马车,尽管它差不多每天都要路过,他从来都是一次不漏地来向她们报告。这位小姐常常在牧师住宅旁边停下,同夏洛蒂谈上几分钟,不过难得应邀下一次车。

柯林斯先生几乎每天都要步行到罗辛斯去一趟,他妻子很少不觉得自己也同样有必要去。伊丽莎白无法理解他们为什么要牺牲那么多时间,直到后来她才想起,也许是还有其他家庭生计问题需要处理。有时夫人也大驾光临,在这种来访当中,屋子里的一切都逃不过她的眼睛。她考察他们的生活状况;察看他们的工作,并且建议他们用另外的办法去做;对家具安排挑错;或者发现女仆懒散粗心;如果她同意吃点东西,也好像是为了找出柯林斯太太准备的肉块对她这样的家庭来说是否太大了。

伊丽莎白不久就觉察到,这位显贵的夫人虽然并非本郡治安委员会的成员,却是她自己这个教区最活跃的治安推事,教区里鸡毛蒜皮的事情都要由柯林斯先生带去向她禀报;任何时候只要有哪个村民喜欢吵架,不肯安分守己或者哭穷叫苦,她都要亲自出马,到那个村庄去解决纠纷,平息怨愤,直到把他们骂得和睦相处,安居乐业才算罢休。

罗辛斯每星期大约宴请他们两次。除了因为威廉爵士已走,晚上只能摆一张牌桌之外,这种宴请每一次都和第一次一模一样。他们没有什么别的约会,因为邻近地区的一般生活方式,柯林斯先生还望尘莫及。然而,这对伊丽莎白并不是坏事。总的说来,她的生活过得相当舒适。她可以常常和夏洛蒂愉快地交谈半个小时,而且在这个季节,天气居然这样好,使她可以常常大大享受户外活动的乐趣。每逢别人去拜访凯瑟琳夫人的时候,她总爱沿着紧靠庄园一边的一片开阔的小树林散步,林中有一条幽静的林阴小道,除了她自己以外,好像谁也不大看重,而且在那里她就感到,凯瑟琳夫人纵是好奇心重,也力所不及了。

她这次做客的前两个星期像这样很快就平静地过去了。复活节眼看要到了,罗辛斯这一家在复活节前一星期要增加一位客人。在这样小的一个圈子里,这当然是件大事。伊丽莎白刚到不久就听说,达西先生可望在几个星期之内到达。虽然她认识的人中间没有几个是她这样不喜欢的,可是他一来,就可以在他们参加的罗辛斯府的宴会上,增加一个比较新鲜的面孔,好让大家见识一下;同时伊丽莎白从他对他表妹的言谈举止中,还可以看出宾利小姐在他身上耍弄的那些花招只不过是镜花水月,这也会让她开心。凯瑟琳夫人显然已经决定要把女儿许配给他,谈起他来显出一种踌躇满志的样子,对他本人更是赞美备至,后来听说卢卡斯小姐和伊丽莎白早就跟他经常会面,几乎怒不可遏。

达西先生一到,牧师住宅里的人马上就全知道了,因为柯林斯先生整个上午都在能够看见通向哈福德路的那些山林小屋的地方溜达,好最早得到确实的消息;等马车拐进庄园,他鞠完一躬,就急匆匆赶回家来,报告这个重大的消息。第二天上午,他又急忙赶到罗辛斯去拜谒,凯瑟琳夫人有两个外甥等候他去拜见,因为达西先生还带来了一位费茨威廉上校——他舅父某某勋爵的小儿子。大家都感到吃惊的是,柯林斯先生回家的时候,那两位绅士也陪着他一起来了。夏洛蒂从她丈夫的屋子里看见他们穿过大道,于是立刻跑到另一间屋子,告诉两位小姐,马上要有贵客光临,接着又说:

"为了这份光荣,伊莱莎,我还得感谢你。如果没有你,达西先生是绝不会这么快就来拜访我的。"

伊丽莎白对这番恭维还没来得及辞谢,门铃就响了,这是客人到了,紧接着三位先生就走进屋来。费茨威廉上校带头走在前面,他约莫三十岁,人不算漂亮,但是从外貌和谈吐来看,是个地地道道的绅士。达西先生看上去还是原来在哈福德的那个老样子,丝毫未变,他用他那一向矜持的态度向柯林斯太太问好;不管他对他这位朋友的感情如何,他同她见面的时候,总的还是显得泰然自若。伊丽莎白只是向他行了个屈膝礼,一句话也没有讲。

费茨威廉上校立刻像一个有良好教养的人那样爽爽快快,轻松自如地同大家交谈起来,而且谈得趣味盎然;但是他那位表弟则只是就这所房子和花园同柯林斯太太略微谈了几句,然后就对谁也不发一言,静坐了好长时间。然而,最后他想起还有个礼貌问题,于是向伊丽莎白问候她家里人安好。她按照惯常的方式做了回答,停了一会儿又说:

"我姐姐最近这三个月一直待在城里。你在那里从来没有碰见过她吗?"

她完全知道,他没有碰见过她;不过,她想了解一下,看他是否会透露一点情况,说明他知道宾利兄妹与简之间发生的事情。他回答时说不幸从未碰见过本内特小姐,不过她觉得,他在答话的时候,神色显得有点慌乱。这个话题就没有继续下去,随后不久,这两位先生也就走了。

第 八 章

费茨威廉上校的言谈举止,在牧师家的那些人中间大受赞赏,太太小姐们都觉得,他一定能给他们在罗辛斯的宴会增添相当大的乐趣。然而,过了好几天,他们才接到那边的邀请,因为那边府上有了客人,他们就不是必不可少的了。一直等到复活节,也就是那两位先生来了差不多一个星期,他们才有幸受到邀请,而且只是在离开教堂的时候,才请他们晚上到那里去坐坐。在下一个星期,他们几乎没有见到凯瑟琳夫人和她的女儿。费茨威廉上校在这段时间到牧师家来看望过不止一次,不过达西先生他们只是在教堂里才见得着。

邀请当然被接受了,他们在定好的时间来到凯瑟琳夫人的客厅,和大家聚会。夫人客客气气地接待他们,不过事实很明显,他们到来并不像在她没请到其他客人的时候那样受到欢迎。事实上,她差不多全神贯注在她那两个外甥身上,对他们说话,特别是对达西,比对屋里其他任何人说话都多得多。

费茨威廉上校像是真正高兴见到他们;住在罗辛斯,不管碰到什么事情,对他来说都是一种让他高兴的解脱;而柯林斯太太这位漂亮的朋友更让他陷入非分之想。他现在坐在她身边,那么高兴地同她谈起肯特郡和哈福德郡,谈起出门旅行和在家安居,谈起新书和音乐,谈得妙趣横生,伊丽莎白觉得,在那间屋子里她从来没有受到这样的招待,连一半也没有。他们谈得那样兴致勃勃,滔滔不绝,不禁引起了凯瑟琳夫人本人和达西先生的注意。他的眼睛立刻就带上了一种好奇的神色,不止一次地转向他们;而夫人过了一会儿也同样感到好奇,而且表现得更加露骨,因为她毫无顾忌地叫了起来:

"你在说什么,费茨威廉?你们在谈什么?你告诉本内特小姐什么啦?让我也听听是什么事。"

"我们在谈音乐,夫人。"他回答,再不回答已经不行了。

"谈音乐!那么请大声说吧。这所有的话题里,我喜欢音乐。如果你们在谈音乐,那我也得参加一份。我想,在英格兰就没有几个人真正比我更能欣赏音乐,或者比我有更多天生的情趣。我如果学了音乐,就会成为了不起的大名家了。如果安妮的身体允许她专心学习的话,也会成为大名家的。我相信,她会表演得动人心弦的。乔治安娜学得怎么样啦?"

达西先生满怀深情地称赞了妹妹的技艺。

"听到你这样夸奖她,我非常高兴,"凯瑟琳夫人说,"请把我的意思转告她,如果她不多多练习,她就不用指望崭露头角啦。"

"我向你担保,夫人,"他回答,"她可用不着这种劝告。她经常不断地练习。"

"越多越好。练习再多也不怕过头的。下次我写信时要叮嘱她,这一点千万不要疏忽。我常常告诉那些年轻小姐,要是不经常练习,在音乐上就不可能达到出类拔萃的地步。我曾经几次告诉过本内特小姐,除非她更多地练习,否则她一辈子也不会真正弹好琴。柯林斯太太没有琴,可是我常常告诉本内特小姐,非常欢迎她每天来罗辛斯,去弹詹金森太太屋子里的那架钢琴。她待在这幢房子里那个地方,你知道,不会碍谁的事。"

达西先生对他姨母这样缺乏教养,显得有些难为情,也就没有答腔。

喝完咖啡以后,费茨威廉上校提醒伊丽莎白,说她答应过要弹琴给他听,于是她立刻在钢琴前面坐下。他拉过一把椅子坐在她旁边。凯瑟琳夫人把那首曲子听了半截儿,就像以前一样,同她另一个外甥说起话来,直到这个外甥躲开了她,像往常那样谨慎地向钢琴那边走过去,站在一个地方,刚好可以把演奏人的姣好容貌一览无余。伊丽莎白把他这一举一动都看在眼里,一等有机会停顿下来,就转过头来对他狡黠地笑了笑说:

"达西先生,你摆出这样一副架势走过来听我弹琴,是想要吓唬我吗?不过,尽管你妹妹真是弹得如此高明,我也不害怕。我就是有那么一股固执劲儿,绝不是让别人想吓唬就能吓倒的。别人越是想法让我胆怯,我胆子反倒总是越大。"

"我不会说你讲得不对,"他回答说,"因为你根本不是真正以为我是存心打算吓唬你。我很高兴,由于认识你已经很久,足以了解你有时故意说点言不由衷的话,还觉得非常开心。"

伊丽莎白听到他这样形容她,不禁很开心地笑了起来,她对费茨威廉上校说:"你表弟要在你面前把我描绘成这样一副非常美妙的形象,并且要教导你,我说的话你一个字也别信。我本来希望在这个地方冒充一个多少还讲点信用的人,可是我真是特别倒霉,居然在这里碰上了一个完全能够揭穿我的真正面目的人。说真的,达西先生,你把在哈福德了解到的我那些弱点一股脑儿搬出来,这也太不宽宏大量了吧,而且——请恕我直言——也非常失策吧,因为这会挑起我以其人之道还治其人之身。而且那种事情一抖出来,你这些亲戚听了会震惊的。"

"我可不怕你。"达西微笑着说。

"请让我听听,你要指责他什么事,"费茨威廉上校嚷道,"我倒想知道一下,他在陌生人中间怎样做人行事。"

"那么我就告诉你吧——不过你得做好准备,有些事情是很吓人的。你得知道,我在哈福德第一次见到他,是在一次舞会上——你知道他在这个舞会上干了什么吗?他只跳了四场舞。我很抱歉,让你感到难受——不过事实就是如此。他只跳了四场,尽管男宾很少,而且我还确切知道,不止一位年轻小姐当时没有舞伴,只好坐在一旁。达西先生,你无法否认这个事实吧。"

"当时,除了我自己那一伙人以外,我没有荣幸能认识舞会上任何别的女士。"

"不错;可是在舞场里谁都用不着介绍的。好了,费茨威廉上校,下一曲我弹什么呢?我的手指在恭候你的吩咐呢。"

"也许,"达西说,"如果我当时找个人介绍一下,那我就会更好地判断了,不过我这个人不擅长在陌生人面前自我推荐。"

"我们是不是问问你表弟,这又是什么原因?"伊丽莎白还是对着费茨威廉上校说,"我们是不是问问他,一个通情达理,受过教育,见多识广的人,居然不擅长在陌生人面前自我推荐?"

"用不着问他,"费茨威廉说,"我就可以答复你这个问题。那是因为他懒得惹麻烦。"

"我的确不像有些人那样天生就有那种本事,"达西说,"能够同素昧平生的人轻松自如地交谈。我不像我常常见到的有些人那样,听得出别人话里的弦外之音,摆出一副对别人关心的事情很感兴趣的样子来。"

"我的手指,"伊丽莎白说,"不像我见到的许多女士那样,弹起琴来熟练自如。它们没有她们的那种力度和速度,也不能弹得有她们那样丰富的表现力。不过我总是把这看作是我自己的过错——因为我不愿意花费时间去练习。我相信,和弹得美妙绝伦的其他任何女人相比,我的手指和她们的手指本来可以有同样的本事。"

达西一面微笑,一面说:"你是完全正确的。你的时间利用得比较好。任何人只要有幸听过你的演奏,都不会认为你还有什么欠缺。我们俩都不在陌生人面前表演。"

正在这个时候,凯瑟琳夫人高声问他们在谈什么,就把他们的谈话打断了。伊丽莎白立刻又弹起琴来。凯瑟琳夫人走过来,听了几分钟,然后就对达西说:

"如果本内特小姐练习得更勤,再得益于伦敦的名师,就会弹得完美无缺了。她的鉴赏力虽然比不上安妮,可是她的指法非常好。如果安妮身体好,能够让她学下去,她准会成为一个受人欢迎的演奏家。"

伊丽莎白望着达西,想看看他是否热诚赞同对他表妹的这番称赞;但是在当时或者其他任何时候,她都看不出一点儿动情的迹象。从他对德伯格小姐的整个言谈举止看来,她倒是为宾利小姐感到欣慰:如果她成了达西先生的亲戚,那么他同样也有可能会娶她的。

凯瑟琳夫人对伊丽莎白的演奏说三道四,其中夹杂了许多关于演奏和鉴赏的指示。伊丽莎白出于礼貌,耐着性子一一领教。由于两位男宾的邀请,她又继续坐在那里弹起来,直到夫人的马车安排停当,要送他们回家的时候为止。

第 九 章

第二天早晨,柯林斯太太和玛丽亚有事到村子里去了,伊丽莎白独自一人坐在那儿给简写信,忽然门铃响起来,使她猛然一惊,这说明有客人来访。她没有听见马车的声音,不过她想,这也不见得就不是凯瑟琳夫人,这样一想,她就把她那封写了一半的信收了起来,免得她不讲礼貌地东问西问。等到门一打开,她大吃一惊,原来是达西先生,而且只有达西先生一个人,他走了进来。

看到只有她独自一人,他好像也感到惊奇,于是急忙向她道歉,说他以为太太小姐都在家里,所以才不揣冒昧前来叨扰。

于是他们坐下来,她问候过罗辛斯那些人以后,好像就要陷入无话可谈的僵局,因此完全有必要想出点话来;就在这紧急关头,她想起了她上次在哈福德和他见面的时候,并且感到好奇,想知道他对他们那次匆匆离去,究竟会讲些什么,于是她便说:

"达西先生,去年十一月你们大家离开内瑟菲德,走得多么突然呀!宾利先生看到你们那么快就全都跟着他走了,他一定会感到又惊又喜吧。因为如果我记得不错的话,他不过是头一天才走。我想,在你离开伦敦的时候,他和他的姐妹们身体都好吧。"

"都很好,谢谢你。"

她觉得,她不会得到对另一个问题的答复——于是停了一会儿,她又说:

"我想,据我自己的理解,宾利先生大概没有多少再回到内瑟菲德的意思吧?"

"我从来没听见他说起过这件事;不过十之八九,他将来不会在那里消磨多少时间了。他有许多朋友,而且恰好也在这种年纪,朋友之间的交际应酬真是与日俱增。"

"如果他不打算在内瑟菲德多待,那么为了街坊邻居,他最好完全放弃那个地方,因为那么一来,我们就可能在那儿又有了一家定居的街坊。不过,宾利先生租那幢房子的时候,也许很好地考虑到自己的方便,却没有同样考虑到邻居的方便。这幢房子他保留也好,退掉也好,我们一定得指望他根据同样的原则去考虑。"

"我毫不怀疑,"达西说,"如果他有合适的房子可买,他就会放弃那里的。"

伊丽莎白没有答话,她不敢继续谈论他的那位朋友。她现在没有其他的事情要说,就决定让他也伤点脑筋,另找话题。

他领会了她的意思,很快就说话了:"看来这里倒像是一所挺舒适的房子。我相信,在柯林斯先生第一次来哈福德的时候,凯瑟琳夫人一定把它大大整修过一番。"

"我相信她整修过——而且她的善心真是施得适逢其人,谁也不可能比柯林斯先生更会感恩戴德了。"

"柯林斯先生看来很幸运,选了这样一位妻子。"

"是的,的确不错,他的那些朋友可能很为他高兴呢,因为有头脑的女人愿意嫁给他,或者嫁给他又给他带来幸福的,本来少而又少,他居然还能碰上一个。我这位朋友有很好的领悟力,虽然我不能认为,她嫁给柯林斯先生是她这半辈子做过的最明智的事。然而,她看来好像十分幸福,而且从审慎的角度看,这对她来说也的确是一门非常好的婚姻。"

"她把家安在这儿,离自己的娘家和朋友这么近,这对她来说,一定很称心如意了。"

"你说这段距离近?差不多有五十英里呢。"

"路好走,五十英里算得了什么?不过半天多一点的行程罢了。是呀,所以我说这是很近的距离。"

"我可决不会把这段距离看作是这门亲事的好处之一,"伊丽莎白大声嚷道,"我决不会说,柯林斯太太住得离她娘家近。"

"这证明你对哈福德郡恋恋不舍。任何地方只要不在朗博恩附近,我想,你都会觉得远吧。"

他说这话的时候,脸上漾出了某种微笑,伊丽莎白心想,她懂得其中的含意;他一定是在猜想她想起了简和内瑟菲德,所以她答话的时候不觉就脸红了。

"我的意思不是说,一个女子不可以嫁到离家很近。近和远是相对的,要根据许多不同的情况来说。如果有的是钱,花点旅费无所谓,距离远点也不是什么坏事。可是我们在这儿谈的并不是这种情况。柯林斯夫妇的收入还算不错,可是还够不上能供得起经常旅行——我相信,即使把目前这段距离减少到不够一半,我这位朋友也不会觉得自己离娘家近的。"

达西先生把自己的椅子挪得靠她近一点,然后说:"你可不应该有这么强烈的安土重迁思想。你不可能永远待在朗博恩呀。"

伊丽莎白脸上显露出惊讶的神色。达西的感情发生了某种变化；他把椅子向后挪了挪，从桌上拿起一张报纸，在报上溜了一眼，用一种比较冷淡的声调说：

"你喜欢肯特吗？"

接着对这个地方交谈了几句，双方态度都很冷静，语言都很简短——不久夏洛蒂和她妹妹出去逛罢回来，她们一进屋，这场谈话也就告终。她们看见他俩促膝谈心，不觉一怔。达西先生说，他错以为大家都在，因此打扰了本内特小姐，随后又坐了几分钟，对谁也没有多说话，不久就走了。

"这究竟是什么意思呢？"夏洛蒂等他一走就说，"亲爱的伊莱莎，他一定是爱上你啦，要不，他是决不会这样随随便便来看望我们的。"

但是，等伊丽莎白说出他刚才沉默寡言的情况，夏洛蒂虽然本来满心希望会是如此，也觉得不大像是这么回事了。她们东猜西想，最后只能把他来拜访当作是因为找不到什么事情好做；从季节来看，倒也大有可能就是这样。所有的野外运动都结束了。户内固然有凯瑟琳夫人、书籍和台球桌，可是男子总不能老待在屋子里；或是牧师住宅距离很近，或是很高兴散步走到那里去，或是住在那里的人也叫人高兴，这两位表兄弟在此地做客的时候，差不多每天都要不由自主地步行到那里去一趟。他们在上午的随便什么时候都去，有时分头去，有时一起去，时不时还有姨母陪着。大家都很清楚，费茨威廉上校来，是因为他同他们交际能找到乐趣，这个想法当然使他更受欢迎。伊丽莎白喜欢和他待在一起，而且他也明显地爱慕她，这就让她不由得想起了她以前中意的乔治·魏肯。她将他们两相比较，费茨威廉上校的言谈举止虽然还不至于温柔到叫人意醉心迷，可是她相信他头脑清楚，见多识广。

不过达西先生为什么到牧师住宅来得这么勤，却比较令人费解。这不可能是出于交际应酬，因为他常常和他们一连坐上十分钟都不开口；有时虽然迫不得已说上几句，也不是心甘情愿——是出于礼貌才做出牺牲，而不是从自己内心感到乐趣。他看上去很少是真正高高兴兴的，柯林斯太太不懂得他这是怎么一回事。费茨威廉上校有时笑他傻头傻脑，这证明他并非一贯如此。可是柯林斯太太自己对他了解有限,理会不了这一点。她情愿相信这种变化是爱情的结果,而且相信爱慕的对象是她的朋友伊莱莎,所以她就待在一边一本正经地想看出个究竟。——每逢他们去罗辛斯和他来哈福德的时候,她都对他留心观察,但是成效甚微。他确实对她那位朋友凝神注目,久久不离,但是这种眼神的含意,却仍有商讨的余地。这是一种热烈真诚、心神专注的目光,不过她又怀疑其中究竟有多少爱慕的情意,而且有时又好像是一片茫然,心不在焉。

她有一两次提醒伊丽莎白,说他可能是为她倾倒,但是伊丽莎白对她这种想法总是一笑置之。柯林斯太太觉得在这个问题上不好对她追得太紧,免得激起满心希望,而到头来又可能成为失望;因为按照她的看法,如果她的朋友觉得他已经落在她的掌握之中,那么她的一切反感都会烟消云散,这是毫无疑问的。

她好心好意为伊丽莎白筹划,有时候也打主意让她嫁给费茨威廉上校。他是个最为令人愉快的人,谁也比不上。他也确实爱慕她,而且社会地位也极其合适。但是,达西先生在教会里有相当大的势力,而他的表兄则完全没有丝毫影响,这一点把他的所有那些长处都一笔勾销了。

第 十 章

伊丽莎白在花园里漫步的时候,不止一次地与达西先生不期而遇。——在这样一个人迹罕至的地方,偏偏倒霉竟会遇见他,她觉得别扭极了。为了防止再发生这种情况,她第一次碰到他就特意告诉他,这是她喜欢常常来散步的地方。——因此,如果有第二次,那就非常奇怪啦!——可是居然就有,而且甚至还有第三次。看来这好像是在故意找别扭,要不就是存心要硬着头皮补过,因为每逢这种场合,他都不仅是按照礼貌寒暄几句,接着就尴尬地沉默不语,再后就抽身离去,而且他确实又觉得有必要回转身来,陪同她一起走走。他从来说得不多,她也懒得让自己找麻烦去多说什么或者多听什么。在他们第三次碰面的时候,他问到几个稀奇古怪、风马牛不相及的问题,引起了她特别的注意。他问她住在哈福德是否快乐,她是否喜欢独自散步,她认为柯林斯夫妇是否幸福;在谈到罗辛斯以及她对那家人并不大了解的时候,他好像是期望她下次再来肯特郡,也可以到那里小住。他的话里暗含着这种意思。他难道是为费茨威廉上校着想吗?她揣测,如果他的话里暗含什么意思,那他一定是指那方面的事。这使她感到有点苦闷,不过这时她幸好发现自己已经走到牧师住宅对面的栅栏门口了。

有一天,她一面散步,一面重新细读简上次的来信,仔细琢磨简在情绪不佳的时候写下的那几段话,正在这个时候她又吓了一跳,她抬头一看,迎面走来的是费茨威廉上校,而不是达西先生。她立刻把信收起来,强作笑脸说:

"我以前不知道,你也到这里来散步。"

"我这是在庄园里到处转一圈,"他回答说,"我一般每年总要这样转转;等我转完了,还打算去牧师住宅看望一下。你还要往前多走走吗?"

"不,我马上就要折回去了。"

她说着就转过身来,于是他们就一起向牧师住宅走去。

"你确实要在星期六离开肯特郡吗?"她问道。

"就是——如果达西不再推迟行期的话。不过,我听他的便。他乐意怎样安排就怎样安排。"

"而且即使他安排得连他自己也不喜欢,至少他还会从握有去留取舍之权中享受到很大的乐趣。我不知道还有别的什么人像达西先生那样,喜欢享有权力,为所欲为。"

"他非常喜欢我行我素,"费茨威廉上校回答说,"但是,我们大家也都是这样。只不过他比其他许多人有更好的条件这么办,因为他有钱,其他许多人都穷。我说这些话是带着感情色彩的。你知道,作小儿子的一定得习惯于自我克制①,还要俯仰由人。"

"照我看,要是一个伯爵的小儿子,就不会知道这两方面的事。好了,说正经的吧,对于自我克制和俯仰由人,你又懂得些什么呢?什么时

---

① 这是指受长子继承权的限制。

候你因为缺钱,想去什么地方没有去成,想买自己喜欢的东西没有买成?"

"这些问题真是切中要害——也许我说不上吃过多少这类性质的苦头,但是在更加重大的问题上,我就会因为没有钱而受罪了。作小儿子的就不能随自己喜欢去结婚。"

"除非他喜欢的是有钱的女人;我想他们常常都是这么办的。"

"我们那种花钱的习惯,使我们依附性太大。处在我这种地位上,很少有人能够不怎么注重钱财就结得起婚的。"

"这些话,"伊丽莎白心想,"是为我而发的吗?"她想到这个意思不觉脸泛红晕,不过她立刻又恢复了常态,用戏谑的语调说:"请告诉我,一位伯爵的小儿子通常身价几何?除非兄长体弱多病,多愁善感,否则我想你开价当不至超过五万镑吧。"

费茨威廉上校也用同样的语调答复了她,这个话题也就打住了。这样双方都不讲话,又会让他以为她是因为刚才那番交谈而有所触动,于是她不久就打破沉默说:

"我想,你表弟带你一起到这里来,主要是为了有个人可以听他摆弄。我纳闷,他怎么不结婚,一结婚就可以保证他永远有这种条件了。不过,或许他妹妹暂时也可以充充数,而且因为她是由他独自照管的,他就可以对她为所欲为了。"

"不,"费茨威廉上校说,"这个优惠他还得和我一起分享。我和他是共同做达西小姐的监护人的。"

"你真的也是吗?那么请告诉我,你们监护些什么?你这个责任给你添了很多麻烦吗?像她这种岁数的年轻小姐,有时候也有点不好驾驭呢。而且如果她真有达西那种性子,她会喜欢自行其是的。"

她说这番话的时候,看到他非常认真地注视着她,接着他立即问她,为什么她推想达西小姐好像会让他们不安。这样一来就让她确信,她所想的不管怎样总是相当接近真实情况了,她立即回答说:

"你用不着害怕。我从没听到过对她不利的事。我敢说,她是世界上最驯顺的一位小姐。我认识的太太小姐就有人非常喜欢她,像赫斯特太太和宾利小姐就是。我想,我听你说过,你认识她们。"

"我同他们略微认识一点。她们的弟兄是个很有人缘儿的人,很有绅士风度——他是达西的好朋友。"

"哦!是的,"伊丽莎白冷冰冰地说,"达西先生对宾利先生好得出奇,对他关心得无微不至。"

"对他关心!——是的,我确实相信,在他最需要关心的那些问题上,达西肯定是关心他的。在我们到这里来的路上,他对我讲了一件事,从中我有理由认为,宾利欠了他很大的情。不过,我应该请他原谅,因为我没有权利推断,他说的那个人就是宾利。这完全是猜测。"

"你指的是什么事?"

"那件事达西当然不希望弄得大家都知道,因为那件事要是传到那位小姐家里去,就会弄得很不愉快。"

"你可以相信,我不会讲出去的。"

"而且你得记住,我并没有多少理由来推断那就是宾利。他告诉我的不过是这样:他自己感到庆幸,因为最近帮助一个朋友摆脱了一桩由于轻浮冒失而造成的婚姻纠纷,不过他并没有指名道姓,也没有讲出其他任何细节;我之所以怀疑那是宾利,只是因为相信他属于能够陷入这样一种困难的年轻人,同时也因为知道他们去年整个夏天都一直在一起。"

"达西先生告诉过你吗,他为什么要这样干涉?"

"我的理解是,有一些坚决不能接受那位小姐的缘由。"

"他用了些什么计谋去拆散他们?"

"他没有把自己的计谋告诉我,"费茨威廉上校微笑着说,"他告诉我的,也就只有我刚才告诉你的那些。"

伊丽莎白没有回答,继续往前走,不由得怒火中烧。费茨威廉对她仔细看了一会儿,问她为什么这样心事重重。

"我在想你刚才告诉我的那些事,"她说,"你表弟的行为,让我很反感。他为什么要去当判官?"

"你是很想把他这种干涉叫作多管闲事吧?"

"我弄不明白,达西先生有什么权利去判断他朋友的所爱是不是合适,或者说,为什么他凭他自己个人的判断就要做出决定,而且还要指挥他的朋友用什么方式去求得幸福。"她定了定神,接着又说,"不过,我们完全不了解详细情况,谴责他也不公平。恐怕还不能说,在这件事情上,双方已有多深的感情。"

"这倒是一个并非不合情理的推测,"费茨威廉说,"不过,这样一来可就让我表弟的赫赫功勋大为减色了。"

这本来是句玩笑,不过她倒觉得,这正是达西先生的极其真切的写照,所以她也不愿意再来回答;于是他们就突然改变了话题,谈起了一些无关紧要的事情,一直走到了牧师住宅。等他们的这位客人刚一离开,她就一个人关在自己屋子里,在那儿不受干扰地思考她刚才所听到的一切。不可能设想,费茨威廉所指的不是与她有关的那两个人,而是其他的什么人。世界上不可能有两个男人,可以这样任达西先生施加无穷无尽的影响。她从来没有怀疑过,采取种种措施来拆散宾利先生和简,他是有份的;不过她总是把这些阴谋的策划主要归咎于宾利小姐。如此说来,宾利先生要不是由于自己的虚荣而误入歧途,那么简遭受的痛苦,而且还要继续遭受的痛苦,一切根源就都在他,就都在他的傲慢和任性了。他在一段时间里毁灭了世界上感情最丰富,心地最宽厚的女子企求幸福的一切希望,而且谁也说不上,他造成的这桩罪孽还要延续到何年何月。

"有一些坚决不能接受那位小姐的缘由",这就是费茨威廉上校的原话,这些坚决不能接受的缘由十之八九就是:她有个姨父在乡下当律师,还有个舅父在伦敦做生意。

"从简本人来说,"她大声嚷嚷起来,"不可能有任何不能令人接受的理由。她秀外慧中,贤淑恬静,简直是无以复加!她天生聪颖,智力过人,仪态万方。我父亲也没有什么可以让人极力反对的,他虽然有些癖好,可是他各方面的能力,也是达西先生本人无法轻视的,至于他为人正派品格高尚,大概是达西先生永远也难以企及的。"等她想到她母亲的时候,她的信心确实略微有些动摇,不过,她却认为,在这方面任何反对的理由对达西先生来说都无足轻重,因为她确信,达西先生因为他的朋友与寒门结亲而使自尊心受到的伤害,要比因为见识浅陋而受到的伤害更为深重。

她最后差不多完全断定,他这样做,一部分原因是他那种恶劣已极的傲慢在作祟,另一部分原因则是希望宾利先生娶他的妹妹。

这件事使得她又急又气,泪流满面,结果引起头痛。到了黄昏时分,头痛得越发厉害,再加上她不愿意见到达西先生,这就促使她下了决心,不陪她表兄一家应邀去罗辛斯喝茶。柯林斯太太见她真是身体不适,也就不再勉强她去,而且尽量不让她丈夫去勉强她,但是柯林斯先生却掩藏不住他自己诚惶诚恐的心情,生怕凯瑟琳夫人对她留在家里不去赴约感到不快。

第十一章

他们走了以后,伊丽莎白仿佛是要竭尽所能激起自己对达西先生的反感,就把她到肯特郡以后所有简写给她的信都拿出来,仔细阅读。信里面没有真正的抱怨,没有重提过去发生的种种事情,也没有诉说目前遭受的种种痛苦。简本来生性娴静恬淡,待人宽厚和善,因此她的文笔一向以明快欢愉见长,从来没有过云遮雾罩的情况,可是现在从所有信件来看,或者从每封信的字里行间来看,几乎都找不到这种情绪了。伊丽莎白这次用了头一次阅读的时候几乎没有用过的那种字斟句酌,所以看出了每一句话都传达出不安的心绪。达西先生大言不惭地说自己善于让别人受罪,这使她更深切地体会到她姐姐所受的罪。想到达西先生在罗辛斯作客后天就要结束,倒还有点安慰;而更加令她快慰的是,再有不到两个星期,她就可以和简重逢,而且可以竭尽姐妹深情去帮助她重新振作精神。

她想到达西要离开肯特郡,不由得又记起他的表哥也要和他一起离去;不过费茨威廉上校已经让她明白,他对她一点也没有转什么念头,所以他尽管讨人喜欢,她也并没有因为他的事而感到不快。

她正想到这里,突然让门铃的声音惊动了,想到来的是费茨威廉上校,心里不觉有点慌乱起来。他以前也曾经在很晚的时候来过,现在可能是特地来向她问候。可是这种想法马上就打消了,使她感到完全出乎意料的是,她看到达西先生走进屋子里来,这时候她的心情就大不一样了。

他立刻匆匆忙忙地开始询问她的病情,说他这次来访就是希望听到她病情好转的消息。她回答的态度冷淡而有礼貌。他坐了一会儿,又站起来在屋子里转了转。伊丽莎白感到惊讶,不过一言未发。这样沉默了几分钟,然后达西就以一种激动的态度走到她的跟前,这样开始说话了:

"我努力克制,但是不成。这样下去可不行。我的感情压制不住了。你一定得让我告诉你,我是多么地渴慕你,热爱你。"

伊丽莎白的惊讶真非言语所能形容。她两眼发愣,两颊泛红,满怀疑惑,一声不响。他认为这是对他充分的鼓励,于是立即倾吐他对她的爱慕之情,而且表白对她心仪已久。他讲得娓娓动听,不过除了坦陈心曲之外,也谈到其他方面的种种感情。他倾诉对她的亲情蜜意,同样也滔滔不绝地吐露自己的傲慢,谈得毫不逊色。他觉得她门第低微——这门亲事是降贵纡尊——是家庭方面的障碍,又使理智与感情经常冲突;他说得热情激动,好像因为这是他在自贬身价,不过这却不大可能对他求婚有利。

尽管伊丽莎白对他深恶痛绝,却不能不感觉到这样一个人的发自真情的赞美夸奖;虽然她的意志片刻也没有动摇,可是她开头还是对他马上就要感到的痛苦表示歉意。然而他后来那番话激起了她的义愤,于是她的怜悯之情又化作了满腔愤怒。不过她还是努力克制自己,准备等他讲完,再耐心地给他回答。达西最后向她说明,他对她的爱慕过于强烈,尽管他竭尽一切努力,他还是觉得无法克制,并且表示了这样的希望:他的爱慕现在会由于她接受他的求婚而得到报偿。他说这句话的时候,她不难看出,他毫不怀疑会得到满意的答复。他嘴里也说到惶恐和忧虑,但是他脸上流露出来的却是万无一失的神气。这种情况只能把人更加激怒,因此等他一停下来,她立刻双颊绯红,说道:

"在这样一种情况下,我相信,按照这种事的常规,既然一方表白了自己的深厚情意,另一方总应该表示感激之情,不管这种回报是否旗鼓相当。心生感激之情,这很自然;如果我真能心生感激,我现在就会向你道谢。但是,我不能——我从来没有期望得到你的美意,而且你刚才表达这番意思,也完全不是出于心甘情愿。我给谁造成了痛苦,我都感到抱歉。

然而,这完全是出于无意而造成的,我希望这种痛苦很快就会过去。你告诉我,其他方面的种种看法,曾经长期阻碍你承认你的深情,现在,经过了这番解释,就不会再有什么困难来克服你这种深情了吧。"

达西先生这时正靠在壁炉架上,两眼死死地盯在她的脸上,听着她讲话,看来他的愤恨不亚于惊讶。他气得脸色发白,那五官处处都显出心烦意乱的样子。他竭力装作若无其事,不等到自己相信已经做到这点,他是不会开口的。这种沉默无言让伊丽莎白感到极其可怕。最后,他用一种强作镇定的口气说:

"这就是我如此荣幸得到的这样一个答复喽!也许我可以有幸得到指教:为什么竟然这样一点也不努力顾及礼节而对我加以拒绝?不过这已是无关紧要的了。"

"我也可以有幸请问一下,"她回答说,"为什么你要这样明显地故意触犯我,侮辱我,存心告诉我,你喜欢我是违反你的意志,违反你的理智,甚至还违反你的性格呢?即使我刚才真是无礼,难道这不是我无礼的某种起因吗?不过还有别的事情也激怒了我。这你是知道的。就算我对你没有反感,就算完全没有个人意气,或者甚至就算我对你有好感,难道你就认为,一个人毁了,也许还是永远毁了我至亲至爱的姐姐的幸福,还能有什么想法会诱使我去接受这个人吗?"

她说这些话的时候,达西先生愀然变色,不过他这种情绪很快就过去了,他静静地听她继续讲,没想打断她。

"我有一切理由认为你坏。没有任何动机可以作为借口,来为你在那儿所做的不正当、不公道的事情辩解。你不敢否认,而且也否认不了,把他们俩拆散,即使不是你一个人造成的,那么你也是主谋。你让一个人受到世人的指责,说他三心二意,反复无常;而另一个人则因为希望落空而成为笑柄,你让他们俩都陷入了最深重的痛苦。"

她停了一下,看到他听她讲话的那副神气,证明他完全无动于衷,毫无悔恨之情,不禁大为愤怒。他甚至还装出一副不相信的神气,面带微笑盯着她瞧呢。

"你干的这种事,你否认得了吗?"她又追问了一遍。

这时他故作镇定,回答说:"我并不想否认,我是竭尽所能把我那位朋友同你姐姐拆散了,我也不想否认,我因为成功而很高兴。我对他一直比对我自己还好。"

对他这番温文尔雅的可耻自白,伊丽莎白表露出一副不屑一顾的样子,不过这几句话的意思她确实抓住了,也消解不了她的怒气。

"不过,"她接着说,"让我讨厌你的,还不仅是这件事。早在这件事以前,我对你就有了定见。几个月以前,我就听到魏肯先生讲过一些事情,你的品格怎样已经很清楚了。在这个问题上,你还能说些什么?你还能想象出什么为朋友出力的行动,拿来为自己辩护吗?你又能用什么胡编乱造出来的东西骗人信你那一套呢?"

"你对那位先生的事情可真是热切关心呀。"达西说话的声音不像刚才那样镇静,脸也涨得更红了。

"知道他那不幸遭遇的人,谁能不自然而然地对他关心呢?"

"他的不幸遭遇!"达西轻蔑地重复了一遍,"是呀,他的不幸遭遇确实是极其深重的。"

"而且是你造成的,"伊丽莎白用力喊道,"你让他陷入了他目前这种贫困状态,当然是比较而论的贫困状态。你应该知道,有些优厚条件原来是安排好提供给他的,可是你却不肯给他。你在他的大好年华,剥夺了他的生活收入,而那是他受之无愧的,同样也是理所应得的。这全都是你干的!可是你听到人家提到他的不幸遭遇,还要用蔑视和嘲笑的态度来对待。"

"那么,"达西一面快步在屋子里走着,一面大声喊道,"这就是你对我的看法!这就是你对我的评价!谢谢你解释得这么充分。根据这种考虑,我可真是罪大恶极了!但是,"说到这里,他停下脚步,转身对着她,接着又说,"如果我没有老老实实地说出我曾经犹豫不决,长期没有做出认真的决定,那就不至于伤害你的自尊心,你也许就不会这样计较那些得罪你的事情了。如果我多耍点手腕,把我内心的冲突掩盖起来,对你恭维备至,让你相信我是受到理智、思想和一切方面的驱使,对你怀有无条件的、纯而又纯的爱,那么你这些苛刻的责骂就可以忍住不发出来了。但是我讨厌任何形式的弄虚作假。我也决不认为我刚才谈到的种种心情可耻。这些都是既自然又正当的。难道你会指望我因为你的亲戚门第低微而欢欣鼓舞吗?因为要和一些地位远远低于我的人结成亲眷而暗自庆幸吗?"

伊丽莎白越听越生气,然而她讲话的时候还是竭尽全力保持镇定。

"达西先生,如果你认为你刚才的行为要是表现得更有点绅士气派,你表白的方式就会对我产生另外的影响,使我觉得不好拒绝你,那么你就错了。"

她看到这番话让他一愣,但是并没有讲什么,于是她又继续讲下去:

"不管你可能采取什么方式哄骗我接受,你也没法让我答应你向我求婚。"

很明显,他又为之一惊,然后带着既怀疑又屈辱的复杂表情注视着她。她又往下说:

"从刚一开始,我几乎可以说,从我刚认识你的最初那一分钟开始,你的言谈举止就给我留下了深刻印象,使我完全相信你骄傲自大,自以为是,因为自私而拿别人的感情不当一回事,这就为我不满意你打下了基础,随后发生的种种事情,又让我在这个基础上产生了不可动摇的厌恶;认识你还不到一个月,我就觉得,哪怕世界上就剩下你这一个男人,也别想说服我嫁给你。"

"你已经说够了吧,小姐。我完全理解你的心情,现在我只有对自己过去的种种情况感到羞愧了。请原谅我耗费了你这么多时间,并且请接受我最良好的愿望,祝你健康幸福。"

说完这几句话,他就匆匆忙忙走出了屋子,伊丽莎白随即听到他打开前门离开了这所宅子。

伊丽莎白现在感到心烦意乱,十分痛苦。她不知道如何支撑自己,她身体实在软弱不堪,只好坐了下来,哭了半个钟头。她对刚才发生的事情每回想一次,她的惊愕就增加一分。达西先生居然会向她求婚!他居然爱她爱了好几个月!而且爱她爱得那样深,居然还不顾种种反对的因素想要娶她!然而正是这些因素使他阻挠他那位朋友娶她姐姐,这些因素一定在他自己的事情上至少也发挥过同样大的力量,这种情况简直令人

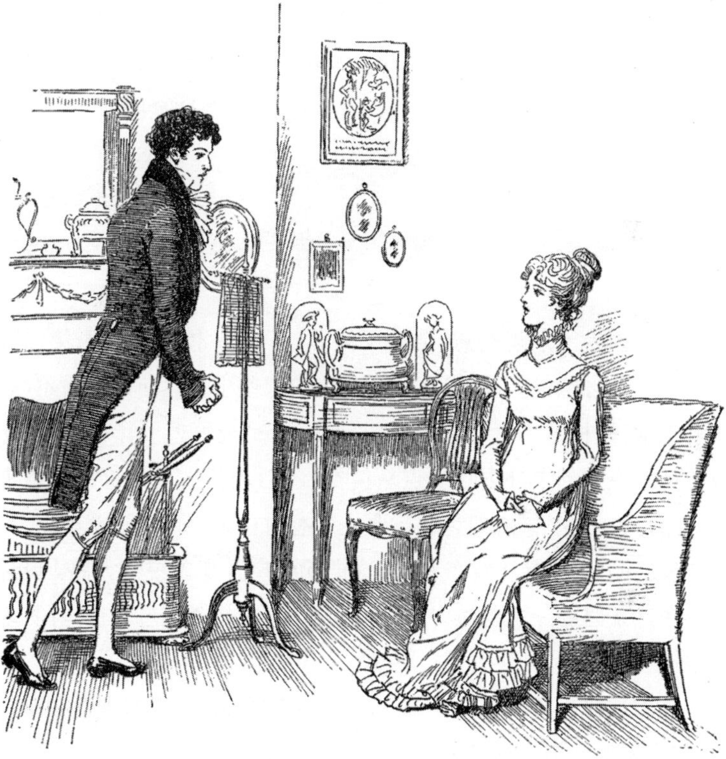

难以置信！在不知不觉之中博得了这样强烈的爱慕之情,这也是令人高兴的。但是,他那种傲慢,那种令人厌恶的傲慢,他对简做了种种手脚还恬不知耻公然承认,承认的时候虽然无法辩明自己清白无辜,却还要摆出那么一副厚颜无耻的令人不可原谅的神气,他提到魏肯先生的时候那么冷酷无情,全然无意否认自己对待他凶狠残酷——一想到这些事情,她因为顾念他的一片深情而一时涌上心头的怜悯,马上就烟消云散了。

她就这样心潮起伏地前思后想,一直到凯瑟琳夫人的马车声惊动了她,才感到不好就这样和夏洛蒂打照面,于是便急急忙忙回到自己的屋子里去了。

第十二章

伊丽莎白晚上左思右想,辗转反侧,好不容易才合眼入睡,第二天早晨醒来,那些事情又涌上心头。已经发生的那些事仍然使她惊讶不已,无法恢复正常,她根本不可能考虑别的事情,也完全不想干什么事情,吃罢早饭就马上决定到户外去呼吸点新鲜空气,活动活动。她直接往她喜欢的那条路走去,这时候忽然想起达西先生有时也走到那里去截她,于是就没有走进庄园,而是转上那条小路,这样她就离开那条税卡大路①更远一些了。在这条路的一边仍然有庄园的界栏,她很快就走过一道园门,来到一块空地上。

她沿着那段小路来回走了两三趟,清晨宜人,她不由自主地在园门口驻步,向庄园里张望。她已经在肯特郡呆了五个星期,这五个星期乡间发生了很大的变化。较早发芽的树每一天都增添许多新绿,显得一片青翠,她正要移步继续前行,忽然瞥见庄园尽头上的小树丛中有一位先生正朝这边走来,她怕那是达西先生,就立刻往回走。可是来的那位先生现在已经走得很近,完全可以认出她来,而且急忙向前跨出几步,喊叫她的名字。她本来已经转身走去,但是听到有人叫她的名字,虽然从声音可以听出是

---

① 当时有些道路上设有收税棚和收税门,交费后才能通过。

达西先生,她还是再向园门走去。这时候他也走到了园门口,把一封信递给她,她不假思索就接了过来。达西用高傲而镇静的口吻说:"我在小树丛中间溜达了好一会儿了,希望能够遇见你。可否请你赏光,看看这封信?"于是欠了欠身,转身又回到花木中间,立刻就看不见了。

伊丽莎白并没期待有什么好事,只不过是出于极其强烈的好奇心,就把信拆开了。她觉得越来越奇怪的是,信封里装有两页信纸,通篇写满,而且密密麻麻。信封上也写满了字。她一面沿着小路走,一面开始读信。信上的地址是罗辛斯,日期是当天上午八点,内容是这样的:

小姐,收到这封信时请不要惶恐。昨晚我向你一倾情愫,愿结丝萝,招致你如此厌恶,请不要害怕我会在信中重提此事。我写此信并不打算详述自己的希冀,惹你痛苦或自褒自贬,为了你我双方的幸福,这些希冀愈早忘掉愈好。如果不是我的性格要求我一定把这封信写出来让你读读,本可以省去写信和读信的麻烦。因此我必须请求你宽恕我不揣冒昧劳你伤神。我懂得,你的感情使你不愿伤神,不过我还是要求你明鉴。

昨天晚上你把两条罪名加在我身上,它们性质不同,轻重各异。其一是我不顾宾利先生同令姐彼此的感情,硬把他们拆散,其二是我无视他人各种权益,无视荣誉和人道,毁掉了魏肯先生眼前的幸福,断送了他未来的前途。我横暴而又任性,把年轻时候的友伴、公认的先父生前宠儿、一个除我们照顾提携之外别无依靠的青年抛弃不顾,而他从小长大一直都在指望这种照顾提携,这是一种罪恶行径,这同拆散一对只有几个星期感情的年轻人,更无法相提并论。我在下面叙述我的种种行为和动机,希望你阅读之后,我将来就可以从昨晚你就这两个问题肆意强加于我的严厉谴责中解脱——在我解释这些问题时,如果迫不得已必须表述某些感情而对你有所冒犯,则只能对你表示我的歉意。——既然事属迫不得已,过多道歉也就迹近荒唐了。——我在哈福德郡逗留不久,就同其他人一样,看出宾利对令姐的好感,超乎对当地其他任何一位年轻小姐。——但是一直到内瑟菲德举行舞会那天晚上,我才担心他是动了真情。——在这之前我也曾常常见他陷入爱河。——在那次舞会上,我曾有幸伴你共舞,也正是在那次舞会上,我从威廉·卢卡斯爵士的偶然谈话中,才获悉宾利对令姐的倾心,已经达到使大家普遍认为他们就要缔结良缘的程度。他把事情说得千真万确,尚待决定的不过是时间而已。从那时起,我就密切观察我朋友的举动,而且发现他对本内特小姐情有独钟,同我以前在他身上见到的无法相比。我也观察过令姐。——她的神情举止依然像以往一样开朗愉快、招人喜爱,但是并没有对谁特别垂青的征候。经过那天晚上的仔细观察,我一直坚信,她很高兴接受宾利奉献的殷勤,但是并没有投桃报李,以情相邀。在这件事情上,如果说你没有弄错,那么有错的就一定是我了;你对令姐的了解高人一筹,因此就必定大有可能是我错了。——如果真是如此,如果由于这样一个误导我又使她蒙受痛苦,那么你的愤恨就并非毫无道理了。不过我可以毫不踌躇地断言,令姐的表情神色那样肃静安详,任何感觉最为锐敏的观察者也会从而深信,尽管她性情随和喜人,但要打动芳心也并非易事。——当时我确实一厢情愿地想相信她芳心难动,——不过我愿斗胆断言,我的调查和论断通常并不为我个人的愿望和顾虑所影响。——我并不是因为有这种愿望,才相信她芳心难动;——我相信这一点,确实是基于毫无偏见的信念,正如我的愿望确实是出于理智一样真实。——我反对这门亲事还不仅是我昨天晚上承认过的那些原因,固然就我来说,我也是用了极大的感情力量才把它们撇在一边的。对于门第低微,我的朋友不像我这样,把它看作是那样了不得的一件坏事。——但是还有其他原因引人厌恶;这些原因虽然仍旧存在,而且在两门亲事里都以同样的分量存在,不过我自己则一直在努力忘掉它们,因为它们并非迫在眉睫。——这些原因必须说一说,虽然只是简单地说说。你母亲娘家的门第固然不佳，但是要同你们家里人的那种毫无礼节规矩比较起来，也就不值一提了，你母亲本人和你那三个妹妹那么经常，那么几乎是始终一贯地表现出来，甚至还有你父亲也偶尔表现出来。——请原谅我。——这样冒犯你，也使我痛心。你对你这些最亲近的人的缺点感到忧虑，我这样讲到他们也使你不快，不过你可以想一想，你和令姐的举止行为大方得体，并未受到这种责难，倒是那样广受赞扬，而且你们两位的见识与性格也同样广受敬重，希望这样想想能够使你得到慰藉。——我愿意仅仅再说一点：由于那天晚上出现的种种情况，我对所有各方面的看法都得到了证实，我以前本来也会有意维护我的朋友，使他不至于结上我认为极其不幸的亲事，这时我的意见就更加坚决了。——第二天他离开内瑟菲德去伦敦，我相信你会记得，他打算很快就返回的。——现在就来解释一下我扮演的角色。——他的姐姐和妹妹和我同样激动不安。我们很快就发现我们都有同感；大家都觉得刻不容缓，应该立即把她们的弟兄隔离起来，于是马上决定立刻到伦敦去和他会合。——我们就这样去了。——到了那里我就毫不犹豫地担起责任，向我的朋友指出这样一种选择确确实实有种种坏处。——我诚恳热心，又是解释，又是压制。——尽管我这番规劝可以使他举棋不定或者迁延不决，但是，如果不是我毫不迟疑地指出令姐对他情意冷淡，加强了我的论点，我想这番规劝是终归阻止不了这门亲事的。在这之前他一直相信，对于他的情爱，令姐即使并未报以同样的脉脉深情，至今也是情真意挚的。——但是宾利生性优柔谦和，倚重我的判断更多于倚重自己的判断。——因此要说服他相信自己欺骗了自己，并不是非常困难的事情。把这个信念灌输给他以后，再劝他不要返回哈福德，几乎就是马到成功的事了。我对到此为止的所作所为毫不自责。在整个事情中我的行为只有一点回想起来感到有愧于心。那就是我降低身份耍弄手段，居然向他隐瞒了令姐正在伦敦的消息。这件事我知道,宾利小姐同样也知道,不过她的哥哥至今仍然一无所知。——他们即使见面,大概十之八九也不会产生什么不好的后果;——可是在我看来,他的爱情之火还没有完全熄灭,还不足以使他见了她的面而不发生某些危险。——也许这种隐瞒实情,这种弄虚作假,有失我的尊严。——然而这件事已经做了,而且是出于一片好心。——在这件事情上,我没有更多的话要说,并无其他歉意可言。如果说我伤害了令姐的感情,那也是出于不知不觉。虽然指导我行为的这些动机,对你来说当然显得很不充分,不过到现在为止我还未觉得应该予以谴责。——至于另外那条更加严重的指责,说我伤害了魏肯先生,我只能以在你面前和盘托出他同我们家的关系来加以驳斥。我不知道他具体地指责了我什么,但是对于下面要讲到的事情,我可以找出不止一位真正诚实的见证人来证明其确凿无误。魏肯先生的父亲是位非常受人尊敬的人,他多年来一直经管彭贝利的全部产业。他忠于所托,行为良好,自然使先父乐意给他帮助;乔治·魏肯是他的儿子,因此先父对他也大加恩宠,先父供他上学,后来他念到剑桥大学——这是一项至关重要的帮助,因为他自己的父亲由于妻子挥霍无度而常常陷入贫困,无力供他接受上流绅士的教育。这个年轻人礼节周到,讨人喜欢,先父不仅乐于和他交往,而且对他极为器重,有意为他在教会里安排一个工作,希望他将来以圣职为业。至于我自己,早在许多许多年以前,就开始对他有极不相同的看法。他沾染种种恶习,毫无原则,他固然小心防范,不让他最好的朋友知晓,可是却逃不过和他年龄不相上下的另一个年轻人的注意,这个年轻人有种种机会在他放松警惕的瞬间看到他的本来面目,而先父达西先生是得不到这种机会的。在这里我又会给你带来痛苦,——至于达到何种程度,则只有你自己清楚。但是,不管魏肯先生激起的感情是什么样的,对于它们的性质的怀疑,使我一定要揭露他的真正品格。

除此以外，甚至还有别的动机。德高望重的先父大约在五年以前去世，直到最后他都非常宠爱魏肯先生，因此在遗嘱中特别叮嘱，要我在他职业许可的范围之内尽量提拔他。如果他接受了圣职，则希望一待俸禄优厚的牧师职位出缺，就立即由他递补。此外还给了他一千镑的遗产。先父去世不久，他自己的父亲也去世了。这两件大事过后不到半年，魏肯先生写信告诉我，他终于决定不接受圣职，想要我再即时在钱财方面给他一些好处，以弥补他不要这份美差而失去的利益，希望我不要认为他这个要求不合情理。接下去他还说，他打算学习法律，而且我一定会懂得，靠一千镑所得的利息来学法律，那是很不够的。与其说我相信他讲的是真话，倒不如说我希望他如此。不过无论如何，我十分乐意地接受了他的建议。我知道，魏肯先生是不配当牧师的。因此这件事很快就解决了。他放弃了要求得到教会帮助的一切权利，即使将来出现了他可以接受教会帮助的情况，他也不再要求，以此作为交换条件，他得到了三千镑。我们之间的一切关系这时好像都斩断了。我对他印象太坏，不愿意请他到彭贝利去，在城里也不同他来往。我想他主要是住在城里，但是他所谓的学法律不过是一种托词。他这时既然摆脱了一切约束，就过起游手好闲、浪荡逍遥的生活。大约有三年光景，我几乎没有听到他的消息。但是，在原定要由他来继位的那位牧师去世以后，他又写信给我，要求我推荐他。他告诉我，他的境遇极其困难，这一点我不难相信。他已经发现学法律根本无利可图，现在是斩钉截铁地下了决心，如果我愿意推荐他去接受所说的这个职位，他就去当牧师。他相信这事毫无问题，因为他确信我眼前没有别人去替补，而且我也决不会把我可敬的先父的遗愿置诸脑后。我没有接受这个要求，也拒绝了他的一再申请，你大概不会责备我吧。他的境遇越困难，他的愤恨相应地也就越发强烈。——毫无疑问，他在别人面前讲我的坏话，一定也像当面骂我一样凶。在这以后，大家就形同路人了。我根本不知道他如何生活。可是去年夏天他又在我面前冒出来,令我痛苦不堪。现在我不得不提提一件事情了,我本来希望自己把它忘得一干二净,也不愿对任何人提起,只是由于目前的处境才使我不得不谈。我谈这些,毫不怀疑,你会保守秘密。我有个妹妹,比我小十多岁,由我母亲的侄儿费茨威廉上校和我本人做她的监护人。大约一年以前,我们把她从学校里接出来,为她安排妥当,让她住在伦敦。去年夏天她和经管她的事情的那位太太去到拉姆斯盖特①,魏肯先生也到那儿去了,毫无疑问是怀有企图的。原来他同杨太太早就认识。我们十分不幸,误信了她品格优良。他借助她的纵容和帮助,得以向乔治安娜献身讨好。我妹妹心地温厚善良,他在她儿时对她的好意,她还保有很深的印象,于是她的心让他打动,她自以为陷入了情网,并且同意和他私奔。她那时还只有十五岁,当然情有可原。我述说了她这种处事不慎之后,还要高兴地再添一句:我获悉这件事还得归功于她。在他们打算私奔之前的一两天,我出其不意地去到他们那里。乔治安娜一向把我这个哥哥几乎看作父亲一样,想到要让我伤心生气,于心不忍,于是把这件事向我和盘托出。你可以想象得出,我有什么感受,采取了什么行动。我为了顾全我妹妹的名誉和情绪,没有公开揭露这件事情,不过我给魏肯先生写了封信,他马上就离开了那里,杨太太当然也被辞退了。魏肯先生的主要目标毫无疑问是我妹妹的财产,价值三万镑。不过我也禁不住要这样猜想:对我进行报复,也是他的一个强烈的动机。幸好他的报复没有真正完全得逞。小姐,我如实地一一叙述了与我们有关的所有事情。如果你确实不认为它纯属虚构而加以拒斥,那么我希望从今以后,你不要再认为我对魏肯先生残酷无情。我不知道他对你采用了什么方式,利用了何种谎言,不过他的伎俩

---

① 英格兰肯特郡的一个海港城市,避暑胜地。

能够得逞也许不足为奇。因为你以前对双方的任何事情都一无所知,你没有办法调查,而你的本性又的确不愿猜疑。你或许会感到奇怪,为什么昨天晚上我没有把这些全都告诉你。但是我那时已经不能完全控制自己,不知道可以讲些什么,应该讲些什么。我在这里讲到的每件事情,都可以特别提请费茨威廉上校来证明它是否真实。他是我们的近亲,一向过从甚密,而且又是先父遗嘱的执行人之一,无可避免地必然了解这些事情的每一个细节。如果你对我深恶痛绝,认为我的这番话一钱不值,你总不能因为同样的原因而对我的表兄不肯相信吧。为了让你有可能同他交谈一下,我将设法在上午这段时间内把这封信交到你的手中。我只想再加上一句:愿上帝保佑你。

费茨威廉·达西

第十三章

达西先生把信交给伊丽莎白的时候,即使她想到信里不会重新提出求婚,可是她也完全想不到里面会写些什么。尽管情况是这样,也完全可以猜想得到,她念到信的内容心情多么急切,这些内容又激起她感情上多么大的起伏冲突。她念信的时候,那种心情简直难以形容。开头她感到惊异,知道他竟然还以为他可以作什么辩解;接着她就坚信他无法自圆其说,只要具有正当的廉耻之心,这一点就不会加以掩饰的。她怀着一种强烈的偏见,反正他无论说什么都不予置信;就这样她开始阅读他叙述在内瑟菲德所发生的事情。她念信的时候那样迫不及待,简直弄得无法理解所念的东西,因为急于想知道下一句说些什么,所以眼前这一句的意思也给忽略了。达西认为她姐姐对宾利先生并无感情,她立刻断定那是假话,他讲到这门亲事受到反对的真实而又是最不利的理由,则让她十分气恼,根本不想对他采取公平合理的态度。他对自己的所作所为,毫未表示出令她满意的悔恨之情,他的语调毫无悔改之意,反而是盛气凌人,完全是傲慢和无礼。

不过谈完这件事,接下去他谈到魏肯先生,她念的时候头脑才多少比较清醒了一些,那一连串事情如果都是实情,那就得推翻她以前对魏肯先生所怀有的一切好感,而且那些事情同他自己亲口讲述的身世又是那么惊人地吻合,因而她的心情也就更加痛苦不堪,更加难以形容了。惊讶,忧虑,甚至恐惧,压着她,她恨不得把它全盘否定,一次又一次地大声喊叫:"这一定是假话!这根本不可能!这一定是弥天大谎!"——她把信念完了,虽然最后一两页讲了些什么,她几乎一点都没弄清楚,她还是匆匆忙忙地把它收起来,一边愤愤地说,她不会去想它,她也决不会再去看它了。

她心烦意乱,继续往前走,思绪纷纭,无法集中;可是这还是不成;还不到半分钟,她又把信打开了,尽量集中精力,含羞忍痛地重新仔细阅读全部有关魏肯的情节,努力控制自己,仔细琢磨每一句话的含义。信上关于他和彭贝利家族的关系那段话,和他亲口说过的毫厘不爽;已经故世的达西先生对他的恩惠,她以前虽然不知道究竟达到什么程度,但是和他自己讲的也同样完全吻合。至此为止,每一方的叙述都能和另一方的相互印证;可是等她念到遗嘱的时候,就差之千里了。魏肯谈到牧师职位的话,她记忆犹新;她一回想起他亲口说的那些话,就不可能不感到,两方总有一方完全是在骗人。有一会儿工夫,她有些得意,觉得自己所想的没有错。但是等到她极其细心地念了一遍又一遍的时候,魏肯先生放弃接替牧师职务的要求以及立即获得三千镑巨款作为补偿的种种细节,却又迫使她踌躇起来。她把信收起来,用她自己打算采取的不偏不倚的态度权衡了每一种情况,——仔细考虑了每种说法的可能性——但是却没有什么结果。双方都说得斩钉截铁。她又接着念起信来。她本来认为,在这件事情上,不管要弄什么阴谋诡计,都不可能让达西先生的所作所为不显得声名狼藉,可是现在每一行都可以更加清楚地证明,这件事情可以换个角度来看,这样就肯定可以使达西先生在整个这件事情上都完完全全无可指摘。

他毫无顾虑地指责魏肯先生奢侈浪费,放荡堕落,这使她震惊;因为她举不出任何证据来说明这种指责不公正,所以她就更加震惊。在魏肯先生参加某郡民团之前,她从未听说过有他这么个人,而且他也只是在城里偶然和一个从前只有点头之交的年轻人邂逅相逢,由于那个人的劝说才加入民团的。关于他以前的生活方式,除了他自己介绍的以外,在哈福德就一无所知了。至于他真正的品格,即使她能够了解情况,她也从来没想过要去探询。他那副音容笑貌使他让人一见就马上觉得他具有一切美德。她尽力回忆,想以某种事例来说明他品行端正,以某种突出特点来说明他刚直不阿或者仁义善良,使达西先生对他的谴责落空;或者至少可以用品德优异来弥补那些偶尔的过失,这样她就可以努力把达西先生称之为经年不改的游手好闲和道德败坏归为偶尔的过失之列。但是她回忆不出这种品德来助她一臂之力。她转瞬就可以看见他出现在眼前,丰采动人,谈笑风生,可是除了街坊邻里的普遍赞誉和用社交手腕在众人面前赢得的关注好感之外,她竟想不起他具有任何实质意义的优点。她在这个问题上思忖再三,才继续念下去。可是,天哪!接下去正是他对达西小姐心怀鬼胎的那件事,就在前一天早上她和费茨威廉上校交谈中间,这件事已经有所证实。信的最后让她去请费茨威廉上校证实每一个细节是否真实——她以前就听上校说过,他对他表弟的一切事情都非常关心,而且她对他的人品毫无理由怀疑。有一阵儿她几乎下了决心要去向他问个水落石出,可是想到问起来不免有些尴尬才没有去,最后打消了这个念头,因为她相信,达西先生如果不是很有把握,相信他表兄能证实他讲的话,他是决不会冒险提出这个建议的。

她第一天晚上在菲利普斯先生家里和魏肯谈的话,她还记得一清二楚。她对他的许多说法还记忆犹新。她现在才突然想到,他对一个陌生人讲这种话很不得体,而且感到奇怪,自己以前为什么没有注意。她现在看得出来,他当时那样突出他自己,显得多么粗俗下流。而且他的言行也自相矛盾。她记得,他曾夸口,说他不怕见到达西先生——说达西先生尽可以离开这一带乡下,可是他决不退避;然后他却回避了就在下个星期在内瑟菲德举行的舞会。她也记得,在内瑟菲德的那家人离开乡下以前,除了对她本人讲过以外,他没有把他那个故事告诉任何人,可是他们搬走了以后,那个故事却到处议论纷纷;尽管他曾经向她保证,说他为了尊敬那位故世的父亲,永远不会揭发他的儿子,可是后来他却不遗余力,毫无顾忌地诽谤达西先生的品格。

与他有关的一切事情,现在显得多么不同啊!他向金小姐献殷勤,现在看来,完全是为了金钱,实在令人痛恨。金小姐财产不丰,已不能证明他没有奢望,只不过证明他已饥不择食而已。他对她自己的行为,现在看来也没有说得过去的动机,要不是误以为她财产多,就是想助长她的好感来满足他自己的虚荣心,她现在认为自己极不慎重,不该把这种好感流露出来。现在在每一场相持不下的斗争中,于他有利的一方越来越软弱无力了。在进一步证实达西先生正当有理的时候,她不能不承认,很早以前简问过宾利先生,他当时就坚持达西先生在这件事情上是无可指责的。达西先生的态度固然傲慢无礼,拒人于千里之外,可是在他们结交的整个过程中(而且结交后近来还常常在一起,使她熟悉他的为人处世),她从未见到有任何事情说明他寡廉鲜耻或者奸邪不公,从未见到任何事情说明他有违反宗教或者不合道德的恶习。在自己的亲朋当中,他受到尊敬和器重——甚至魏肯也承认他不愧为一个好兄长,而且她也常常听见他满怀深情地谈起他妹妹,足以证明他具有一些亲切和善的感情。如果他的所作所为真像魏肯说的那样一无是处,也决不能避开世人的耳目。这样一个为非作歹的人居然能同宾利先生那样一个和蔼可亲的人成为莫逆之交,那可真是不可思议了。

她越想越羞愧得无地自容。无论是想到达西,还是想到魏肯,她都不能不觉得自己盲目、狭隘、偏激、荒唐。

"我的所作所为多么可耻呀!"她叫嚷起来,"我还一向引以为豪,认为自己能明辨是非善恶呢!——我还一向自视甚高,认为自己本领高强!常常看不起姐姐那种宽容厚道,常常表现出毫无益处的胡乱猜疑,满足自己的虚荣心——这件事抖出来该多么丢脸呀!——然而也真该丢脸!如果我真的坠入了情网,我也不能盲目到比这更加可悲呀!但是,我蠢还不是蠢在坠入情网,而是蠢在虚荣心。——就在我们刚刚认识的时候,一个人对我有好感,我就高兴,另一个人不答理我,我就生气,因此,不论是从他们俩中间的哪一个身上,我招来的都是成见和无知,而赶走的是理智。一直到这会儿之前,我都毫无自知之明。"

她从自己想到简,又从简想到宾利,她的思路就这样连成一串,可是很快就想起来,达西先生在那个地方的解释还显得很不充分;这样她又念起信来。第二次仔细念来,效果就大大不同了。——既然她在一件事情上不得不相信他讲的那些话,在另一件事情上又怎么可以不相信呢?——他说他本人完全没想到她姐姐对宾利的爱慕之情;——这时她不禁想起夏洛蒂一向常有的看法。——她也无法否认他对简的讲法是公正的。——她觉得简的感情虽然很热烈,可是并没有怎么流露出来,而且她的神情表现一向总是那么怡然自得,常常和感情丰富沾不上边儿。

她念到信上讲她家里人的那部分,措词那么令人生气痛心,可那种褒贬却又合情合理,这时她真羞愧得无地自容。他的责难句句属实,刺得再痛也无法否认。他特别提到在内瑟菲德那次舞会上出现的种种情景,这些情景使他产生了起初所有的反感,而这些情景在她自己心目中所造成的印象之强烈,丝毫也不亚于他。

信上对她本人和对她姐姐的赞扬,她并非无动于衷。它减轻了她的痛苦,但是她家里其他亲人自己招来了他人的轻视,在这方面却不能使她得到任何安慰;——她想到,简的失望是她自己的至亲一手造成的,而且这也反映出亲人行为不知检点肯定会那么实实在在地损害她们两姐妹的体面,想到这里,她感到以前从未体验过的沮丧忧伤。

她沿着那条小路溜达了两个小时,心里闪过各式各样的想法,再三考虑出现的种种事情,努力判断各种可能发生的情况,尽量使自己适应如此突然而又如此重大的转变,她感到疲倦,而且想到自己外出已经很久,于是终于回家了。她希望进屋的时候让自己显得和平常一样高高兴兴,并且决心压抑自己刚才的种种思想,以免无法和大家谈话。

马上就有人告诉她,她不在家的时候,罗辛斯的那两位先生分头来过;达西先生是来辞行的,只待了几分钟,不过费茨威廉上校却同他们一起坐了至少一个钟头,想等她回来,而且几乎打算出去追寻她,一定要找到她。——伊丽莎白只好装出一副没有见着他而惋惜的样子,实际上她倒是十分高兴。费茨威廉上校已经不再是一个目标了。她心里想的只是给她的那封信。

第十四章

两位先生第二天早上离开了罗辛斯;柯林斯先生早就等在山林小屋附近,向他们送行致敬,而且还带回了令人高兴的消息:他们经历了刚刚在罗辛斯产生那样的黯然伤别之情以后,看样子身体都很健康,而且正如大家可以想见的那样,心情也还算不错。送行之后,他又匆匆赶到罗辛斯,去安慰凯瑟琳夫人和小姐。回到家里的时候,又非常满意地带回了夫人的口信,说她自己感到闷闷不乐,所以很想让他们大家去同她共进晚餐。

伊丽莎白见到凯瑟琳夫人就不禁要想到,假如她原先愿意的话,这一次她就要作为夫人未婚的外甥媳妇来引荐给她了;想到夫人对这件事情会如何义愤填膺,她怎么能不面带笑容呢。"她会说些什么?她会有什么表现?"这都是让她觉着好玩儿的一些问题。

他们首先谈论的话题是罗辛斯的人少了。"我告诉你们,我觉得难受极了,"凯瑟琳夫人说,"我相信,谁也不会像我这样,亲友离开了就觉得难受。不过我特别喜欢这两个年轻人;我知道,他们也非常眷恋我!——他们都格外难过,舍不得走!不过他们老是这样。可怜的上校尽量打起精神,一直挺到最后;可是达西好像特别难过,我觉得,比去年还要厉害,他对罗辛斯的情意实在是越来越浓了。"

柯林斯先生恭维了两句,又趁机在这儿丢出一句让这母女俩不禁眉开眼笑的暗示①。

吃罢晚饭,凯瑟琳夫人说,本内特小姐看来好像情绪不佳,不过她立刻就自己作了一番解释,说她是不愿意这么快就回家去,于是又接着说道:

---

① 指达西先生与德伯格小姐有可能共偕连理。

"不过,如果是这种情况的话,那么你就得给你母亲写封信去,请求她让你再多住些时候。我相信,柯林斯太太是会非常喜欢有你和她做伴的。"

"夫人盛情挽留,我非常感谢,"伊丽莎白回答说,"可是我无法接受。——我一定得在星期六到城里去。"

"哦,这么说,你在这里就只住六个星期啦。我原来还指望你住两个月呢。你还没来,我就对柯林斯太太这样说过。你没有什么必要这么快就走嘛。本内特太太一定可以让你多住两个星期的。"

"可是我父亲不让。——他上星期还写信来催我赶快回去呢。"

"哦,既然你母亲愿意,你父亲也会愿意的。——对一个做父亲的来说,女儿从来都不那么重要。如果你再住上整整一个月,我就可以把你们当中无论哪一个一直捎到伦敦去,因为六月初我要到那里去待一个星期。道森不反对驾双马四轮大马车①去,所以可以把你们当中哪一个捎上也绰绰有余,要是天气凑巧很凉快,我也不妨把你们俩全都捎上,因为你们俩块头都不大。"

"你待人真好,夫人;不过,我想我们还是得按我们原来的计划办。"

凯瑟琳夫人看来也只好罢休。

"柯林斯太太,你得派一个人陪送她们。你知道,我一向都是心口如一的,让两个年纪轻轻的小姐孤零零地坐驿车赶路,这个主意我可受不了。这是非常不合适的。你想方设法也得派个人去。我最反感的就是那种事情。年轻女子总是应该根据自己的身份地位受到保护和照顾。去年夏天我外甥女去拉姆斯盖特,我就一定要让她带上两个男仆同她一起去。——达西小姐是彭贝利的达西先生和安妮夫人的千金小姐,不这样做就有违礼数了。我特别关心所有这类事情。柯林斯太太,你得派约翰去护送这两位小姐。我很高兴想到了提醒这件事,因为要是让她们孤零零地自己走,那可真是让你丢脸啦。"

"我舅舅要派仆人来接我们的。"

---

① 这种马车一共可载六人,但车厢里仅能载四人。道森是凯瑟琳夫人家的仆人。

"哦,——你舅舅!——他雇了个男仆,是吗?——我非常高兴,你还有个人能够想到这些事情。你们在哪里换马呢?啊,当然是在布隆利呀。——如果你在贝尔旅馆提提我的名字,你们就会受到招待的。"

凯瑟琳夫人还有许多其他有关她们旅程的问题要问,而且她并不是所有问题都自问自答,所以必须留神,而伊丽莎白觉得这倒是她的运气;要不然,像她这样总在想心事,一定会弄得不知身在何处了。想心事得留待独自一人的时候;每逢只剩下她一人独处,她就会径自思量,以此作为最大的慰藉。她没有哪一天不独自出去散散步,这样她就可以尽情回首那些不愉快的往事。

达西先生的那封信,不久她就几乎能全部记在心里了。她研究其中的每一句话:她对写信人的感情有时是大起大落,想起他那封信的语调,仍然满腔义愤,可是想到她曾经多么不公平地怪罪他,责骂他,她反而又对自己感到气愤了。而且他那种灰心失望的情绪又引起了她的同情。他的眷恋之情引起她的感激,他整个的品格博得她的尊敬,可是她对他却无法赞许。她拒绝了他,一时一刻也没有感到后悔,而且丝毫也没有和他再见面的意思。她自己过去的所作所为,成了她经常懊恼与悔恨的源泉。她家里种种不幸的缺陷更是让她十分苦恼。这些缺陷还毫无挽救的希望。她父亲对这些缺点只是一笑置之,对于两个小女儿那种轻佻任性,也从来不施加影响予以约束。母亲自己的举止不合规范,对这种害处更是浑然不觉。伊丽莎白常常同简联合一致,尽力制止凯瑟琳和莉迪亚的轻率行为。但是她们受到母亲的娇纵,怎么有可能改进呢?凯瑟琳性格软弱,又爱激动,完全听凭莉迪亚摆布,听到两个姐姐的劝告总要生气;而莉迪亚则为所欲为,肆无忌惮,对姐姐的话听不进去。她们既无知,又懒惰,而且崇尚虚荣。梅里顿只要来了个军官,她们就要去向他卖弄风情。而且梅里顿走几步路就到,所以她们就老往那里跑。

替简担忧,成了伊丽莎白另一件重要的心事。达西先生的解释使她恢复了以前对宾利的一切好感,因而更加深感简所受的损失。他的深情已经证实是真诚的,他的行为也已经判明是无可指责的,除非说他对那位朋友的信任显得盲目。简得到了在各方面都尽如人意的大好机遇,条件优越,幸福在望,可是却让她自己家里人的愚昧无知和缺乏教养给断送了,想到这里该是多么让人痛心疾首啊!

她既已心事重重,再加上魏肯真实的品格为人渐趋明朗,所以也就不难相信,尽管她一向心情愉快,难得意气消沉,然而她现在受到的影响这样重大,所以连强颜欢笑也做不到了。

在她逗留的最后一个星期,罗辛斯的约会邀请和她们刚到的时候一样频繁。最后一个晚上是在那里度过的。夫人再次啰啰嗦嗦地问起她们旅途上的种种细节,指点她们收拾行装的最好办法,告诉她们必须把长袍放在惟一正确的地方,弄得玛丽亚自己寻思,她回去之后一定得把早上收拾好的行装重新返工,把箱子另行收拾一遍。

她们告别的时候,凯瑟琳夫人又纡尊降贵,祝她们一路平安,还邀请她们明年再到亨斯福德来;德伯格小姐这时还行了一个屈膝礼,伸出手来同她们握别。

第 十 五 章

星期六早晨,伊丽莎白和柯林斯先生去吃早饭时比别人早到了几分钟,两人遇见以后,柯林斯先生就利用这个机会行告别之礼,他认为这是责无旁贷的。

"伊丽莎白小姐,承蒙惠临,"他说,"我不知道柯林斯太太是否已经向你表达过她的感谢之情,不过我可以十分肯定,在你走之前她一定会向你致谢的。我向你确实保证,你赏光前来做客,我们盛情尽领。我们知道,寒舍简陋,不足以留驻嘉宾。我们生活习惯粗疏,房舍湫隘,仆役无多,再加上见微识浅,像你这样一位年轻小姐,一定会觉得亨斯福德沉闷之极。不过,我希望你能相信,你肯屈尊枉驾,我们感激不尽,而且我们已经竭尽绵薄,使你在这里逗留不至于感到索然寡欢。"

伊丽莎白急忙道谢不迭,连连表示她很快乐。这六个星期她过得非常高兴;她享有同夏洛蒂做伴的乐趣,受到亲切的照顾,让她觉得只有感谢的份儿。柯林斯先生听了很是满意,于是满面春风,一本正经地回答说：

"听到你在这儿过得没有感到厌烦，我真是高兴到了极点。我们确实尽了最大的努力，而且非常幸运的是，我们恰好能够把你介绍到上流社会里去，并且由于我们同罗辛斯的关系，而经常可以有办法，尽管久居寒舍，还能改变一下环境。我想，我们可以引以为豪地说，你这次亨斯福德之行，还不能说是完全令人厌倦的。我们同凯瑟琳夫人府上的这层关系，的确是得天独厚的异常有利的条件，这是没有什么人能够自诩的。你看得出，我们是处于何等地位。你看得出，我们是怎样接二连三地受到邀请到那儿去。说句老实话，我得承认，这个简陋的牧师住宅固然有种种不便之处，但是无论是谁住在这儿，只要他们能分享我们同罗辛斯的密切交谊，我就不该把他看作是应该怜悯的对象。"

他那种欢欣鼓舞的情绪，任何语言都不足以形容。伊丽莎白颇费思索地简短说了几句既要客气又要得体的话，这时候他简直激动得在屋子里到处打转。

"事实上，我亲爱的表妹，你可以把我们的大好消息带回哈福德郡去。至少我自己可以深信不疑，你能够办得到。凯瑟琳夫人对柯林斯太太深情关注，你每天都亲眼目睹。总之，我相信，你的这位朋友并没有显出是个可怜虫。——不过，这一点还是缄口不言为好。我只给你讲一句实话吧，亲爱的伊丽莎白小姐，我从内心深处真诚希望你的婚姻同样幸福。我亲爱的夏洛蒂和我完全同心同德，在任何一件事情上，我们都是意气相投，心心相印。我们真可以说是天造地设，珠联璧合。"

伊丽莎白本来可以毫无差池地说，他们夫妇好相处是一大幸福，同时还可以同样真诚地接下去说，她坚决相信他家庭生活安适，并且为他们感到高兴。她话还没有说完，那位成为他幸福源泉的太太进来了，不过她并未因此感到惋惜。可怜的夏洛蒂！——把她留下同这种人朝夕相处真是令人丧气！——但是，这毕竟是她睁着眼睛自己挑选的。这两位客人要走，她显然有些依依惜别，可是看来也不是要求得到怜悯。她的家庭，她的家务，她的教区和她的家禽，以及所有和这些相关的要她操心的事情，对她来说尚未丧失魅力。

马车终于到了,箱子都捆在车上,包裹放进了车里,说是车准备好了。朋友们恋恋不舍地道别之后,柯林斯先生送伊丽莎白去上车。他们走过花园的时候,他请她代问她全家人安好,也没忘了感谢他去年冬天在朗博恩受到的盛情款待。他还请她代向加德纳先生和太太问好,虽然他同他们缘悭一面。然后他扶她上了车,玛丽亚跟着也上去了。车门刚要关上,这时他突然惊恐万状地提醒她们说,她们一直忘了留几句话同罗辛斯的夫人小姐告别。

"但是,"他又添了一句,"你们当然希望向她们转达你们谦恭的敬意,对你们在这里逗留的时候受到的盛情款待表示感谢。"

伊丽莎白没有表示反对——车门这才给关上,于是马车走了。

"天哪!"玛丽亚沉默了几分钟,突然叫嚷起来,"我们到这里好像还不过一两天!——可是发生了多少事情呀!"

"的确很多。"她的同伴叹了口气说道。

"我们在罗辛斯吃饭共有九次,还在那里喝过两次茶!——我要讲的事情该有多少呀!"

伊丽莎白在心里还添了一句:"可是我要隐瞒的事情该有多少呀!"

她们一路上没有说多少话,也没有受任何惊吓。她们离开亨斯福德还不到四个小时,就到了加德纳先生的住处,她们要在那里逗留几天。

简看样子很好,可是伊丽莎白没有什么机会去仔细研究她的心情,因为她舅母一片盛情,早就给她们安排了各式各样的活动。不过简要和她一起回家,而回到了朗博恩,就会有空闲时间足够进行观察的。

在这段时间,关于达西先生求婚的事情,她费了好大劲儿才憋住没说,要等回到朗博恩再对姐姐讲。她知道,她有一透露就可以让简吃惊到目瞪口呆的本事,同时又必定可以大大满足自己那迄今还未能用理智来打消的虚荣心;公开此事原本是那么巨大的一种无法克制的诱惑,只是她心里还犹豫不决,不知道应该讲到什么程度;而且还有些害怕,一旦谈起这个问题,匆忙之中不免要重提宾利的某些事情,而这却只会引得她姐姐更加伤心。

第十六章

五月份的第二个星期,三位年轻小姐一起从承恩寺大街出发,回哈福德郡的某镇去。本内特先生派好马车到一家指定的旅馆去接她们。她们一走到靠近这家旅馆的地方,很快就发现基蒂和莉迪亚正从楼上的餐厅向外张望,表明车夫准时到达了。这两个姑娘已经到了一个多小时,高高兴兴地去逛过街道对面的女帽店,看过站岗的哨兵,还拌好了一盘黄瓜色拉。

她们欢迎了姐姐们之后,就得意扬扬地指着一张摆有小客店里常备的肉食冷盘的餐桌,嚷道:"这好不好?这可真让人惊喜交加吧?"

"我们打算招待你们大家,"莉迪亚接着说,"不过,你们得把钱借给我们,因为我们刚刚在那边那家店里把钱花掉了。"说着就把她买的东西拿给大家看,"你们看,我买了这顶帽子。我并不觉得它很好看,不过我想,买一顶也无所谓。我一回家就把它拆开,看看能不能把它改得好一点。"

姐姐们都说这帽子难看,她却满不在乎地说:"哦!那家店里还有两三顶,比这一顶难看多了。等我去买点颜色鲜亮的缎子来给它重新滚道边儿,我想,那它就会很过得去啦。另外,等到某郡民团离开梅里顿以后,今年夏天谁穿戴什么也就没有多大意义啦,再过两个星期他们就都走了。"

"他们确实要走吗?"伊丽莎白大声问道,心里觉得非常满意。

"他们要开到布赖顿①附近去驻防。我多想让爸爸把咱们大家都带到那儿去过夏天啊!这可是个美妙的计划,我想大概也花不了多少钱。妈妈还特别喜欢去呢!想想看,要不然我们这个夏天该会过得多么凄惨呀!"

"是呀!"伊丽莎白心里想道,"那可的确是个开心的计划,会马上把我们大家全都毁了的。天哪!梅里顿还不过只有小小一个民团,一个月举行几次舞会,就把我们扰了个天翻地覆,要是布赖顿,还有那整整一个

---

① 英格兰东南部一个著名的海滨疗养胜地,人称"海边伦敦"。

营地的军人,那还了得呀。"

"我可有消息要告诉你们,"莉迪亚等她们在桌子旁边坐下就说,"你们想想是什么?这可是条好新闻,大新闻,和我们大家都喜欢的一个人有关系。"

简和伊丽莎白互相看了看,然后告诉跑堂的说,他不必待在这儿了。莉迪亚笑着说:

"嗜,看你们那副一本正经,谨小慎微的样子。你们以为不应当让跑堂的听,好像他很想听似的!我想,他也许常常听别人谈到一些事儿,比我要告诉你们的还要糟糕呢。不过,他是一个很难看的家伙!他走了,我也高兴。我这辈子还没见过一个这么长的下巴颏儿呢。好啦,现在讲我的新闻啦。它是关于亲爱的魏肯的。跑堂的不配听,是不是?魏肯娶玛丽·金的危险已经没有啦。这是说给你们听的!她到利物浦她叔叔那里去了,到那里去住了。魏肯现在安全了。"

"是玛丽·金现在安全了!"伊丽莎白加了一句,"就财产来说,她摆脱了一桩轻率的婚姻。"

"如果她喜欢他,那么她走了,就是个大傻瓜。"

"不过,我希望他们双方都没有强烈的感情。"简说。

"我可有把握,他那一方没有。我可以保证,他从来没有看得起她。谁能够看得起这么一个满脸雀斑令人讨厌的小丫头呢!"

伊丽莎白暗自思忖,尽管自己嘴里说不出这样粗野的语言,可是这种粗野的思想感情同她自己心里以前所怀有的却不相上下,而且当时还自以为思想开明呢,想到这里,不觉感到震惊!

大家吃完饭,两个姐姐付了账,这时吩咐备好了马车。经过一番巧妙的设计,所有各位小姐,加上所有她们的箱子、针线袋、包裹,还加上基蒂和莉迪亚买的那些讨厌的东西,全都在车上安排妥当了。

"我们全都挤进来了,真妙!"莉迪亚叫嚷道,"我真高兴买了这顶帽子,哪怕只是又添了一个帽盒,也很有意思呀!好啦,让我们一路上舒舒服服、暖暖和和、有说有笑地回家吧。首先,让我们听听,你们离开家里以后发生过什么事情。你们见到过什么可心的男的吗?你们调情了没有?

我非常希望,你们当中哪一个能在回来以前就弄到一个丈夫呢。听我说,简马上就会变成老姑娘了,她差不多都要二十三啦!天哪,我要是二十三岁以前还嫁不了人,那该多丢人呀!你们都想不到,菲利普斯姨妈多么希望你们都找到丈夫呀。她说,丽琪当初要是嫁给柯林斯先生就好了,不过,我并不觉得那样会有什么意思,天哪!我多么愿意比你们谁都早结婚呀,那样我就可以领着你们到处去参加舞会了。哎哟!那天在福斯特上校家里,我们玩得多有意思呀。基蒂和我那次准备在那儿玩一整天,福斯特太太答应在晚上开个小小的舞会;(顺便说一句,福斯特太太和我相好得不得了!)所以她就请哈林顿两姐妹来参加,不过哈丽特病了,所以佩恩只好自己一个人来。那么,你们想想,我们干什么啦?我们给张伯伦穿上女人的衣服,想让他冒充个女人——你们想想,多么有趣!除了福斯特上校夫妇、基蒂和我以外,谁也不知道这回事;姨妈知道,因为我们不得不向她借一件长袍。你们想象不出来,他看起来真是像极了!丹尼,还有魏肯,还有普拉特,还有其他两三个男的,他们进门的时候,一点儿也认不出他来。天哪!瞧我笑的呀!福斯特太太也笑得不得了。我想,我简直要笑死了。这样才引得那几个男的起了疑心,于是他们很快就发现究竟是怎么一回事了。"

莉迪亚在回朗博恩的这一路上,大讲她们这类办舞会开玩笑的故事,想让大家开心,基蒂则在一旁帮腔、提示、补充。伊丽莎白尽量不听,不过,她们口口声声提到的魏肯这个名字,却一次不漏地钻进她的耳朵。

她们到家受到了极为亲切的欢迎。本内特太太见到简美貌未减,非常高兴。吃晚饭的时候,本内特先生不止一次情不自禁地对伊丽莎白说:

"你回来了,丽琪,我真高兴。"

饭厅里的聚会真是济济一堂,因为卢卡斯一家差不多都来了,来接玛丽亚,听听新闻;他们的话题五花八门,无所不谈。卢卡斯夫人隔着桌子问玛丽亚,她那位大女儿日子过得如何,家禽是否兴旺。本内特太太则是两头忙乎,一头要向坐在她下手相隔不远的简打听目前流行的时装式样,另一头又要把听到的这些原封不动地转告卢卡斯家年纪较轻的几位小姐。至于莉迪亚,嗓门比谁都大,一个劲儿介绍上午发生的各种趣事,谁爱听就讲给谁听。

"哦,玛丽,"她说,"你要是和我们一起去该多好,我们可真逗乐!我们在去的路上,基蒂和我把窗帘全都拉起来,假装马车里没坐人。如果不是基蒂觉得难受,我就会那样一直走到头的。我们到了乔治旅馆的时候,我想,我们把事情办得非常慷慨大方,因为我们用世界上最好的冷餐款待了她们三位。如果你去了,我们一定也是那样款待你的。后来我们离开的时候,那可太好笑啦!我原来还以为,这部马车一定装不下我们呢。我简直要笑死了。于是我们一路上就这样乐乐呵呵地回来啦!我们扯起嗓门大谈大笑,十英里以外都能听得见!"

玛丽听完这番话,一本正经地回答说:"亲爱的妹妹,我并不是要瞧不起你们喜欢的这种乐子。毫无疑问,这类乐子是会投合女子的一般心意的。不过我得承认,这些对我毫无吸引力。怎么说我都是喜欢读书。"

然而,莉迪亚对这番话充耳不闻。任何人说话,她都很少听上半分钟,对于玛丽,她从来都是根本不加理睬。

下午,莉迪亚心急火燎,催着几个姐姐一起去梅里顿,看看那里的人都在干什么,但是伊丽莎白坚决反对这个计划。不应该让人家议论,说本内特家的几位小姐在家里待不上半天,就要出去追求那些军官。她表示反对,还有另一个理由。她害怕再见到魏肯,因此下定决心,尽可能推托,避免见他。民团就要开走,这对她来说,的确是一种大大超乎意料的宽慰。两个星期之内,他们就要走了,她希望,他们这么一走,就再也没有什么因为魏肯的缘故而让她苦恼的事情了。

她到家还不到几个钟头就发现,莉迪亚在旅馆里稍微透露过的前往布赖顿的计划,她父母早就在经常谈论了。伊丽莎白立刻就看出来,她父亲丝毫无意让步,不过他的答话却总是含含糊糊,模棱两可,所以她母亲虽然常常灰心失望,可是却一直并未死心,觉得最后还会成功。

第十七章

伊丽莎白再也憋不住,要把发生的事情告诉简了。她最后决定把有关她姐姐的每一个具体情节都按下不表,而且让她姐姐做好会大吃一惊的思想准备,第二天早晨她把自己和达西先生的事情择要告诉了她。

本内特小姐开头大感惊诧,但是很快就淡然了,因为手足之情使她强烈偏向妹妹,觉得无论谁对伊丽莎白崇拜爱慕都是理所当然的;于是她所有的惊讶不久就湮没在另外的种种感情之中了。她感到惋惜,觉得达西先生不该采用那种很不适宜表达感情的方式来表露自己的衷情;但是让她更感到伤心的还是,她妹妹拒绝求婚使他痛苦。

"他那么自信,以为能够马到成功,那是不对的,"她说,"的确不应该表现得那种样子;不过想想看,这该使他增添了多少失望呀。"

"的确如此,"伊丽莎白回答,"我衷心为他难过;不过,他还有其他种种心情,它们大有可能很快就把他对我的思念赶走。然而,你该不会责怪我拒绝了他的求婚吧?"

"责怪你!哦,不会的。"

"不过你会责怪我曾经那么热情地说到魏肯吧。"

"不会的——我不知道,你以前那样说到他又有什么错。"

"不过,等我把第二天的事情告诉你,你就会知道了。"

她于是谈到那封信,把信上有关乔治·魏肯的全部内容都复述了一遍。对于可怜的简,这该是多么出乎意料的打击!她哪怕走遍全世界也不能相信整个人类当中会存在这么多罪恶,而在此地竟然是这些罪恶全都集中在一个人身上。虽然达西的辩白使她心情愉快,却无法使她因为这种发现而得到安慰。她极其真诚地费尽心力,想要证明这事十之八九可能有误,想方设法洗清一个人的罪名,而又不让另一个人受过。

"这是行不通的,"伊丽莎白说,"你决没有那种本领,不能在任何事情上让他们都两全其美。你选择吧,不过你可只能挑一个。他们之间总共只有那一定数量的优点,刚好足以凑成一个好人;最近一段时间,这些优点一直在来回晃荡。就我来说,我想,应该相信优点全属达西先生,但是你愿意怎么看就怎么看。"

然而,过了好一会儿,简的脸上才勉强露出笑容。

"我从来没有感到过这样震惊,"她说,"魏肯居然这样坏!几乎让人无法相信。还有那可怜的达西先生!亲爱的丽琪,你想想看,他该受了多大的罪呀。这么可怕的失望啊!又知道你对他印象这么坏!还得把他妹妹的那种事抖出来!真是太叫他伤心啦。我敢担保你一定也有同样的感受。"

"哦!没有,看到你这样满怀惋惜与同情,我的这种感情也就完全消解了。我知道,你会充分为他主持公道,所以我也就越来越不关心,淡然视之了。你慷慨大方,所以我也就可以吝啬小气。如果你再为他悲痛下去,我的心就会轻松得像羽毛一样了。"

"可怜的魏肯,他的相貌显得那样和悦善良!他的举止又显得那样坦荡文雅!"

"那两个年轻人在教育方面一定存在某种重大的差错。一个完全具有一切优点美德,另一个则完全只是徒有其表。"

"我从来没有像你那样,一向觉得达西先生在仪表方面有多大的欠缺。"

"而且我原来还以为,我毫无理由地就认定对他那样深恶痛绝,是因为自己不同寻常的聪明呢。这样一种深恶痛绝,可以激发人的天才,开拓人的智力。一个人可以整天骂街却说不出一点道理,但是一个人不可能老是取笑别人而永远冒不出一两句珠玑妙语。"

"丽琪,你最初念那封信的时候,我相信你对它的态度不可能和你现在一样。"

"我当然不能。那时候我真够不舒服的。很不舒服,甚至可以说是不幸。那时候没有人来听我诉说我的心情,也没有个简来安慰我,说我并不像我原来自认为的那样软弱,虚荣,荒唐!哦!我多么需要你呀!"

"你对达西先生谈到魏肯的时候,措词那么尖锐激烈,这该是多么令人遗憾呀,因为现在看来,这些说法确实完全是冤枉的。"

"的确不错。不过,我说话刻薄,这种不幸是我一向纵容种种偏见极其自然的结果。我有一个问题要听听你的意见。我想请你告诉我,我应不应该让我们熟识的人都了解魏肯的人品。"

本内特小姐稍停了一下,然后回答说:"确实没有必要把他揭露得名誉扫地。你自己的看法怎么样?"

"我觉得不应该那样去做。达西先生并没有授权让我公布他讲的话。而且相反,有关他妹妹的所有细节,我还得尽可能保守秘密。再说,即使我要尽力说穿他其他方面的品行,让别人不受欺骗,谁又会相信我呢? 大家对达西先生怀有极深的偏见,要让他们相信他和蔼可亲,恐怕是得要了梅里顿半数好人的命。这我可不能胜任。魏肯不久就要走了,所以他究竟是个什么人,在这里对谁都毫无意义。有朝一日真相大白,那时我们就可以嘲笑他们傻头傻脑,没有老早就知道。现在我要只字不提。"

"你说得很对。把他的过错公之于众,就可能把他永远毁了。他现在对自己过去的所作所为或许正感到懊悔,急于想重新做人。我们决不可让他感到走投无路。"

这次谈话使伊丽莎白内心的烦乱有所缓解。她已经把两个星期来压在心头的隐秘消除了两件,不论何时,她只要想再谈这两件事当中的一件,简肯定会乐于倾听。可是还有些事情隐藏在后面,她小心谨慎,不敢吐露。她不敢讲出达西先生那封信里另外一半的内容,也不敢向她姐姐解释,达西先生的朋友对她如何真诚珍重。她知道的这件事是不能让任何人知道的。她懂得,只有双方完全谅解,才能使她有理由甩掉最后这一个保守秘密的负担。"到了那个时候,"她说,"如果那件几乎不大可能的事情终于实现了,我就可以把事情说出来,不过,如果宾利亲自说出来,却会动听得多。不到新闻完全失去了价值以后,我是没有传播它的自由的!"

她现在安居在家里,就有空闲时间去观察她姐姐的真实心境了。简并不快乐。她对宾利仍然怀有一片缱绻柔情。她以前甚至都没有幻想过自己陷入了情网,所以她的钟情带有初恋的那种全部的热情,而且因为她的年龄和气质的关系,又比初恋常常夸耀的坚贞更加坚定不移。她那样热烈地怀念他,喜欢他胜于其他任何男人,好在她十分通情达理,而且十分体恤亲友们的情绪,这才使她没有沉溺于惋惜哀伤之中,否则准会损害她自己的健康,扰乱他们的安宁。

"嗯,丽琪,"本内特太太有一天问她,"对简那件伤心事,你现在有什么想法？至于我嘛，我是下了决心，对谁也不再提了。前些天我就同我妹妹这样说过。不过，我看简在伦敦是连一点儿宾利的影子都没见着。哼，他这个年轻人也值不得爱，——而且我猜想，简现在也没有什么指望能够抓住他了。没人谈起他夏天会再回到内瑟菲德来。只要是有可能了解情况的人，我也都问过了。"

"我认为，他再也不会到内瑟菲德来住了。"

"嗯，那好，随他的便吧。谁也没想他来。不过，我永远都要说，他太亏待我女儿了，如果我是她，就不会吞下这口气。我准保简会伤心得送命的，那时候他就会对自己的所作所为后悔不迭了，嗯，这也就是我的安慰。"

但是，伊丽莎白从这样一种指望中得不到任何宽慰，所以也就没有回答。

"嗯，丽琪，"她母亲过了一会儿又接着说，"这么说来，柯林斯一家过得很舒服啦，是吗？好哇，好哇，但愿能够天长地久。他们家的饭菜吃得怎么样？我看，夏洛蒂是很会管家的。她要是有她妈一半那么精明，也就够节省的了。我敢说，他们过起日子来，决不会有什么铺张浪费的。"

"就是，一点也不。"

"准保持家有方。是呀，是呀，他们会小心谨慎，不会入不敷出。他们决不会发愁缺钱。好吧，但愿这对他们有挺大的好处！所以嘛，我猜想，他们会常常谈到你爸爸一死，朗博恩就到他们手里啦。等到那一天，我想，他们就真要把朗博恩看作他们自己的啦。"

"这种事情，他们当着我的面是不会提的。"

"不错。他们要是当着你的面提，那才奇怪呢。可是，我完全相信，他们俩自己一定经常谈论这件事。哼，要是他们得了一笔依法不属于他们的财产还能够心安理得，那就太妙了。要是一笔财产仅仅因为限定继承权而要传给我，我才没有那个脸儿去接受呢。"

第十八章

她们回家后第一个星期转眼就过去了。第二个星期也开始了。这是民团在梅里顿驻防的最后一个星期,附近的年轻小姐一个个很快就都蔫了。几乎人人都是垂头丧气的样子。唯有本内特家几位年长的小姐还能吃、能喝、能睡,照平常一样干她们自己的事情。基蒂和莉迪亚更经常地责备她们的这种麻木不仁,因为她们自己已经伤心到了极点,无法理解家里怎么有人会有这样的铁石心肠。

"天哪!我们会成什么样儿呀!我们得怎么办呢?"她们俩常常会悲不自禁,伤心呼号,"你怎么还能这样笑得出来,丽琪?"

她们那位慈母也跟她们分享悲辛,她还记得,二十五年前她本人就经历过类似的情况,受过同样的痛苦。

"我还记得清清楚楚,"她说,"米拉上校那个团当年开走的时候,我一连哭了两天。我想,我的心都碎了。"

"我敢肯定,我的心会碎的。"莉迪亚说。

"要是能去布赖顿就好了。"本内特太太说。

"哦,是呀!——要是能去布赖顿就好了!可是爸爸那样不肯通融。"

"洗洗海水浴可以让我老有精神。"

"菲利普斯姨妈有把握,说海水浴对我也有很大的好处。"基蒂加上一句。

朗博恩府上到处都充满了这种没完没了的悲伤叹息。伊丽莎白想利用这些事情来消遣一下,可是所有开心的劲头都给羞耻感打消了。她重新又感到达西先生的那些反感是公正的;他干涉了他朋友的意向,她以前从来没有像现在这样觉得这是情有可原的。

不过莉迪亚那种阴霾四布的前景不久就云开雾散了,因为她收到民团上校的妻子福斯特太太的邀请,让陪她去布赖顿。这位无比宝贵的朋友是位非常年轻的太太,刚刚结婚不久。她们都是笑口常开,生龙活虎一

"When Colonel Miller's regiment went away"

[Copyright 1894 by George Allen.]

般,这方面的相似,使她和莉迪亚意气相投,她们认识了三个月,却已经有两个月是如胶似漆了。

这个时候莉迪亚欢欣若狂,她对福斯特太太推崇备至,本内特太太喜不自禁,基蒂则又羞又恼,这一切都难以笔墨形容。莉迪亚又全然不顾她这位姐姐的情绪,兴高采烈地在屋子里一个劲儿跑来跑去,要每个人都向她祝贺,又是说,又是笑,折腾得比以往更加厉害,而那位运气不佳的基蒂则一直待在客厅里怨天尤人,说话的语调激愤不平。

"我不懂,福斯特太太请了莉迪亚却不请我,"她说,"尽管我并不是她特别要好的朋友,可是我和莉迪亚一样,也有权利受到邀请,而且还有更多的权利,因为我比她大两岁。"

伊丽莎白努力劝她理智一些,简也劝她不要计较,可是毫无用处。至于伊丽莎白自己,这次邀请在她心里完全激不起她母亲和莉迪亚心里的那种情绪,她认为莉迪亚本来还有点明白事理的可能,可是这次邀请却把这种可能一笔勾销了。于是她不得不偷偷地劝她父亲不要让她妹妹去,哪怕这一步拆穿以后,自己一定会遭到忌恨。她告诉她父亲,莉迪亚平日的行为很不检点,她和福斯特太太这样一个女人来往得不到什么好处,到布赖顿去陪伴这样一个人,大有可能会变得更加轻狂,因为那里的诱惑力一定比家里大。他仔细听完她讲的话,然后说:

"莉迪亚不到公共场所或其他什么地方去露一露,她是不会安生的;她在目前这种情况下出去走走,花不了家里什么钱,也不会给家里招来什么不便,这种事是我们盼也盼不到的。"

"如果你知道,"伊丽莎白说,"莉迪亚行为不检,处事轻率而引人注目,一定会使我们受到很大的牵累,不,早已受到很大的牵累了,那么我相信,你对这种事的判断就会不同了。"

"已经受到牵累!"本内特先生重复了一遍,"怎么,她把你的哪个情人吓跑了? 可怜的小丽琪! 你可不要灰心丧气。这些吹毛求疵的年轻人,连这么小小的一点牵连都受不了,值不得去追悔惋惜。听我说,有哪些可怜的小伙子让莉迪亚的胡闹给吓得不敢沾边了,让我看看名单吧。"

"你实在是弄错了。我并没有受到这种损害才要表示愤恨。我现在抱怨的不是哪一种具体的害处,而是指一般的害处。莉迪亚的性格轻浮多变,不知自爱,肆意妄为,这一定会影响我们在社会上的地位和体面。原谅我吧——因为我不得不直言不讳。我亲爱的爸爸,如果你不肯费点力气去压一压她那兴高采烈的气势,教她懂得,像她目前这样任意追求并不是她一生要干的正经事情,那么不久她就会变得不可救药了,那样她的性格就要定型了,年纪轻轻,才十六岁,就要变成不肯回头的轻佻女子,使她自己和她家里人都遭到嘲笑。她还会轻佻到极其卑劣下流的程度,除了年轻和有几分姿色,没有任何动人之处;再加上愚昧无知,内心空虚,又疯狂追求别人的爱慕,定会遭到众人唾弃,无力自拔。基蒂也陷入了这种危险。莉迪亚往哪儿领,她就往哪儿跟。空虚,无知,懒散,毫无节制!啊,我亲爱的爸爸,无论她们走到哪里,只要人家知道她们的底细,难道你会认为,她们不会遭到指责,鄙视,她们的几位姐姐不会受到牵连,一起丢人现眼吗?"

本内特先生见她全心全意地关注这件事情,就温存慈爱地握住她的手,对她答道:

"不要感到不安,我亲爱的。无论在哪里,只要别人了解你们,你们就会受人尊敬和看重。你们不会因为有两个——或者我可以说,有三个愚蠢的妹妹,而显得不大有利。莉迪亚如果不去布赖顿,我们在朗博恩就不得安宁。那么还是让她去吧。福斯特上校是个通情达理的人,不会让她真的去胡闹的;而且幸运的是她太穷了,谁也不会把她当作追求的目标。在布赖顿就不像在这里,她即使作为一个俗气的轻佻女子,也会无足轻重。那些军官会去追寻更值得他们注意的女人。因此我们可以希望,她到那里去可能得到一点教训,认识到她自己无足轻重。不管怎么说,她要是变得坏上加坏,那就让我们有权把她下半辈子都锁在家里。"

伊丽莎白只好满足于这个回答,但是她原来的想法依然未变,于是她离开了父亲,满怀失望与沮丧。然而,抓住烦恼不放来增添烦恼,可不是她的天性。她相信,她已经尽了自己的职责;为不可避免的坏事着急,再用焦急来增加这种祸害,她丝毫没有这种脾性。

要是莉迪亚和她母亲知道了伊丽莎白和她父亲谈话的内容,她们那两副伶牙俐齿相互唱和起来,恐怕也解不了她们心头之恨。莉迪亚想入非非,以为一去布赖顿,就可以安享尘世的一切幸福。在她那前无古人的幻想之中,那个欢快的海水浴场,街头巷尾,满都是军官。她幻想有成百上千素不相识的军官向她大献殷勤。她幻想中那座军营富丽堂皇;一个个帐篷排列得整整齐齐,美不胜收。那里簇拥着年轻快乐的小伙子,个个身穿光彩夺目的红色制服;还有一幅更加完美的景象:她幻想自己坐在帐篷里,款款地同至少六个军官同时眉目传情。

要是她知道,她姐姐硬要把她从这样的前途和现实中拉开,她会有什么感觉呢?这些都只有她母亲能够理解,因为只有她才和她几乎完全具有同感。莉迪亚去布赖顿,成了她唯一的安慰,因为她常常闷闷不乐,相信她丈夫本人从来不打算到那里去。

不过她们俩对这种情况一无所知,直到莉迪亚离家的那天,她们几乎没有一会儿不是兴高采烈的。

现在伊丽莎白要去最后一次见魏肯先生了。她回家以后,和他见过多次面,那种激动的心情也早就过去了;而原来因倾慕而激动的心情更是无影无踪。她甚至还学会了从她原来十分欣赏的他那种温文尔雅之中,察觉出了某种矫揉造作和千篇一律的俗套,令人感到讨厌和乏味。而且在他目前对她的行为举止中,她还感到了一种新的令人不快的源泉,因为他很快就表现出他还企图像他们相识初期那样再献殷勤,经过了那一番沧桑变化,这只会激起她的反感。她发觉自己竟然成了这样一个游手好闲的花花公子卖弄风情的对象,不觉对他兴味索然。她一方面强压着这种感情,同时又不能不感觉到,他的自信当中又含有责备之意,因为本来他满以为不论他为何缘故有多久时间没有向她献过殷勤,只要他表示重修旧好,她那份虚荣心就会让她感激不尽而青睐相加。

民团驻扎在梅里顿的最后一天,他和其他几个军官来朗博恩赴宴。伊丽莎白实在不想和他好离好散,所以他一问起她在亨斯福德那段时间是怎样度过的,她就提到费茨威廉上校和达西先生一起在罗辛斯住了三个星期,并且问他是不是认识这位上校。

他立时显得出乎意料,很不高兴,而且惊慌失措;但是他定了定神,重新面带笑容回答说,他以前经常见到他,并且说他是一个很有绅士风度的人,然后问伊丽莎白是否喜欢他。她热情洋溢地答复说喜欢他。魏肯显出一副无动于衷的神气,过了不久又加问了一句:"你刚才说他在罗辛斯住了多久?"

"三个星期左右。"

"你经常见到他?"

"是呀,差不多每天都见到。"

"他的为人举止同他表弟大不相同。"

"是的,是大不相同。不过我觉得,和达西先生一熟悉也就好了。"

"真的呀!"魏肯惊叫了一声,他脸上的神色没有逃过她的眼睛,"可以让我再问问吗?"不过他又停了下来,然后用一种比较愉快的口气问道,"是不是在谈吐方面好起来了?他是不是委屈着自己,在他平常的作风上添了点礼貌!因为我不敢奢望,"他用一种更低沉而且也更认真的声调接着说,"他在本质上会好起来。"

"哦,不对!"伊丽莎白说,"在本质上,我相信,他一如既往,毫无改变。"

她讲这句话的时候,魏肯显得摸不着头脑,简直不知道对这番话是表示高兴,还是表示怀疑。她接着往下讲的时候,脸上有种神情,让他细心往下听时感到又害怕又焦急。

"我刚才说,对他一熟悉就好了,我的意思不是指他的思想或者为人举止在往好里改,而是指和他越熟悉,对他的脾气也就越了解了。"

魏肯原来已经有些惊慌,现在满脸涨得通红,露出激动不安的神情,他一言不发,过了几分钟才摆脱了窘态,又把脸转向伊丽莎白,用那种最温和的语调说:

"你非常了解我对达西先生的感情,所以你也不难理解,听说他聪明到懂得哪怕只是表面上摆出一副还算不错的样子来,我一定也会衷心感到高兴。在这方面,他的傲慢也可能有点好处,即使不是对他自己,也会对其他许多人有点好处,因为他这种傲慢会阻止他去干那些曾经让我吃尽苦头的卑鄙勾当。我只是害怕,这种谨言慎行——我想,就是你刚才提到的——仅仅是为了看望他姨妈才装出来的,他对于能否赢得他姨妈的好感和器重,总是既在乎又担心的。我知道,他们在一起的时候,他对她总是怀着畏惧,这有很大的成分是出于渴望促成他和德伯格小姐的婚事,我能肯定,他心里对这件事是念念不忘的。"

伊丽莎白听他这样一说,忍不住笑了笑,不过她只是微微点了点头,没有回答。她看出来,他想拉她重提他受苦倒霉的那个老问题,可是她并没有那份兴致奉陪。这天晚上其余的时间,他还是摆出一副平常那种兴致勃勃的样子,不过再也没有打算怎样对伊丽莎白另眼相看。最后他们彼此客客气气地分别了,也可能彼此都希望从今以后不再见面。

聚会散场的时候,莉迪亚同福斯特太太一起回梅里顿,第二天清晨,他们要从那里动身。她和家里人告别,与其说是哀戚动人,倒不如说是闹闹嚷嚷。只有基蒂流了眼泪,但是她哭泣是由于懊恼和嫉妒。本内特太太说个没完,祝愿她女儿幸福,又再三叮嘱她不要放过机会尽情享乐;完全有理由相信,这种叮咛一定会照办无误。莉迪亚欢天喜地,大喊大叫着和大家告别,几位姐姐那些比较温和亲切的送别话,她一点儿也没听见。

第十九章

如果伊丽莎白只根据自己的家庭情况来判断,她决不可能把幸福婚姻和宜室宜家的图景描绘得令人十分满意。她父亲当年惑于青春美貌和这种青春美貌容易给人留下的脾气恭顺的表面印象,娶了一个心智愚钝、见识短浅的女人,因此婚后不久对她所有的真切恩爱就永不复存,互敬、互重和相互信任从此消失殆尽;他对于家室之乐的一切憧憬也全部土崩瓦解。本内特先生虽然由于处事轻率而遭到挫折,但他生性不像有些人那样,受到这种挫折就去寻欢作乐,常常以此来为他们自己的愚蠢和罪过造成的不幸求得宽解。他喜欢乡村环境和爱好读书;他从这些爱好中得到了主要的乐趣。对他的妻子,他没有欠她什么情,不过有时拿她的愚昧无知来开开心,逗逗乐而已。这并不是一般男人希望从他妻子那里得到的幸福,但是在其他娱乐手段都告阙如的情况下,真正的智者就会就地取材而自得其乐了。

然而,伊丽莎白对她父亲作为一个丈夫的不当言行,并未视而不见,总是一看见就感到痛心。不过她尊敬他的才能,感激他对她自己的宠爱,所以总是努力忘掉她忽视不了的事情,尽量不想他经常破坏婚姻义务和礼仪的行为,虽然他常常当着孩子们的面揭妻子的短,让她们看不起自己的母亲,而这都是应当受到严厉指责的。但是她从来没有像现在这样强烈地感到,不相适的婚姻一定会殃及子女,也从来没有这样充分地悟出,才能使用得不是地方会引起种种祸害。他那些才能如果运用得当,即使不能对他妻子起到振聋发聩的作用,至少也可以保持他那些女儿的体面。

魏肯走了,伊丽莎白觉得高兴,同时她又发现民团离开并没有其他理由让她感到满意。她们在外面的聚会不像以前那样千变万化,而在家里又有一位母亲和一个妹妹老是抱怨她们身边的一切单调沉闷,这就给他们的家庭生活罩上了一层愁云惨雾。固然基蒂的官能不久可能会恢复正常,因为搅得她六神无主的那些人已经走了;可是那另一个妹妹,本来生性就令人担心会发生更大的坏事,现在处在浴场和兵营的双重危险之中,很可能就会更加轻狂,干出丢人现眼的事情来。因此,总起来说,她觉得,正如她以前有时也感觉到的一样,她一直以急不可耐的心情盼望一件事情,等到事到临头,却并不能像她预先期望的那样令人满意。这就必然期待有朝一日来开始真正的幸福,另找一处来寄托自己的向往和希望,目前先以再次纵情于期待的快乐之中来安慰自己,准备将来再遭受失望。她的湖区之行,就是她眼前最快意的念头;她母亲和妹妹牢骚满腹,搅得大家不得安宁。在这种不愉快的时刻,这就成了她最好的慰藉;如果能让简也加入这项旅游计划,那可就真是十全十美了。

"不过也还算幸运,"她想,"我还有些盼头。如果整个安排都十全十美,我一定会感到失望。现在姐姐不去,我时时刻刻都有一个抱憾的根源,我倒可以有理由希望能够全部实现我愉快的期待。一项计划处处都充满了欢乐的希望,那决不会成功;只有带着一点个别的烦恼,才能避开整体的失望。"

莉迪亚临走的时候,答应要常常给母亲和基蒂写非常详尽的长信;但是她的信总是要让人盼望很久,而且总是非常简短。给母亲的那些信,无非是说,她们刚从图书馆回来,有哪些军官伴随她们,她在那里看到许多漂亮的装饰,让她欣喜若狂,她有了一件新长袍,或者是一把新阳伞,她本来想把它详细描绘一番,可是福斯特太太叫她了,她只好匆匆搁笔,她们要到兵营去;——至于她同姐姐的通信,可以从中知道的事情就更少了——因为她给基蒂的那些信,虽然长得多,可是许多字句下面都划了加重线①,不能公开。

莉迪亚走了两三个星期以后,朗博恩又开始重新出现了健康、融洽、欢快的气氛。处处事事都喜气洋洋。到城里去过冬的人家又回来了。夏天的漂亮衣服穿出来了,夏天的应酬约会也开始了。本内特太太恢复了往日的平静,有时也嘟囔几句,到了六月中旬,基蒂也恢复了正常,可以不再眼泪汪汪地进梅里顿了;这样一件大有指望的喜事,甚至让伊丽莎白盼着:到再过圣诞节的时候,基蒂就可能有足够的理性,能够不再每天不止一次地提到某一位军官了,除非陆军部存心不良而故意安排,派另一个团驻扎到梅里顿来。

他们原定开始北上旅行的时间迅速临近,现在只剩下两个星期了,这时加德纳太太寄来一封信,立即推迟行期,并且缩小了旅游的范围。原来加德纳先生有事不能成行,要把行期推迟两星期,到七月份才能动身,而且还必须在一个月之内重返伦敦;这样他们就没有时间走那么远,像他们原来计划的那样看那么多景物,或者像他们原来打算的那样悠闲安逸地参观游览,因此不得不放弃湖区,换个比较紧凑的旅程。根据目前的计划,他们往北只走到德比郡为止。德比郡有许多值得一看的地方,足以占去他们三个星期的大部分时间;而且那个地方对加德纳太太更有特别大的吸引力。她以前住过几年的那个小镇,他们这次也要去逗留几天。它

---

① 当时妇女写信时常爱在某些词句下划出加重线,表示是彼此私下讲的话,不便于公开。

The arrival of the Gardiners

多半也会像马特洛克、恰茨沃斯、多伏谷、皮克山区①等风景名胜一样,令她神往。

伊丽莎白感到大失所望。她本来一心想去游览湖区,并且一直仍然认为时间足够,但是她向来懂得知足,——而且达观开朗确实也正是她的天性,所以不久一切又都正常了。

提到德比郡,不免会有许多联想。她不可能看见这个地名而不想到彭贝利和它的主人。"不过,"她说,"我准保可以若无其事地走进他的家乡,捞它几块萤石②,还要不让他发现。"

等待的时间现在增加了一倍。她舅父舅母还要过四个星期才能到。这段时间终于过去了,加德纳夫妇最后到了朗博恩,还带来了他们的四个孩子。孩子中两个是女孩,一个六岁,一个八岁,另外两个男孩比较小。他们都要留下来,由他们大家都喜欢的简表姐来特别照顾,简思想沉稳,性情柔和,恰好在各方面都适合照顾他们——教他们学习,陪他们玩,爱护他们。

加德纳夫妇在朗博恩只住了一个晚上,第二天一早就带上伊丽莎白出发,去寻幽探胜,享受陶然。有一项让人高兴的事是确定无疑的,这就是旅伴相得。相得的意思包括身体好,脾气好,忍受得了种种不便,有兴致,可以更多享受各种乐趣,有感情,又聪明,即使在外面遇到什么不快意的事情,相互之间也都能过得很愉快。

本书的目的不在于描述德比郡和他们途中经过的名胜地区,牛津、布莱尼姆、沃里克、凯尼沃思、伯明翰等等,都是大家熟知的地方。现在只讲德比郡的一小部分。他们欣赏了乡间所有重要的名胜以后,就绕道去一个名叫兰顿的小镇。加德纳太太从前在那里住过,最近她听说,有些熟识的人还住在那里。伊丽莎白从舅母那里知道,彭贝利离兰顿不到五英里。那不是他们的必经之路,但是绕个弯儿也不过一两英里。前一天晚上谈

---

① 皮克山区在德比郡西北部,并延及邻近几个郡,属粗砂岩和灰石构造,为旅游疗养胜地。主要风景名胜有多伏谷,以奇岩和林阴见长;恰茨沃斯有现代宅邸和精巧园林;马特洛克有温泉和岩洞。
② 萤石为产于德比郡的一种不含金属成分的晶石。

论路程的时候,加德纳太太表示了有再去那里看看的意思。加德纳先生说他愿意去,他们就来征得伊丽莎白的同意。

"亲爱的,那个地方你听说过那么多,难道不想去看看吗?"她舅母说,"你的许多熟人都和那个地方有关系。你知道,魏肯年轻的时候全都是住在那里的。"

伊丽莎白觉得左右为难。她觉得,她没有去彭贝利的必要,不得不表示不想去看那个地方。她只得承认,她对高楼大厦已经厌烦了,看了那么多以后,现在对那些精美地毯和锦缎帏帘实在没有什么兴趣了。

加德纳太太责怪她犯傻。"如果只是一幢富丽堂皇的大厦,"她说,"我也不会看上它的;可是那些庭园幽雅怡人。那里还有全国最优美的树林子。"

伊丽莎白没有再多说什么——但是她心中并不肯默许。她立刻想到,去看那个地方,就可能遇到达西先生。那可太糟糕了!她想到这里不禁脸上发烧,心想要冒这么大的危险,还不如痛痛快快地对舅母说个明白。可是她又有种种理由反对这样做,最后她决定,先私下去打听一下这家人是否在家,如果答复是在家,最后不得已再采用这个告诉舅母的办法。

晚上睡觉之前,她果然问了侍女,彭贝利是不是一个优美的地方,主人是谁,然后又心惊胆战地问起这家人是否回来消夏了。这最后一个问题得到了极其令人高兴的否定的回答,——于是她打消了惶恐,放下心来,不禁又对这幢大厦起了非常强烈的好奇心,要去亲自看看;第二天早上又提起这件事,并问起她来,这时候她已胸有成竹,就随和得体地回答说,其实她并非不喜欢这个安排。

于是他们就准备到彭贝利去。

第 三 卷

第 一 章

  他们坐着马车往前走,伊丽莎白忐忑不安地注视着,等待彭贝利林地第一次显露出来。等到最后走进庄园的时候,她就更加心慌意乱。
  园囿很大,地形高低错落,他们从最低的一个地点驶进去,花了相当长时间才驶过一片宽阔深邃的优美树林。
  伊丽莎白思绪满怀,不想谈话,但是她见到每一处形胜和景点,都不禁赞叹起来。他们缓缓向上走了半英里,就发现自己已经置身于一个高坡的顶端,树林也到此地为止,彭贝利大厦立即映入眼帘。大厦位于河谷对面,有一条曲折陡斜的道路通向谷底。这是一座堂皇美观的石砌建筑,耸立在一片高地上,背后是一道高高的山梁,其上林木葱茏;前面有一条愈流愈宽的小溪,颇富自然情趣,毫无人工雕琢的痕迹。溪流两岸既不拘泥呆板,又不矫揉造作。伊丽莎白觉得赏心悦目,她从来没有见过这样一处妙趣天成的地方,或是这样一处没有遭到庸俗趣味玷污的自然美景。他们全都热烈赞赏,伊丽莎白就在这一瞬间忽然感到,当上彭贝利的主妇倒也奇妙无比!
  他们的马车下了山坡,过了桥,一直驶到门口;她从近处观察大厦外形的时候,又担起心来,生怕碰上大厦的主人。她唯恐昨天那个侍女弄错了。他们要求进去参观①,立刻就有人把他们请进门厅,大家等待管家的

---

① 广宅大厦欢迎游人参观,英国及欧洲许多国家一向有此种风习。现在此类场所则多改为营业性,定期向公众开放。

时候,伊丽莎白这才有工夫感到惊奇,她现在居然到这个地方来了。

管家来了;这是一个体面大方的老妇人,和她想象的相比,远不是那样高雅,可是却更有礼貌。他们跟着她走进餐厅。这是一间很合格局的大屋子,布置得体,十分雅致。伊丽莎白略略看了一下,就走到窗前去欣赏外面的风景。他们刚才下来的那座小山,林木葱郁,远远望去更觉陡峭,山林之美尽收眼底。庭园布置都很巧妙。她纵观全景,河流两岸绿树丛丛,极目远眺,山谷曲折,令人心旷神怡。他们转到其他几间屋子,这些景致又有所变化,但是不论从哪个窗口望去,都是美不胜收。每间屋子都高大豁亮,家具陈设都和主人的身份地位相称;但是在伊丽莎白眼里,却是对他情趣的钦佩赞赏,因为这种陈设既非庸俗花哨,又非华而不实,与罗辛斯相比,少了几分富丽堂皇,多了真正的高贵典雅。

"正是这个地方,"她心想,"我本来可以成为它的女主人呢!对于这些屋子,我本来早就可以十分熟悉了!我本来可以视作己有,自己享用,并且欢迎我舅父、舅母前来散心,而不必像现在这样作为一个陌生人前来观赏了。"——"可是不成,"她又忽然想起,"那是绝对办不到的:那样我和舅父、舅母就不能来往了,不可能让我邀请他们来的。"

幸好有这段冥想——它帮她避免了后悔之类的事。

她很想问问管家,她主人是否真不在家,可是又没有勇气提问。不过,这个问题最后由她舅父提出来了,她不禁感到慌张,把脸转开,这时雷诺兹太太回答说,他是不在家,接着又添了一句:"不过,我们等着他明天到家,还会有一大批朋友一起来。"伊丽莎白高兴极了;幸好他们自己的行程连一天也没耽搁!

这时她舅母叫她去看一幅肖像。她走上前去,看到壁炉架上边挂有几幅小型肖像,其中一幅像是魏肯先生。她舅母含着微笑问她觉得怎样。管家走上前来,告诉她们,这是一位年轻先生的肖像,他是老主人当年那位管家的儿子,老主人自己花钱把他供养大。"他现在参加军队了,"她补了一句,"不过我担心他现在变得非常荒唐了。"

加德纳太太朝着她外甥女微微一笑,可是伊丽莎白却笑不起来。

"那一位,"雷诺兹太太指着另一幅肖像说,"就是我们的主人——和他本人像极了。这一幅和那一幅是同时画的——大概是八年以前。"

"你的主人一表人才,我可听说了不少。"加德纳太太望着画像说,"这张脸很英俊,不过,丽琪,你可以告诉我们,画得像不像?"

雷诺兹太太听到伊丽莎白和她主人熟识,好像就对她更加尊重了。

"那位小姐认识达西先生?"

伊丽莎白双颊绯红,说:"略有所识。"

"你不觉得他是位非常英俊的先生吗,小姐?"

"是的,非常英俊。"

"我敢说,我还没有见过有谁像他这么英俊的呢;不过在楼上画廊里,你们还可以看到他的另一幅画像,比这幅更好更大。这间屋子是老主人生前最喜欢的,这些小画像都原封未动。他非常喜欢这些画像。"

这番话向伊丽莎白说明了,为什么魏肯先生的画像也摆放在他们的中间。

雷诺兹太太然后又指给他们看达西小姐的一幅画像,那是她还只有八岁的时候画的。

"达西小姐和她哥哥一样漂亮吧?"加德纳太太问。

"哦!是的——还从来没有见过这么漂亮的年轻小姐,而且还那么多才多艺!——她整天都是弹琴、唱歌。隔壁屋子里就有一架刚给她运到的新钢琴——我的主人送给她的礼物。她明天和他一起回来。"

加德纳先生平易近人,和蔼可亲,一会儿提点问题,一会儿评说两句,引得管家乐意多谈;显而易见,雷诺兹太太或者出于自豪,或者出于忠心,非常乐于谈论她的主人和主人的妹妹。

"你们家主人每年有很多时间住在彭贝利吗?"

"不像我希望的那么多,先生;不过我敢说,达西先生可能有一半的时间住在这里;达西小姐总是在夏天回来住几个月。"

伊丽莎白心想,"她到拉姆斯盖特去的时候除外。"

"如果你们家主人结了婚,你就可以有更多时间见到他了。"

"是的,先生;不过,我不知道那会到什么时候,我不知道,谁有那么好,能配得上他。"

加德纳夫妇都笑了,伊丽莎白情不自禁地说:"你这么说,我相信,是对他很大的称赞。"

"我说的只不过是实话,谁认识他,谁就会这么说,"管家回答说。伊丽莎白心想,这话未免说得过分了;可是等她听到管家接着又说下去的一句话,就更加感到吃惊了,"我这一辈子从来没有听到过他用恶语伤人,而且我从他四岁起就到他家了。"

在所有这些大大出人意料的赞扬当中,这句话和伊丽莎白的想法最相抵牾。她已早有定见,认为他不是一个性情温和的人。现在她恍然大悟,开始仔细留神了。她极其希望再多听到一些,所以很高兴她舅父又说起来:

"能够当得起这样称道的人,可说是少而又少。你有这样一位主人,真是幸运。"

"是的,先生,我知道我很幸运。即便我走遍全世界,也不会找到一位更好的主人了。不过,我常常这么说,小时脾气好的人,长大了脾气也好。他从小就是个脾气最温和、心肠最厚道的孩子。"

伊丽莎白简直是目不转睛地盯着她,心中暗想:"难道这说的是达西先生!"

"他父亲是个非常好的人。"加德纳太太说。

"是的,太太,确实是这样;他儿子也会和他一样,——对穷人也同样和蔼。"

伊丽莎白听着,大感惊奇,同时又将信将疑,并且急于想再多听一些。雷诺兹太太谈起别的事情,都引不起她的兴趣。她谈到画像、屋子的大小、家具的价钱,都毫无用处。加德纳先生认为,雷诺兹太太对她的主人的溢美之词,出于家庭的偏见,他对这种情况很感兴趣,不久又引回这个话题;他们一起上那座大楼梯的时候,她又兴致勃勃地讲起他的许多优点。

"他是世界上最好的地主,最好的主人,"她说,"他不像现在那些轻狂的年轻人,只为自己打算,别的一概不想。不论他的佃户,还是他的用人,没有一个说他坏话的。有的人说他傲慢,可是我的确从来没有看到他有一点点这种毛病。依我推想,这只是因为他不像其他年轻人那样喜欢喋喋不休地说话罢了。"

"这样说来,他显得多么讨人喜欢呀!"伊丽莎白暗自想道。

"她把他说得这样好,"她舅母一边走,一边和她悄悄地说,"这和他对待我们那位可怜朋友的所作所为可不太相符。"

"也许是我们受了骗。"

"这好像太不可能了;我们的根据是很可靠的。"

他们走到楼上宽阔的走廊,又给引进一间非常漂亮的起居室里。它是最近才布置出来的,比下面那些屋子更雅致,更亮堂。据说是刚刚准备停当,好让达西小姐高兴,她上次回彭贝利的时候,对这间屋子很中意。

"他的确是个好哥哥。"伊丽莎白一边朝一个窗户走去,一边说。

雷诺兹太太预料,达西小姐走进这间屋子一定会高兴。"达西先生做事总是这样,"她接下去又说,"只要能让他妹妹高兴,不论什么事他都是说做就做。为他妹妹,他做什么都是在所不辞。"

现在还要领客人去看的就只剩下画廊和两三间主要的卧室了。画廊里有许多好画,不过伊丽莎白对艺术完全不懂;有些画在楼下也看得见,所以她倒愿意转身去看看达西小姐画的几幅蜡笔画,这些画的题材一般更有趣,也更易懂。

画廊里有许多家族的画像,不过陌生人是不可能专心致志地去看的。伊丽莎白向前走去,寻找她唯一认识的那个人的画像。最后它出现在她面前——她看到那幅画酷肖达西先生,脸上含着微笑,她记得,她以前端详他的时候,他脸上有时就带着这种微笑。她在这幅像前站了几分钟,陷入沉思,他们离开画廊之前,又转回去再看了看。雷诺兹太太告诉他们,这幅画像还是他父亲在世的时候画的。

确实就在这一片刻,伊丽莎白的心里对画像中的那个人产生了一种温情,即使在他们最接近的时刻,她也从来没有过这样的感情。雷诺兹太太对他的称赞,并非鸡毛蒜皮的琐事。还有什么样的称赞比一个聪明的用人的更可贵呢?她心里考虑:作为兄长,作为地主,作为主人,该有多少人的幸福在他的荫蔽之下呀!——他能赋予别人多少快乐,又能给别人造成多少痛苦呀！——他该行过多少善，造过多少孽呀！管家说出来的每一条意见，都说明他品格优良。她站在这幅画像面前，看见他两眼凝视着她自己，不禁想起了他的一片深情，以前从未有过那么深的感激之情油然而生；她回忆起他求婚时的热情，对于他的措词不当，也不像当时那样十分反感了。

他们看完了大家可以参观的地方以后，回到楼下，和管家告别，管家又把他们介绍给在门厅口上迎候他们的园丁。

他们穿过草地走向河边的时候，伊丽莎白转过身来想再看一下。她的舅父、舅母也停了下来。正在她舅父猜测大厦建造日期的时候，大厦的主人突然从通向房屋后面马厩的一条路上走过来。

他们彼此之间相距不到二十码，而且他又出现得那么突然，要避开他的视线已根本来不及了。他们的目光立刻相遇在一起，彼此的面颊顿时绯红。他大吃一惊，变得呆若木鸡；不过很快就恢复了常态，向大家走过来，和伊丽莎白讲话，即便说不上神色镇定，至少也还是礼貌周全。

伊丽莎白本来已经不由自主地转身走开，可是看见他走上前来，又停住脚步，接受他的问候，她那狼狈不堪的神情实在难以克制。如果说，她舅父、舅母在他刚一露面的时候，或者见到他和他们刚才看过的那张画像很相像，还不足以肯定他们见到的就是达西先生，那么园丁见到他的主人时那副惊讶的表情一定立刻证实了这一点。他们站得稍微远一点，看他和他们的外甥女谈话；伊丽莎白感到又惊诧又惶恐，简直不敢抬起眼睛来看他的脸；他彬彬有礼地问候她家里的人，她也不知道回答了他些什么。他的态度自从上次分手以来大有改变，使她感到惊异，所以他讲的每一句话都更使她增添了窘态。她心中一再闪现一个念头，觉得让人发现她来到这里是有失检点的，因此他们俩待在一起的几分钟，就成了她一生中最难受的时刻。达西先生看来也不见得比她自在多少。他说话的时候，声调不像他平日那样从容不迫；他一再问起她何时离开朗博恩以及在德比郡逗留的时间，他再三问起，而且又匆匆忙忙，清清楚楚地显出他是心慌意乱的。

最后他似乎什么也想不起来了，一声不响地在那里站了一会儿，才突然镇定下来,同她告别。

她舅父、舅母这时又和她在一起,并对达西先生的仪表称赞了一番;但是伊丽莎白连一个字也没有听进去,完全沉浸在自己的感情之中,一声不吭地只是跟着他们走。她深深感到羞愧和苦恼。她到这里来,是世上最倒霉、最失策的事情!这一定会让他觉得非常莫名其妙!在他这样一个傲慢的人看来,这该是一件多么丢人现眼的事情!看起来好像她是故意又把自己给他送上门来了。啊!她为什么要来呢?或者说,他为什么要这样出乎意料地提前一天回来呢?如果他们哪怕只是早走十分钟,他们就走远了,让他认不出来了,因为事情明摆着,他是那时候刚刚到达,那会儿才下马或者下车。想到这次阴差阳错的会面,她脸上红一阵白一阵的。而且他的举止行为发生了那么显著的变化——这又是什么意思呢?他居然还和她谈话,真令人惊异!——而且讲起话来还那么彬彬有礼,还问候她家里人!她这辈子从来也没有见过他像这次意外相逢的时候这样谦谦有礼,说起话来这样文质彬彬。这同他上次在罗辛斯园囿里的谈吐真有天壤之别!她不知道应该怎么想,也不知道应该怎么解释。

这时他们走上了水边的一条人行道,他们越下越低,地形也就越发壮观;那片树林他们越走越近,景致也就越发清幽;但是走了一段时间,伊丽莎白都没有察觉到这里的美景。她舅父、舅母再三招呼她观赏,她也机械地跟着随口应承,同时举目朝他们指点的景物张望,可是却一点景色也没有辨认出来。她的心思完全系在彭贝利的一处地方,不论那是一处什么地方,只要达西先生在那里就成。她渴望知道,此时此刻他心里在想些什么;他是用什么态度在想她,是否还在不顾一切地珍爱她。也许他表现得彬彬有礼,是因为他自己觉得镇定自若,然而,他声音里却有那么一点显得并非是处之泰然。他见到她究竟是感到痛苦还是快乐,二者何多何少,她也说不上来,但是他见到她,肯定不会心情平静。

然而,她那两位旅伴终于说起她心不在焉,这才把她唤醒,她感到必须要表现得像平时一样。

他们走进了树林,暂时离开小河,登上了一处高地,在那里树林有些缺口,从中极目远眺,可以看到河谷中有许多动人的景色,河谷对面的一座座山丘,有许多都布满大片的树林,还有那条小河在其中时隐时现。加德纳先生表示,希望能沿着园囿绕行一圈,但又怕走不了那么远。这时园丁得意地微笑着说,这一圈足有十英里。于是这件事只得作罢,他们仍旧按照通常的路线前进。他们走了一会儿,沿着长有树林的山坡向下走,来到水边,这是小河最窄的地段之一。他们利用一座与周围景色配合协调的便桥过河,他们观赏过许多地方,而这里人工痕迹最少。河谷在此地变窄,形成一道小小的峡谷,只容这道溪流和一条人行小径穿过。小径蜿蜒在高低不齐的灌木林中,两旁有树木掩映。伊丽莎白很想沿着曲径寻幽探胜,可是等他们过桥之后,发现已离大厦很远,加德纳太太本来不善于步行,这时已经走不动了,所以想尽快返回,好乘坐马车。因此她的外甥女只好顺从,他们就朝着河对岸的大厦,抄近路折回。不过他们走得很慢,因为加德纳先生非常喜欢钓鱼,却又常常不能尽兴,这时一边忙于观察河中时而出现的鳟鱼,一边又就此和园丁讨论,不觉驻步不前。正当他们慢慢悠悠逡巡不前的时候,他们又吃了一惊,而伊丽莎白则与刚才一样大为惊讶,因为他们看到达西先生正向他们走过来,而且已经相距不远。这边的小路不像对面那条小路那样浓荫密布,所以不等他们和他碰面就可以看得见他。伊丽莎白虽然大感惊讶,却至少比上次见面较有准备,她决定如果他真是打算来会他们,她就要表现得镇静,并且镇静地和他谈话。有一会儿工夫,她的确觉得他很可能要走上另一条小路。他在那条小路拐弯的地方给遮住了,这时她还继续这样想,可是一走完那拐弯,他就立刻出现在他们的面前了。她看了一眼,见他仍然保持刚才那种彬彬有礼的风度,于是她也仿照他那种礼貌周全的样子,在他们见面的时候称赞这里风景优美;但是她刚说出"令人愉快"、"景色迷人"这几个字眼,脑海里却突然涌现出一些令人不快的回忆,于是她揣测这种出自她口中的赞美,很可能会遭到曲解,她愀然变色,不再多说。

　　加德纳太太此时站得略微靠后;在伊丽莎白打住话头的时候,达西先生问她,是否可以赏光把他介绍给她那两位朋友。对这一礼貌周全的行动,她毫无思想准备。她想起他求婚的时候傲慢已极,对她的亲友甚为反感,如今却又想结识其中的两位,不禁冷冷一笑。"等他知道他们是谁的时候,"她心想,"他该多么吃惊呀!他现在还以为他们是社会名流呢。"

不过她还是马上做了介绍。她在介绍他们同她的关系的时候,偷眼瞧了瞧他,看他听了感受如何;她心里也并不是没有想到,他可能会尽快走开,逃避这种令人丢脸的朋友。他对他们的关系感到吃惊,这确实显而易见,然而他以坚毅精神强忍着,不但没有走开,而且转身同他们走在一起,还同加德纳先生攀谈起来。伊丽莎白不禁满心欢喜,得意非凡。他应该知道,她有一些并不让人脸红的亲戚,这是令人宽慰的。她聚精会神地听他们相互之间的所有谈话,她舅父的每一个表情,每一句话,都表明他智力过人,趣味高雅,举止大方,她对此十分得意。

谈话很快转到钓鱼,她听到达西先生极其客气地邀请她舅父,在他住在附近的时候,只要高兴随时都可以来这里钓鱼,同时提出可以供给他渔具,还指出通常哪些地方钓鱼最好。加德纳太太挽着伊丽莎白的胳膊走,向她递了个眼色,表示惊奇。伊丽莎白没有说什么,可是心里却喜不自禁;这种殷勤肯定都是为她的。然而她仍然感到惊讶至极,并且反复不断地自问:"他为什么变化这么大?他为什么要这样?这不可能是为了我,不可能是因为我的缘故,他的态度就变得这样温和。我在亨斯福德对他横加指责,不可能引起像这样大的变化。他不可能还在爱我。"

他们两位女士在前,两位先生在后,这样走了一会儿,然后按部就班地下到河边,好去更仔细地观察一些奇异的水生植物,这时碰巧发生了一点小小的变化。这事儿起自加德纳太太,她活动了一个上午已经疲乏,觉得伊丽莎白的胳臂已力不胜任,因此希望要她丈夫来搀她。达西先生取代了她的位置,走在她外甥女旁边,他们就这样又向前走。沉默了一会儿之后,这位女士先开口了。她想让他知道,事先别人告诉过她,说他不在家,这样她才到这里来,因此她一开始就说,他回来非常出人意料。——"因为你的管家告诉我们,"她接下去说,"你肯定要在明天才能到家;而且说真的,我们离开贝克威尔之前,也了解到,你不会很快回到这个地方来。"他承认这都是真话;并且说,他有事要吩咐管事的,所以要在一起旅行的那几个人到达之前,早几个小时回来。"他们明天清早就要到我这里来,其中有几位还是你的旧交——宾利先生和他的姐妹。"

伊丽莎白只是微微点了点头,没有答话。她的思绪立即回到他们之间上次提到宾利先生的那个时候;如果她可以从他的脸色作出判断,那么他的心中所思也没有多大差别。

"他们当中还有一个人,"他停了一下,又接着说,"更是特别希望与你结识。——你可以允许我,在你逗留兰顿的这段时间,介绍我妹妹同你认识吗?也许这是我的奢求吧?"

这样一个请求确实使她大吃一惊,连她自己都不知道是如何答应他的。她立刻感觉到,达西小姐不论是出于何种愿望想要结识她,都必定是她哥哥出的力,不用再去多想,这也就令她满意了。现在知道,他虽然有股怨气,却并没有认为她真是很坏,这是令人高兴的。

他们俩默默地向前走,各人都在深思。伊丽莎白并不感到安心,那是不可能的,不过她受到奉承,还是感到高兴。他希望介绍他妹妹和她认识,这是至高无上的推崇。他们很快就超过另外那两位,等走到马车跟前的时候,加德纳夫妇已经落后八分之一英里了。

他请伊丽莎白进屋里休息,不过她说她并不累,于是他们就一起站在草地上。在这种时候,可能有很多话要说,而且保持沉默也太难堪。她想开口,可是每个话题又好像都有一道禁令。最后她想到她正在旅行,于是他们就谈起马特洛克和多伏谷,谈个没完。然而时间走得慢慢腾腾,她舅母也走得慢慢腾腾——他们俩的单独对话还没完,她的耐心和想得出来的话差不多全都没有了。加德纳夫妇一到,达西先生就执意要请他们进屋子去用点儿点心,不过他们谢绝了;他们双方告辞的时候都极其客气。达西先生搀扶着两位女士上了马车。车子驶去了,伊丽莎白看见他慢慢地向大厦走去。

此时她舅父、舅母的议论开始了;两个人都说,他大大超出了他们的预料。"他举止高雅,彬彬有礼,毫无架子。"她舅父说。

"他身上确实是有那么一点点庄重威严的气派,"她舅母回答道,"不过那只限于他那种气派,也并没有不合礼数。我现在就可以对那位管家说,虽然有人可能说他傲慢,我可是一点儿也没有看出来。"

"什么也没有他对我们的态度更叫我吃惊的了,"停了一会儿,舅父又说,"这超过了客气,这是真正的殷勤;而且完全没有必要要这样殷勤。他和伊丽莎白的交情并不很深嘛。"

"丽琪,"她舅母说,"他当然不像魏肯那么漂亮;或者不如说,他没有魏肯的那种神气,可是他眉清目秀,鼻直口阔,十分端正。不过,你怎么竟会告诉我们,说他那么讨人嫌呢?"

伊丽莎白尽量为自己辩解,说他们在肯特郡碰上的时候,她已经比以前喜欢他了,还说她从来没有看到他像今天上午那样和颜悦色。

"不过他这样礼貌周全,也许是有点儿心血来潮,"她舅父回答说,"人家贵人常常如此,所以我不会拿他说的请我钓鱼的话当真,因为改天他也许会变卦,而且还不让我靠近他的领地呢。"

伊丽莎白觉得,他们完全误解了他的人品性格,不过她一句话也没说。

"从我们所看到的他那些情况来说,"加德纳太太接着又说,"我真不该认为,他能对谁会那么残酷,就像他对可怜的魏肯所做过的那样。看他的长相可不是个脾气很坏的人。相反,他说话的时候,嘴部表情还有些地方叫人喜欢。而且他的神情还显得有些尊贵,不会让人觉得他心肠不好。不过说真的,领我们参观大厦的那位好心的老太太,把他的人品性格夸得太过火了,有的时候我简直忍不住要哈哈大笑。不过我想,他是个开明的主人,在用人的眼睛里,这就包含了一切美德。"

伊丽莎白这时觉得,她应该说几句话,为达西先生对待魏肯的行为辩白;因此她尽量小心翼翼地告诉了他们,从她在肯特听到他那些亲友谈到的情况来看,对他那些行动可以作大不相同的解释;他的人品性格绝不那样糟糕,魏肯的人品性格也绝不那样可爱,都不是像在哈福德所想的那样。为了证实这一点,她谈到了他们之间所有那些金钱往来的具体细节,并没有具体指出她的根据,但是说明了这是可以信赖的。

加德纳太太感到吃惊,也感到担心;不过他们现在已经走近她以前喜欢的地方,回忆起来妙趣无穷,其他一切念头都给赶跑了。她忙着向她丈夫指点这一带所有好玩的地方,顾不上想别的任何事情了。上午那趟徒步旅行已经弄得她精疲力竭,可是她刚一吃完饭,就出去寻访她的故交,和阔别多年的老友重逢叙旧,这天晚上过得非常满意。

对伊丽莎白来说,这一天发生的种种事情真是太有趣了,她简直顾不上去关心这些新朋友;她什么也做不了,一心只是冥思苦想,想到达西先生那彬彬有礼的态度,尤其是他希望她和他妹妹结识,更是大惑不解。

第 二 章

伊丽莎白料定,达西先生在他妹妹到达彭贝利的第二天就会带她来拜访她,所以她决定那天整个上午都不远离旅馆。但是她预料错了;在他们自己到达兰顿的第二天上午,这两位客人就来了。伊丽莎白和她舅父母同几位新朋友在附近走了走,刚刚回到旅馆,准备换装去这些朋友家里吃饭,就传来了一阵马车声,他们走到窗口,看到一位先生和一位小姐坐着一辆双马双轮车从街上驶过来。伊丽莎白当即认出了车夫穿的那件号衣,猜出了是怎么回事,不禁大为惊讶,马上告诉她那两位亲戚,她有贵客光临,使她舅父、舅母听了也都同感惊奇。她说话的时候那种窘迫的样子,加上眼下的情况,再加上头一天的种种情况,让他们在这件事情上开了窍,以前从来没有什么事情促使他们往这方面想,但是他们现在感觉到,像这样一位人士,这样大献殷勤,除非认作这是倾慕他们的外甥女,没法另做解释。他们的脑子里转着这种新念头的时候,伊丽莎白则一会儿比一会儿更加心慌意乱。她对自己这种慌乱不安也很奇怪。在她那其他种种担心的原因当中,她特别害怕这个做哥哥的出于爱慕,把对她的好话说得言过其实。她非同寻常地迫切希望讨人喜欢,所以很自然地又怀疑自己讨人喜欢的全副本领都会无用。

她怕给人看见,就从窗口退回来。她在屋子里踱来踱去,竭力想让自己镇静下来,可是看到舅父、舅母那种大惑不解想要询问的神情,更觉得事情难办。

达西小姐和她哥哥进来了,那种令人难以应付的介绍总算做过了。伊丽莎白这时反倒感到惊奇,因为她看到她这位新朋友至少也是同她自己一样感到手足无措。她到兰顿以后,就听说达西小姐极其高傲,但是短短几分钟的观察却使她相信,她不过是极其羞怯罢了。她发现,除了回答一个是或否这种简单的字以外,连一句话都很难从她嘴里说出来。

达西小姐身材是细高挑儿,比伊丽莎白块头大,虽然刚过十六岁,身体已经发育成型了。她外表已像个成年女子,而且优雅大方。她没有她哥哥漂亮,但是脸上透着聪慧贤淑,神情举止和蔼可亲,没有一点架子。伊丽莎白原来以为她会像达西先生平素那样敏锐精明,对人对事好做冷眼旁观,现在看得出来她大不相同,也就大大放心了。

他们见面不久,达西就告诉伊丽莎白,宾利也要来拜望她;她刚刚表示很高兴迎接这样一位客人,就听见宾利快步走上楼来,一会儿工夫就进到屋里来了。伊丽莎白对他的那股怒气早就云消雾散,而且即使她还心有余恨,看到这次重逢他表现出来的那种毫无虚假的诚挚恳切,那也会消逝得无影无踪了。他友好地、不过只是笼统地问候她家里的人,举止言谈还是和他以前一样亲切随和。

加德纳夫妇和伊丽莎白本人一样,也觉得宾利先生是个不无趣味的人。他们早就希望见到他。所有这一伙人出现在他们面前,确实极其引人关注。他们刚才对达西先生和他们外甥女的关系起了疑心,现在就以既谨慎又热切的目光对这两个人探察,而且他们经过探查很快就完全相信,这两个人当中至少有一个已经懂得了爱是怎么一回事。至于那位女士有哪些感觉,他们则还有点捉摸不准,但是那位先生的渴慕艳羡却是明显可见。

伊丽莎白这边可真是忙得不亦乐乎。她要弄清她每一个客人的心情,又要稳定她自己的情绪,还要尽量使自己让大家都高兴。这后一件事,她本来最担心无法做到,现在却最有把握取得成功,因为她努力想要去取悦的那些人,早已对她怀有好感。宾利乐于同她交好,乔治安娜急于同她交好,而达西则是决心同她交好。

一见到宾利,她的心思自然就飞到她姐姐那儿去了。哦!她多么迫切地希望知道,他的心思是否也像她一样朝着那同一个方向。有时候她想,他谈话比以前少,有一两次她很高兴地感到,他注视她的时候,是在努力追寻某种相像的地方。虽然这可能只是出于想象,但是他对达西小姐的态度可骗不了她,哪怕别人硬把她当做简的情敌。他们双方无论哪一方的神情,都不能说明含有特殊的情意。他们之间发生的事情,都满足不了宾利先生妹妹的希望。在这件事情上,伊丽莎白不久就感到满意了。在他们告别之前发生了两三件小事,根据伊丽莎白急切做出的解释,这些事表明他对简旧情不忘,希望做更多交谈,如果他有足够的胆量,可能就会提到她了。有一次,别的人都在一起交谈,他对她说,而且是用一种带有几分真正感到遗憾的口吻说,"自从上次有幸见到她以来,已经过了很久了,"她还没来得及回答,他又添了两句,"已经有八个多月了,自从十一月二十六日我们大家在内瑟菲德一起跳舞以后,我们就一直没有见过面了。"

伊丽莎白见他把往事记得这么准确,心中很是高兴。后来在其他人都没有注意他的时候,他又乘机问她,她的姐妹是否全都在朗博恩。他这个问题和他前面讲的几句话,都没有多少含意,但是说话的神情和态度却意味深长。

她无法经常朝达西先生身上看,不过她每次用目光扫视他一下,都看到那殷切的表情,从他所有的言谈话语之中,她听到的都不再是那种高傲的或者瞧不起他的同伴的声调,这就让她相信,她昨天见到的他在行为举止方面的改进,不管它可能会多么短暂,至少总超过一天了。她看到,在几个月以前,他认为和有些人交往是丢脸的事情,现在他却在设法结识他们,博取他们的好感。她看到,他这样客气,不仅是对她本人,而且也对他曾经公然鄙视过的她那些亲戚,她还想起他们上次在亨斯福德牧师住宅里那个紧张的场面,这前后的差别,前后的变化,如此巨大,对她思想的冲击如此强烈,她简直无法抑制住她的惊诧使之不致外露。即使他在内瑟菲德和他那些亲密朋友一起,或者在罗辛斯和他那些高贵亲戚相聚,她也从来没有见过他像现在这样一心想迎合别人,这样彻底地摆脱了妄自尊大或者顽固不化的冷漠态度,而且他努力这样做,即使成功,也不会抬高他的身份;即使他靠献殷勤结交了那几个朋友,也只会招来内瑟菲德和罗辛斯那些太太小姐们的挖苦和指责。

他们的客人和他们一起待了半个多钟头,在起身告辞的时候,达西先生招呼他妹妹和他一齐表示:希望加德纳夫妇和本内特小姐在离开这个地区之前,光临彭贝利赴宴。虽然达西小姐有些腼腆,说明她不大习惯邀请客人,可还是乐意照办。加德纳太太看着她外甥女,希望知道她这个主客是否愿意接受邀请,可是伊丽莎白却把头扭过去了,然而加德纳太太猜想,这种故意回避是因为一时不好意思,而不是不喜欢这个提议;她再看看她丈夫,他爱好交际,十分愿意接受邀请,于是她鼓起勇气同意前往,时间定在后天。

  宾利还有许多话要和伊丽莎白说,还要询问哈福德郡他们所有朋友的情况,现在知道肯定还能再次见到她,表示极其高兴。伊丽莎白把这全都归结为想要听她谈谈她姐姐的情况,所以也很高兴。由于这些原因,还有其他一些原因,等到客人离开以后,她发现对刚才那半个小时,她还是能够感到满意,虽然当时并没觉得有什么乐趣。她很想自己一个人待着,同时还怕她舅父和舅母提出各种问题或者暗示,所以和他们待在一起的时间不太长,一听完他们说对宾利印象很好之后,就赶忙离开去换衣服。

  不过她并没有理由要害怕加德纳夫妇的好奇心,他们并没有想要强迫她讲什么事情。很明显,她和达西先生的交情,比他们以前想到的要好得多。同样也很明显,他对她爱得很深。他们看出许多迹象,而且很感兴趣,可是却没有理由去查询。

  对于达西先生,现在是急于要把他往好处想。就他们已有的交情来说,其中也无可挑剔。他那么彬彬有礼,他们不会无动于衷。如果他们不考虑其他人的讲法,只根据自己的感情和他那个用人的介绍来描述他的性格,那么哈福德郡认识他的人就会认不出这是达西先生了。然而,现在大家都乐于相信那个管家的介绍;而且他们不久就觉得,管家从他四岁起就认识他,她自己为人做事也令人敬重,对她这一凭证是不应该贸然否定的。他们在兰顿的那些朋友所了解的情况当中,也没有任何一点可以大大减轻这种凭证的分量。大家除了说他骄傲以外,其余也没有什么可指责的。骄傲他多半是有的,即使没有,就凭他家里人从来不去光顾那个小市镇,镇上的人也肯定会给他安上。不过,大家还是公认,他为人慷慨大方,为穷人行过不少善事。

至于魏肯，这几位游客很快就发现，他在那里的评价并不很高；这是因为虽然大家对他和他恩主的儿子之间主要的事情并不完全了解，可是大家都知道，他离开德比郡的时候欠了许多债，都是达西先生后来替他还清的。

至于伊丽莎白，她那天晚上想的心思都是彭贝利，比头一天晚上想得还多；虽然这个晚上仿佛真是长夜漫漫，可是还不够漫长，还不足以确定她对那幢大厦中的一个人究竟怀有什么样的感情，她睁着眼睛躺了整整两个钟头，想把这点弄个明白。她确实并不恨他，不，恨早已烟消云散了；而且她差不多同样早就因为她曾经讨厌他——如果可以这样说的话——而感到羞愧了。她相信他品格高贵，虽然开头她是勉强承认的，可是因而产生了尊敬，已经有一段时期在内心不再存在反感了。现在听到有人那么极力赞扬他，昨天发生的种种事情又使他的脾气显得那么温和，于是这种尊敬又加深了一步，带有某种友善的性质。但是更为重要的是，除了尊敬和看重以外，在她心中还怀有一股不可忽视的友好亲善的动机。这就是一片感激之情。——感激，不仅是因为他爱过她，而且因为现在仍然深深爱着她；她用那种蛮横无理而且尖酸刻薄的态度拒绝他，同时还加上毫无道理的种种指责，这一切全都得到了原谅。她本来认为，他会把她看作仇深似海的大敌而回避她，可是这次不期而遇，他却好像满腔热情地要保持旧交，在仅仅涉及他们俩的情况下，既没有任何粗俗的感情流露，也没有任何诡怪的举止行动，他努力博取她亲友的好感，还一心想要她认识他妹妹。这样骄傲自大的人，发生了这样的变化，不仅激起惊讶之感，而且也激起了感激之情——因为这只能够归之于爱情，炽烈的爱情；尽管还无法对它做出精确的说明，但是她感到，爱情本身还是应当促进鼓励，而绝不是令人不快的。她尊敬他，看重他，感激他，她感到了自己真正关心他的幸福；她只是想知道，她希望那种幸福可以在多大程度上仰仗于她；她自认她仍然有那种能力，可以让他重新提出求婚，可是她还想知道，她运用这种能力，究竟可以在多大程度上有利于他们双方的幸福。

舅母和外甥女那天晚上已经商量好，因为达西小姐特别客气，本来很晚才回到彭贝利家中，连早饭都推迟了，可是却在当天就赶来看望他们，他们虽然无法做出同等分量的回报,可是总应当礼尚往来,尽量合乎礼仪,因此她们认为,最好还是第二天早上就到彭贝利去回拜。她们说做就做。——伊丽莎白很高兴,虽然她自问究竟为什么高兴,却也不怎么答得上来。

吃过早饭不久,加德纳先生便离开她们出去了。头一天又提到钓鱼的事,已经约好这天中午他同几位先生在彭贝利碰面。

第 三 章

伊丽莎白现在深知,宾利小姐讨厌她,是出于嫉妒,因此她不禁想到,她在彭贝利出现,对这位小姐来说,该是多么不受欢迎,不过她也有些好奇,想看看此次重叙旧交,这位小姐究竟能有多少礼貌。

一到彭贝利大厦,就有人引着她们穿过门厅,进了客厅。客厅朝北,所以在夏天清爽宜人。窗子都朝着场地,屋后是连绵山丘,树木葱郁,在中间的草地上栽种了美丽的橡树和西班牙栗子树,错落有致,美景纷陈,极其令人赏心悦目。

达西小姐在这间屋子里接待她们,赫斯特太太和宾利小姐,还有陪达西小姐住在伦敦的那位太太,也同她一起坐在那儿。乔治安娜小姐接待她们,非常客气,不过显得有些局促不安,这虽然是出于她性格腼腆和惟恐举止欠妥,却很容易让那些自感身份较低的人认为,她为人高傲、冷漠。不过,加德纳太太和她外甥女对她则很体谅同情。

赫斯特太太和宾利小姐对她们只行了个屈膝礼。她们坐下以后,大家沉默了一阵。这种沉默必定总是有些别扭。首先打破沉默的是安妮斯利太太,这是一位举止娴雅、和颜悦色的女士,她尽力想提起一些话头,证明她比另外两位确实更有教养。她和加德纳太太攀谈起来,伊丽莎白间或插上几句。达西小姐看来似乎希望自己有足够的勇气参加进去,而且在没有被人听见的危险时,确实壮起胆子说上一句半句。

伊丽莎白很快就发现,她受到宾利小姐的严密监视。她自己说的每一句话,特别是和达西小姐说的话,都引起她的注意。如果她和达西小姐不是坐得那么远,谈话不方便,这种监听也阻止不了她对达西小姐说话。

不过,既然不用多谈,她也不觉得惋惜。她的心思全在自己身上。她随时都期待着有几位先生会走进屋子来。她又希望又害怕大厦的主人会同他们一起进来;究竟是希望多,还是害怕多,她自己也难以分清。伊丽莎白像这样坐了一刻钟,没听见宾利小姐出一点声音,后来突然让宾利小姐的声音惊动了,原来她是在冷淡地问候她家里人好。伊丽莎白也同样冷淡而且简短地回答了一下,那一位就不再开口了。

她们这次回拜中间发生的下一个变化是用人进来引起的,他们送来了冷肉、点心和各式各样上好的应时水果。不过,这是达西小姐见到安妮斯利太太多次向她使眼色和微笑,暗示她要尽地主之谊,才吩咐端上来的。现在大家全都有事可干了,因为她们虽然不是人人健谈,但却个个能吃;一堆堆鲜美的葡萄、油桃和桃子立刻就把大家招到了桌子周围。

伊丽莎白在吃东西的时候,得到了一个大好机会,根据她自己在看见达西先生走进来那个瞬间的心情,来断定一下自己到底是害怕他来,还是希望他来。等到了那个时候,尽管刚才的一刹那她本以为自己是希望他来,可是他来了,她又觉得他不来就好了。

达西先生先前一直和家里的两三位先生在一起,陪着加德纳先生在河边忙活,后来听说加德纳太太和她外甥女那天上午要来回拜乔治安娜,就丢下了加德纳先生。伊丽莎白一见他进来,立刻就明智地决定,一定要从容不迫,落落大方;——她下的这个决心很有必要,不过要完全做到也许很不容易,因为她看得出来,在场的人全都对他们俩起了疑心,达西先生一进这间屋子,几乎没有一只眼睛不是在盯着看他的举止动作。谁的脸上也没有像宾利小姐那样,显出那么强烈的好奇,尽管她对她的那两个目标说话的时候,总是满面笑容;因为她虽然嫉妒,但还没有到不顾一切的地步,而且她也根本没有停止对达西先生献殷勤。达西小姐看见哥哥进来,就更尽力多找话说。伊丽莎白看得出来,他急切希望他妹妹同她自己结交,而且尽可能推动她们双方相互交谈。宾利小姐同样也把这一切看在眼里,愤恨之余,顾不得检点,找到一个机会就冷言冷语同时又客客气气地说话了。

"请问,伊莱莎小姐,某郡民团是不是调出了梅里顿?那对尊府一定是个巨大的损失吧。"

当着达西的面,她不敢提魏肯的姓名;不过伊丽莎白一听就懂得,她心里指的首先就是他;于是各种各样与他有关的回忆,让她有一刹那感到难受;但是她马上努力振作起来,反击这种恶意的攻击,用了一种还说得过去的满不在乎的腔调,回答了她那个问题。她一边说,一边不由自主地向周围扫了一眼,看见达西满面通红,热烈诚挚地注视着她,他妹妹则狼狈不堪,连眼皮都不敢抬起来。如果宾利小姐原先就知道,她这一下给了她的意中人多大的痛苦,毫无疑问,她就决不会这样含沙射影了;但是,她影射自认为是伊丽莎白倾慕的那个男人,一心只想让她方寸大乱,让她泄露真情,这样就可以损害她在达西心目中的地位,也许还可以提醒达西,让他想起她家里人和民团发生的所有那些胡闹荒唐的事情。达西小姐打算私奔的事,她从来连半个字也没有听到过。为了尽可能保守秘密,除了伊丽莎白以外,这件事从来没有向任何人吐露过。达西特别不愿让宾利的所有亲友知道这件事,因为他希望他妹妹将来也会和他们攀亲,而伊丽莎白早就认为他抱有这种希望了。他的确早就有过这种打算,当时并未蓄意以此来拆散宾利和本内特小姐,倒很有可能是想借此更加积极地关怀他朋友的幸福。

然而伊丽莎白举止镇静,使他的情绪很快就安定下来;宾利小姐感到又懊恼又失望,也不敢更明显地提到魏肯了,乔治安娜也恢复了常态,虽然她还是不好意思多说什么。她不敢正视她哥哥的眼睛,他几乎并没有想到她与这件事情有牵连,这个把戏本来是想让他不要再在伊丽莎白身上用情,却反而让他对她越发痴情,而且还更加一往情深了。

经过上面那番一问一答之后,客人不久就结束了回访。达西先生陪她们上马车的时候,宾利小姐把伊丽莎白的容貌、举止和衣着都批评了一番,来发泄自己的情绪,但是乔治安娜没有附和。她哥哥的夸奖已经足够让她怀有好感的了:他的判断不会有错,他用那种口吻称赞伊丽莎白,让乔治安娜觉得她亲切可爱,此外,再也说不出别的什么来了。等到达西回到客厅,宾利小姐忍不住,又把她刚才对他妹妹说的那番话,对他重说了一部分。

"伊莱莎·本内特今天上午显得多么难看呀,达西先生,"她大声说道,"我这辈子都没见过有谁像她那样,过了一个冬天就大大变了样儿。她的皮肤变得那样又黑又粗!路易莎和我都是一样的意见,我们都认不出她来了。"

达西先生不管怎样不爱听这种话,也只好冷淡地回答一下,说她除去晒黑了一点以外,看不出有什么变化,那是夏天旅行的结果,值不得大惊小怪。

"在我看来,"她又说,"说句老实话,我从来看不出她有什么美的地方。她的脸太瘦,皮肤没有光泽,容貌根本不漂亮。她的鼻子没有特点,线条不明显。牙齿总算还过得去,不过也很平常;至于她的眼睛,别人有时说得那样美,可是我从来看不出有什么特别的地方。它们那种厉害、狡黠的神情,我可一点儿不喜欢;她整个神气那么傲慢,不合潮流,叫人忍受不了。"

宾利小姐既然深信,达西爱慕伊丽莎白,那么这样来为自己讨好当然不是上策;不过发火的人常常并不是聪明人;她看到他终于有些恼火的神情,就以为取得了她预想的成功。然而他硬是一言不发;为了要逼他讲话,她接下去又说:

"我还记得,我们在哈福德第一次认识她的时候,听说她是个出了名的美人儿,我们大家都觉得多么惊奇;我记得特别清楚,有一天晚上,她们在内瑟菲德吃过晚饭以后,你说:'她也是个美人儿!——那我该马上称她妈妈为才女了。'但是后来在你的印象里她好像变好了,我相信,你有一阵子觉得她还挺漂亮。"

"是的,"达西再也按捺不住,就回答说,"不过,那只是我刚刚认识她的时候的事情,近几个月来我已经认为她是我认识的最漂亮的女人当中的一个了。"

他一说完就走开了,留下宾利小姐自己一个人,这让她十分满意,因为她总算逼着他开了口,可是他说的话却没给别人而只给她自己带来了痛苦。

加德纳太太和伊丽莎白回去以后,谈论了她们回拜的时候发生的所有事情,就是没谈她们双方都特别感兴趣的那件事。她们讨论了她们见到的每一个人的神情举止,就是没有讨论她们心里最关注的那个人。她们谈到他的妹妹,他的朋友、他的房子、他的水果——每一样都谈到了,就是没有谈到他本人;然而伊丽莎白渴望知道加德纳太太对他有什么看法,至于加德纳太太呢,要是她外甥女开始谈论这个话题,她该会多么高兴啊。

第 四 章

刚到兰顿的时候,伊丽莎白没有收到简的信,心里深感失望;她在那里度过的几天,每天早晨又感到同样的失望,直到第三天早晨她的苦恼才算了结,她才不埋怨姐姐了,因为她一下收到姐姐的两封信,其中一封信上还注明曾经误投他处。伊丽莎白对这件事并不觉得奇怪,因为简写的地址显然有误。

信送到的时候,她们正准备出去散步,她舅父、舅母就自己出去了,留下她一个人安安静静地去慢慢看信。那封误投过的信得先看,那是五天以前写的,开头讲了一些小型的聚会、约会,还讲了一些当地的新闻,但是信的后半部标明的日期是第二天,写的时候显然焦急不安,说出了重大的消息,内容如下:

> 亲爱的丽琪,写完以上的事情以后,又发生了一件极其出人意料、性质极其严重的事情,不过我害怕会吓着你——请放心,我们大家都安好。我要告诉你的是关于可怜的莉迪亚的事。昨天晚上十二点,我们都上床睡觉了,福斯特上校来了一封快信,告诉我们莉迪亚和他部下的一个军官去了苏格兰,告诉你实话吧,是和魏肯走的!——你想想我们该多么吃惊。不过基蒂好像并未感到完全出乎意料。我感到非常难过。双方这么轻率的结合!——但是我还是愿意抱最好的希望,希望是别人误解了他的品格。说他毫无头脑,行动轻率,这些我不难相信,可是他走的这一步还不能表明是居心不良(让我们为此庆幸吧!)。至少他的选择是并未贪图实利,因为他一定懂得,父亲什么也给不了莉迪

亚。可怜的母亲伤心得要命。父亲还好一点,总算挺住了。真该谢天谢地,我们从来没有让他们知道大家对魏肯的那么不好的议论;我们自己也得把它忘了。根据推测,他们是星期六夜里走的,可是一直到昨天早晨才发现他们不在了。于是立刻送来了快信。亲爱的丽琪,他们一定是从离我们不到十英里远的地方经过的。福斯特上校告诉我们,他一定马上来此。莉迪亚给他妻子留了一个便条,把他们的打算告诉了她。我得搁笔了,我不能离开可怜的妈妈太久。我担心你会摸不着头脑,不过我也几乎不知道自己写了些什么。

伊丽莎白看了这封信,不假思索,而且几乎也不知自己作何感想,就立即抓起另一封信,迫不及待地拆开,念了起来。这一封信是在头一封信写完后又过了一天才写的。

亲爱的妹妹,我匆匆写成的那封信,谅你现在业已收悉。我希望这封信比较容易看清,我现在时间虽然不紧,可是我的脑子迷迷糊糊,不知道能否写得连贯一点。我简直不知道要写些什么,不过我要告诉你一个坏消息,而且还不得延误。魏肯先生同可怜的莉迪亚之间的婚姻虽然很不慎重,可是我们现在倒是急于想听到消息,说他们结了婚,因为有太多理由令人担心他们没有去苏格兰。福斯特上校昨天来了,他是前天发出那封快信后不多几个小时就离开布赖顿的。虽然莉迪亚留给福太太的便条让大家认为,他们是要去格雷特纳格林①,可是根据丹尼透露的情况,他相信魏从来没有打算去那儿,也根本没有打算娶莉迪亚,这话传到福上校那儿,他一听说就吃了一惊,立即从布市出发,打算跟踪追去,他没费多少事就追踪到了克拉法姆②,可是再往前追就

---

① 格雷特纳格林为苏格兰南部一小村,过去英格兰恋人常越过边界,逃往此地举行秘密婚礼,小村因此出名。

② 克拉法姆为紧靠伦敦南郊的小镇。

不行了,因为他们还没到这里,就把从埃普索姆①送他们来这里的那辆轻便马车打发走了,然后改乘了出租马车。再往后就只知道,有人看见他们继续往去伦敦的那条路走了。我不知道应该怎么考虑。福上校沿着去伦敦的路尽力到处打听以后,就来到哈福德郡,他急如星火,接着又在所有收税卡子以及巴尔内和哈特菲德两地的客店里查问,一点结果也没有,没有人看到他们路过那里。他怀着好意的关心来到朗博恩,极其诚挚地把他的忧虑告诉我们。我真心为他和他太太难过,但是谁也不能怪他们。亲爱的丽琪,我们都感到非常悲痛。父亲和母亲把事情想得很坏,不过我不能把他想得那么坏。可能出现了许多情况使他们觉得,在伦敦秘密结婚比按照原来的计划办更合适。即使他对像莉迪亚这样有亲有故的年轻女子存心不良——这看来不大可能——难道我们能设想,她就会不顾一切了?不可能。然而福上校不大相信他们会结婚,我听了很难过;我向他表示我的愿望,他摇了摇头说,他担心魏不是一个值得信赖的人。可怜的母亲真病倒了,整天待在屋子里不出来。如果她能努力撑住,情况就会好些,可是这是指望不了的。至于父亲,我这辈子从来没有看见他这样动感情。可怜的基蒂很生气,抱怨自己隐瞒了他们的恋情,不过这件事牵涉到彼此信任,也没有什么可奇怪的。亲爱的丽琪,你没有遇到这种令人苦恼的场面,我真是高兴。现在开头的震惊已经过去了,我是否可以说句心里话,我盼着你回来呢?不过,我并不是那么自私,即使你不方便,也要逼着你回来。再见。我刚才说过,我不愿逼着你回来,可是现在我又执笔要你回来,因为为环境所迫,我不得不恳切地请求你们全都尽快回来。我十分了解舅父、舅母,因此敢于提出这个请求,而且我还有些别的事要求舅父帮助。父亲马上要同福斯特上校一起去伦敦,想设法找到莉迪亚。

---

① 埃普索姆为伦敦南部小镇。附近有丘陵草原,每年五六月份举行赛马大会。

他究竟要怎么办,我实在不知道,不过他悲痛过度,所以他难以采取最稳妥可靠的办法,而且福斯特上校明天晚上又非回布赖顿不可。在这紧要关头,舅父的指点和帮助是十分重要的。他一定会理解我此刻的心情,我相信他会好心相助的。

"哦!舅舅在哪儿?"伊丽莎白念完信,一下子从椅子上跳起来,大声叫嚷着,心急如焚地要找到他,这么宝贵的时间,一刻也不能放过。她刚刚走到门口,仆人就把门打开,达西先生进来了。他见她脸色苍白,神色张皇,不禁吓了一跳。她心里只想着莉迪亚的事情,别的什么也顾不得了,还没等他定下神来说话,就急匆匆地大叫:"对不起,恕我不能奉陪。我有急事,刻不容缓;我必须马上找到加德纳先生,片刻也不能耽搁。"

"天哪!出了什么事啦?"达西先生心里一急,顾不得礼节,也大嚷起来,随即定了定神才说,"我决不会耽搁你一分钟,不过还是让我,或者让这个仆人,去找加德纳夫妇吧。你身体不大好,自己不能去。"

伊丽莎白犹豫了一下,可是她的双膝颤抖起来,她觉得要想自己去找他们是毫无用处的。因此她把仆人叫过来,吩咐他立即去把主人夫妇找回来,她说话上气不接下气,好不容易才让人听清楚。

仆人一走,她支持不住,就坐下来。她气色非常不好,达西不可能离开,他温存怜惜地对她说:"让我把你的侍女叫来吧。你能喝点什么缓解一下吗?我给你倒杯酒,好吗?你病得不轻。"

"不,谢谢你,"她一边回答一边竭力恢复镇静,"我自己没有事。我挺好。不过刚刚接到朗博恩传来的悲痛消息,心里觉得难过。"

她说起这件事,顿时哭了起来,有几分钟再也说不出一个字来。达西担心着急,只是含含糊糊说了几句关怀的话,然后默默无言地看着她,心里充满怜爱。终于她又说话了:"我刚刚收到简来的信,告诉我这样可怕的消息。这件事对谁也瞒不住。我最小的妹妹抛下了她所有的朋友——私奔了,落到——魏肯先生的掌握之中了。他们一起从布赖顿出走。你深知他的为人,其余的也就不必怀疑了。她无钱无势,没有任何东西可以引诱他去——这一下子她就永远完了。"

达西一下子惊呆了。"我想,"她接着又说,声音更加激动,"我本来可以阻止这件事情的!我本来已经知道他是怎样的一个人。我要是把哪怕只是一部分——我所知道的一部分情况告诉我家里人就好啦!要是他们知道他的品格,这事就不会发生了。但是,现在这一切,一切都太晚啦。"

"我的确觉得难过,"达西大声说,"难过——又震惊。但是这个消息确实——绝对确实吗?"

"哦,是确实的!他们星期天晚上离开布赖顿,有人追踪他们差不多到伦敦了。再往下就追不着了。他们肯定没有去苏格兰。"

"做了些什么事,想了些什么办法,去把她找回来呢?"

"我父亲到伦敦去了,简写信来恳求我舅舅立刻去帮助他。我希望,我们能在半个小时之内动身。不过毫无办法了,我清清楚楚地知道,已经毫无办法了。这样一个人,怎么去对付呢?甚至怎么样才能找到他们呢?我丝毫不抱希望。无论如何,都太可怕了!"

达西摇摇头,默然赞同。

"我的眼睛本来已经看到了他的真面目——唉!但是,我要是早知道我应该怎么办,鼓起勇气做,那就好了!可惜我不知道——我怕做得太过火。真是可悲的,可悲的错误呀!"

达西没有回答。他好像没有听她讲话,只是在屋子里踱来踱去,苦苦思索。他双眉紧锁,阴沉忧郁。伊丽莎白很快注意到了他这副神情,心里立刻明白了,她的魅力正在减弱;家里人这样低劣愚钝,又遭到这样的奇耻大辱,在这种情况下,任何事都一定会越来越糟。她自己并不觉得惊讶,也不责备别人,她相信达西在感情上能自我克制,但是这也无法给她的心灵带来任何安慰,无法减轻她的悲痛。相反,这倒刚好使她理解了自己的愿望,她从来没有像现在这样真诚地感觉到她会爱上他,而现在即使情深似海,也必然落得一场空了。

她固然情不自禁地要想起自己,可是并不会沉溺其中。莉迪亚——连同她给他们大家带来的羞辱、痛苦,很快就压倒了一切个人的考虑。她用手绢捂住自己的脸,立刻把其他一切事情都忘掉了;过了几分钟,她听到她同伴的声音,才清醒过来,想起自己的遭遇。他的声音虽然满含怜惜,同样也显得克制,他说:"恐怕你早就希望我离开了吧,而且我除了真切而又无用的关怀以外,也没有任何理由说明我应该留在这儿。但愿我能讲点什么,或者做点什么,让你这般痛苦得到一点安慰。不过我不愿意用空头的希望来折磨你,好像我是在存心要你表示感谢。恐怕这件不幸的事情,会使我妹妹得不到在彭贝利会见你们的荣幸了。"

"哦,是的。恳请你代我们向达西小姐表示歉意。就说我们有紧要事情,需要立即回家。这一不幸的事实,请尽量多隐瞒一些时间,我也知道,这是隐瞒不了多久的。"

他当即答应为她保密——再次表示对她的痛苦感到难受,希望这件事能够圆满解决,比现在所能希望的更好些,并且请她代问她的亲友好,然后郑重其事而又依依惜别地看了她一眼,就走开了。

他离开这间屋子的时候,伊丽莎白觉得,他们这次在德比郡重逢,几次会面都是热诚友好的,今后恐怕再也不会有这样的重逢了。她回顾他们交往的整个过程,充满了重重矛盾,交织着种种变化,这中间的感情也是阴错阳差,现在希望它长期继续下去,而以前却巴不得它戛然而止,想到这些,她不禁叹息不已。

如果说感激和尊重是爱情的良好基础,那么伊丽莎白的感情变化也就并非罕见,而又无可厚非了。但是,如果从另外的方面来看,通常有所谓和对象一见钟情,或者三言两语就倾心相爱,如果同这样的情况比较起来,认为出自感激和尊重的爱情是不合理的,不自然的,那么就无法为伊丽莎白辩护了,除非说在她对魏肯的倾慕中,对第二种方式作了某种尝试,因为此路不通,才使她去寻求第一种比较不那么富有意趣的那个恋爱方式。尽管如此,她见他走了,还是感到惋惜,在她思考这件倒霉事情的时候,莉迪亚这种丢人现眼的事情产生的第一个后果,更增加了她的痛苦。自从她念了简的第二封信以后,她就从来没有幻想魏肯想要娶莉迪亚。她想,除了简以外,谁也不会拿这种指望来自慰。她对事情会这样发展,丝毫不感到惊奇。她还只读到第一封信的时候,曾经十分惊奇——十分震惊,心想魏肯怎么会娶一个从她身上捞不到钱的姑娘呢,莉迪亚又怎么能够吸引他呢,看来这些好像都难以理解。但是现在这全都十分自然了。像这样一种男女私情,莉迪亚具有足够的魅力,虽然她并不认为,莉迪亚是处心积虑要私奔而没有结婚的打算,但是她不难相信,莉迪亚的道德观念或者她的认识水平,都不足以保护她,使她不致沦为一个唾手可得的猎物。

民团驻扎在哈福德郡的时候,她从未觉察到,莉迪亚爱上了魏肯,不过她深信,任何人只要对莉迪亚献点殷勤,她都会爱上他。她一时看上这个军官,一时又看上那个军官,谁献殷勤她就喜欢谁。她的感情一直飘忽不定,不过从来没有缺少过用情的对象。这就是对这样一个姑娘不加管教,放任娇纵结出的恶果。哦!她现在多么深切地体会到这一点啊。

她想回家都想得发狂了——去听听,去看看,去亲临现场,去为简分忧解愁。现在家里乱作一团,父亲外出未归,母亲无力代劳,还要别人经常侍候,整个担子都压在简一个人身上。她差不多已经相信,对莉迪亚是无能为力了,不过舅父插手干预还有举足轻重的作用,她心急如焚,痛苦难熬,好不容易才等到舅父进了屋子。加德纳夫妇听仆人一报告,以为外甥女得了急症,惊恐不安地匆匆赶了回来。在这一点上伊丽莎白立刻让他们放了心,急忙说明了找他们回来的原因,把两封信大声念给他们听,特别着重念了第二封信最后的附言,竟紧张得浑身发抖。加德纳夫妇尽管一向不喜欢莉迪亚,也不禁受到很大触动。这件事不仅牵涉到莉迪亚,而且牵连到所有的人。加德纳先生是又惊又怕,长吁短叹,随后就爽爽快快地答应尽力帮忙。伊丽莎白虽然早已料到他会如此,还是对他感激涕零。三个人同心协力,与旅行有关的一切事情就都迅速解决了。他们准备尽快动身。"可是彭贝利的事情怎么办?"加德纳太太大声嚷道,"约翰告诉我们,你派他去找我们的时候,达西先生正在这里,是这样吗?"

"是的,我告诉他,我们不可能应约赴宴了。那件事就都解决了。"

"那件事就都解决了,"舅母跑回自己的屋子去做准备的时候,把这句话重复了一遍,"难道他们俩已经到了她可以向他透露这种真相的地步?哦!我要知道情况如何就好了!"

可是希望并没有用,充其量不过是在随后这匆忙慌乱的一个钟头里,让伊丽莎白轻松一下。要是她现在闲来无事,她也会十分肯定,像自己这样一个悲伤痛苦的人,是不可能做什么事的;不过她和她舅母一样,也有她那份工作要干,不说别的,总要写几封短笺给他们在兰顿的所有朋友,为她们突然离去编造些托词。不过,一个小时就已把全部事务料理停当,加德纳先生也在这段时间结清了在旅店的账目,万事齐备,只等动身。伊丽莎白熬过了上午所有的苦难,发现在居然比她原来设想的还要短的时间,就坐上了马车,踏上去朗博恩的路。

第 五 章

"我一直在反复考虑这件事,伊丽莎白,"在马车驶出小镇的时候,她舅父说道,"真的,我认真思考以后,比刚才更倾向于像你姐姐那样判断这件事情了。我觉得,任何一个年轻男子很不大可能对一个绝非无依无靠、孤苦伶仃的姑娘打这种坏主意,而且她实际上是在他的上校家里作客,因此我很愿意朝最好的方面去想。难道他能认为,她的亲友都不会挺身而出?难道他这样得罪了福斯特上校,还能希望民团会再客客气气地对待他吗?他中了邪魔外道,可也没到非得铤而走险不可的地步呀。"

"你真是这样想吗?"伊丽莎白大声地说,一时间豁然开朗。

"说句老实话,"加德纳太太说,"我也同意你舅父的看法了。谅他还不敢干这种过分严重的事情,根本不顾体面,不顾尊严,也不顾利害关系。我还不能把魏肯想得这么坏。丽琪,难道你自己会觉得他完全不可救药,认为他能干出这种事来吗?"

"也许不会不考虑他自己的利害关系,但是其他的一切,我相信他会毫无顾忌。他要是能有所顾忌就好了!可是我可不敢如此奢望。如果情况真是那样,他们为什么不去苏格兰?"

"首先,"加德纳先生回答,"还没有绝对可靠的证明,说他们没去苏格兰。"

"哦!不过,他们不坐轻便马车,改乘出租马车,就可以这样推断了!而且除此以外,还有在去巴尔内的路上也不见他们的踪影。"

"嗯,那么——就假设他们是在伦敦。他们也许去了那儿,目的虽然是为了躲避一下,可也不见得有别的什么值得非议的目的。看样子他们双方在钱财上都不可能很富裕;他们可能觉得,在伦敦结婚虽然不像在苏格兰那样方便快捷,可是比较节省。"

"但是为什么要这样秘而不宣?为什么还有些怕人发觉?为什么一定要私下里结婚?哦!不,不是的,这不可能。你从简所说的看得出来,他特别要好的朋友也相信,他从来没有打算娶她。魏肯决不会娶一个没有多少钱的女人。他赔不起。莉迪亚除了青春、健壮、生性欢快,还有什么优越条件,还有什么吸引力,可以让他为了她的缘故而放弃利用攀高亲来发财的机会呢?至于他因为担心这种和她不光彩的私奔会让他在民团里丢人现眼,从而对自己有所约束,那我就无力判断了;因为对他们所走的这一步会产生什么后果,我一无所知。但是你另外那一条相反的看法,我觉得那恐怕不大站得住脚。莉迪亚没有弟兄挺身相助;他见过我父亲的言谈举止,知道他消极懒散,对家事不闻不问,很可能会以为他对待这种事,也像任何一个做父亲的一样,能不想就不想,能不管就不管。"

"但是你能认为,莉迪亚只顾爱他,而抛弃其他一切,甚至同意不结婚就跟他同居吗?"

"看来的确是这样,"伊丽莎白回答时已是热泪盈眶了,"一个做姐姐的居然要怀疑妹妹竟会这样地不顾体统和贞操,真是令人不寒而栗。不过,我真不知道说什么好。也许我冤枉了她。不过她很年轻;也从来没有人教她去考虑正经事;过去半年来——不,过去一年来,她什么也不顾,只一味贪图享乐,追求虚荣;大家都不管她,让她游手好闲,轻浮无聊地虚度光阴,由着性子胡思乱想。自从某郡民团驻扎在梅里顿以后,她满脑子都是谈情说爱,卖弄风情,追求军官。她想的是恋爱,谈的是恋爱,凡是她能做的她都做,使她自己变得更加——我怎么说呢?——更加容易动情,当然她的感情早就够热烈的了。我们大家也都知道,魏肯风度翩翩,谈吐动人,能迷得住女人。"

"可是你知道,"她舅母说,"简并没有把魏肯想得那么坏,不相信他居然会干那种事。"

"简什么时候把谁想得那么坏过?而且不管是谁,不管他们过去的行为怎样,不到罪证确凿的时候,她会相信他们能干那种事吗?不过简和我一样,了解魏肯的真面目。我们俩都知道,他是一个地地道道的浪荡子!他为人既不正直诚实,又寡廉鲜耻;他尽是虚情假意,而且谄媚讨好。"

"你真正了解所有这些情况吗?"加德纳太太大声问道,急于知道她外甥女是怎样了解到这些事情的。

"我确实了解,"伊丽莎白回答,脸上泛起了红晕,"我那天告诉过你他对达西先生的可耻行径;达西先生对他忍让克制,宽宏大量,可是你上次在朗博恩亲耳听见了他是怎样编派他的。还有其他一些情况,我不便讲,也不屑于多讲;不过他给彭贝利那家编造的谎言真是不计其数。听他那样议论达西小姐,我满以为这个姑娘一定骄傲自大,待人冷漠,令人生厌。然而他自己心里明白,事实刚好相反。他一定清楚,她为人和蔼可亲,毫不装腔作势,就像我们见到的那样。"

"难道莉迪亚对这种情况一无所知吗?你和简看来了解得十分清楚,她怎会能毫不知情呢?"

"哦,是这样的!事情糟就糟在这里。在我到肯特郡之前,没有跟达西先生和他亲戚费茨威廉上校有那么多交往的时候,我自己对事情的真相也是一无所知。等我回到家里的时候,某郡民团就要在一两个星期之内离开梅里顿了。情况既然如此,虽然我把全部真相都告诉了简,但是我们俩都认为没有必要把我们知道的事情公之于众;因为那一带的人对他都有好感,如果推翻大家的意见,又对谁有什么好处呢?甚至到了决定让莉迪亚同福斯特太太一起走的时候,我也一点没有想到,要让莉迪亚睁开眼睛看看他的人品。我脑子里从来没有想到,她会有受骗上当的危险。你不难相信,居然会产生这样一种后果,是我完全没有想到的。"

"所以,他们都去布赖顿的时候,我想,你没有任何理由相信他们两人相好了。"

"一点儿也没有。我不记得他们任何一方有爱慕的迹象。你一定看得出来,如果能察觉到这种事情的蛛丝马迹,在我们这样一个家庭里是不会轻易放过的。魏肯刚参加民团的时候,莉迪亚就立刻看上他了,不过我们大家也全都那样。在头两个月里,梅里顿和附近的姑娘,谁都让他迷住了;但是他从来没有对她另眼相看,使她特别显眼,就这样,经过一段时期如醉如痴的迷恋之后,她对他的那阵想入非非也就过去了,民团里其他一些人对她更加垂青,所以又成了她的意中人。"

不难相信,在整个旅途中,他们不断地讨论这个令人关心的话题,尽管在担心,希望和推测之外,实在添加不了什么新意,可是其他任何话题都无法把他们吸引很久,而终归要回到原来这个话题。而在伊丽莎白的脑子里,却从来没有把它摆脱。她为这件事情痛彻心骨,自怨自艾,无时或安,无时或忘。

他们尽量兼程前进,途中宿了一夜,第二天晚饭时刻就赶到了朗博恩。伊丽莎白感到安慰的是,还不至于要简长久苦苦等待。

他们驶进围场①的时候,加德纳夫妇的孩子们见到来了一辆马车,就都站到房子的台阶上;等马车驶到门口的时候,孩子们满面笑容,又惊又喜,浑身透着高兴,又蹦又跳,这是一行人最先受到的真诚热烈、令人高兴的欢迎。

伊丽莎白跳下车来,把每个孩子都匆匆吻了一下,就赶忙跑进门厅,这时简也从母亲的屋子里跑下楼来,刚好在那里迎接她。

伊丽莎白亲亲热热地和简拥抱,两人都热泪盈眶,伊丽莎白急不可待地问姐姐,是否听到了那两个私奔者的什么消息。

"还没有,"简回答说,"不过既然舅舅来了,我希望一切都会顺利。"

"爸爸进城了吗?"

"是的,他星期二去的,我写信告诉过你了。"

"常常从他那儿听到什么消息吗?"

"只听到过一次。他星期三写来几行字,说他平安到达,并且把他的地址告诉了我,我特意请求他把地址告诉我。另外他只添了一句,说等

---

① 指靠近宅子围起来的一块空地。

他有了重大的消息,才会再写信来。"

"那么,妈妈呢——她怎么样啦?你们大家都好吗?"

"我想,妈妈还算可以,不过她精神上受了很大的打击。她现在在楼上,看到你们大家都回来了,一定会非常高兴。她还不愿意走出梳妆室。谢天谢地,玛丽和基蒂都还好。"

"可是你呢——你好吗?"伊丽莎白大声说道,"你脸色苍白。你该受了多少苦呀!"

然而姐姐告诉她,自己一切都好。加德纳夫妇忙着招呼孩子们的时候,她们谈了这番话,现在大家走过来了,她们就把话打断了。简跑到舅父、舅母那儿去,又表示欢迎,又表示感谢,一时笑逐颜开,一时泪流满面。

等到大家都进了客厅,舅父、舅母又把刚才伊丽莎白问过的问题再问了一遍,于是他们马上知道,简没有什么新消息告诉他们。然而简心肠仁慈,没有放弃往好处想,她仍然期望事情能圆满收场,期望每天早晨都收到来信,或者是莉迪亚的,或者是她父亲的,向她解释他们事情的进展,或者宣布结婚的消息。

他们在一起谈了几分钟之后,就一齐去到本内特太太屋里,她正像原来预料的那样,见了人又是眼泪又是怨恨,大骂魏肯的卑劣行径,抱怨自己受冤受苦,把每个人都骂了个遍,唯独没有怪罪那个因溺爱纵容而对自己女儿的错误应负主要责任的人。

"如果当时我能照我的意见办,"她说,"全家都到布赖顿去,这件事就不会发生了;可怜亲爱的莉迪亚找不到任何人去关心照顾她。福斯特夫妇怎么能让她离开而不看着她呢?真的,他们太疏忽大意了,如果她得到很好的照顾,像她这样一个姑娘,是不会做出那种事情的。我常常想,他们很不合格,承担不了照顾她的责任,可是我总是那样,老遭人反对。可怜的好孩子呀!现在本内特先生又走了,我知道,不管他在哪里碰到魏肯,他都会和他决斗,那样他就会给打死,那么我们大家可怎么办呢?他在坟墓里,尸骨未寒,柯林斯夫妇就会把我们赶走啦。你要是不对我们发发慈悲,弟弟呀,我就不知道我们该怎么办啦。"

他们大家一听,就大喊着不让她把事情想得那么可怕。加德纳先生保证他对她和她的全家骨肉情深,然后告诉她,他准备第二天就到伦敦去,尽一切努力帮助本内特先生找回莉迪亚。

"不要惊慌,那毫无用处,"他接下去又说,"虽然做最坏的准备是对的,但是决不要把事情看得肯定就那么坏。他们离开布赖顿还不到一个星期。再过几天,我们可能听到他们的一些消息,在我们得知他们没有结婚,而且也没有结婚的打算之前,我们不要认为事情毫无希望。我一到城里,就去看姐夫,请他和我一起回承恩寺大街家里去,那时我们再一起商量,看看应该怎么办。"

"啊!我亲爱的弟弟,"本内特太太回答说,"那正是我最希望的。现在行了,你回到城里,不管他们在哪里,都要把他们找出来,如果他们还没结婚,就硬要他们结婚。至于结婚礼服,可别让他们为这个拖着;不过要告诉莉迪亚,等他们结了婚以后,她要多少钱买衣服,就可以有多少钱。最重要的是,别让本内特先生去决斗。告诉他,我落到了多么糟糕的地步,我吓得都要疯了,浑身哆嗦,心里发慌,腰部抽筋,头痛心跳,不论黑夜白天都不得安生。并且告诉我心爱的莉迪亚,不要随便乱买衣服,等见了我再说,因为她不知道哪些铺子里的最好。哦,弟弟,你心眼多好呀!我知道你一定会想得出办法把事情办好。"

不过,加德纳先生虽然再一次向她保证,他对这件事一定尽心竭力去办,也不得不劝她别走极端,不要期望过高,也不要担心过分,就这样一直和她谈到吃饭的时候,大家才离开她。女儿不在身边的时候,她有管家在一旁侍候,尽可以向她大发牢骚。

虽然她弟弟和弟媳都认为,她真没有必要和家里人分开吃饭,可是他们都不想反对这样做,因为他们都知道,她说起话来没有遮拦,几个用人一起侍候大家吃饭,她也管不住自己的舌头,所以觉得最好只让一个用人——一个信得过的用人,知道她在这件事情上担心害怕也就够了。

他们来到饭厅不久,玛丽和基蒂也来了,姐妹俩一直在自己的屋子里忙她们各自的事,早先没有露面。一个刚丢下书本,一个刚梳妆完毕,然而,两人的神情都显得若无其事,看不出有什么变化,只是基蒂因为丢了一个心爱的妹妹,或者是因为这件事激起了她的怒火,所以说话的声调比

平常急躁了一点。至于玛丽,则是安闲自在,等大家刚围桌落座,她就俨然一副深思熟虑的神气,对伊丽莎白悄悄地说:

"这是一件极其不幸的事情,大家很有可能会纷纷议论。但是我们必须顶住这股恶浪,用手足之间相互慰藉的乳香,来涂抹彼此受到伤害的心灵①。"

她看出伊丽莎白不愿意答话,就接着说了下去:"这件事对莉迪亚固属不幸,但是我们也可以从中汲取有益的教训:女子失去贞操就无可挽回——一失足成千古恨——红颜难以长驻,名节也不易保全;对待低贱异性,女子防范再严也不为过。"

伊丽莎白惊讶地抬起眼睛,但是心情过分沉重,一句话也答不上来。然而玛丽却继续从眼前这件坏事中汲取道德训诫,作自我安慰。

到了下午,本内特家两位年长的小姐才自己在一起待了半个小时;伊丽莎白马上抓住这个机会提了许多问题,简也尽量一一给她满意的回答,她们俩一同就这件事的可怕后果痛惜地悲叹了一番,伊丽莎白认为这种后果几乎肯定无疑,本内特小姐也认为不完全排除这种可能,伊丽莎白接着又说:"我还有些事情没听说过,你把所有情况全盘告诉我吧,把细节都告诉我。福斯特上校讲了些什么?在私奔发生以前,他们难道一点儿都没有觉察吗?他们一定看得见这两个人老黏在一起呀。"

"福斯特上校确实承认了,他常常疑心他们发生了某种感情,特别是在莉迪亚身上,不过没有什么值得让他大惊小怪的。我很为他悲伤。他为人殷勤周到,极其和善,他准备到我们这里来表达他对我们的关切的时候,还没想到他们不去苏格兰,等到那种看法传开的时候,他就赶忙动身了。"

"那么丹尼相信,魏肯不打算结婚?他知道他们想跑吗?福斯特上校见了丹尼本人吗?"

"见了,不过他问丹尼的时候,丹尼又不肯承认,说他一点儿也不知

---

① 见《圣经·耶利米书》第五十一章第八节:"巴比伦忽然倾覆毁坏,要为他哀号;为止他的疼痛,拿乳香或者可以治好。"

道他们的计划,而且也不肯说出他对这件事情的真实看法。他没有再提他们不会结婚的看法——这样看来,我倒愿意抱这样的希望:他先前可能是让人误会了他的意思。"

"福斯特上校亲自登门之前,我想,你们谁都没有怀疑他们不会真正结婚吧?"

"我们脑子里怎么可能会冒出这么一个念头呢!我觉得有点不安,有点担心,害怕妹妹同他结婚不会幸福,因为我已经知道,他有些品行不端。爸爸和妈妈对这一点毫不知情,他们只是觉得,这桩婚姻太不慎重。基蒂到那时才承认,而且因为比我们大家都知道得多,还带着一种自然流露出来的扬扬得意的神气,说莉迪亚在上封信里,已经表示准备走这一步了。看来她早在几个星期以前,就已经知道他们相爱了。"

"可还不是在他们去布赖顿之前?"

"不是,我相信不是。"

"那么福斯特上校看起来是不是觉得魏肯这个人很坏?他了解他真正的品性吗?"

"说实话,他不像以前那样说魏肯的好话了。他认为他轻率无礼,奢侈浪费。自从这件可悲的事情发生以后,大家传说,他离开梅里顿的时候,欠了大笔的债;不过我希望这是瞎说。"

"哦,简,如果我们原来不那样保守秘密,如果我们把知道的统统说出来,那么这件事就不会发生了!"

"也许情况会好一些,"姐姐回答,"不知道别人现在心里怎么想的,就去揭露他们以前的过失,好像并没有道理。我们当时那么做,是出于好心。"

"福斯特上校能够说清莉迪亚留给他妻子的那个便条的详细内容吗?"

"他把它带来了,给我们看过。"

简于是从记事本里把便条取出来,递给伊丽莎白。内容是这样的:

亲爱的哈丽特:

等你知道我现在到哪里去了,一定会发笑,而且想象你明天早晨发现我失踪时那种吃惊的神情,我也不禁会发笑的。我现在正往格雷特纳格林去,如果你猜不出我和谁一起去,那么我就会认为你是一个傻瓜了,因为世界上我只爱一个人,他是个天使。我没有他决不会幸福,所以我想,出走也没有害处。如果你不愿意,就不必把我出走的事告诉朗博恩的人,因为等我给他们写信,签上我的姓名莉迪亚·魏肯的时候,会让他们更加吃惊。这该是个多有趣儿的玩笑呀!我简直笑得写不下去了。请代我向普拉特道歉,说我今晚不能践约,和他一起跳舞了。告诉他,我希望他知道了这一切还能原谅我,并请告诉他,我们下一次在舞会上见面的时候,我会十分高兴地和他跳舞。我回到朗博恩就会派人来取我的衣服;不过希望你告诉莎莉,把衣服收拾打包之前,先把我那件细布绣花长袍上那条大口子修补一下。再见。请代我向福斯特上校问好,希望你为我们旅途平安干杯。

你的挚友
莉迪亚·本内特

"哦!好个没头没脑的莉迪亚!"伊丽莎白看完便条就叫喊起来,"在这样一种时刻写出这样一封信来!不过这封信至少表明,她对这次旅行出走的目的,倒是严肃认真的。不管他后来说服她弄成什么样,她这方面反正没有不顾廉耻的花招。可怜的爸爸,他该觉得多么难过呀!"

"我从来没有看见谁这样震惊过。整整十分钟,他都说不出一个字来。妈妈马上就病倒了,全家上下都乱成一团!"

"哦!简,家里的用人有谁在当天晚上还不知道这整个事情的吗?"

"我不知道。但愿有人不知道。不过在这种时候,简直防不胜防。妈妈犯了歇斯底里,虽然我尽自己的一切力量帮助她,恐怕做得还不够周全!不过我很害怕出什么事情,简直吓得不知道怎么考虑才好。"

"你这样照顾她,真让你吃不消。你脸色不好,哦!当初要是我能和你在一起就好了,你把劳神费力的重担都自己一个人挑起来了。"

"玛丽和基蒂都很好,真的,她们都愿意为我分担辛苦,可是我认为,不应该劳累她们。基蒂身体单薄虚弱,玛丽念书那么用功,不应该占用她的休息时间。爸爸走了以后,菲利普斯姨妈星期二来朗博恩,她那么好心,一直陪我到星期四才走。她给我们大家很大的帮助和安慰。卢卡斯夫人心肠非常好,她星期三上午步行到这里来,慰问我们,还提出如果觉得她们帮得上忙,她或者她那几个女儿都可以来效劳。"

"她最好还是待在家里吧,"伊丽莎白大声嚷道,"也许她是好意,不过,出了这种不幸的事,左邻右舍还是少见为好。帮助,不可能;慰问,受不了。让他们待得远远的去幸灾乐祸吧。"

然后她又问起,她父亲到了城里以后,打算采取一些什么措施,好把女儿找回来。

"我认为,"简回答说,"他是想到埃普索姆去,他们上次是在那里换的马,他想去见见那些赶马车的,看看是不是能从他们那里得到什么线索。他的主要目标一定是找出把他们从克拉法姆拉走的那辆出租马车的号码。这辆马车原先从伦敦载了客人来,爸爸认为,一男一女从一辆马车换到另一辆马车上,这件事可能有人注意到,他想到克拉法姆去打听一下。如果他能查到,车夫让乘客在哪幢房子前面下的车,他就决心到那里去查问,希望能找出马车停车的地点和车号。我不知道他还有些什么其他的计划;不过他走得那么匆忙,心绪又那样烦乱,就连这样一些情况,我也是好不容易才了解到的呢。"

第 六 章

大家都抱着第二天早晨会收到本内特先生来信的希望,可是邮差到了,却没带来他的片言只字。家里人知道,他通常总是懒散拖拉,不愿写信,但是在目前这种情况下,他们原本都指望他会勤快一点。这时他们只好断定,他没有令人高兴的信息可送,但是即使这样,他们也都愿意心中有个准数。加德纳先生动身之前,也是只为这些信才等着的。

他走了以后,至少大家觉得,一定可以经常收到事情发展情况的消息,舅父临别的时候答应,要劝说本内特先生尽快回到朗博恩来,他姐姐因此感到极大的安慰,觉得这才是唯一保险的办法,不会让她丈夫决斗丧命。

加德纳太太和孩子们还要在哈福德郡多待几天,因为她觉得,她留下来还可以帮帮外甥女们。她帮她们侍候本内特太太,而且在她们空闲的时候,也可以很好地安慰她们。她们的姨母也经常来看望她们,而且总说是为了要安慰她们,鼓励她们,然而她没有一次不是一来就讲一些魏肯奢侈浪费或者违法乱纪的新事例,走了以后,让她们比她刚来时还更加心灰意冷。

整个梅里顿好像都在极力给他抹黑,而在三个月以前,他几乎给捧成了光明天使。大家说他欠了那里每一个买卖人的债,说他要弄的阴谋诡计——全都冠上了勾引妇女的美名——要到了每一个买卖人的家里。每一个人都声称,他是世界上最奸狡邪恶的青年;每一个人都发现,自己一向都不相信他那副伪装善良的面孔。伊丽莎白虽然对这些说法连一半都不相信,但是她早就断定她妹妹是给毁了,现在就更加确信不疑了。简本来并不是那么相信的,现在也几乎绝望了,特别是因为现在已经过了这么长的时间,如果他们俩是去了苏格兰——她以前对这一点从来没有完全丧失信心——那么他们现在也完全有可能得到他们的一些消息了。

加德纳先生星期天离开朗博恩,星期二他妻子就收到了他来的信,说他一到就立刻找到了他姐夫,说服他回到承恩寺大街。他到达以前,本内特先生就去过埃普索姆和克拉法姆,可是没有得到任何令人满意的消息;说他现在决定到城里所有重要旅馆去打听一下,因为本内特先生认为,他们刚到伦敦,在买到住房以前,可能先住在哪一家旅馆。加德纳先生并不指望这个办法会有什么效果,不过他姐夫热衷这个办法,所以他也就有意帮他试试。他还说,本内特先生目前完全无意离开伦敦,并且答应很快再写信来。信上还有这样一段附言:

> 我已去信给福斯特上校,希望他,如有可能,从魏肯在民团的密友处查明,该青年是否有任何亲友可能获悉他目前藏身于城中

何区。如确有其人,则可加以了解,或可取得某种线索,此事至关重要。目前手中尚无任何可资向导之途径,相信福斯特上校将竭尽全力满足这一要求。但经过重新考虑,不知丽琪是否较他人了解更多,能告以他现在尚有何亲友。

伊丽莎白心里完全明白,自己能受到这样器重是由什么引起的;不过她也无能为力,无法提供任何令人满意,足以不负如此愿望的情况。

她从来没有听说过,魏肯除了父母以外还有任何亲友,而且他父母已去世多年。不过他在某郡的某些同伴也许能提供更多情况,她对这件事虽然并没有多大指望,但是也许在这方面还可以求得一点帮助。

现在在朗博恩,每一天都焦虑不安,而每天最焦虑不安的则是盼望邮差的那段时间,每天早晨大家翘首企盼的头等大事就是等待信件到来。信里的消息不论好坏,都会互相传告,而且每天都盼着第二天有重要的消息传来。

但是她们还没有再次收到加德纳先生的来信,却从一个截然相反的方向,即从柯林斯先生那里,来了一封给她们父亲的信。简早就受到叮嘱,父亲不在家的时候,可以代为拆阅所有给他的信件,所以她就拆阅了这封信。伊丽莎白知道他的信总是稀奇古怪的,于是也在一旁看过去,同样念了这封信。信是这样写的:

亲爱的先生:

昨接哈福德来书,知先生遭逢不幸,忧心如焚,敝人念在至亲,兼及所处地位,理当慰问,毋庸置疑,目前先生心中痛楚,必属深切彻骨之尤。盖事出有因,且此因由为时光所难消磨者,内子及敝人谨以诚挚之同情遥致足下及阖府。敝人深信不疑,此举定当缓解此等惨烈祸事,或尚可聊慰先生为人父母者深受创痛之心。令爱苟得夭亡,当较目前更堪庆幸。诚如内子夏洛蒂所言,此事尤堪悲者,为令爱此种狂荡行为,皆因宿日姑息娇纵所致,然窃以为,先生与尊阃尚可自慰者,乃令爱天性顽劣,否则以如此少小年龄,断不致铸成如此大错。姑不论是非曲直,先生实令人感伤同情，不仅内子与敝人均具同感，凯瑟琳夫人暨千金经敝人禀告，亦深表同情。且夫人、千金与敝人同感忧虑，令爱此一失足，势必累及其他姐妹未来福祉。恰如夫人赐言，今后尚有何人愿与此种家庭联姻。夫人如此灼见使敝人忆及去岁十一月事，其时彼事苟另有所成，小子今日势必深陷府上悲戚之中，蒙羞受辱矣，忆念及此，不胜欣慰。敬祈先生善自宽解，弃绝与此不肖女之骨肉亲情，任其自作愆尤，自食其果。

某某敬上

加德纳先生一直等到接读了福斯特上校的答复，才写了第二封信，而且也没有传来任何令人高兴的信息。谁也不知道魏肯有什么亲戚仍然和他保持联系，不过肯定他没有任何至亲仍然在世。他以往的熟人很多，但是自从他参加民团以后，看来和其中任何人都没有保持特别的友谊。所以找不出谁可以提供他的任何消息。他手头十分拮据，加上又害怕让莉迪亚的亲友发现，所以千方百计想要躲藏起来，因为最近才刚刚透露出来，他出走前留下了几笔赌债，数目十分可观。福斯特上校认为，需要一千多镑才能还清他在布赖顿的债务。他在这个市镇借了许多债，不过赌债更加惊人。加德纳先生并没有打算向朗博恩一家人隐瞒这些具体的真相，简听得胆战心惊。"一个赌棍！"她大叫起来，"这可是完全出人意料！我连想都没想过！"

加德纳先生信上还说，第二天，也就是星期六，她们可以在家里见到她们的父亲了。他们两人的全部努力都毫无结果，本内特先生弄得垂头丧气，只好同意内弟的恳求，自己先回家，把事情留给内弟，由他斟酌情况妥善处理，继续追查。几个女儿原来以为，母亲一直担心父亲性命难保，听到这个消息一定非常高兴，谁知大谬不然。

"什么，他没带着可怜的莉迪亚就自己回来啦！"她叫嚷起来，"他没有找到他们以前，决不应该离开伦敦。他走了，谁去同魏肯决斗，逼着他娶她？"

加德纳太太这时表示想要回家了,于是大家商量好,她带上几个孩子,就在本内特先生从伦敦回来的那天,动身回伦敦去。这样,马车送他们到旅途的第一站,然后就把主人接回朗博恩。

加德纳太太走的时候,对伊丽莎白和她在德比郡的那位朋友的事还是茫然不解,这件事从在德比郡的时候开始,就一直萦绕在她心头。外甥女在他们面前从来没有主动提起过他的姓名;加德纳太太原来半信半疑,指望他会有信跟踪而来,结果是音信杳无。伊丽莎白回家以后,一直没有收到来自彭贝利的信。

家里目前出现了这种不幸的情况,伊丽莎白情绪低落,也就没有必要再找其他理由来解释了;因此只凭这一点,并不能看出什么端倪,不过伊丽莎白这时相当了解自己的心绪,她完全明白,要是她根本不认识达西,那么莉迪亚出了这种丑事,她担惊受怕多少还可以轻一点。她想,那样也许会减少几个不眠之夜。

本内特先生到家的时候,依然是往常那种明哲冷静、泰然自若的样子。他还是像素来那样寡言少语,矢口不提他这次出门奔走的事情,过了好久,他女儿才敢谈起。

一直到下午他来和她们一起喝茶的时候,伊丽莎白这才鼓起勇气提起这个话题。她简要地表示,父亲一定受了很多苦,她感到难过,他这才回答说:"别说这个了。除了我自己以外,谁应该受苦呢?这是我自作自受。"

"你不应该过分苛责自己。"伊丽莎白回应说。

"你完全有理由提醒我,不要犯这样一种罪过。人的本性就是非常容易掉进这个陷阱!不,丽琪,让我这辈子就这么体验一次,我多么应该受到谴责。我不怕这种想法会把我压垮。事情很快就会过去的。"

"你以为他们在伦敦吗?"

"是的。在其他地方,他们怎么能隐藏得这么严实呢?"

"莉迪亚老想去伦敦。"基蒂插上一句。

"那么,她刚好如愿以偿了,"父亲冷冷地说,"她很可能还得在那里住一段时间喽。"

"To whom I have related the affair"

他沉默了一会儿，又接着说："丽琪，今年五月份你劝告我的话是对的，我一点也不反感。从发生的这件事来看，说明你有远见。"

本内特小姐这时正好来端她母亲的茶，把他们的谈话打断了。

"还真排场呢，"本内特先生大声叫道，"这也有些好处，它给不幸增添了这样一点高雅！改天我也照办，我要坐在我的书房里，戴上睡帽，穿上长袍，尽量给大家找些麻烦；或者推迟一点，等基蒂私奔了再干。"

"我才不会私奔呢，爸爸，"基蒂气呼呼地说，"要是我去布赖顿，我的行为一定比莉迪亚好。"

"你去布赖顿！给我五十镑，我也信不过你，连伊斯特布恩那么近的地方也不让你去！不行，基蒂，我终于学得谨慎了，你会懂得它的厉害的。以后再也不准任何一个军官进我家的门，甚至别想经过我这个村子。决不允许再参加舞会，除非你跟哪个姐姐跳。也不许你走出家门，除非你能证明，你每天在家里规规矩矩地待了十分钟。"

基蒂把这些吓唬她的话看得很认真，不由得哭了起来。

"好了，好了，"本内特先生说，"不要自己伤心嘛。如果你今后十年能做个好姑娘，到时候我就带你看军队检阅去。"

第七章

本内特先生回家两天以后，简和伊丽莎白一起正在房子后面灌木丛中的小路上散步，看到女管家向她们走过来，还以为她是来叫她们到母亲那里去，就迎上前去；可是她们走到女管家跟前才知道不是她们想的那回事，因为女管家对本内特小姐说："小姐，请原谅我打扰了你，不过我想，也许你们听到了城里来的什么好消息，所以我冒昧地来问一下。"

"你这是什么意思，希尔？我们没有听到城里传来了什么消息呀。"

"亲爱的小姐，"希尔太太大为吃惊地喊叫起来，"你们不知道加德纳先生派了一个专差来见主人吗？他来了半个钟头啦，主人收到了一封信。"

两个姑娘一听就往回跑，心急火燎地根本没有时间说话。她们穿过

门厅,跑进早餐厅,从那儿跑到书房,这两处地方父亲都不在;她们正要上楼到母亲那儿去找他,却遇见了男管家,他说:

"小姐,你们是在找主人吧,他朝小树林那边走过去了。"

她们一听,马上又穿过门厅,跑过草地,去找父亲,只见他正在从容不迫地朝围场边上那座小树林走去。

简不像伊丽莎白那样轻巧,也不像她那样惯于跑步,很快就落在后面了,这时妹妹跑得气喘吁吁,追上了父亲,急切地大声喊道:

"喂,爸爸,什么消息?什么消息?你收到舅舅的信吗?"

"是的,我收到了他派专差送来的一封信。"

"嗯,信里有什么消息?好的还是坏的?"

"能指望有什么好消息呢?"他说着,就从口袋里把信掏出来,"不过你也许愿意念念。"

伊丽莎白迫不及待地从他手上把信抓过来。这时简也赶来了。

"大声念吧,"父亲说,"因为我自己也没弄清楚里面写的是什么。"

亲爱的姐夫:

  我终于能够告诉你一点外甥女的消息了,我希望大体上能够使你满意。你星期六离开我以后,不久我就很幸运地查出了他们住在伦敦的哪一个地区。具体细节等我们见面时再相告。只要知道已经找到他们就够了,我已经见到了他们俩——

"事情正像我一直希望的那样,"简大声说道,"他们结婚了!"

伊丽莎白继续往下念:

我已经见到了他们俩。他们并未结婚,我也看不出他们有结婚的打算;不过我不揣冒昧,代你同意了几项条件,如果你愿意履行,我想他们不久就可以成婚。对你的要求只是:你向莉迪亚保证,在你和我姐姐去世后给孩子们留下的五千镑遗产中,莉迪亚可以根据结婚时财产授予处理法律的规定,平等地分得一份;除此以外,保证你在世时每年付给她一百镑。我自认已经得到授权,因此经过全盘考虑,毫不迟疑地同意了这些条件。我将派专差给你送去此信,以便不失时机地得到你的回音。从这些具体情况看,你不难了解,魏肯先生的情况并不像大家认为的那样无可救药。大家在这方面有所误解;我很高兴,即使他还清所有债务,他仍有少量余款交给外甥女,至于她本人的财产还不包括在内。如果照我料想的那样,你授予我全权代表你处理整个此项事务,我就立即吩咐哈格斯顿办理财产授予手续。你毫无必要再进城,因此你可以安心待在朗博恩,完全由我尽量小心办理。请尽早给我回音,并请注意写得明确无误。我们认为,外甥女最好是从我们家里出嫁,希望你会同意。她今天即可来此。如有其他决定,我当再即时奉告。

   愚弟 爱·加德纳
   八月二日星期一
    于承恩寺大街

"这可能吗?"伊丽莎白念完以后,大声叫起来,"他真有可能娶她吗?"

"那么魏肯还不是像我们想的那样不像话,"姐姐说,"亲爱的爸爸,恭喜你。"

"你回信了吗?"伊丽莎白问。

"没有。不过得马上写。"

于是伊丽莎白极其恳切地请求他快写,别再耽搁。

"哦,亲爱的爸爸,"她叫道,"回去吧,马上就写。想想吧,在这种情况下,每分钟都是多么重要呀。"

"让我代你写吧,"简说,"要是你讨厌这种麻烦事情的话。"

"我非常讨厌,"他回答,"可是又非写不可。"

他一边说,一边转身,和她们一起往屋子里走。

"我可以问问吗?"伊丽莎白说,"不过我想,那些条件都必须答应吧。"

"答应!不过我觉得不好意思,他居然要得那么少。"

"他们必须结婚！可他又是那么一个人！"

"是啊，是啊，他们必须结婚。还有什么别的办法呢。不过，有两件事我很想弄清楚：一件是，你舅舅垫了多少钱才弄来这么个局面；另一件是，我将来怎么还他。"

"钱！我舅舅！"简叫道，"你这是什么意思呀，爸爸？"

"我的意思是说，任何一个头脑清楚的人都不会娶莉迪亚，因为她的诱惑力太小了，我活着的时候每年只有一百镑，我去世以后一共也只有五千镑。"

"这倒是真的，"伊丽莎白说，"虽然我以前从来没有想到这一点。他的那些债得偿还，而且还要留点钱！啊！这一定是舅舅帮的忙！多么慷慨善良呀，我真担心他苦了自己！小小一笔钱是办不了这一切的。"

"是呀，"父亲说，"魏肯如果不得到一万镑——少一个子儿都不行——就娶了莉迪亚，那他就成了大傻瓜了。我应当抱歉，我刚要同他结亲就把他想得这么坏。"

"一万镑！上天不容！哪怕只一半，又怎么还得起？"

本内特先生没有回答，他们每个人都陷入沉思，一直走到家门口，谁都没有讲话。父亲到书房去写信，两姐妹走进早餐厅。

"他们真要结婚了，"伊丽莎白一等到只剩下她们俩就大声说，"这真让人莫名其妙！我们还要为这谢天谢地呢。他们居然要结婚，尽管他们幸福的可能性小，他的人品又那么坏，我们还不得不高兴！啊，莉迪亚！"

"我总是自己安慰自己，"简回答，"我心想，如果他不是真正爱莉迪亚，他肯定不会娶她。虽然好心的舅舅帮他还了债，我可不相信会出了一万镑，或者和这差不多大小的数目。他自己有几个孩子，将来还会增加。哪怕一万镑的一半，他又怎么拿得出来？"

"如果我们能知道，魏肯欠的债是多少，"伊丽莎白说，"他给咱们妹妹又留下多少，就可以准确知道，舅舅帮了他们多少了，因为魏肯自己是一个子儿也没有的。舅舅、舅妈的恩德，我们一辈子也报答不了。他们牺牲自己为她好，把她接回家去，亲自保护她，勉励她，一辈子感恩戴德也报答不了。这个时候她已经和他们在一起了！如果这样一种仁心善意还不能叫她感到痛心,那她就永远不配得到幸福!她刚一见到舅妈的时候,会是怎样一种情景呀!"

"我们必须努力忘掉双方过去所发生的一切,"简说,"我希望,而且还相信,他们仍然会幸福。我认为,他同意娶她,就证明他的念头正在朝着正道上走。他们相互爱恋,就可以使他们坚定下来。我很高兴,他们会悄悄地安顿下来,合情合理地过日子,到时候就可以让大家忘掉他们过去的荒唐行为了。"

"他们的行为也太荒唐了,"伊丽莎白答道,"哪怕是你、我,或者别的任何人,永远也不会忘记。谈论这事又有什么用。"

这时候她们俩忽然想起,母亲完全可能还根本不知道发生了什么事。因此她们就去到书房,问父亲是否愿意她们去告诉她。他正在写信,头也没抬,冷冷地答道:

"随你们的便。"

"我们可以把舅舅的信拿去念给她听吗?"

"愿意拿什么就拿什么,快走。"

伊丽莎白从他的办公桌上拿起信,她们就一起上楼去了。玛丽和基蒂都和本内特太太在一起,所以只要讲一次,大家就全知道了。她们只是略微提了一下有好消息,就念起信来。本内特太太简直控制不住自己了。简一念出加德纳先生希望莉迪亚很快结婚的那句话,她立即乐不可支,后面每念一句话,都让她更加兴高采烈。她现在欢欣鼓舞,兴奋激动,而在这以前,一直是烦恼恐慌,坐立不安。知道女儿要结婚,这就足够了。她既没有因为担心女儿的幸福而感到不安,又没有因为想起她行为不端而觉得丢丑。

"我的心肝宝贝莉迪亚!"她大声叫嚷,"这真叫人痛快!她要结婚了!我又要看到她了!她才十六岁就要结婚啦!我那人好心好的弟弟呀!我早就知道事情会怎么样——我早就知道他能把一切都办好。我多么想见到她呀!也想见到亲爱的魏肯!可是衣服和结婚礼服呢!我要马上写信给我弟媳妇谈谈这些事。丽琪,亲爱的,快跑下楼去找你爸爸,问问他要给她多少嫁妆。等等,等等,我自己去吧,基蒂,摇铃叫希尔来。我马上就都穿戴好,我的心肝宝贝莉迪亚!等我们见了面,待在一起,该多么高兴呀!"

她大女儿见她这样欣喜若狂,竭力想让她安静一点,便提醒她想想加德纳先生的所作所为,使他们全家都受了他的大恩大德。

"这件事得到这种完满的结局,"她接着又说,"我们必须大大归功于他的仁慈善良。我们相信,是他答应拿钱帮助魏肯先生。"

"是呀,"母亲叫嚷道,"所有这些都很在理儿,除了她的亲舅舅,谁会这样做呢?你们知道,要是他没有他自己的家,我和我的这些孩子早就得到他所有的钱啦,除了很少几样礼物,这还是我们第一次得到他一样东西。好啦!我多么快乐呀。要不了多少时候,我就有一个女儿出嫁了。魏肯太太!这叫起来多好听呀。她今年六月份才十六岁呢。亲爱的简,我的心跳得发慌,肯定写不了,还是我用口讲,你替我用手写吧。钱的事,我们以后再和你们的爸爸商量解决吧;陪嫁的东西可得立刻就去订呀。"

于是她就一件一件详详细细地说了出来:细棉布,平纹细布,麻纱,要不是简好不容易劝说她稍候一候,等父亲有空闲的时候先商量一下,那么她一会儿工夫早就说出一大堆订购的东西了。简还说,耽搁一天也没有多大关系。她母亲太高兴了,所以也不像平时那样固执。而且她脑子里又冒出了别的计划。

"我要到梅里顿去,"她说,"一穿好衣服就走,去把这个天大的喜讯儿告诉我妹妹菲利普斯。回来的时候,还可以去看看卢卡斯夫人和郎太太。基蒂,快跑到楼下去,吩咐套车。我相信,出去换换空气对我大有好处。姑娘们,要我在梅里顿帮你们办点什么事吗?哦,希尔来了。亲爱的希尔,你听到这个喜信儿了吗?莉迪亚小姐就要结婚了;举行婚礼的时候,你们大家都可以喝上一碗五味酒助助兴。"

希尔太太立即表示她很高兴,并且向大家一一贺喜,伊丽莎白也在被贺之列,但她腻烦这种无聊的玩意儿,就躲进自己的屋子里去,好自由自在地想想心事。

可怜的莉迪亚,即使从最好的方面说,也是够糟的;但是没有变得更糟,她就该谢天谢地了。伊丽莎白也有这样的感觉;虽然瞻望前途,她妹妹既盼望不到理所应得的幸福,也盼望不到尘世间的荣华,然而回顾一下仅仅两个小时以前他们还担心害怕的事情,她又感觉到,他们落到这样的结果已是万幸了。

第 八 章

本内特先生半世为人,常常希望不要把收入全部花光,而是每年存上一笔,为的是较好地供养他那几个孩子,如果他妻子活得比他长,也好供养她。他现在比以前更希望这样。如果他过去尽到了这方面的职责,现在莉迪亚就用不着舅舅破费来换回她的那份体面和名誉了,而且劝诱大不列颠最不足取的一个年轻人来做她丈夫的责任,也就会落在更合适的人的肩上了。

他心里非常不安,这样一件对谁都没有好处的事情,竟要由他内弟独力花钱来促成;他决心要弄清楚,他究竟帮了多少,好尽早偿还这笔债务和这份人情。

本内特先生刚刚结婚的时候,根本用不着节俭度日,因为他们当然会添一个儿子,儿子一到了法定的年龄,就可以终止限定继承权,孤儿寡母的生活据此也就有了保障。五个女儿一个接一个出世了,可是一个儿子也没来;本内特太太生下莉迪亚五年以后,还满有把握可以生出一个儿子来。这件事终归失败了,可是到这个时候再来精打细算,已经为期过晚。本内特太太并未改弦易辙来厉行节俭,只是因为她丈夫喜欢独立自主,这才没有使他们入不敷出。

根据婚约条款的规定,拨出五千镑作为遗产,来赡养本内特太太和孩子们。但是孩子们按什么比例来分享,则要依父母的遗嘱而定。这个问题,至少是关于莉迪亚的那一份,现在就得解决,本内特先生对这个摆在他面前的建议不得犹豫,只能接受。他给内弟写信虽然措词极其简要,但是对他的善意充分表露了感激之情,接着白纸黑字写下了他完全赞同他所做的一切,并且愿意履行他代自己答应的条件。他在此以前从来没有想到,劝说魏肯娶他女儿这件事,目前会安排得这样顺利,省掉了他一切不便。他每年要付给他们一百镑,但是这充其量也不过是每年损失十镑而已,因为女儿连吃带用,再加上经过母亲的手不断贴给她的钱,和这笔钱也相差无几。

这件事叫他喜出望外也还另有一点,那就是他本人轻而易举地没费多大力气,因为他目前主要的希望就是让这件事麻烦越少越好。他起先怒气冲天,激励他采取行动去找自己的女儿,这阵怒火平息之后,他自然又恢复了以前那种懒散悠闲。他那封信很快发出了,因为他虽然答应事情时拖拖拉拉,可是动手干起来还手脚麻利。他恳请内弟更详细具体地告诉他,他蒙恩受惠到底有多少,可是对莉迪亚则十分生气,连附笔写给她几个字都没有。

这个好消息很快就传遍了全家上下;而且也以类似的速度传遍了左邻右舍。邻居中间,大家都是一副世情通达的神气。说真的,如果莉迪亚·本内特小姐落到接受地方救济①的地步,或者幸而又幸,住在偏僻遥远的农舍与世隔绝,那就更容易为人津津乐道。不过她要出嫁,也让人议论纷纷。梅里顿那些口毒心狠的太太小姐们,原先也曾好心好意地希望她循规蹈矩,现在虽然事过境迁,她们依然精神抖擞,喋喋不休,说她因为嫁了这样一位丈夫,准保受罪。

本内特太太没有下楼已经有两个星期了,不过在今天这个喜庆的日子里,她又坐上了首席,那种兴高采烈的神气让人觉得难受。她得意忘形,没有任何羞耻感使她稍有收敛。自从简满了十六岁那时候起,把女儿嫁出去就成了她的头号心愿,现在马上就要称心如意了。她心里想的,嘴上说的,翻来覆去全都是阔绰婚礼上的种种排场,上好的平纹细布,崭新的马车和一群男女仆役。她忙个不停,一心想在附近给她女儿找处合适的地方;她不知道,也不考虑,他们有多少收入,好多房子都不看在眼里,不是觉得不够宽大,就是觉得不够排场。

"如果古尔丁家搬走,"她说,"哈耶庄园也许还可以;要不,如果斯托

---

① 指莉迪亚私奔后又遭遗弃,在有家难归的情况下,有可能沦为靠接受社会救济为生的女人。

克大厦的客厅大一点,那也行;但是阿希沃思就太远了。让她住得离我们十英里远,那我可受不了;至于珀维斯楼,那阁楼可太不像样子了。"

用人在场的时候,她丈夫就让她信口开河,但是他们一走开,他就对她说:"本内特太太,所有这些房子,你给你女儿、女婿弄一处也好,全弄上也好,反正事先我们得讲清楚,这一带有一所房子,决不让他们进门。我决不在朗博恩接待他们,来纵容他们厚颜无耻的行为。"

这样一说又引起了长时间的争吵,但是本内特先生绝不让步;接着又引起了另一场争吵:本内特太太发现,她丈夫对他女儿添置衣服的事分文不给,不禁又惊又怕。他发誓说,莉迪亚现在休想得到他丝毫的恩情。本内特太太听了这句话,简直无法理解。他的愤怒居然会达到这样一种不可思议的恨之入骨的程度,甚至不肯给自己的女儿特别通融一下,这岂不会使她的婚姻几乎成为无效,这完全超出了她的想象之外。女儿出嫁没有新衣服,她深深感到丢脸,而女儿在婚前两个星期和魏肯又私奔又同居,她却毫不感到羞耻。

伊丽莎白现在真心感到懊悔,她不该由于一时难过而让达西先生知道了他们都在为她妹妹担心的这件事,因为既然她妹妹一结婚,很快就可以正当地了结这段私奔,他们可能很有希望瞒住开头那段不光彩的事情,不让所有那些当时不在现场的人知道。

她并不担心这件事会由于达西先生的关系而进一步传播出去。没有什么人能像他那样得到她的信赖,他一定会保守秘密;但是与此同时,也没有任何人能像他那样知道了她妹妹的一桩丑闻,就能使她感到那么多的羞辱悔恨。然而这倒不是担心这件事对她自己个人有什么不利,因为无论如何现在他们之间看来已经有了一条不可逾越的鸿沟。即使莉迪亚的婚姻终于能够十分圆满体面,也不可能设想,达西先生会让自己和这样一个家庭结亲,因为对这家人除了有其他可以反对的理由之外,现在又增加了一条:和一个他理所当然要深恶痛绝而不愿与之为伍的人结为至亲。

达西先生对这样一门亲事要裹足不前,她觉得不足为奇。她本人对他在德比郡时的感情觉得很有把握,但是他博取她的芳心的愿望,根据合

"The spiteful old ladies"

乎理性的估计,承受不了现在这样的打击。她感到自卑,她感到悲伤;她也感到悔恨,虽然她不大知道她悔恨什么。她再也没有希望从他的敬重中得到什么好处了,这时她反而更加珍惜他的这种敬重。看来几乎没有可能得到他的任何音讯了,这时她却想要听到他的消息。他们再度重逢看来不大可能了,而这时她却坚信,她和他在一起会幸福。

她常常在心中思量,不过四个月以前,她高傲地拒绝了他的求婚,如果他知道,她现在会十分愉快而且心怀感激地接受他的求婚,他该会多么得意扬扬啊!她坚信他是男子当中最宽宏大量的人,但是他也是人呀,所以他一定会扬扬得意。

她现在开始懂得,他正是在性情和才能上都适合她的那个男子。他的见解和脾气,虽然和自己不一样,却完全可以让她称心如意。他们共结丝萝一定是珠联璧合;她活泼大方,可以熏陶他,使他心性柔和,举止温文;而他公正精明,见多识广,也一定能开导她开阔眼界,大有进益。

但是这样一起美满姻缘目前已成泡影,已无法令千千万万情海中人懂得家庭幸福究竟为何物。一门别种意趣的亲事很快就要在他们家里结成,而且正是那门亲事葬送了这一起姻缘。

她无法想象,魏肯和莉迪亚依靠什么来维持他们那种无所事事的生活。但是她却不难想象,那种依靠情欲远多于依靠品德才结合在一起的夫妇,不会得到什么长久的幸福。

加德纳先生不久又给他姐夫写了一封信。他对本内特先生的感谢简要地回应了几句,说他热诚地希望促进他家里每个人的幸福生活;最后还请求他今后再也不要提起这件事。他这封信的主要目的是告诉他们,魏肯先生决心离开民团。

他在信中写道:

> 我非常希望,他的婚姻一安排妥当,他就马上这样做。我认为,考虑到脱离民团无论对他还是对我外甥女来说,都是最高之上策,所以你一定会同意我的意见。魏肯先生有意参加正规军,

而且他的老朋友中间还有人既有力量又很愿意在这方面给他帮忙。某某将军麾下有个团现在驻扎北方,答应给他安排一个少尉的职位。该地离这一带很远,倒很有好处。他还颇有前途,我希望他们人地生疏,两人都要保持尊严,做事会谨慎一些。我已致函福斯特上校,告诉他我们目前的安排,并请他知会魏肯先生在布赖顿和附近的所有债主,一定尽快偿清债务,我为此已亲自做出保证。并请你费神同样知会他在梅里顿的那些债主,我将根据他提供的情况列一名单附上。他说出了他的全部欠债,我希望他至少对我们没再欺骗。我们已吩咐哈格斯顿,一周内可以完成一切手续。如果他们不首先接到邀请去朗博恩,届时他们将去他所属之团。我从内人处获悉,外甥女很想在离开南方北上之前,见见你们大家。她近况很好,并请我代她问候你和她母亲。

愚弟　爱·加德纳谨上

　　本内特先生和女儿们都和加德纳先生一样看得十分清楚,魏肯离开某郡好处很多。但是本内特太太对这件事则不是那么高兴。她原来盼望这个女儿快快活活、大模大样地给她做伴,并没有放弃让他们在哈福德住下的计划,正在这个时候,莉迪亚要去北方定居,就让她深感失望了。另外,莉迪亚和民团里每个人都很熟悉,还有许多她喜欢的人,她这一走该多么可惜。

　　"她那么喜欢福斯特太太,"本内特太太说,"把她送走可未免太糟糕了!还有几个年轻人,她也非常喜欢。某某将军手下的那个团里的军官,也许并不那么活泼可爱。"

　　女儿要求——权且可以看作如此吧——在动身去北方之前,允许她再回家来看看,起初遭到本内特先生斩钉截铁的拒绝。但是简和伊丽莎白考虑到她们的姐妹之情和影响,一致希望父母不要不理睬她这门亲事,恳求父亲等他们一结婚就立刻在朗博恩接待她和她丈夫,她们讲得情词恳切,而又合情合理,婉转温和,父亲终于被打动了,同意她们的想法,按她们的希望办事。母亲知道,在莉迪亚放逐到北方去以前,她可以把她出了嫁的女儿向左邻右舍炫耀一番,于是又感到得意起来。因此本内特先生给他内弟再写回信的时候,就表示允许他们回来,并且说好,他们婚礼一结束,就立刻动身来朗博恩。然而伊丽莎白却感到惊讶,魏肯居然同意这样一种安排,如果单单从她自己的意思来说,她是很不愿意再和魏肯见面的。

第九章

妹妹的婚期到了,简和伊丽莎白对她的怜悯或许甚过她对自己的怜悯。派出去一辆马车到某地迎接这对新婚夫妇,预计他们要在晚饭之前乘车到达。两位年长的本内特小姐对他们到来都心怀恐惧,简更是特别恐惧,她设身处地为莉迪亚着想,如果她成了罪人,心里会有什么感触,她再想到妹妹一定会感到痛苦,自然就苦不堪言了。

他们来了。全家都聚在早餐厅迎接他们。马车驶到门口的时候,本内特太太满脸堆笑,她丈夫则板着面孔,神情凛然,几个女儿惊慌焦虑,忐忑不安。

门厅里响起了莉迪亚的声音,门一下子推开了,她跑进屋子里来。她母亲迎上几步,拥抱着她,欣喜若狂,接着又面带亲切的笑容,把手伸向跟在新婚太太身后的魏肯,祝愿他们夫妇快乐,那种欢欣雀跃的样子,说明她对他们的幸福毫不怀疑。

然后他们转向本内特先生,他对待他们可不像本内特太太那样热诚。他的面孔显得非常严肃,几乎连口也没开。这对年轻夫妇那种心安理得的神气就足够惹他生气的了。伊丽莎白觉得厌恶,连本内特小姐也感到震惊。莉迪亚还是依然故我:野性未驯,毫无廉耻,狂妄任性,聒噪不休,肆无忌惮。她从这个姐姐面前走到那个姐姐面前,要她们给她道喜,等到最后大家就座,她急急忙忙环顾餐厅四周,注意到有些微的改变,于是笑着说,她有好久没有回到这里来了。

魏肯也像她一样毫不难过,但是他的仪容举止总是那样招人喜欢,如果他的品格端方,婚姻正当,那么这次他前来认亲,他那副笑容满面、应对自如的模样,一定会叫大家十分高兴。伊丽莎白以前还不相信他竟会这样恬不知耻;不过她还是坐了下来,暗自下了决心,对于厚颜无耻之徒,今后决不再给他去划定什么无耻的限度了。她脸红了,简也脸红了,但是那两个让她们觉得汗颜的人,却是无动于衷、面不改色。

座中不愁没有人说话。新娘和她母亲喋喋不休;魏肯恰好坐在伊丽莎白旁边,他问起他在这一带的熟人的情况,那样嘻嘻哈哈,若无其事,伊丽莎白答话时都感到难于做到那种样子。这一对新人好像都有一些最为美好的回忆。他们回首往事也没有一桩令他们痛苦。莉迪亚还主动提起了一些事情,如果换了她姐姐们,这些事情是根本不会提起的。

"想想吧,"莉迪亚大声说道,"我离开这里已经有三个月啦;依我说,好像还不过两个星期;然而在这段时间却发生了好多事情。天啊,我离开的时候,真没想到会结了婚才回来!不过我倒是想过,如果结了婚,那该多么好玩儿呀。"

她父亲抬起眼睛。简感到难受。伊丽莎白则给她使眼色;可是莉迪亚对她不乐意理睬的任何事情,一向是听不到也看不见的。她高高兴兴地继续说:"啊!妈妈,这里的人知道我今天结了婚吗?我怕他们还不知道呢。我们的马车追过了古尔丁的轻便马车,于是我决定让他知道知道,我就放下紧靠他那边的玻璃窗,脱下手套,把手刚好靠在窗口上,于是他就可以看见我的戒指,然后我向他点点头,笑了笑,真是妙极了。"

伊丽莎白再也忍受不住了。她站起身来,跑出了屋子,直到大家穿过门厅,走进了餐厅,才回来。她走过来的时候,刚好看到莉迪亚风风火火地炫耀自己,走到母亲的右手边,并且听见她对大姐说:"嗳!简,我现在占了你的位置了,你得坐到下首去,因为我是结了婚的。"

莉迪亚从一开头就丝毫没有感到难为情,过了一段时间也不必设想她会感到羞愧。她反而越来越满不在乎,越来越兴致勃勃。她急着要去看望姨母菲利普斯太太、卢卡斯一家,还有其他所有的邻居,听听他们每一个人称她"魏肯太太"。这会儿,她一吃过饭,就又去向希尔太太和两个使女炫耀她的戒指,夸耀她结了婚。

"嗯,妈妈,"大家都回到早餐厅的时候,莉迪亚说,"你觉得我丈夫怎么样？难道他不是一个令人着迷的人吗？我相信，我那几个姐姐一定全都羡慕我。我只希望，她们能有我一半的好运气就好了。她们应该全都到布赖顿去。那是个找丈夫的好地方。多可惜呀，妈妈，我们没有大家一起去。"

"一点儿也不错，要是依了我的意思，那我们就全去了。可是亲爱的莉迪亚，我可不愿意你到那么远的地方去。难道非去不可吗？"

"哦，天哪！是的，不过这也没有什么大不了的。我反倒还喜欢这样呢。你和爸爸，还有姐姐们，一定要来看看我们。我们整个冬天都要住在纽卡斯尔。我敢保那里会有一些舞会，我一定留心，给大家都找上好舞伴。"

"那我就最喜欢了！"她母亲说。

"然后等你们走的时候，可以把一两个姐姐留下来，不等冬天过完，我一定可以帮她们找到丈夫。"

"谢谢你对我的那份好意，"伊丽莎白说，"不过我特别不喜欢你这种找丈夫的办法。"

客人们和大家一起顶多待十天。魏肯先生离开伦敦之前就接到了委任，他得在两星期内到团里报到。

他们只能待这么短的时间，除了本内特太太外，谁也没有觉得可惜。她尽量抓紧时间带着这个女儿到处拜会，而且还经常在家里举行宴会。大家都欢迎这种宴会；那些确实想过的比起那些并未想过的人，要更加乐意逃避家庭的小圈子。

正如伊丽莎白所料，她发现魏肯爱莉迪亚不及莉迪亚爱魏肯。她几乎用不着目前再来观察，只从事理就可断定，他们之所以私奔，与其说是出于他爱她，毋宁说是出于她爱他；如果伊丽莎白不是断定，魏肯出逃是由于穷途末路，环境所迫，那她就会觉得奇怪，他对莉迪亚既然没有强烈的爱情，为什么居然会选择和她私奔这一步呢；如果事情真是像伊丽莎白所推断的那样，那么像魏肯这样的一个年轻人，既然有人肯来路上做伴，当然不会错过机会。

莉迪亚特别喜欢他。他随时随地都是她的心肝宝贝魏肯；谁也无法和他相比。他无论做什么都是举世无双的;她相信,到了九月一日那一天①,他打的鸟儿一定比那个地方的任何人都多。

他们回来不久,有一天早晨莉迪亚正和她两个最年长的姐姐坐在一起,对伊丽莎白说:

"丽琪,我想我还没给你讲过我结婚的情况呢。我讲给妈妈和别的人听的时候,你都不在。难道你不想听听当时是怎么办的吗?"

"真的不想,"伊丽莎白回答,"我想,这件事谈得越少越好。"

"你看!你这个人怎么这么怪!可我一定得把那经过说给你听听。我们结婚,你知道,是在圣克利门教堂。按规定我们要在十一点钟以前到那儿。舅舅、舅妈和我一起去,别的人在教堂里和我们会合。嗯,到了星期一早晨,我紧张得不得了!你知道,我真害怕发生什么事,把婚礼耽搁了,要是那样,我就会疯了。我梳妆打扮的时候,舅妈一直在跟前没完没了地说呀,讲呀,仿佛她是在布道似的。不过她讲十个字,我也不见得听进了一个字,因为我心里一直在想我亲爱的魏肯,你可能推想得到。我渴望知道,他是不是要穿他那身蓝色上衣结婚。

"嗯,就这样我们像平常一样在十点钟吃早饭;我想,这顿饭永远也吃不完啦;因为我得顺便告诉你,我待在舅舅家里的时候,舅舅、舅妈简直讨厌得要命。你信不信,我在那里住了两个星期,没有出过一次大门。没有参加过一次宴会,没有参加过一次有趣的活动或者什么的。伦敦的确很没意思,不过小剧院②还开着。好了。刚好在马车来到门口的时候,舅舅就给叫走了,到那个讨厌的斯通先生那里去办事。可你知道,他们俩要是碰到一起,那就没有完了。我简直吓坏了,不知道怎么办好,因为舅舅要陪送我,要是过了钟点,我们那天就结不成婚了。不过还很幸运,他不到十分钟就回来了,于是我们大家就动身了。不过我后来回想,即使他真正脱不了身,婚礼也不需要推迟,因为达西先生也可以代劳。"

"达西先生!"伊丽莎白骇然一惊,不禁重复了一声。

---

① 英国为保护鸟类有法定禁猎期,在简·奥斯丁的时代,每年九月一日为鹧鸪猎期开始之日。
② 建于十八世纪的一座小型实验剧场,位于干草市场街,十九世纪初拆除。

"哦,是的!——他要陪送魏肯去那儿,你知道。天啊!我都忘了!我应该一个字都不露。我答应他们一字不露的!魏肯会怎么说呢?这可得严守秘密呀!"

"如果这要严守秘密,"简说,"这件事你就一个字也别再说啦。你可以放心,我不会追问的。"

"哦!那当然,"伊丽莎白说,虽然她心急如焚,很想知道,"我们不再问你什么问题了。"

"谢谢你们,"莉迪亚说,"因为如果你们要问,我一定会全都告诉你们,那么魏肯就要生气了。"

伊丽莎白明白,这是鼓励继续追问,于是她便跑开了,好让自己没法子再追问。

但是,对这样一个问题,决不能蒙在鼓里,至少不可能不去把情况打听清楚。达西先生参加了她妹妹的婚礼。那样一个场面,接触那样一些人,这明摆着还是他最不愿去参加,最不愿意去干的。这件事的意义何在,她胡思乱想,东猜西猜,但是脑子里找不到一个满意的答案。最让她满意的想法就是把他的行为往最高尚的方面去想,可是这看来又极不可能。问题这样悬而不决,她简直忍受不了,于是匆匆忙忙抓起一张纸来,给她舅母写了一封短信,要求她在不违背原来打算保守秘密的条件下,对莉迪亚失言透露的事情解释一下。

"你不难理解,"她接下来写道,"一个人跟我们任何一个人都非亲非故,而且(比较而言)和我们家的关系几若路人,竟然能在这种时刻和你们站在一起,我当然会感到好奇,急于了解。恳求你立即来信,让我弄明白这件事——除非正如莉迪亚所说,有必要保守秘密,而且确实有令人信服的理由,应当继续保守秘密,那样我也就只好甘心蒙在鼓里了。"

"然而我决不甘休,"她写完信后又继续自言自语,"亲爱的舅妈,如果你不正大光明地告诉我,那我肯定就要施展种种计谋,采用种种策略,来弄个水落石出了。"

简的名节观很强,自己决不会私下向伊丽莎白谈到莉迪亚失口之言;这对伊丽莎白也是正中下怀。她去信询问,不管是否可以收到满意的答复,但是在收到答复之前,她宁可没有能够吐露知心话的心腹。

第 十 章

伊丽莎白的希望果然没有落空,迅速及时地收到了回信。她一拿到信就立刻走进那片小灌木林,在那里最不容易受到打扰。她在一条长凳上坐下来,而且预料会听到令人高兴的消息,因为她看到信很长,相信舅母一定没有拒绝答复。

亲爱的甥女:

刚刚收到你的来信,我准备把整个上午都用来给你回信,因为我还有点先见之明,寥寥数语是讲不完我要告诉你的所有情况的。我必须承认,你的请求使我大吃一惊;我没有料到,你居然会提出这个请求。不过,不要以为我这是在生气,我不过是想让你知道,我想象不到,在你这方面还有提出这类问题的必要,如果你不愿意理解我,那我就只好请你原谅我失礼了。你舅舅也和我一样感到吃惊——如果不是认为你是有关的一方,那他是绝不会像那样办的。如果你真是一无所知,蒙在鼓里,我就非要说个明白不可了。正是我从朗博恩回到家里的那一天,有一位绝对想不到的客人来见你舅舅。是达西先生来访。他和你舅舅闭门密谈了几个小时。还没等我到家,他们已经都谈完了;所以我虽然也很好奇,却还没有达到像你那样焦急难耐。他来是要告诉加德纳先生,他已经找到你妹妹和魏肯的住处,他见到了他们两人,并且和他们谈过话:和魏肯晤谈多次,和你妹妹谈过一次。据我推测,他比我们离开德比郡只晚了一天,他来到城里,决心追寻他们。他承认他这样做的动机,是因为他自认有罪,没有让大家了解魏肯人品卑劣,使品行端正的年轻淑女不至于爱上他,或者相信他。他慷慨地承担责任,把整个事情都归咎于他自己不应有的傲慢态度,并且承认他以前曾经认为,把魏肯的隐私公之于众,会降低他自己的身份，其实魏肯的人品迟早自然会显露原形。因此达西先生认为，自己现在有责任挺身而出，弥补由他本人助长的罪过。如果他别有其他动机，我相信也不会辱没他。他来城里几天以后，才终于找到他们。他有些线索可以帮助追查，这是我们所没有的；而他自知有这些线索，也正是他紧随我们而来的另一个理由。看来好像有一个女人，也就是杨太太，她以前当过达西小姐的家庭女教师，后来因为某种过失而被解职，他并未说出是何种过失。她后来在爱德华大街弄到一所大房子，以后就靠出租房屋为生。达西先生知道，这位杨太太和魏肯关系密切，所以他一到城里就去向她打听魏肯的消息。不过，过了两三天，他才从她那里得到他想要的东西。我推想，她不得到贿赂是不肯吐露真情的，因为她确实知道在何处可以找到她那位朋友。魏肯一到伦敦，马上就去找过她，如果她能够招待他们住进她那所房子，他们早就和她住在一起了。然而，我们这位好心的朋友终于得到了他想要的地址。他们住在某某街。他见到了魏肯，后来又坚持一定要见莉迪亚。他承认，他见她的第一个目的就是劝说她摆脱目前这种不光彩的处境，等到她的亲友经过劝说同意接待她，就立刻回去，并且答应她帮忙到底。可是他发现，莉迪亚一意孤行，不肯回头。她根本不把任何亲友放在心上，她不要他的帮助；让她离开魏肯，她根本不听。她相信，他们迟早总要结婚，至于在什么时候，则无关紧要。她的心气既然如此，他想，剩下惟一的事情也就只能是确保并且促成他们尽快结婚了，而当初他第一次和魏肯谈话时，他很容易地就发现了结婚从来都不是他的打算。魏肯承认，他之所以不得不离开民团，是因为某些赌债逼得很紧；他丝毫不感愧疚，把莉迪亚这次出逃的全部恶劣后果都归罪于她自己一个人的愚蠢。他立意马上辞去军职，对于自己的前途，几乎毫无设想。他必须找个去处，但是他又不知何处可去，而且他也知道，他没有任何东西可以维持生活。达西先生问他，为什么没有立即和你妹妹结婚。虽然大家并不认为本内特先生非常富有,可是他还是有能力为他做点什么,结婚对他的境遇一定还是有些好处。可是,从魏肯对这个问题的答复来看,达西先生发现,他仍然抱有希望,想在其他地方借着攀一门亲事发一笔大财。然而在目前这种情况下,如果有什么可以临时应急的诱惑,他也不见得无动于衷。他们见了几次面,因为需要讨论的事情很多。魏肯当然是不顾可能地漫天要价,不过最后还是降到了比较合理的地步。一切事情都在他们两人之间谈妥了,达西先生下一步就是让你舅舅知道这种情况,于是他才在我回到家里的头一天傍晚,到承恩寺大街造访。但是他没有见到加德纳先生,他打听之后才知道,他仍然同你父亲在一起,不过你父亲第二天早晨就要离开城里。达西先生的判断是,你父亲这个人不像你舅舅那样肯通融,于是当即决定推迟到等你父亲走了以后再来看他。他没有留下姓名,直到第二天都只知道有位先生因事来访。星期六他又来了。你父亲走了,你舅舅在家,而且我前面说过,他们在一起谈了很久。他们星期天又见面了,那时我也见到他了。直到星期一,事情才全部安排妥当;随后就派专人送信去朗博恩。但是我们这位客人太固执了。我想,丽琪,固执才终归是他性格上的真正缺点。人们在不同的时候指责他有这样那样的许多缺点,但是这才是真正的缺点。需要做的任何事情,他都亲自做了,虽然我相信,你舅舅也非常愿意全部由他自己来办。(我说这话不是为了要讨好,所以对别人一个字也别提。)他们为这个在一起争论了很久,其实那一对男女当事人,哪一个也不值得他们这样。不过最后还是你舅舅不得已而让步,不但未能对外甥女出点力,反而不得不被视为有功,而这可是完全与他平素为人处世大相违拗的;因此我确实相信,今天早晨收到你的信,让他非常高兴,因为这就要求做一番解释,也就可以使他不再掠他人之美,而将赞扬归于应得之人。不过,丽琪,这一定要只限于你一个人知道,或者最多再告诉简。我想,你知道得很清楚,这两个年轻人让人出了多大的力。他那些债都得还,我相信,这大大超过了一千镑,此外还有一千镑是给莉迪亚本人的,专门划在了她的名下,还有为他买军衔的钱。为什么所有这些钱都要由他独力支付,理由我已在前面说明。这件事全都得怪他,怪他讳莫如深,怪他考虑不周,使大家对魏肯的人格有了如此的误解,结果使他受到了那样的接待和关注。这种话里边也许还有某种道理,不过我还是怀疑,他的讳莫如深,或者别人的讳莫如深,是否能够为这件事负责。不过,亲爱的丽琪,尽管他讲得入情入理,你可以完全放心,如果我们不是顾念他在这件事情上还别有考虑,你舅舅是决不会妥协的。等到所有这一切都解决了,他才回到他那些朋友那里去,他们还一直待在彭贝利呢。不过大家都约好了,举行婚礼的时候,他还要到伦敦来,所有钱财事务到那时就会最后结清。我想,我现在已经把一切都告诉你了。照你说的,我讲了这些会使你大吃一惊,不过我希望,这至少不会引起你任何不快。莉迪亚曾经住到我们这里来,我们也允许魏肯经常来登门拜访。他还是从前我在哈福德见到的那副样子。莉迪亚住在我们这里的时候,我对她的行为举止深为不满,我本来不愿意把这告诉你,但是我收到简星期三的来信,知道莉迪亚回到家里,还是和在这里时一模一样,因此我现在告诉你,也不会给你添加痛苦。我用最为严肃的态度一再和她谈话,讲她做的事情多么邪恶不轨,她给家里造成多大的不幸。如果她听进去一点,那也算是走运,因为我相信,她并没有注意听。有时候我很生气,不过我立刻又想起了我亲爱的伊丽莎白和简,看在她们分上,我对她才有了耐心。达西先生准时回来了,而且正像莉迪亚告诉你们的,参加了婚礼。他第二天和我们一起用了饭,星期三或者星期四再离开城里。如果我借此机会说我多么喜欢他(我以前一直没有足够的胆量说),亲爱的丽琪,你会非常生我的气吗?他对我们的态度,从每一个方面看来,同我们在德比郡的时候一样令人愉快。他的头脑和见识全部让我喜欢;他什么也不缺,就是缺少一点轻松活泼气儿,而这一点,只要他择偶慎重,他妻子会教给他的。我认为他很狡猾,他几乎从来没提过你的名字。但是狡猾仿佛是目前的一种时髦呀。如果我说得太冒昧了,请你原谅,或者至少不要对我惩罚过重,以至拒我于彭①之外。我要游遍那座庄园,才会心满意足。如有一辆矮矮的四轮轻便马车,再配上一对漂亮的小马,吾愿足矣。不过我得搁笔了,孩子们找我要我去已经有半个钟头了。

你的舅母
M. 加德纳
九月六日于承恩寺大街

这封信所说的一切,使伊丽莎白心中七上八下,思绪万千,她简直难以确定主要是喜还是悲。她在恍恍惚惚,将信将疑,难以决断之中,曾经疑惑达西先生可能做了许多事情来玉成她妹妹的婚事,然而她又不敢让自己过多朝这方面想,因为为这件事殚精竭虑非得是出于极其友好的善意不可,这简直不大可能,同时她又担心,事情果真如此,他们欠下的那份情义又会令人痛苦不堪,然而这些猜想现在却千真万确地成了事实!他特意紧跟他们去到城里,他不辞千辛万苦,不怕羞耻屈辱,致力探索搜寻;还要去恳求他深恶痛绝,不屑一顾的那个女人,不得不降低身份去会见一个他一向极力回避的人,而且经常会见,同他理论,对他规劝,最后还要用钱收买他,而本来他连说出这个人的名字都觉得是对自己的惩罚。他做了所有这一切,只是为了一个他既不喜欢又不看重的女孩子。伊丽莎白心里确实在轻言细语,他这样做是为了她。但是这仅仅是一种希望,略一转念就让其他考虑打消了,她很快就感觉到,即使是她的虚荣心作怪,认为他还在爱她,爱她这个早已拒绝了他的女人,这也不足以克服他厌恶同魏肯沾亲带故这样一种自然而然的反感。作魏肯的连襟!任何一点自尊

---

① 彭指的是达西的庄园彭贝利。

心都容忍不了这种亲戚关系。达西先生肯定做了很多工作,她都不好意思去想这究竟有多少。不过他为自己插手这件事情提出了一个理由,不必勉为其难也可以信服。他觉得自己有错误,这也是理所当然的;他慷慨大方,他有条件这么办;虽然她不愿把自己当作他这种行动的主要缘由,但是她也许能够相信,遇到这样一件与她心境宁攸关的具体事情,旧情难忘还是可以帮他去尽心竭力为她效劳的。想到有人对他们有大恩大德,而又绝不能够得到回报,确实令人痛苦,而且真是切肤之痛。莉迪亚之所以能够回来,能够保全名誉,这一切他们都欠了他的情啊!自己以前对他那样厌恶,言词那样刻薄,回想起来该是多么痛心呀!她对自己感到羞愧,但她却为他感到自豪。自豪的是,在这样一件涉及感情和荣誉的事情上,他一直能克制自己。她把舅母赞扬他的话读了又读。这种赞扬根本不够,不过还能使她高兴。她发觉舅母和舅父两个人都坚信,达西先生和她情真意挚,相互信任,她甚至感到颇为愉快,虽然其中也夹杂了悔恨。

这时候有人走了过来,她急忙从座位上站起来,也从她的沉思中醒过来。她还没有来得及走上另一条小路,魏肯就赶上来了。

"我恐怕打扰了你独自散心吧,亲爱的姐姐?"他走到她面前的时候说。

"的确如此,"伊丽莎白笑笑说,"不过打扰别人并不见得就一定不受欢迎。"

"要是不受欢迎,那我就真是抱歉了。我们过去一向是好朋友;现在就更亲密了。"

"不错。其他的人也都出来了吗?"

"我不知道。本内特太太和莉迪亚正要坐马车去梅里顿。对了,亲爱的姐姐,我从舅舅、舅妈那里知道,你真去过彭贝利了。"

她回答说去过了。

"你这么幸运,我差不多都要嫉妒你了,不过,我相信我会受不了,要不然,我去纽卡斯尔的时候,可以顺道去一趟。那么,我想,你见到那位管家的老太太了吧?可怜的雷诺兹,她总是非常喜欢我。不过,她当然没有在你面前提起我的名字。"

"不,她提到你了。"

"她说了些什么?"

"说你参加了军队,说她恐怕——不会变好。距离那么远,事情常常是以讹传讹。"

"那是一定的。"他咬着嘴唇回答说。伊丽莎白希望她已经封住他的嘴了,可是过了一会儿,他又说起来:

"真想不到,上个月我在城里见到达西了。我们碰见了好几次。我不知道,他去那里干什么。"

"也许是为他和德伯格小姐结婚做准备吧,"伊丽莎白说,"他在这个时节进城,一定有什么特殊的事。"

"那是毫无疑问的。你在兰顿的时候见到他了吗?听加德纳夫妇谈起,我觉得你见到他了。"

"见到了;他还介绍我们和他妹妹认识。"

"你喜欢她吗?"

"非常喜欢。"

"我听说过,她这一两年有了难得的长进。我上次见到她的时候,她还不是很有出息的样子。我很高兴你喜欢她。希望她出挑得更好。"

"我看她会的;她已经过了最尴尬的年龄期了。"

"你经过吉姆顿村了吗?"

"我不记得我们是不是经过了。"

"我提到这个地方,是因为那是我本来应该得到牧师职位的地方。一个极其讨人喜欢的地方!牧师住宅好极了。那里各方面对我都合适。"

"你会喜欢布道吗?"

"特别喜欢。我会把它看作我职责的一部分;是要费点力气,不过很快就会不算一回事的。人不应该牢骚满腹。不过,说真的,那对我该是多么好的一份美差呀!那种安安静静、与世无争的生活,完全符合我全部的幸福理想!可是终成泡影啦。你在肯特的时候,听到过达西提起这件事情吗?"

"我从某方面,而且我认为是可靠方面,听说过,那个职位给你只能是有条件的,而且要根据目前主人的意见办理。"

"你听说了。是的,那番话是有些道理;我一开头就告诉过你了,你可能还记得吧。"

"我也确实听到过,过去有段时期,并不像你现在认为的那样,那时候你并不觉得布道是件很对胃口的事;你还曾经正式宣告,说你决心不接受圣职,因此这件事就按着通融的办法处理了。"

"你真听说了!这个说法并非完全没有根据。你可能还记得,我们第一次谈到这件事情的时候,我给你讲了些什么。"

他们现在差不多已经走到屋门口了,因为她想摆脱他,所以走得很快,不过为了妹妹的缘故,她也不愿意得罪他,只是和蔼地笑了笑,回答说:

"嗐,魏肯先生,你知道,我们现在是姐弟了。我们不要为过去的事争吵啦。但愿我们将来永远能同心同德。"

她伸出手来,他多情而又殷勤地在上面吻了一下,不过还是显得十分尴尬,然后,他们就走进了屋子。

第十一章

魏肯先生对这次谈话真是太满意了,从此以后他再也没有提起这个话题,以免自讨没趣,或是惹恼他亲爱的妻姐伊丽莎白;伊丽莎白看到自己说的那些话,足以让他不再无事生非,也很高兴。

不久他和莉迪亚的行期就到了,本内特太太不得不和他们两地睽违,而且很可能至少要长达一年,因为本内特先生无论如何不肯采纳她的计划,让大家都去纽卡斯尔。

"啊!亲爱的莉迪亚,"她大声叫嚷,"我们什么时候才能再见面呀?"

"啊,天哪!我也不知道。也许这两三年都见不着了。"

"常给我写信呀,宝贝。"

"我尽可能常写。可是你知道,女人结了婚就没有很多时间写信了。"

姐姐们都可以给我写信呀。她们又没有别的事情可做。"

魏肯先生告别,可比他妻子更多情。他满面含笑,风流俊美,说了很多动听的话。

"他可是我见到过的最出类拔萃的人物,"本内特先生见他们一走出屋子,就开口了,"他逢场作戏,装疯卖傻,还会向我们大家都卖乖讨好。我因为他而感到得意,不比寻常。我甚至可以和威廉·卢卡斯爵士这样的人一比高低,看他摆不摆得出一个价码更高的贵婿来。"

女儿一走,让本内特太太闷了好几天。

"我常常想,"她说,"没有什么事比跟亲人分别更不是滋味的了。一个人离别了亲人好像总那么空落落的。"

"你看,这就是嫁女儿的后果,老太太;"伊丽莎白说,"你还有另外四个女儿没主儿呢,这一定会让你觉得好受一点。"

"不是那么回事。莉迪亚离开我,并不是因为她出嫁了,只是因为她丈夫的那个团驻扎得太远了。如果驻地近一点,她不会这么快就走的。"

本内特太太让这件事弄得无精打采,不过不久就复原了,而且由于一条流传开的消息又扇起了她的希望,让她心中豁然开朗。原来是内瑟菲德的女管家接到命令,让她做好准备,迎接主人到来。他一两天就到,要在那儿打几个星期猎。本内特太太真是坐立不安。她注视着简,一会儿笑一笑,一会儿摇摇头。

"哦,哦,那么宾利先生就要来啦,妹妹,(因为是菲利普斯太太第一个给她带来这条消息的。)哦,那就更好啦。虽然也并不是说我很在乎。你是知道的,在我们看来,他也没什么了不起的,说真的,我再也不愿意见到他了。不过,他既然想要回到内瑟菲德来,我们还是很欢迎的。而且谁知道会有什么事儿呢?不过那也没什么了不起的。妹妹,你知道,我们老早就有了一致的意见,这件事再也只字不提了。那么说,这是真的,他就要来啦?"

"这你可以放心,"菲利普斯太太回答说,"因为尼科尔斯太太昨天晚上去了梅里顿,我看见她从那儿过,就故意走出去,问她这事是不是真的,她告诉我,真有这事。他最晚星期四来,也很可能是星期三,她告诉我,她是去肉铺为星期三订肉,她早已买下三对鸭子,刚好可以宰了。"

本内特小姐一听说他要来,不禁满面飞红。她已经有几个月没有在伊丽莎白面前提他的名字了;但是这次一等到只剩下她们两个人的时候,她就说:

"姨妈今天告诉我们这个新消息的时候,丽琪,我看见你直盯着我瞧;我知道我显得很苦恼。但是你别以为,那是因为我有什么痴心妄想。我不过是一时有点心慌意乱,因为我感觉到,大家一定在盯着我瞧。我实话告诉你,这消息既没有让我高兴,也没有让我痛苦。有一点让我高兴的就是他这次是自己一个人来,所以我们见他的面会少一些。我并不是担心我自己,而是觉得人言可畏。"

伊丽莎白不知道这件事情应该怎样估量。如果她没有在德比郡见到宾利,她就会认为,他到这里来除了公开承认的那种目的以外,并没有其他考虑;但是她仍然认为,他倾慕简;至于他这次来究竟是事先得到了他那位朋友的首肯,还是有足够的胆量擅自前来,她还拿不准。

"然而,这也真够难受的。"她有时又这样想,"这个可怜巴巴的人,自己合法地租了一所房子,自己来住却引起别人纷纷猜测!我倒是希望让他自己去管他自己的事。"

姐姐听说宾利要来,不管她嘴上怎么说,心里怎么想,伊丽莎白都很容易看得出来,她的心情受到了这件事情的影响。简的心情比她往常看到的更加烦乱不安。

她们的父母大约在一年前曾经热烈讨论过的问题,现在又再次摆到桌面上来了。

"宾利先生一到,我亲爱的,"本内特太太说,"你当然就要去拜访他喽。"

"不,不去。你去年逼着我去拜访他,还说如果我去看他,他定会娶我们一个女儿。可是结果却落得一场空。我再也不听傻瓜的差遣去干这种差事了。"

他妻子对他解释,宾利先生一回到内瑟菲德,这一带的所有先生该有多大一定得去拜望他的必要。

"我讨厌的就是这种礼节,"他说,"如果他想和我们交往,就让他自己找上门来好了。他知道我们住的地方。我那些邻居一会儿走了,一会儿又来了,我可不愿意浪费我的时间,每次都要去奉陪。"

"得了,我只知道,你要是不去拜访他,那就显得太没有礼貌了。不过这也挡不住我请他来用饭,我已经决定了。我们马上就要请朗太太和古尔丁一家来做客了。他们加上我们家里人,一共是十三个,所以桌上正好还有他的位置。"

她拿定这个主意,心里踏实下来,所以比较能够容忍丈夫这种粗野无礼的态度。不过,这样一来,她那些邻居就可能在他们之前,都先见过宾利先生了。他到达的日期越来越近了。

"我现在倒觉得,他索性不来还好些,"简对她妹妹说,"当然也没有什么,我可以毫不在乎地见他,可是大家老是没完没了地谈论这件事,我简直受不了。妈妈倒是一番好意,可是她不知道,谁也不会知道,她说的那些话让我多难受。等他在内瑟菲德待的期限到了头,那时候我就该轻松了!"

"但愿我能说点什么来安慰你一下,"伊丽莎白应声说,"不过我一句话也说不出来,这你一定也感觉到了,我不能像一般人那样,劝导一个心里难过的人多多忍耐,因为你一向就是很有耐性的。"

宾利先生到了。本内特太太有用人帮助,所以能够最先得到消息,这样她焦心苦恼的时间自然也就长了。既然没有希望提前见到他,于是她就计算日子,看要过多少天才好发出请帖。但是在他到达哈福德以后第三天早晨,她就从她梳妆室的窗口看见他骑马走进她家的围场,朝屋子这边走过来。

她急忙忙地把几个女儿都叫过来,分享她那种快乐。简坐在桌子旁边自己的座位上一动也不动,不过伊丽莎白为了让母亲高兴,就走到窗户前面去看看——她看见达西先生也一起来了,于是就又回到姐姐身边坐下来。

"还有一位先生同他一起来了,妈妈,"基蒂说,"那能是谁呀?"

"我想,是个咱们认识的什么人吧,亲爱的,真的,我也不知道。"

"看!"基蒂叫嚷起来,"看起来就像以前老跟他在一起的那个人。就是那个姓什么的先生呀。那个骄傲的大高个儿。"

"我的老天!达西先生,我敢赌咒,就是他。好吧,说真的,只要是宾利先生的朋友,来了总是受欢迎的;要不然,我就得说,我讨厌见到这个人。"

简又惊讶又关切地注视着伊丽莎白。她不知道他们俩在德比郡见过面,因此感到妹妹收到他那封辩白信以后,这几乎是第一次和他见面,一定会觉得尴尬。姐妹俩都觉得很不自在。彼此都为对方担心,自然也为自己担心。她们的母亲则喋喋不休,说她不喜欢达西先生,说她决定对他以礼相待,只是因为他是宾利先生的朋友,她唠叨的这些话,姐妹俩谁也没听见。但是伊丽莎白不安的种种缘由,却是简所猜想不到的。伊丽莎白一直还没有勇气把加德纳太太的信给姐姐看,把自己对达西在感情上的变化讲给姐姐听。简只知道,伊丽莎白拒绝了他的求婚,并且低估了他的优点。但是伊丽莎白本人却了解更多方面的情况,知道他对他们全家施了大恩大德,她对他的情意虽然不像简对宾利那样缠绵缱绻,至少也是同样的理智和公正。他这次重来——来到内瑟菲德,来到朗博恩,而且主动前来找她,她感到惊奇,这同她在德比郡第一次看到他行为举止发生变化时的感觉几乎一模一样。

这阵工夫她想到,他的感情和愿望一定还是丝毫没有动摇,刚才煞白的脸上顿时重新泛起红晕,使她显得更为容光焕发,而且满面含笑,两眼也熠熠生辉。但是她心里还是觉得并不踏实。

"我首先还是看看他的行动,"她心想,"然后再抱期望也还不迟。"

她坐在那里一心做她的针线,极力想保持若无其事的样子,连眼睛也不敢抬一下,直到用人快走到门口了,才憋不住强烈的好奇,抬起眼睛看她姐姐的脸。简比平日略显苍白,但是比伊丽莎白所料想的要镇静一些。两位先生刚露面的时候,她的脸涨红了;不过她接待他们还是一副相当从容的神情,举止恰如其分,丝毫没有流露出怨恨不满,也并没有显得过分殷勤。

伊丽莎白只是出于礼貌和他们两个人略微应酬了两句,然后又坐下做针线,她那急切的心情,还是时时有些流露。她鼓起了勇气,只是看了达西一眼。他像平常一样显得神情严肃,她觉得,这更像他在哈福德一向显露出来的那个样子,而不大像在彭贝利看到的那副神情。不过这也许是因为有她母亲在场,他不能像在她舅父、舅母面前一样。这种猜测令人难受,但是也并非毫无可能。

她同样也看了宾利一眼,就是这短短的一瞥,她也看出了他是既高兴又窘迫。本内特太太对他那么客气,而对他那位朋友行屈膝礼和说应酬话时却是那么一种冷冰冰的假客套,相形之下,真让她的两个女儿羞愧难当。

伊丽莎白明白,她母亲欠了达西先生的情,正是有了他才使她的宝贝女儿摆脱了难以挽回的奇耻大辱,现在见她这样恩怨不分,更是痛心疾首。

达西向伊丽莎白问起加德纳先生和太太情况如何——她回答时有些语无伦次——然后他就几乎没再开口。他不是坐在她的旁边;也许这是他保持缄默的原因,但是他在德比郡可不是这样。那时候他和她谈不上话,就和她的亲戚攀谈。可是现在,一连过了好几分钟,他都一言未发;有时她实在按捺不住自己的好奇心,抬起眼睛看看他的脸,见他时而注视她自己,时而注视简,而且常常是什么也不看,只是望着地上。十分明显,看来和上次他们会面比较起来,他心事重重,而且不那样急于想要博取好感。她感到失望,同时又对自己这种失望恼火。

"难道我还能指望事情不是这样吗!"她心里暗想,"可是他为什么又要来呢?"

除了他以外,她没有心思和其他任何人谈话,然而和他谈话,她又没有那种勇气。

她问候了他妹妹,可是再也无话可说了。

"你已经走了好长时间了,宾利先生。"本内特太太说。

他立即应声说是。

"我都要担心你再也不会回来了呢,有人确实这样说,你打算在米迦勒节退掉那个地方,不过我可是希望这些话不是真的。你走了以后,这一

267

带发生了很多变化。卢卡斯小姐结婚了,成了家啦。我有一个女儿也出嫁了,我想,这事你听说过了;的确,你一定在报纸上看到了。我知道,登在《泰晤士报》和《信使报》上;不过弄得很不像那么回事,只是说,'乔治·魏肯先生与莉迪亚·本内特小姐最近结婚。'她父亲是谁,她住在哪儿,这类事情连一个字儿也没提。这还是我弟弟加德纳起草的呢,我真纳闷,他怎么会做出那么糟糕的事情来。你看到了吗?"

宾利回答说他看到了,并且向她道喜。伊丽莎白简直都不敢抬起眼睛来了。因此,达西先生脸上表情如何,她也说不上来。

"说真的,好端端地嫁出一个女儿,是件叫人开心的事,"她母亲接下去又说,"不过话又说回来了,这样硬是把她从身边拽走,也是非常难过的事。他们去了纽卡斯尔,好像是挺靠北边的一个地方,他们得在那儿待下去,我也不知道要待多久。他那个团驻扎在那儿,我想,你大概听说他离开了某郡,参加上正规军了。谢天谢地!幸好他还有那么几个朋友,不过他本来应该还有更多的。"

伊丽莎白知道她这是在敲打达西先生,简直羞愧得无地自容,几乎都坐不住了。不过这比刚才什么事情都更有力量,硬是逼得她出来讲话了。她问宾利先生,现在是否打算在这个地方住一阵子。他相信要住几个星期。

"等你把你那边的鸟儿打光了,宾利先生,"她母亲说,"就请你到我们这儿来,在本内特先生的庄园里,你爱打多少就打多少。我相信他一定会非常高兴你的光临,一定会把最好的一窝鹧鸪全都留给你。"

这种毫无必要、多此一举的讨好,让伊丽莎白更加苦不堪言!一年以前他们也曾眼看喜事即将临门,如今即使有同样美好的前景在望,伊丽莎白相信,一切也都会迅速变成镜花水月,落得个同样的自寻苦恼。就在这一刹那,她忽然感到,即使简或者她自己今后能获得多年的幸福,也弥补不了眼前这种痛苦难当、惶恐莫名的时刻。

"我心中最大的愿望,"她暗自思量,"就是再也不和这两个人中间随便哪一个交往。和他们交游得到的乐趣,和目前这样一种惨状相比,真是得不偿失!让我永远再也别见到他们中的哪一个吧!"

然而过不了一会儿,那多年的幸福也弥补不了的痛苦,却大大减轻了,因为她看到,姐姐的美貌重新激起了她原先那位恋人的爱慕之情。他刚进来的时候,简直没有怎么和她讲话,但是好像每过几分钟,他就对她更增添了一点儿殷勤关注。他觉得她还是和去年一样文雅端庄,一样温柔善良,一样朴实真诚,不过不像那样喜欢讲话。简急切希望别人在她身上根本看不出什么不同之处,而且还真自以为她和以前一样谈锋颇健。但是她心事重重,东猜西想,也就没注意到自己有沉默寡言的时候。

两位先生起身告辞的时候,本内特太太并没有忘掉她原先打算好了的礼节,于是邀请他们近几天来朗博恩吃饭。

"宾利先生,你还正好欠着一份让我回请的情呢,"她又添了几句,"因为你去年冬天到城里去的时候,答应过一回来就到这里来,和我们一起吃顿便饭。你看,我一直没忘吧。我告诉你,你没有回来,也没实现你的诺言,我可真是非常失望啊。"

宾利见她提起过去这件往事,显得有点木然,说他当时有些重要事情耽搁,无法前来。随后他们就走了。

本内特太太本来很想当天就请他们留下,在家里用饭,但是她转念又想,固然她平素总有美食佳肴,可是对一个让她朝思暮想、费尽心机的先生来说,少了两道正菜是拿不出手的;而对年收入一万镑的那一位先生来说,也满足不了他的胃口和尊严。

第十二章

客人一走,伊丽莎白就走到外面,想去散散心;或者换句话说,想不受打扰地仔细琢磨那些肯定会使她更郁闷的问题。达西先生的举止让她感到惊讶、苦恼。

"唉!如果他来只是要沉默不语,板起面孔,表示冷淡,"她自言自语,"那他又干吗要来呢?"

她左思右想,找不到令她高兴的答案。

"他在城里的时候,对我舅舅、舅妈还能够和蔼可亲,还能够招人喜欢,为什么对我就不能呢?如果他不再喜欢我,干吗要不声不响呢?戏弄别人,戏弄别人,哼!我再也不愿意去想他了。"

这时候她姐姐来了,她倒是不由自主地有一小会儿按照自己的决心把他忘了,姐姐显得很高兴,这说明她对这两位客人,比伊丽莎白感到满意。

"好了,"她说,"这第一次会面过去了,我觉得完全轻松了。我知道自己有力量对付得了,他下次再来,我就不会坐立不安了。我很高兴,他星期二要来吃饭。到时候大家都可以看得出来,我们见面也不过是普普通通、平平淡淡的朋友而已。"

"是呀,的确是非常平平淡淡,"伊丽莎白大笑起来,"哦,简,可得当心呀。"

"亲爱的丽琪,你别以为我就那么脆弱,现在还有什么危险。"

"我想,你现在有很大的危险,能让他像以前一样爱你。"

他们在星期二以前,一直没有再见到那两位先生。本内特太太见到宾利先生在先前那半小时的拜会中心情愉快,礼貌周全,这会儿又满脑子都是如意算盘了。

星期二,有一大批客人来到了朗博恩;大家急切盼望的那两位客人,真当得起严守时刻的运动家的美誉,十分准时到达了。他们走进餐厅的时候,伊丽莎白急切地注意宾利,看他是否像以前每次参加宴会那样,坐在一向给他安排的靠近姐姐身边那个位置上。她那位精明世故的母亲,脑子里也有同样的盘算,就没有请他坐在自己的身边。他进屋子的时候,似乎犹豫了一下,这时简刚好回过头来,又刚好嫣然一笑,事情就定下来了。他坐在了她的身边。

这时伊丽莎白心里非常得意,就朝他的那位朋友看了看。她见他显得落落大方,若无其事。如果她没有看见宾利的眼睛也朝达西先生看过去,还带着惊喜交加的神气,她也会设想,宾利是得到了他的批准才能享受这番快乐的呢。

在用餐的时间内,宾利对她姐姐的举止言谈,流露出他对她的爱慕之情,虽然比以前显得小心谨慎,但还是能让伊丽莎白相信,如果事情完全由宾利自己做主,那么简的幸福,同样还有他的幸福,很快就可以确保无虞了。虽然她还不敢完全指望这种结果,然而观察他的举止,她也感到高兴。她心情本来并不愉快,这一来她才有了一些生气。达西先生坐在桌子那边离她最远的地方,在本内特太太一旁。她知道,这样一种局面该把他们俩弄得多么没有意思,使他们双方都显得不便。距离太远,她一点也听不清他们谈话,不过她看得见,他们俩很少相互谈话,偶尔谈上两句,态度也非常生硬、冷淡。她母亲那样没有礼貌,使伊丽莎白更感到他们全家应当对他感恩戴德,因此心中更加痛苦;她有时甚至想不顾一切地告诉他,他们一家并不是谁都不知道他的善心,也并不是谁都那样忘恩负义。

她心里希望这天晚上会有机会彼此接近,希望他这次来访不白白过去,能使他们真正谈点什么,而不仅仅是在他进门的时候寒暄两句。由于焦急不安,她在客厅里等待男客们进来的那段时间,显得那么厌烦,那样沉闷,几乎要让她失礼了。她盼望他们进来,她这天晚上能否有愉快的机遇,全都赖此一刻。

"到时候他要是还不到我跟前来,"她心想,"我就永远不理他了。"

男客们进来了,她觉得,他看起来仿佛是会满足她的心愿似的;可是,天哪!在本内特小姐沏茶,伊丽莎白倒咖啡的那张桌子周围,挤满了小姐太太们,简直没有一点空隙能在她的身边放下一把椅子。而且就在他们走过来的时候,一个姑娘挪过来,和她靠得比刚才更近,并且对她说起悄悄话:

"我下定决心不让那几个男的来夹在我们中间。他们那几个,我们谁都不要,是不是?"

达西朝屋子的另一边走过去了。伊丽莎白的眼光一直盯着他,谁跟他说话,她都嫉妒,简直再也没有耐心来给每个客人递咖啡了;后来她又非常痛恨自己不该这样愚蠢!

"一个曾经让我拒绝了的男人!我怎么会这样愚蠢,居然还妄想他再来爱我呢?哪有一个男人这样没有骨气,居然愿意第二次向同一个女人求婚。再也没有什么侮辱能如此让他们在感情上深恶痛绝了!"

然而这时他亲自把咖啡杯子送了过来,她为之一振,于是抓住了这个说话的机会。

"你妹妹还在彭贝利吗?"

"是的,她要在那里一直待到圣诞节。"

"就她一个人?她的朋友都走了吗?"

"安妮斯利太太和她在一起。其他的人这三个星期都去了斯卡巴勒①。"

伊丽莎白想不出别的话来说,如果他想和她谈话,他是会更容易找到话题的。然而他站在她身边有几分钟,一言未发,最后那个年轻姑娘又和伊丽莎白说起悄悄话来,他就走开了。

等到茶具收走,牌桌摆好以后,太太小姐们全都站起身来,这时候伊丽莎白希望他马上走到她这儿来,可是她的一切希望都落了空,她看见她母亲生拉硬拽,要他去打惠斯特,他只好遵命,一会儿工夫就和其他人坐在牌桌旁了。她现在失去了求得快乐的一切指望。他们俩这个晚上分别坐在不同的牌桌旁,她没有任何指望了,不过他的眼睛老是朝她这一边张望,弄得他和她自己一样,牌都打输了。

本内特太太有意留内瑟菲德来的两位先生吃晚饭,但是偏不凑巧,他们的马车早就奉命备好了,比其他任何人都早,她也就没有机会再挽留他们。

"好了,姑娘们,"本内特太太等客人一走,只剩下家里人,就对女儿们说,"你们觉得今天怎么样?我跟你们说,样样事情都办得不同寻常地好。菜烧得那么好,我从来都没见过。鹿肉烤得正是火候——而且每个人都说,从来没有见过这样肥美的腿肉。那道汤比起上星期我们在卢卡斯家喝过的要好上几十倍。连达西先生也承认,鹧鸪做得好极了,我猜想,他至少总有两三个法国名厨吧。再说,我亲爱的简,我从来没见过你比今天更美。朗太太也这么说,因为我问过她,是不是这样。你们想得出,她还说了些什么吗?'啊!本内特太太,我们终归会看到她嫁到内瑟

---

① 英格兰北部海港城市,著名的避暑胜地,附近有许多古迹名胜,并有温泉。

"Jane happened to look round"

菲德去的。'她确实这样说了。我真是觉得,朗太太是这个世界上的一个大好人——她的侄女一个个也都是循规蹈矩的好姑娘,不过身材长得都不好看。我特别喜欢她们。"

总而言之,本内特太太真是兴高采烈。她把宾利对简的一举一动都看在眼里,完全相信她到头来一定会把他弄到手。她心里一高兴,就禁不住想入非非,巴望他们家会喜庆临门,等到第二天没有见到他再次登门前来求婚,便又顿感失望。

"今天过得非常愉快,"本内特小姐对伊丽莎白说,"客人看来挑选得很好,大家都很融洽。我希望我们能够经常聚会。"

伊丽莎白笑了笑。

"丽琪,你可别这样。你可别疑心我。你这样会让我伤心的。我跟你说,我现在学会了,懂得把他当作一个令人愉快、通情达理的年轻人来和他谈话,并没有抱其他的希望。我感到十分满意,从他现在的举止来看,他从来没有想要博取我的欢心。只不过他有福气,谈吐比别的男人美好动听,也比别的男人怀有更强烈的愿望,想得大家的喜欢。"

"你真是太残酷了,"妹妹说,"你不让我笑,可又时时刻刻逗我笑。"

"有些事情要想让人相信该是多么难啊!"

"还有些事情要想让人相信该是多么不可能啊!"

"可是你为什么硬要使我相信,我感觉到的比我承认的多?"

"这个问题我简直不知道怎么回答。我们大家都喜欢教导别人,可是我们能够教的又只是一些不值一谈的东西,恕我直言,如果你坚持说什么关系冷淡,那就不必把我看作你说心里话的知己啦。"

第十三章

这次访问之后,还没过几天,宾利先生又来访了,而且是自己一个人。他那位朋友当天早晨离开他去伦敦了,不过十天之内还要回来。宾利先生和他们一起待了一个多钟头,而且显得特别高兴。本内特太太留他和大家一起用饭,可是他一再表示歉意,说他已经另有约会。

"你下次再来的时候,"她说,"我希望我们的运气会好一点儿。"

他说,他特别乐意可以随时来拜访,还有些诸如此类的话,接着又说,如果她允许,他会尽快再来看望他们。

"你明天能来吗?"

能,他明天根本没有任何约会,于是他欣然接受了她的邀请。

他来了,而且来得那样早,太太小姐们都还没有梳妆打扮好。本内特太太穿着浴衣,头发刚梳好一半,就赶忙跑到她女儿的屋子里,大呼小叫:

"亲爱的简,赶快,赶快下楼去。他来了——宾利先生来了。他真的来了。赶快,赶快。来,莎拉,马上到大小姐屋里去,帮她把长袍穿好。别管丽琪小姐的头发啦。"

"我们一定尽快下楼,"简说,"不过基蒂一定会比我们俩快,因为她早半个钟头就上楼了。"

"哦!别管基蒂啦!这跟基蒂有什么相干?快,快!亲爱的,你的腰带在哪儿?"

不过等她母亲一走,简还是不愿意没有哪一个妹妹陪着就下楼去。

到了傍晚,她母亲显然又急着想让他们俩单独待在一起。喝过茶以后,本内特先生按照他自己的老习惯,回到书房里去了,玛丽上楼去弹她的琴。本内特太太见到这五个碍事的已经走了两个,就朝着伊丽莎白和凯瑟琳挤眉弄眼,有好大一会儿,她们俩都毫无反应。伊丽莎白不愿意看她,基蒂最后倒是看到了,就愣头愣脑地问道:"怎么一回事,妈妈?你干吗老对我挤眼儿?你要我干什么?"

"没有什么,孩子,没有什么。我并没有对你挤眼儿。"于是她又安安静静地坐了五分钟;不过她实在不忍把这样宝贵的时机浪费掉,就突然一下站起来,对基蒂说:

"来吧,宝贝,我要和你说几句话,"她说着,就把她拉出了屋子。简立刻对伊丽莎白望了一眼,这目光是说,她对这种预先策划感到苦恼,请求她不要跟着照办。过了几分钟,本内特太太把门推开一半,又朝屋子里叫嚷:

"丽琪,亲爱的,我要和你讲几句话。"

伊丽莎白只好走了。

"你知道,我们最好让他们俩单独待在一起,"她母亲一见她走到过厅,就对她说,"基蒂和我要到楼上我的梳妆室里去。"

伊丽莎白不想和她母亲讲什么道理,只是一声不吭地待在过厅里,等到她和基蒂走得看不见了,于是她又回到了客厅。

本内特太太这天的计谋并没有奏效。宾利无论什么都讨人喜欢,就是没有公开说出是她女儿的恋人。他落落大方,兴致勃勃,成了他们家晚会上最让人喜欢的来宾。他见到这位母亲没头没脑地乱献殷勤,听到她满嘴胡言乱语,倒还能耐着性子,不露声色,让她这位女儿特别感激不尽。

他几乎不需邀请就留下吃晚饭了。他离开之前,主要由他自己和本内特太太商量好了下一次的约会:他明天早晨来同她丈夫一起去打猎。

从这天往后,简再也不说什么她对这事无所谓了。两姐妹矢口不提宾利,不过伊丽莎白就寝的时候,心里十分快乐。她相信,如果达西先生不在所说的时间内回来,整个事情就一定可以大功告成了。然而她也很认真地想过,倒也不妨认为,这整个事情一定是事先得到那位先生同意的。

宾利准时前来赴约,他和本内特先生就像原来约定的那样,在一起过了一个上午。本内特先生比他原来猜想的和蔼多了。宾利并没有什么骄横无礼或是什么不检点的地方,不会引起他的讥讽嘲笑,或者让他心存厌恶而不愿开口。他比人们以前见到的任何时候都爱交谈,也不那么古怪了。宾利当然和他一起回来吃午饭,到了晚上,本内特太太又施尽计谋,把所有的人都从宾利和她女儿的身边支开。伊丽莎白有封信要写,喝完茶以后不久就到早餐厅写信去了,因为其他人都要去打牌,也就用不着她去阻碍母亲的那些谋略了。

但是等她写完信回到客厅,一看到那里的情况,倒令人惊奇不已,恐怕真有理由说,她母亲可是比她精明得太多了。原来她一开门就发现,她姐姐和宾利一起站在壁炉前面,仿佛正谈得火热,即使说这种情景还不令人顿起疑心,那么他们匆忙转过身来彼此躲开的时候,两个人脸上的神气就道出了全部真相。他们的处境已经够狼狈的了,可是她觉得她自己的处境就更加狼狈。他们俩谁也没讲一个字,就坐下来;伊丽莎白在这个当口正要再走开,宾利突然又站起来,和她姐姐悄悄地说了几句话,就跑到屋子外面去了。

简总是从信赖伊丽莎白中得到欣慰,因此对她毫无保留;她立刻抱住妹妹,万分激动地承认,她成了世界上最幸福的人。

"这太幸福了!"她接着又说,"真是幸福极了。我真不配了。哦,为什么不是每个人都这样幸福呢?"

伊丽莎白赶紧向她贺喜,那样诚恳,那样热烈,那样欢欣,真是言语所难以形容。每一句表达好意的话,都成了让简增添快乐的新源泉。但是她不愿意老和妹妹待在一起,要说的话还有一半只好留下了。

"我得马上去见妈妈,"她大声说,"她那亲切的关怀,我可一点也不愿意不理会,我得亲自告诉她,决不能让她从别人那里才知道这件事。他已经到爸爸那儿去了。哦,丽琪,想想看,我要告诉的消息,家里人听了该多么高兴呀!这么大的幸福,我怎么承受得了呀!"

于是她急急忙忙地跑到母亲那里去,她母亲早已故意把牌局散了,正和基蒂在楼上坐着呢。

只剩伊丽莎白一个人待在那里,大家多少个月来一直在为这件事担心苦恼,最后却这样顺利而迅速地解决了,她想到这里,不由得展露了笑容。

"而这个,"她心想,"正好就是他那位朋友忧心如焚、精心安排的结局!也就是他妹妹虚情假意、施展诡计的结局!正是最幸福、最美妙、最合理的结局!"

几分钟以后,宾利回到她这儿来了。他和她父亲的谈话又简短又有效。

"你姐姐去哪儿了?"他一开门,就匆匆忙忙地问她。

"到楼上找我妈妈去了。我想,她马上就会下来。"

于是他关上门,来到她跟前,准备接受姐妹们深情的良好祝愿。伊丽莎白对他们未来的美满姻缘诚心诚意地表示高兴。他们非常热情地握手,然后她不得不倾听他详细讲说他自己多么幸福,简多么十全十美,一直到她姐姐来到楼下为止。尽管他是作为一个恋人来讲这些话的,可是伊丽莎白深信,他对幸福的全部期望都有合乎情理的根据,因为简有卓越的智慧,绝妙的脾气,再加上他们俩感情和兴趣相互投契,这些都是他们幸福的基础。

这天晚上大家全都欢欣鼓舞。本内特小姐满心欢喜,所以精神焕发,光彩照人,显得比以往更加秀丽妩媚。基蒂痴情傻笑,盼望自己的幸福早日临门。本内特太太和宾利专谈这个问题,谈了半个钟头,又是同意,又是赞许,可是却总觉得还不够热烈,词不达意。本内特先生来和大家共进晚餐的时候,他的声音和举止都清清楚楚地表现出,他确实感到快乐。

然而,在客人告辞回家之前,他对这件事却只字未提;等客人一走,他就对他女儿说:

"简,恭喜你,你会成为一个非常幸福的女人。"

简立刻走到他的面前,吻他,感谢他的慈爱。

"你是个好姑娘,"他说,"想到你会有这么美满的归宿,我真感到极其欣慰。我毫不怀疑,你们一定会和美相处。你们的性格简直一模一样。你们俩都过于随和迁就,所以做起事来优柔寡断;过于宽容厚道,用人都会欺骗你们的;而且过于慷慨大方,总会弄得你们入不敷出的。"

"我希望不会如此。我不会容忍在金钱事务上马马虎虎,粗心大意。"

"入不敷出!亲爱的本内特先生,"他妻子大声叫嚷,"你说的什么话呀?嘿,他每年有四五千镑,很可能还更多呢。"然后她又转向她女儿,"哦!简,我的好宝贝,我多么高兴呀!我今天夜里准会合不上眼啦。我早就知道事情会这样的。我老说,到头来事情准是这样。真的,你长得这么美,不会白长的!我还记得,他去年刚刚到哈福德郡的时候,我一见他就想过,你们非常可能会弄到一起。哦!谁见过这样漂亮的小伙子呀!"

魏肯呀,莉迪亚呀,全都给忘了。简是她最宠爱的女儿,谁也比不上。在那个时候,别的人谁也不在她心上。简的两个小妹妹马上向她提出,她们要求沾些光,希望她将来能够让她们满足。

玛丽要求享用内瑟菲德的藏书室,基蒂则恳求每年冬天在那里举办几次舞会。

从这时候开始,宾利自然成了朗博恩日日必到的常客,往往是在早饭以前就来,老是待到晚饭以后才走;除非有哪家很不知趣的邻居不怕遭人讨厌,硬要请他吃饭,他又认为不好推辞,这才出现例外。

伊丽莎白现在很少有时间和姐姐谈话了,因为他在的时候,简没有心情去理睬任何别的人;不过她觉得,每逢他们不得不分开的时候,她自己对双方都很有用处。简不在,宾利就老找伊丽莎白来谈论她,求得快慰;而宾利走了以后,简又总是采用同样的办法,求得慰藉。

"他告诉我,"有一天晚上简说,"他根本不知道,我今年春天也在城里,他这真叫我太高兴了!我原来不相信会有这种可能。"

"我早就起过疑心了,"伊丽莎白回答说,"不过他是怎样说明的?"

"这一定是他姐妹干的。他和我交朋友,她们肯定不乐意,这一点我并不奇怪,因为他的确可以挑选在许多方面都比我好得多的人。不过等她们将来看到,我相信她们会看到,她们的弟兄和我在一起很幸福的时候,她们会学着变得满意的,我们大家会再次友好相处,不过我们永远也不可能像原来那样亲热了。"

"这是我这辈子听到你说出的一句最不饶人的话了,"伊丽莎白说,"善良的姑娘啊!要是再看到宾利小姐的虚情假意能迷得你受骗上当,我就要发火了。"

"你相信吗,丽琪,他去年十一月到城里去的时候,真是很爱我的,只不过是叫人家说服了,相信我对他无动于衷,这才让他没有再回来。"

"他确实犯了个小小的错误,不过那也是因为他谦虚。"

这自然引起简对他的称赞,说他虚心,对自己的优良品质总是估价过低。

伊丽莎白觉得很高兴,宾利没有吐露他那位朋友从中作梗的情况,因为简固然最为宽怀大度,从不记仇,但是她也知道,这种情况也一定会让她对达西反感。

"我确实是世界上最幸运的人!"简大声说道,"哦!丽琪,我们一家人,怎么单单挑中了我,让我最有福气呢!要是能够看到你也有同样的幸福,那该多美呀!但愿你也有另外一个这样的人!"

"即使你能够给我四十个这样的人,我也决不会像你这样幸福的。要等到我有了你这样的性格,你这样的好心,我才会有你这样的幸福。不,不必啦,还是让我自己靠自己吧。如果我交了好运,到时候我也许会又碰到另外一个柯林斯先生。"

朗博恩这家人的事情保密也保不了多久。本内特太太自己享有特权,把它悄悄地告诉了菲利普斯太太,而她却未获得任何人许可,竟然斗胆把它又同样告诉了她在梅里顿的街坊邻居。

正是几个星期以前,莉迪亚当初私奔的时候,大家都认为本内特家是注定要倒霉透顶的,而现在大家又迅速改口,说这一家是洪福齐天了。

第十四章

宾利和简订婚后大约一个星期,有一天早晨他和这家的女眷们一起坐在餐厅里,突然传来一阵马车的声音,把他们吸引到窗口,只见一辆四轮轻便马车驶上了草地。这么一个大清早,一般不会有客人,另外马车的装备也不像是他们哪家邻居的。马是驿站上的,不论是马车还是马车前面用人所穿的号衣,他们也都不熟悉。然而可以肯定是有客人来访问,宾利立刻劝告本内特小姐避开,和他一起到灌木林中去,不要让这种不速之客拖住。于是他们俩走开了,留下的三个人还在那里猜测,虽然也猜不出个结果,直到马车门突然推开,客人走进门来。原来是凯瑟琳·德伯格夫人。

她们当然都准备着要吃一惊,但是她们的惊讶却还是出乎意料;特别是本内特太太和基蒂,虽然她们和她素不相识,却比伊丽莎白更感惊诧。

来人摆出一副异常骄横无礼的神气进到屋子里,对伊丽莎白的问候一声不吭,仅仅略微点了点头,一言不发,就坐了下来。夫人进门的时候虽然并没有要求介绍,伊丽莎白还是把她的姓名告诉了母亲。

虽然本内特太太因有这样一位贵宾光临而感到十分荣幸,但是仍然惊愕万分,所以招待她极其客气。客人沉默不语,坐了一会儿,才态度生硬地对伊丽莎白说：

"但愿你很好，本内特小姐。那位太太我想是你母亲吧。"

伊丽莎白非常简单地答了声是的。

"那个我想是你的一个女儿吧。"

"是的，夫人，"本内特太太说，为自己能和这位凯瑟琳夫人谈话感到高兴，"她是我倒数第二个女儿。我最小的女儿最近刚结婚，我最大的女儿正在场院里和一个年轻人散步，我相信他不久就要成为我们家的一员啦。"

"你们这儿还有个很小的园子。"凯瑟琳夫人沉默了一下又说。

"和罗辛斯相比，夫人，我想那就算不了什么啦，不过它保准比威廉·卢卡斯爵士的大得多。"

"夏天下午待在这间起居室里，一定非常不舒服；窗子全都朝正西。"

本内特太太告诉她，大家吃过午饭以后从来不坐在这儿，随后又加了一句：

"我可不可以冒昧问问夫人，你离开柯林斯夫妇的时候，他们都好吧。"

"不错，很好。我前天晚上还见过他们。"

伊丽莎白这时还等着她会拿出夏洛蒂写给她的信呢，因为看来这大概是她来访的唯一目的。可是并没有信拿出来，这真叫她大感不解。

本内特太太十分客气地请求夫人用点点心，但是凯瑟琳夫人非常坚决而又很不客气地拒绝吃他们的任何东西；然后她站起身来，对伊丽莎白说：

"本内特小姐，你们那片草地有一边好像还有一点点野趣，总算还有点看头。如果你愿意陪陪我，我倒乐意到那边去转转。"

"去吧，亲爱的，"她母亲大声说，"陪着夫人到那几条各不相同的小路上走走。我想，她会喜欢那块幽静的地方的。"

伊丽莎白奉命作陪，她先跑回自己的屋子去取了阳伞，然后下楼来陪她这位尊贵的客人。她们走过过道的时候，凯瑟琳夫人打开了餐厅和客厅的门，略微查看了一下，说这两个厅看来还算过得去，然后又往前走。

她的马车还停在门前,伊丽莎白看见她的侍女坐在里面。她们默默地沿着那条通往矮树林的碎石路向前走;这个女人像现在这样,比往常更加专横无礼,更加令人厌恶,伊丽莎白下定决心不费那份力气去和她攀谈。

"我以前怎么会觉得,她像她外甥呢?"伊丽莎白朝她的脸上看了一眼,心里想道。

她们一走进矮树林,凯瑟琳夫人就用这样一种方式说起来了:

"本内特小姐,你不会不知道,我到这里来的原因。你心里明白,你的良知也一定会告诉你,我是为什么来的。"

伊丽莎白真是大感惊讶。

"你确实弄错了,夫人。我根本不清楚,我怎么会有这样的荣幸在这儿见到你。"

"本内特小姐,"夫人以一种怒不可遏的腔调回答说,"你应该知道,我可不是能够让人家愚弄的。但是不管你愿意怎么样不老实,你可别以为我也会那样。我的性格一向都是以诚实坦率而著称的,现在碰到这样一件大事,我肯定是不会改变的。两天以前,我听到一条极其惊人的消息。我听说,不仅你姐姐马上就要高攀上一门亲事。而且你,伊丽莎白·本内特小姐,一模一样,不久也要高攀上我的外甥,我的亲外甥达西先生。虽然我知道这是造谣诽谤,虽然我不愿意以为可能真有其事来作践他,我还是当机立断,马上动身到这里来,好让你知道我的意见。"

"既然你认为不可能真有其事,"伊丽莎白说话的时候,一方面惊讶,一方面又鄙视,脸也涨红了,"那我就不明白,你为什么要不辞劳苦,远道而来了。夫人你这样做,究竟是什么目的?"

"一定要你就这个消息立刻向大家辟谣。"

"如果确实是存在那种消息的话,"伊丽莎白冷冷地说,"那么你亲自到朗博恩来看我和我全家,反倒证实它是真的了。"

"如果!难道你还要假装不知道有这件事?难道你不是在拼命努力宣扬这件事?难道你不知道现在这种消息在外面到处流传吗?"

"我从来没有听说有这回事。"

"那么你能够这样声明,说这件事毫无根据吗?"

"我犯不着要装成和夫人你一样坦率,你可以问我问题,我也可以不必回答。"

"这还了得,本内特小姐,我非要你讲清楚不可。他,我外甥,向你求婚了吗?"

"夫人你已经声明那是不可能的事了。"

"理当如此;只要他头脑还保持清醒,那也一定如此。但是你不择手段地勾引诱惑,也许可以让他一时糊涂,忘了他对自己和对全家所承担的责任。你也可能让他上了钩。"

"如果我这样做了,那我就不会这样承认了。"

"本内特小姐,你知道我是什么人吗?我可没有听你这一套油腔滑调的习惯。我差不多是他现在所有的最亲的近亲,我有权利过问他所有最切身的大事。"

"但是你没有权利来过问我的;像这样一种行径,也别想让我坦率直陈。"

"让我把话讲清楚。你异想天开,居然要高攀这门亲事,这绝对办不到。不,永远办不到。达西先生和我女儿订婚了。哼,你还有什么可说?"

"就说这一句:如果他订婚了,那么你就没有理由设想,他会向我求婚。"

凯瑟琳夫人犹豫了一会儿,然后回答说:

"他们之间是一种不同寻常的独特的订婚。他们从小就订下了终身大事。这是她母亲、同样也是他母亲的衷心愿望。他们还在摇篮里,我们就计划好了这门亲事。可是现在,就在姐妹俩的愿望要圆满实现,他们俩就要成亲的时刻,却闯出来一个年轻女人从中作梗,她出身低贱,门楣寒微,和他们家族非亲非故,毫不沾边!难道你完全不顾他亲友的心愿?完全不顾他和德伯格小姐心照不宣的订婚?难道你就完全不讲礼节,不讲规矩?难道你没有听见我说过,他从小就和他表妹订了终身?"

"不错,我以前听说过,可是那和我有什么关系?如果没有别的理由反对我嫁给你的外甥,那我肯定不会只因为他妈妈和他姨妈希望他娶德伯格小姐就退缩不前。你们姐妹俩费尽心机设计了这桩婚事,它能否实现却有赖于别人。如果达西先生既没有义务,又没有意愿和他表妹结婚,那么他为什么不可以作另外的选择?如果他选上了我,为什么我不可以答应他呢?"

"为了维护声誉,保持体统,谨慎从事,甚至还为了利害关系,都不允许这样。是的,本内特小姐,为了利害关系;因为如果你违反众意,一意孤行,你就别想他的家族和他那些亲友会对你客气。他所有的亲朋好友都要谴责你,小看你,蔑视你。你们联姻要成为一种耻辱;我们任何人甚至都不屑于提起你们的名字。"

"这都是能压倒一切的不幸,"伊丽莎白回答说,"但是,作为达西先生的妻子,她的幸福必然与她的身份地位相当,而且一定有非同寻常的来处,所以总的说来,她是没有理由悔恨的。"

"你这个顽固不化、刚愎自用的丫头!我真为你害臊!今年春天我那样款待你,难道这就是你的报答?对我的款待,难道你就一点也不感恩戴德?

"让我们坐下来谈吧。你得明白,本内特小姐,我来这里是下了决心的,不达目的绝不罢休;谁也别想劝得住我。我从来没有依从过别人的胡思乱想。我也从来没有忍受失望的习惯。"

"那只能使夫人你目前的处境更加可鄙而又可怜;而对我却不会有任何影响。"

"我讲话,你别插嘴。给我安安静静地听着。我女儿和我外甥是天造地设的一对。母系方面都出自同一高贵的血统,父系方面虽然并没有受封爵位,却也都出自体面的名门望族。他们两家都资财巨万。他们两家亲人都异口同声地说他们是生就的一对,有什么能拆散他们?一个既无家世,又无显亲,也没有财产的小丫头,居然想要攀龙附凤!这怎么能让人容忍呀!一定不行,坚决不行。如果你觉得你们自己好,你就不用巴望着背弃那个生你养你的出身环境了。"

"嫁给你外甥,我并不认为就是背弃自己的出身环境。他是一位绅士,我是一位绅士的女儿;我们刚好门当户对。"

"不错。你是一位绅士的女儿。可是你妈妈又是什么人?你舅舅、舅妈、姨父、姨妈又都是些什么人?别以为我不了解他们的老底儿。"

"无论我那些亲戚是什么人,"伊丽莎白说,"只要你外甥不反对他们就行,他们和你有什么相干?"

"干干脆脆地告诉我,你和他订婚了吗?"

伊丽莎白本来并不愿意讨凯瑟琳夫人的好,根本不想回答她这个问题,可是她仔细想了想,还是只好说了:"我没有。"

凯瑟琳夫人看来很高兴。

"你可以答应我,永远不和他订婚吗?"

"这种事,我不答应。"

"本内特小姐,你让我既愤慨又吃惊。我本来以为你这个年轻女人还能通情达理呢。但是别自己骗自己,以为我会退让。你不按我的要求给我保证,我就不走。"

"我肯定决不会给你保证。你别想恐吓我去干这种完全没有道理的事情。夫人你想要达西先生娶你女儿,可是就算我像你希望的那样答应了你的要求,难道就能让他们的婚姻十拿九稳吗?你想想,他要是爱我,难道我拒绝接受他求婚,就会让他去向他表妹求婚吗?请原谅我说句老实话,你的要求真是异想天开,你提出的论点也琐碎无聊,正像你提出的要求一样毫无理性。如果你以为拿这样一些说词就能打动我,那你就把我看扁了。你外甥究竟能让你管他多少事儿,我可说不上来;但是你可的确没有权利过问我的事儿。因此,我必须奉劝你,别再拿这个问题来和我纠缠了。"

"请你别着急,我要说的还多着呢。除了我已经提出的那些反对理由以外,我还有另外的理由要补充。你小妹妹私奔那件丑事,我并不是不知道。我全都了解;那个年轻人娶了她,不过是装装面子的事儿,是你爸爸、舅舅、姨父花钱买的。这样一个丫头,难道就够资格作我外甥的小姨子?她那个丈夫、我外甥先父的管家的儿子,难道就够资格作他的连襟?天哪!——你在琢磨什么呀?彭贝利祖祖辈辈的英名就要这样让人糟蹋了吗?"

"你现在该没有什么可再多说的了吧?"伊丽莎白满怀愤慨地说,"你是用尽办法侮辱我。我可得回家了。"

她一边说,一边站起来。凯瑟琳夫人也站起来,两人转身往回走。夫人真是气急败坏。

"那么你就是毫不顾念我外甥的荣誉和名声了!你这个冷酷无情、自私自利的丫头!难道你不想想,他和你一结亲,就得在大家面前丢人现眼吗?"

"凯瑟琳夫人,我再也没有什么可说的了。你知道我的意见。"

"那么你是横下一条心,一定要把他弄到手了?"

"我没有说过这种话。我只不过是下了决心,根据我自己的意见,怎样会得到幸福就怎样做,你管不着,和我毫无关系的人也管不着。"

"那好呀。那么你是不肯答应我了。你不守本分,不顾名誉,忘恩负义。你是横了心,一定要在他亲友的心目中毁了他,要世界上人人都蔑视他。"

"眼前这件事,"伊丽莎白说,"本分呀,名誉呀,恩义呀,一概都没有任何可能扯到我身上来。至于说到他家族的恼怒,或者世人的愤恨,如果他娶我要激起他家族的恼怒,我一刻也不会在意,至于世人嘛,他们一般都很通情达理,根本不会蔑视他。"

"这就是你真正的想法!这就是你最后的决心!很好。我现在知道怎么采取行动了。本内特小姐,别幻想你的野心可以实现。我是来试试你的。我本来还希望你会通情达理,好,你等着瞧吧,我是一定要贯彻我的主张的。"

凯瑟琳夫人就这样喋喋不休,直到来到马车门边上,又急忙转过身来,加上这样几句:

"我不向你告辞了,本内特小姐。我也不问候你妈妈,你们不配这样对待。我真觉得很不痛快。"

伊丽莎白没有答理她,也没请她回屋里歇歇,自己就不声不响地走进去了。她上楼的时候,听到马车驶去的声音。她母亲迫不及待地站在梳妆室门口迎她,问她凯瑟琳夫人为什么没有再进屋子里来休息一会儿。

"她不愿意进来,"女儿说,"她要走。"

"她是位很好看的女人!她来这里拜访真是太客气了!我想,她来不过是为了告诉我们,柯林斯一家都很好。我看,她大概是到什么地方去,路过梅里顿,所以想起顺便来看看你。我想,她没有什么特别的事对你说吧,丽琪?"

伊丽莎白在这儿不得不撒了个小小的谎,因为没有可能把她们谈话的实质内容说出来。

第十五章

这次突如其来的访晤,把伊丽莎白搅得心绪不宁,一时难以平静,接连好几个钟头都在不断思考这个问题。看来凯瑟琳夫人认为她和达西先生已经订婚,她不辞劳苦从罗辛斯赶来,实际上唯一的目的就是要破坏他们的这项婚约。使出这个着数一定是有些道理的!但是他们订婚的消息是从何传起的,伊丽莎白则感到茫然,难以想象;后来她忽然想起,他是宾利的好朋友,而她又是简的亲妹妹,现在大家都盼着一桩喜事的时候,他们这两方面的关系就足以让大家盼望接着再来一桩,于是就生出这样的念头来了。她也没有忘记她曾经想到,她姐姐结婚以后,他们一定会更经常地待在一起。她在卢卡斯寓的那家邻居,因此就把她盼望在将来某个时期可能出现的那件事,看作是十拿九稳、迫在眉睫的事情了(她断定,通过他们和柯林斯夫妇的通信,消息才又传到凯瑟琳夫人那里去了)。

然而她反复考虑凯瑟琳夫人那番话,想到她要坚持干预,不禁又对可能发生的后果感到有些不安。她说她坚决要阻止他们结婚,这就使伊丽莎白想到,她一定会去要求她外甥。他对于与她结合带来什么坏处,究竟是否持类似的看法,她就不敢断言了。她不知道,他对他姨母的感情究竟达到什么程度,或者对她的判断又信赖到什么程度,不过理所当然地可以设想,他要比她更加看重这位夫人;而且可以肯定,夫人会大谈他们双方门户如此悬殊,联姻会带来种种可悲的后果,以此击中他的要害。那些论点在伊丽莎白看来软弱无力,荒谬绝伦,可是达西有他那套尊卑观念,很可能觉得这些论点入情入理,无可辩驳。

如果说像他经常会表现的那样,对于应当怎么办,他一直摇摆不定,那么现在有这么一位近亲来劝导恳求,就可能打破他的一切疑虑,使他当机立断,决定在不失尊严的条件下去求得幸福。在这种情况下,他就会不再回来。凯瑟琳夫人可能在路过城里的时候去看他,他原来答应宾利要重返内瑟菲德的约会,也可能取消。

"因此,如果在几天之内他向宾利提出某种理由,说他不能践约,"她一直想下去,"那么我就知道如何理解这种行动了。那时我就要抛掉一切指望,不再希望他坚贞不渝了。现在他本来可以赢得我的爱情,我可以同意和他共偕连理,如果在这样的时候,他仅仅满足于为我感到惋惜,那么我很快就会根本不再为他感到惋惜了。"

家里其他人一听说来的这位客人是谁,都大吃一惊,本内特太太先用自己的推测满足了自己的好奇心,大家也都理所当然地以这一推测而感到满足;这样伊丽莎白也就免去了在这个问题上被人取笑。

第二天早晨伊丽莎白下楼的时候,刚好碰见父亲从书房出来,手里拿着一封信。

"丽琪,"他说,"我正要去找你呢;到我屋子里来吧。"

她跟着父亲走进书房,她心里好奇,不知道父亲要告诉她什么,推想可能与他手上的那封信有某种关联,于是就更加好奇。她忽然想到,那封信可能是凯瑟琳夫人写来的;她料想因此得向他大大解释一番,不免有些沮丧。

她跟随父亲走到壁炉旁边,两人都坐下来。这时他说:

"今天早上我收到一封信,让我极为惊讶。它主要谈的是你的事情,所以你应当知道它的内容。在这之前,我还不知道,我有两个女儿马上就要结婚。让我恭喜你吧,你赢得了非常重大的胜利。"

伊丽莎白当即断定,那封信是那位外甥而不是那位姨母写来的,想到这里不觉两颊飞红。她正在犹豫不决,不知道是应该为他竟然亲自来信

解释而高兴呢,还是因为他这封信居然没有直接寄给她本人而生气,这时候她父亲又继续说:

"看来你好像知道了。年轻的小姐对这样一些事情都是很有洞察力的;不过我想,即使像你这样聪明伶俐,也不见得能猜出来你那位爱慕者的姓名。这封信是柯林斯先生写来的。"

"柯林斯先生写来的!他又能说些什么呢?"

"当然是一些说得非常中肯的话呀。他开头祝贺我大女儿马上就要出嫁,这好像是心肠很好、爱传闲话的卢卡斯家的哪一位告诉他的。他这方面的话我就不念了,免得惹你着急。和你有关的部分是这样的:'柯林斯太太与敝人为此喜庆专诚道贺之后,敝人愿对另一事项略谈一二。此事亦由同一方面传来。据悉,府上大小姐于归之后,令爱伊丽莎白不日亦将步其后尘,此命运与共之当选人,为本土人所共仰的显贵尊荣人士之一。'

"丽琪,你能猜得出来,这指的是谁吗?'此一福星高照之青年绅士,特具世人企盼之一切,诸如巨额财富,显赫家世,权倾四里,广施恩泽,可谓百优齐备,令人倾慕。然敝人愿告诫先生与伊丽莎白表妹,此人若向府上求亲,望勿以良机不再而率尔应允,以免遗祸无穷。'"

"你是否有了点眉目,丽琪,知道这位先生是谁?不过,下面就谈出来了。

"'敝人之所以恳请府上谨慎从事,盖因深恐此人之姨母凯瑟琳·德伯格夫人对此婚事不以为然。'

"你看,此人竟是达西先生!哎哟,丽琪,我想,我已经让你吃了一惊吧。他,或者卢卡斯一家,本来可以在我们的熟人中间挑出另外任何一个人来,用这个人的名分编造出什么谎言,岂不比他们现在讲的这个效果更好吗?要不是为了吹毛求疵,达西先生是决不正眼看哪个女人的,而且他大概从来也没有看过你一眼吧!"

伊丽莎白本来想和她父亲一起开开玩笑,可是却只能挤出一个勉勉强强的笑容来。她父亲的谐言妙语,从来没有像现在这样让她不舒服。

"难道你不觉得开心吗?"

"哦！觉得。请往下念吧。"

"'敝人昨晚曾向夫人提及此一姻缘似可结成,夫人立即以夙有之垂询商榷态度坦陈胸臆,鉴于表妹家门遭人诟病之处颇多,夫人视此一婚姻为有辱门楣,决难认可。敝人自认有责速将此内情告知表妹,务望表妹与其高贵恋偶三思,万勿未得恩准即擅结姻缘。'柯林斯先生还说了一段:'近闻莉迪亚表妹可悲之事终于圆满结束,不胜欣慰,然彼等尚未成婚即已同居之事已为人所共知,实感忧虑。窃闻先生曾在此年轻夫妇婚后立即接纳彼等进入府上,敝人忠于职责,不得不深表惊诧。倘敝人忝居朗博恩牧师之位,势必极力反对此一助长淫恶之举。先生身为基督教徒,自当以宽恕为怀,但万万不可以彼等贱民污先生耳目也。'这就是他那套基督教徒的宽恕为怀!他信上的其余部分谈的是他亲爱的夏洛蒂的身体状况,说他们家就要添个嫩芽鲜枝①了。可是,丽琪,看起来你好像不高兴听似的。我希望你不要耍小姐脾气,听到一点没有根据的消息就要生气。我们活着干什么,还不是为了让左邻右舍逗逗乐,然后又轮到我们去取笑一下他们吗?"

"哦!"伊丽莎白大叫起来,"我真觉得再有趣儿不过了。不过这事儿也真够怪的呀!"

"是够怪的——也正是这一点,让人觉得有趣儿。如果他们说的是另外一个人,那也就没有什么了;但是正是他对你的那种无动于衷,和你对他的那种深恶痛绝,才显得那么荒唐,实在逗乐!我非常讨厌写信,可是无论如何我也不愿放弃和他的书信往来。嗯,我每次读到他的来信,总不能不觉得他比魏肯更让我喜欢,虽然我也非常看重我那位乘龙快婿的厚颜无耻和假仁假义。请你告诉我,丽琪,凯瑟琳夫人对这个传闻说了些什么?她是来表示她拒绝认可吗?"

女儿听到他这样发问,只是报之一笑。父亲问这个问题,并没有丝毫猜疑的意思,所以他把问题又重问了一次,她也没有觉得苦恼。伊丽莎白从来没有像现在这样不知如何是好,她感情是这样,却要装成是那样。她

---

① 原文为 olive-branch,为小孩子的谑称。

本来想大哭一场,却还得强颜欢笑。她父亲说达西先生对她无动于衷,狠狠地刺痛了她的心。她只能奇怪,父亲怎么这样缺乏眼力,或者只能担心,也许不是她父亲看出来的太少,而是自己幻想的太多。

第十六章

宾利先生不但没有像伊丽莎白原来将信将疑地预料的那样,收到一封他那位朋友表示歉意的信,反而在凯瑟琳夫人来访之后没过几天,就带着达西一起来朗博恩了。两位先生很早就到了。伊丽莎白时时刻刻都坐在那里担心,怕她母亲告诉达西他们见到他姨母的事,好在本内特太太还来不及提到这件事,宾利就建议大家出去走走,因为他想单独和简待在一起。大家都同意了。本内特太太不习惯散步,玛丽从来都是不得空闲,于是其余五个人就一起出去了。然而宾利和简不久就让别人走到前面去,自己落在后面,伊丽莎白、基蒂和达西则在前面相互陪伴。这两个人谁也不大说话;基蒂很怕达西,所以也不说话。伊丽莎白正在暗自准备要下最后的决心,或许达西可能也在做同样的准备。

他们朝卢卡斯家的方向走去,因为基蒂想去看看玛丽亚。伊丽莎白觉得没有必要让大家都去,所以基蒂离开他们之后,她就壮起胆子和达西一起往前走。现在是她把决心付诸实践的机会了,她一鼓足了勇气,立刻就说:

"达西先生,我是个非常自私的人,只管自己觉得舒服,就不顾我对你的感情会有多大的伤害。你对我那不争气的妹妹恩重如山,我再也不能不对你表示感谢了。自从我知道了这件事情以后,就非常着急,一直想告诉你,我对你多么感激。如果我家里其他人也都知道这件事,我就不会只表示我个人的感激了。"

"我很抱歉,非常抱歉,"达西回答说,声调充满惊异和激动,"你居然也知道了这些事,因为如果处理不当,是会让你焦虑不安的。我没有想到,加德纳太太竟然这样不堪信赖。"

"你不应该责怪我舅妈。是莉迪亚粗心大意说漏了嘴,我才第一次知道,你也牵涉到这件事情里面来了。当然我不弄清楚详细情况是不肯罢休的。让我代表我们全家,再三再四地对你表示感谢,感谢你怀着慷慨大度的同情心,不辞辛苦,忍辱含垢,设法寻找他们。"

"如果你要感谢我,"他回答说,"那你就只为你自己一个人感谢吧。我不想否认,指使我那样做的,除了其他原因以外,就是希望让你快乐。但是你家里人没有什么需要感谢我的。我当然尊敬他们,但是我相信,我当时心里只想到你一个人。"

伊丽莎白窘得一句话也说不出来。停了一会儿,她这位朋友又说:"你很宽宏大量,不会戏弄我。如果你现在的心情仍然和四月份那时候一样,请你立刻如实告诉我。我的感情和愿望还照旧未变,但是只要你说一句话,我就永远不会再提这件事了。"

伊丽莎白听了他这番话,更加感到异常尴尬,对他的境遇也更加感到异常不安,于是不得已而开口说话了;虽然她说得不那么痛快,可是立刻就让他懂得,自从他提到的那个时候以来,她的感情已经发生了极其重大的变化,所以她能怀着感激和愉快的心情,接受他现在的表白。她这个回答使他感到他大概从来没有过的快乐;于是他抓紧时机向她倾诉衷曲,那份多情,那份炽烈,只有热恋中的人才这样。如果伊丽莎白能够抬起头来看看他的眼睛,她就会看到,他由衷的喜悦表现在他的脸上,显得神采奕奕;不过她虽然没有看,还是可以听,听他吐露自己的真情,表明她在他心里占了多么重要的位置,越听就越珍惜他的深情。

他们就这样往前走,根本也不知道走的是什么方向。他们有太多事情要想,要体会,要说,顾不上其他的事情,她不久就知道了,他们能有目前这样好的理解,还得归功于他的姨母,凯瑟琳夫人回家经过伦敦的时候,确实去看过达西,对他讲了她这次朗博恩之行的情况、目的和她同伊丽莎白谈话的内容,特别着重描述了伊丽莎白的言语和表情,在夫人看来,这样就会具体而微地描绘出伊丽莎白的刚愎自用和厚颜无耻,她满心以为,她这样一番讲述一定可以帮她的忙,哪怕伊丽莎白不肯应允,她外甥也会应允的。谁知夫人时运不济,却刚好帮了倒忙。

"这一下倒叫我有了希望,"他说,"在这以前我已经几乎不抱任何希望了。我很了解你的脾气,所以可以肯定,如果你斩钉截铁地决定不接受我求婚,那就毫无挽回的余地,那么你一定会坦率地公开对凯瑟琳夫人承认。"

伊丽莎白粉面飞红,一边笑,一边说:"是的,你很了解我为人坦率,所以可以相信我会那样。我既然当面把你骂得狗血淋头,当然也会毫无顾忌地在你任何亲戚面前把你痛骂一顿。"

"你骂我的那些话,哪一句不是我罪有应得?因为你那些指责固然没有什么根据,可是我当时对你的态度,却是应该受到最严厉的责备的。那是不可原谅的。我一想起来,就痛心疾首。"

"那天晚上的事情,主要应该怪谁,我们就不要再争了,"伊丽莎白说,"严格说来,双方的举动都不是无可指责的;不过从那以后,我倒觉得,我们两个人都有进步,变得更文明了。"

"我可不能那么轻易地原谅自己。从那时起直到现在,这几个月来我一回想起我在整个那个场合说的那些话——我的举止,我的行为,还有我用的那些字眼,就感到无以名状的痛苦。你责骂我的话,都很恰当,'你刚才的行为要是表现得更有点绅士气派',这是你当时的原话。你不会知道,你也无法想象,这句话让我多么痛心;不过我得承认,我也是过了一段时间才有足够的理智,觉得你指责得有道理。"

"我的确根本没有料到,这句话会给你留下那么强烈的印象。我一点儿也没有想到,它会让你有这样的感受。"

"这一点我倒是不难相信。你当时认为,我丝毫没有优美的情操,你当时肯定是这样认为的。你说无论我用什么办法向你求婚,也决不会让你答应我的,你当时神色大变,我一辈子也忘不了。"

"啊!我那时候说的话,你就别再重复了。回忆这些根本没有什么用处。说真的,我早就为这件事真心感到羞愧难当了。"

达西提起了他那封信说:"那封信是不是很快就让你把我想得好一点了?你读信的时候,是不是相信里面讲的事情?"

她解释那封信对她起了什么作用,先前的一些偏见又是怎样逐渐消除的。

"我知道,"他说,"我写的那些东西一定会让你难过,可是不写又不行。我希望你已经把那封信毁了。信上有一部分,特别是开头那些话,我怕你都没有力气再读一遍。我还记得,其中有些话是可以让你恨我的。"

"如果你认为,要保持我对你的爱心,非把那封信烧掉不可,那么我一定把它付之一炬;不过即使我们俩都有理由相信,我的想法并不是绝对一成不变的,我希望那些想法并不像信里所暗示的那样会轻易地改变。"

"我写那封信的时候,"达西回答说,"还自以为是十分从容,十分冷静的,可是我事后才相信,那是在我心情极端苦恼的情况下写出来的。"

"那封信刚开头也许很苦恼,可是结尾却并非如此。最后告别那句话还是宽大为怀的。无论是写信人的心情,还是收信人的心情,现在和当时相比,都发生了那么大的变化,所以与此有关的一切不愉快的事情,都应当丢到脑后。你得学习一点我的哲理。回首过去,只想让你愉快的往事。"

"我可不恭维你有什么这样的哲理。你回首往事,一定是根本没有什么值得指责的事情,于是你从中得到的满足,不是什么哲理的问题,而是更高一等,是浑然不觉的问题。可是就我来说,情况就不同了。痛苦的回忆会闯了进来,是赶不走的,而且也不应该赶走。我这一辈子都是个自私的人,虽然不是在本质上,却是在实际上。小时候,大人教我什么是正确的,可是又不教我改正我的坏脾气。他们教我好的行为准则,可又放任我骄傲自大地去奉行这些准则。我不幸是个独生子(有好多年还是惟一的孩子),父母把我惯坏了。我父母亲都是好人(特别是我父亲,非常善良仁慈,和蔼可亲),可是却容许,鼓励,甚至还教给我自私自利,专横傲慢,只关心自己家里人,不关心其他任何人,看不起世界上所有其他的人;至少是想要把他们的见识和价值看得低我一等。我从八岁到二十八岁,一直都是如此,要不是你,我至亲至爱的伊丽莎白,我可能一直到现在都依然如此!我哪一点不是亏了你呀!你给我上了一课,开头的确难以接受,可是得益匪浅。你刚好地打消了我那狂妄的气焰。我那次去向你求婚,毫不怀疑你一定会接受。你让我懂得了,用我那一套自命不凡的态度,去博取一个值得博取的女子的欢心,该是多么不够资格。"

"当时你自己真正相信可以博得我的欢心吗?"

"真正相信。你是怎么看待我的自负的?当时我是相信你正在希望,盼望我去向你求婚呢。"

"我的言谈举止一定犯了什么毛病,不过我可以告诉你,我并不是故意的。我从来没有想要欺骗你,不过我的情绪却常常让我出错。那天晚上以后,你一定非常恨我吧?"

"恨你!开头我也许很生气,不过我的怒气很快就转到正确的方向来了。"

"我几乎都不敢问你,我们在彭贝利见面的时候,你对我是怎么想的。你怪罪我不该去吧!"

"确实没有;我只是感到吃惊。"

"你待我那么客气也使我大吃一惊,你不可能比我更感到吃惊。我的良知告诉我,我不配得到你特殊的礼遇,我得承认,我没有指望得到非分的待遇。"

"我当时的目的,"达西回答,"是要尽我的力量以礼相待,好向你表明,我并不是那么卑劣,怀恨既往,希望让你看到我认真对待你的指责,好得到你的谅解,减轻你对我的反感。过了多久又产生了其他的愿望,我也说不上来,不过我相信是在见到你以后半个钟头左右。"

这时他又讲起乔治安娜因为结识她而感到高兴,又因为交往突然中断而感到失望;于是又自然而然地谈起中断的原因,伊丽莎白很快就明白,原来他还没有离开那家旅馆,就下了决心,要跟随她离开德比郡,去追寻她妹妹,他当时那样脸色阴沉,心事重重,是为了这个目的而在深思熟虑,并不是有其他顾虑。

她再次表示感谢,不过这对双方都是过于痛苦的话题,所以也就没有多谈。

他们这样悠闲自在地向前走,走了几英里,而且急于把这件事的每个细节弄清,最后看表才发现,已经是回家的时候了。

"宾利先生和简现在怎样了!"这句妙语又引得这两人谈起了他们的事情。达西对他们俩订婚感到高兴;是他那位朋友最先把这个消息告诉他的。

"我得问问,你有没有感到吃惊?"伊丽莎白问道。

"根本没有。我离开的时候,就觉得这事儿很快就会成功。"

"那就是说,你早就批准了。我想就是这样。"尽管达西极力反对她用的这个词儿,她还是觉得,事情大体上也就是那样。

"我去伦敦的前一天晚上,"达西说,"就对他坦白承认了;我认为,我早就应该对他坦白承认。我告诉他,我以前在他这件事情上阻拦过他,这都是荒唐可笑,专横无礼的。他大吃一惊。他以前从来没有往这方面想过。我还告诉他,我从前以为,你姐姐对他感情冷淡,现在认为我看错了。我完全可以看得出来,他对她的钟情丝毫未减,因此我毫不怀疑,他们要缔结美满姻缘。"

他能这样轻而易举地支配他那位朋友,伊丽莎白不禁笑了起来。

"你告诉他,说我姐姐爱他,"她说,"你说这话是出于你自己的观察,还是因为我在春天对你说过?"

"出于我自己的观察。我最近两次到你们家里来拜望,我对她做了仔细的观察,我相信,她对他是一片深情。"

"你这样断定,我想,马上就让他坚信不疑了吧。"

"是这样的。宾利生来一贯特别谦逊。他缺乏自信,遇见这样一件令人忧心的事情,就无法自己做出判断。好在他很信赖我的意见,所以事情就不难解决。有一件事我不得不向他承认,他当时感到很不高兴,不过这也是应该的。我不能对他隐瞒,今年年初你姐姐在伦敦住了三个月,我当时知道这个情况,可是却故意瞒住他。他听了很生气。不过我相信,他一知道你姐姐依然对他一往情深,他的气马上就会消的。他现在完全原谅了我。"

伊丽莎白本来想说,宾利先生是位令人愉快的朋友,他那么容易听人摆布,真是难能可贵,不过她还是憋住没说。她并没有忘记,他还得学会怎样让别人开他的玩笑,而现在开始,为时尚早。达西和她继续谈下去,预料宾利会如何幸福——当然和他自己的幸福相比,还是略逊一筹。他们谈着谈着,就走到了家门口,一进门厅,就分开了。

"The efforts of his aunt"

第十七章

"亲爱的丽琪,你们都能去哪儿散步了呢?"伊丽莎白一进屋,简迎头就这样问她,大家坐下吃饭的时候,所有其他人也都这样问她。她只好回答说,他们随便溜达,她也不知道遛到了什么地方。她一边说着,满脸通红,可是不管是这个事,还是其他什么事,都没有引起大家怀疑到那真情。

这天晚上平平静静地过去了。那对公开的恋人有说有笑,那对没有公开的恋人则闷声不响。达西老成持重,幸福当前,喜乐也不溢于言表。伊丽莎白则心慌意乱,明知自己幸福,却又无从体会,因为除了眼前这样别别扭扭之外,还有其他种种麻烦事情摆在她面前。她早就在盘算,她的情况公开之后,家里人会有什么感觉;她也知道,除了简以外,家里谁也不喜欢达西;她甚至担心,别人都会感到讨厌,哪怕他有钱有势,也会无济于事。

夜深人静,她向简敞开了心扉。本内特小姐尽管一向绝不多疑,可是这次也根本不能置信。

"你在开玩笑吧,丽琪。这不可能!和达西先生订婚!不,不,你别想骗我。我知道,这不可能。"

"一开头就真的这样不顺当!我唯一的依靠就是你;如果连你都不相信我,那么,我敢肯定,别的人就更不会相信我了。可是,我确实是在讲真心话。我说的全都是老实话。他仍然爱我,我们订婚了。"

简用怀疑的眼光盯着她,"哦,丽琪!这不可能。我知道,你多么讨厌他。"

"你一点儿也不了解是怎么回事儿。那都该忘掉。也许我以前并不一直像现在这样爱他。不过像那样的一些事情,耿耿于怀就不好了。从此以后,我自己也要把它忘个一干二净了。"

本内特小姐看来仍然惊愕不已。伊丽莎白又一次更加郑重地告诉她,说这是实话。

"天哪!还真有这种事!不过现在我得相信你了,"简大声说,"亲爱的丽琪,我愿意——我真心祝贺你,不过你有把握吗?请原谅我提这个问题——你确实有把握,你和他共同生活能够幸福吗?"

"这是毫无疑问的。我们俩都认定了,我们要成为世界上最幸福的一对。不过你高兴吗,简?你愿意要这样一个妹夫吗?"

"非常非常愿意。再也没有什么能比这件事让宾利和我更高兴的了。不过这件事我们以前考虑过,谈论过,认为这没有可能。你真是那样非常爱他吗?哦,丽琪!干什么都行,没有爱情去结婚可不行。你真的很有把握,你感觉到了你应该做什么吗?"

"哦,是的!等我把一切都告诉你,你就只会认为,我体会到的比我做的还要多呢。"

"你这是什么意思?"

"嗯,我必须承认,我爱他比爱宾利还深。恐怕你会生气吧。"

"我亲爱的妹妹,请你一定要严肃一点。我希望非常严肃地谈谈。你要告诉我的事情,请你别拖了。马上都告诉我。你可以告诉我吗,你爱他爱了多久了!"

"这事儿是逐渐来的,所以我也不知道是从什么时候开始的。不过我认为,应该从我在彭贝利第一次见到他那座美丽的庄园算起。"

然而简再一次恳求她严肃一点,这一次总算取得了她希望的效果。她马上郑重其事地告诉简,她确实爱达西。本内特小姐确信这一点之后,也就不再指望什么了。

"那我就很快乐了,"她说,"因为你会和我一样快乐。我向来都是看重他的。不为别的,就只为他爱你,我也应该永远敬重他;而现在他既是宾利的朋友,又要做你的丈夫,除了宾利和你以外,他成了我最爱的人了。不过,丽琪,你非常狡猾,而且对我还有保留。你在彭贝利和兰顿的事,你都没有给我透露一点风声!我知道的情况完全是别人告诉我的,而不是你说的。"

伊丽莎白告诉姐姐,她为什么要保密。她一直不愿意提起宾利;又因为自己心中把握不定,所以也同样避免提到他那位朋友的名字。不过现在她也就不必再向姐姐隐瞒达西为莉迪亚的婚姻尽的一份力量了。一切都讲明了,两人一直谈到半夜。

"天哪!"本内特太太第二天早晨站在窗口叫嚷起来,"那位讨厌的达西先生要是不再和我们亲爱的宾利一块儿来该多好!他怎么这样烦人,老往这儿跑干吗?我只想他去打鸟或者干点其他什么,不要老陪着他给我们添乱。我们对他怎么办?丽琪,你得再陪他出去散散步,好让他别碍宾利的事。"

伊丽莎白听她提出这么合意的建议,不禁笑了起来。不过她母亲老是用那种词儿来形容他,她也实在苦恼。

他们一进屋,宾利就用意味深长的神色盯着伊丽莎白,并且极其热烈地和她握手,使她马上就感觉到,他已经得到了消息。随后他马上大声说:"本内特太太,你们附近还有没有别的通幽曲径,可以让丽琪今天再迷一次路?"

"我建议,达西先生和丽琪,再加上基蒂,"本内特太太说,"今天上午散步去奥肯山。这条路又美又长,达西先生还没看过那边的风景呢。"

"这对他们俩可是好极了,"宾利先生回答说,"不过基蒂一定吃不消。是不是呀,基蒂?"

基蒂承认,她宁可待在家里。达西表示很想到奥肯山上去看看风景,伊丽莎白则表示默许。她上楼去做准备的时候,本内特太太也跟在后面对她说:

"我很抱歉,丽琪,不得不让你一个人去陪那个讨厌的家伙。不过我希望你不要介意,你知道,这都是为了简,你并没有多大必要去和他攀谈,偶尔应付两句就行了。所以你也不用找麻烦。"

散步的时候,他们决定当天晚上就去请求本内特先生同意。伊丽莎白说,由她自己去请母亲同意。她拿不准母亲会怎样看待这件事,有时怀疑,他所有的家财和地位是否能够克服她对这位先生的深恶痛绝。但是,无论她对这门亲事是激烈地表示反对,还是狂喜地表示赞同,她的言谈举止都会缺乏见识,有失体统,让达西先生听见她母亲情绪激烈地表示反对,她觉得受不了;让他听到她母亲兴高采烈地表示赞成,她也同样受不了。

这天晚上,本内特先生刚回书房不久,伊丽莎白就看到达西先生也站起身来,跟着他进去了,这时她心里感到十分焦虑。她并不是害怕她父亲反对,而是怕这事会让他感到难过。她本来是他宠爱的女儿,可是现在却因为她选择夫婿的问题而让他感到痛苦,因为解决她的归宿问题而使他忧惧抱憾,想到凡此种种都是因她而起,不免暗自生悲。她坐在那儿忧心如焚,直到达西重新露面,她见他面带笑容,才愁肠稍解。稍稍过了一会儿,他走近她和基蒂坐在一起的那张桌子前面,装作赞赏她的手工活,悄悄地对她说,"到你爸爸那里去,他在书房里等着你。"她马上去了。

父亲在书房里踱来踱去,神情严肃,而且显得焦虑,"丽琪,"他说,"你在干什么?难道你是发疯了,居然要这样一个人?你不是一直都很憎恶他吗?"

她多么懊悔,希望自己以前的见解能够更理智一点,自己的说法能够更留有余地一点啊!如果那样,她就不会像现在这样狼狈不堪,不必费尽唇舌去辩解表白了,可是现在却只好这样;于是她语无伦次地告诉父亲,说她爱上了达西先生。

"或者换句话说,你是下了决心要嫁给他了。他确实有钱,那么你就会比简有更多的锦衣华服和香车骏马了。可是这些东西能让你幸福吗?"

"你除了认为我对他冷淡无情以外,"伊丽莎白说,"还有其他的反对意见吗?"

"根本没有。我们谁都知道他是那种骄傲自大、令人讨厌的人。不过,只要你真的喜欢他,那也没有什么。"

"我真真切切地喜欢他,"伊丽莎白回答,眼里满含泪水,"我爱他。他确实骄傲,可并非没有道理。他极为和蔼可亲。你并不了解他究竟是怎样一个人,所以我恳求你,不要用那种话来议论他,免得让我伤心。"

"丽琪,"她父亲说,"我已经答应他了。他这种人能够屈尊相就,有求于我,我当然决不敢拒绝。如果你拿定主意要嫁给他,那么我现在就答应你了。不过还是让我劝你再好好想想,我知道你的脾气,丽琪。我知道,除非你对你丈夫真正敬重,除非你觉得你丈夫胜你一筹,否则你是不会感到幸福,也不会觉得体面的。你天真活泼,富有才情,如果你的姻缘不能互相般配,你就会陷入极大的危险之中。你就难逃蒙羞受辱、悲惨不幸的下场。孩子,别让我经受这种悲伤,眼见你无法尊重你的终身伴侣。你还不懂,你这是怎么一回事呢。"

这时伊丽莎白感情更加激动,于是回答得诚恳而且严肃。她解释说,她对他的敬重是逐渐演变形成的,她十分肯定,他对她的感情也并非一朝一夕之功,而是经历过多少个日月悬而不决的考验才建立起来的,她还振振有词地列举了他所有优良的品质,最后才打消她父亲的疑虑,同意了这门亲事。

"好,亲爱的孩子,"他等她讲完才说,"我没有什么可以再说了。如果情况是这样,他就配得上你了。任何人如果值不得你嫁给他,我是不会放你走的。"

为了使这种良好印象更加完美,她又把达西暗自为莉迪亚做的事情告诉了他。他听了她这番话,惊讶不已。

"这实在是一个屡出奇迹的晚上呀!这就是说,一切都是达西干的:他撮合了那门亲事,出了钱,还了那个家伙欠的债,给他弄了个委任书。这倒好了。这省了我一大堆麻烦,还省了我一大笔钱。如果这是你舅舅干的,我就得还,而且也会愿意还;可是这些谈恋爱谈疯了似的年轻人,干什么都要自行其是。我明天就提出还钱给他,他会大发一通豪言壮语,自吹自擂说他如何爱你,于是这件事也就了结了。"

这时他又想起了前几天她听他念柯林斯先生来信的时候那副左右为难的模样,于是就取笑了她一阵,然后才放她走;可是她刚要走出去,他又开口了:"要是有什么年轻小伙子来向玛丽或是基蒂求婚,就请他们进来吧,我现在正闲着没事干呢。"

伊丽莎白心上的一块大石头现在终于落了地。她回到自己的屋子里安安静静地思考了半个钟头,才能保持还算镇定的神态来到大家中间。一切事情都发生得太快,一时还乐不起来,不过这天晚上还是平平静静地过去了；不再有什么重大的事情令人提心吊胆了，到时候自然会出现怡然自得、亲密无间的和悦气氛的。

伊丽莎白等晚上她母亲去梳妆室的时候，也跟随她进去，并且把这一重大消息告诉了她。这一下引起了不同寻常的反应。本内特太太听到这个消息，先是呆呆地坐着，一个字也说不出来。一直过了好大一会儿，她才领会女儿说的是什么，尽管她一向对家里能得到好处的事，或者有什么人来向哪个女儿求爱之类的事，反应并不迟钝。后来她终于恢复了常态，在椅子上来回折腾，一会儿站起来，一会儿又坐下去，一会儿感到不可思议，一会儿又为自己庆幸。

"天哪！上帝保佑！想想吧！我的老天！达西先生！谁会想到有这种事儿呀！这是真的吗？啊！我的好宝贝丽琪！你这回可要大富大贵了！你该会有多少零花钱，多少珠宝，多少马车呀！简都没法比了——根本算不上数了。我多么高兴——多么快活呀。这样一个可爱的人！那么英俊！那么魁伟！——哦！我的乖宝贝丽琪！我从前那么讨厌他，请他多多原谅。但愿他不会怪罪。心肝宝贝丽琪。在城里有大宅院！什么东西都让人那么着迷！三个女儿出嫁啦！一年一万镑呀！啊！天哪！我会怎么样呢。我都要乐得发疯了。"

这番话足以证明，她赞成这门亲事是毫无疑问的了。伊丽莎白暗自庆幸，只有她自己一个人听见了母亲这一套胡言乱语。过了不久她就走开了。可是她回到自己屋里还不到三分钟，她母亲又跟了过来。

"我的好孩子，"她大声说，"我满脑子都只有这件事，别的什么都没了！一年一万镑，很可能还更多呢！简直和王公大人一样了不得！还有特许结婚证①。你必须而且一定要用特许结婚证结婚。不过我的宝贝，告诉我，达西先生特别爱吃什么菜，我明天好给他准备。"

这是一个不祥之兆，表明母亲在那位先生面前会出什么洋相。伊丽莎白心想，虽然自己已经确实赢得了他最热烈的感情，也得到了自己亲人的同意，但是还有期望的事情。不过第二天的情况比她原来料想的顺利

---

① 指英国法定为方便特殊人物而使用的结婚证书，专由坎特伯雷大主教颁发。

得多,因为本内特太太对她这位未来的女婿还心存敬畏,不敢贸然和他讲话,只能够对他献点殷勤,或是对他的意见表示尊重而已。

伊丽莎白看到她父亲想方设法熟悉、了解达西,心里很是高兴;本内特先生不久也对她说,他对达西越来越器重了。

"我对我这三位乘龙快婿都非常推崇,"他说,"魏肯也许是我最宠爱的,不过我想,我会喜欢你的丈夫,就和喜欢简的丈夫一样。"

第十八章

伊丽莎白心情一好转,俏皮劲马上又上来了,她要达西先生讲讲他是怎样爱上她的。"你是怎样开的头呢?"她说,"我完全了解,你是一旦开了头,就会着了魔似地一往无前。可是最先究竟是什么把你挑动起来的?"

"我可说不准是什么时间,什么地点,你的什么神色或者你的哪句话,奠定了基础。时间太长了。我是走到了中途,才发现我已经开始了。"

"我的美貌最初没能打动你的心,至于我的言谈举止——我对你的态度,至少总是近乎没有礼貌吧。我每次对你说话,也总想让你感到一点痛苦,你老老实实地说吧,你爱我是因为我傲慢无礼吗?"

"因为你头脑机敏,我才爱的。"

"你也可以同时把它称作傲慢无礼。那也差不了多少。事实上你是腻烦了客套、恭顺和阿谀逢迎。你厌恶那些女人谈吐,顾盼,思谋总是单只为了向你讨好,我打动你,引起你的青睐,是因为我和她们大异其趣。如果你不真是亲切待人的话,早就会因为我这种态度而恨煞我了。不过尽管你想方设法为自己乔装掩饰,你的情趣还是高尚、公正的。对那些一心一意想讨好你的人,你从内心深处深恶痛绝。好了——我说了就省得你自己再费神来解释了。全盘考虑以后,我确实认为,你这种态度完全合情合理。固然你并不了解我有什么真正的优点——不过谁恋爱的时候也不会去想那个。"

"简病在内瑟菲德的时候,你对她那种情深意切,这难道不是优点吗?"

"亲爱的简呀!谁能不那样关心她呢?不管怎样,就算它是一条优点吧,我的优良品质就都仰仗你说了,而你还极力夸大其词;可是作为回报,我还经常寻找机会来捉弄你,和你争执不休。现在我可要直截了当地问你了,为什么你最后还那么不愿意开门见山。你第一次来访问的时候,还有后来又来吃饭的时候,为什么那样对我躲躲闪闪的?特别是你来访问的那一次,为什么摆出那副神气,仿佛对我不理不睬似的?"

"因为你板起面孔,一言不发,一点也没有想给我加把油的意思。"

"可是我觉得不好意思呀。"

"我也一样。"

"你来吃饭的时候,本来可以多和我谈谈的。"

"如果一个人感情不是那么深,也许可以。"

"多么倒霉,你居然有这么一个合情合理的回答,而且我也得这么合情合理地接受你这个回答!不过我真不知道,如果我不理你,由着你自己去,那么你会拖到什么时候呀!如果我不问你,我真不知道你到什么时候才会开口呢!我决心要为你对莉迪亚的恩情感谢你,这的确起了很大的作用,恐怕太大了吧;本来我是不应该提起这件事情的,如果说我们的快慰竟是因为破坏了这个诺言而得到的,那么道义又成了什么了?决不能再这样做了。"

"你用不着自寻烦恼。在道义上这完全站得住脚。凯瑟琳夫人蛮不讲理,硬要拆散我们,这就打消了我的一切疑虑。并不是因为你急于想要对我表示感谢,我才得到我目前的幸福的。我并没有意思要等你先开口。我姨妈讲的情况给了我希望,于是我下定决心,要把事情弄个一清二楚。"

"凯瑟琳夫人这次帮了大忙,这应该让她高兴,因为她喜欢帮忙。不过请告诉我,你这次到内瑟菲德来干什么?难道仅仅是为了骑着马到朗博恩来不好意思一番?还是打算做点比较严肃认真的大事?"

"我真正的目的就是来看你,如果有可能的话,我想判断一下,是否有指望让你爱我。我公开承认的目的,或者说我对自己承认的目的,就是来看看你姐姐是否仍然钟情于宾利,如果她依旧钟情,我就向他承认错误,这一点我后来已经做了。"

"你会有勇气向凯瑟琳夫人宣布,就要降临到她头上的是什么吗?"

"看来我更需要的是时间,而不是勇气,伊丽莎白。不过这是应该做的,如果你给我一张纸,马上就可以动手完成了。"

"如果我不是自己有封信要写,那么我就可以像另一位小姐曾经做过的那样,坐在你身边,赞赏你那工整的书法了,不过我也有个舅妈①,再也不能不给她回信了。"

伊丽莎白原先不愿意承认,舅母把她和达西先生的关系估计过高了,所以一直没有答复加德纳太太写的那封长信,现在可以禀告一定会让他们满心欢喜的那件事情了,可是她又觉得羞愧,不该让她舅舅和舅母把快乐的机会错过了三天,于是马上写了这样一封信:

  亲爱的舅母:你写来的长信,带来了你的亲切关怀和令人快慰的具体细节,我本来应当早日复信道谢,不过我说句老实话,我当时颇为不快,所以没有动笔。你信中猜想太多,超过了实际情况。但是现在,你尽可以大胆猜想,让你的幻想自由驰骋,让你的想象任意翱翔,只要你不认为我已经和他共偕连理,你就不会大谬不然。你得马上再写封信来,对他的赞扬要超过上次的千倍万倍。我要再三感谢你们没有到湖区去。我怎么会那样傻,竟然想到那里去。你提出驾两匹小马去游园的主意真令人高兴。我们可以每天绕庄园转上一圈。我现在成了世上最幸福的人。也许以前也有人说过这样的话,可是谁也不像我说得这样恰如其分。我甚至比简还要幸福,她不过是展颜微笑,而我则是开怀大笑。达西先生从我这儿分出一份爱心,向你们致诚挚的问候。希望你

---

① 英语中舅妈与姨妈同为 aunt。

们全家到彭贝利来欢度圣诞节。

你的外甥女

达西先生给凯瑟琳夫人的信则是不同的风格;而本内特先生对柯林斯先生上次来信的复信,和这两封信更是大相径庭。

亲爱的先生:

　　敝人尚需恭请足下不惮烦劳再致贺悃。伊丽莎白不日即将成为达西夫人。请竭尽所能劝慰凯瑟琳夫人。敝人倘若处于足下之地位,当愿立足于彼外甥之一方。盖后者可赐予之恩惠定更丰足也。

愚……

宾利小姐为哥哥即将成婚表示庆贺,显得情浓,但不意切。她甚至还写信给简,表示她很高兴,并且把以前那一套虚情假意又表现了一番。简没有受骗,不过还是有些感动;她虽然觉得宾利小姐不可信赖,但还是给她写了回信,其情词之恳切,她也会知道受之有愧。

达西小姐一收到同样的消息,就表示出欢欣喜悦之情,和她哥哥给她发送的喜讯一样真情洋溢。真是纸短情长,写不尽她所有的欢欣,也道不完她如何渴望得到嫂嫂的怜爱。

柯林斯先生的回信还没到,伊丽莎白还没收到他妻子的祝贺,朗博恩一家却听说,柯林斯夫妇来到了卢卡斯寓。不久就弄清楚了他们突然到来的原因。原来凯瑟琳夫人看了她外甥的信以后怒气冲天,而夏洛蒂却对这门亲事真正感到欢欣鼓舞,所以就急于避开,等这场风暴过去了再说。自己的朋友在这样一个时刻到来,伊丽莎白感到由衷的高兴,不过在他们会面过程中,她眼见达西先生面对夏洛蒂丈夫所有那一套极其夸张和阿谀逢迎的礼数,有时又不禁想到这种付出了高昂代价得到的欢快。然而达西先生倒还能包涵,他那平静的态度令人赞叹。甚至威廉·卢卡斯爵士奉承说,他摘走了本地区最为璀璨的明珠,并且大言不惭地说,希望今后常常在王室里见面,他也能静听下去。如果说他确实耸了耸肩膀,那也是在威廉爵士已经走开而看不见的时候。

另外菲利普斯太太那种鄙陋粗俗,也许叫他觉得更加难以忍受。宾利脾气随和,她说话就随随便便,可是对于达西,她就和她姐姐一样存有强烈的敬畏之心,不敢随随便便了;不过她只要一开口,总还是照样俗不可耐。她对他敬重,所以也就比较安静一点,可是也完全没有因此而稍稍显得文雅一点。伊丽莎白尽力为他挡驾,帮他避开这两个人,总是设法让他和她自己谈话;虽然由此而产生的种种不快的感觉,大大减少了求爱期间的乐趣,可是却又增添了对未来的希望;她满怀欣慰地盼着未来的那个时刻,他们可以离开这个令人不快的社交圈子,投身到彭贝利他们自己家庭那种安适优雅的生活中去。

第十九章

本内特太太嫁出去那两个最值得获得幸福的女儿那天,也是她做母亲的心情最愉快的一天。可以猜想得到,她今后会带着多么欣喜自豪的心情去看望宾利太太,谈论达西太太。看在她这家子的分上,我希望我可以这样说,她急切地盼望为她那么多孩子找到人家,现在如愿以偿,产生了非常可喜的结果,竟让她后半辈子变成了一个通情达理、和蔼可亲、见多识广的女人;只不过她偶尔还是有一点犯神经,而且还老是那样犯傻气。这也许是她那位可能从未享受过这种非同寻常的家庭幸福的丈夫,交上了好运吧。

本内特先生特别思念他的二女儿。他常常因为疼爱她而走出家门,任何别的事都不可能让他经常这样做的。他高兴到彭贝利去,特别是在别人意想不到的时候。

宾利先生和简在内瑟菲德只待了一年。甚至像他那样脾气随和,她那样感情真挚,两人也觉得和她母亲以及梅里顿的那些亲戚住得这么近,并不是什么称心如意的事。于是宾利先生就满足了简和伊丽莎白衷心的愿望,在靠近德比郡的另一个郡里买了一处房产,她们姐妹相距不到三十英里,这就给她们又增添了一个幸福的源泉。

基蒂大部分时间都住在这两个姐姐那里,这对她大有裨益。她处在她以前一无所知的这种高尚社会圈子里,大有长进。她的性情本不像莉迪亚那样不听管束,如今不再学着莉迪亚的样子,而且还得到了正当的关心和调教,所以变得不像过去那样轻狂、无知,乏味了。家里现在对她小心看管,不让她去接触莉迪亚的坏影响,虽然魏肯太太经常来邀请她去她那儿小住,答应带她去参加舞会,给她介绍年轻小伙子,可是父亲却从来不放她去。

现在只剩下玛丽这一个女儿待在家里。本内特太太独自是坐不住的,所以也非把女儿搅得无法探求学问技艺不可。于是玛丽不得不参加社会活动。不过她对每次日间出访①总是仍然能从道德的角度加以诠释,她再也不用因为自己的姿色比不上众姐妹而自怨自艾了,她父亲对此颇为怀疑,不知她是否心甘情愿地顺应了这种变化。

至于魏肯和莉迪亚,他们的性格并没有因为她两个姐姐的婚配而有所改变。他相信,原先伊丽莎白对他那一套忘恩负义、弄虚作假一无所知,现在肯定已是了如指掌,不过他仍然毫不在乎;尽管有这种种情况,他还是满怀希望,觉得依然可以说服达西,让他捞到一笔财富。伊丽莎白结婚的时候,收到莉迪亚的贺信,从信中看得非常清楚,如果说魏肯本人并没有怀着这种希望,至少他妻子有那种意思。那封信是这样写的:

亲爱的丽琪:

祝你幸福愉快。如果你爱达西,能有我爱我亲爱的魏肯的一半,那么你就一定非常幸福了。能够像你这样富有,真是十分快慰。希望你无事可做的时候,会想到我们。魏肯一定非常愿意在宫廷里找个职位,我也觉得,如果得不到什么帮助,我们就没有多少钱足以维持生活了。什么职位都可以,只要每年有三四百镑左右的收入就行;不过,如果你不大愿意对达西先生说,那就不必提了。

你的……

---

① 奥斯丁的时代,英国人的正餐往往推迟到午后四五点钟甚至更晚,此时以前的拜访都称日间出访,实为午后出访。

伊丽莎白恰好就是非常不愿意说,所以她回信制止所有这类要求和指望。然而她还是在自己力所能及的范围之内,在自己的私人费用当中,像一般所说的那样节省开支,经常寄钱去接济他们。她一向把事情看得很清楚,他们只有那么一点收入,可是两个人又都是那样贪得无厌,大肆挥霍,根本不考虑将来,那当然一定不够维持生活了。每逢他们迁居,总是必定要求简或者伊丽莎白给他们一些帮助,好让他们还债清账。甚至当和平恢复后,他们被遣散还乡了,生活也极不安定。他们老是搬来搬去,想找费用低的地方,老是花许多不该花的钱。他对她的感情不久就冷淡下来,她对他的感情此后也没有维持多久。尽管她年幼无知,行为不检,不过总算还达到各种要求,维持住她结了婚而挽回了的名誉。

虽然达西决不肯在彭贝利接待他,但是为了伊丽莎白的缘故,又帮他找了职业。莉迪亚在她丈夫去到伦敦或者巴斯寻欢作乐的时候,偶尔也到彭贝利作客。他们夫妇俩倒是经常去宾利他们家,一去就赖着不走,甚至宾利那种好脾气也受不了,弄得后来也要说出话来,隐隐约约对他们下逐客令。

宾利小姐对于达西别有婚娶深感屈辱,不过念及最好还是保持能到彭贝利去拜访的权利,她打消了满腔怨怼,对乔治安娜比以前更加喜爱,对达西几乎还是一如既往地含情脉脉,对伊丽莎白原先失礼之处,也一一加以弥补。

乔治安娜现在以彭贝利为家了;这对姑嫂恰如达西原先希望能看到的那样投契,而且她们自己也能发自内心地相互爱怜。乔治安娜对伊丽莎白佩服得五体投地,不过起初她每次听到嫂嫂用那种俏皮打趣的口吻对哥哥讲话,都要感到惊讶,甚至愕然。她哥哥在她心目中一向受到尊崇,几乎盖过了他们手足之间的情分,而今她看到哥哥却成了可以公开取乐的对象,头脑里也增加了以前见所未见、闻所未闻的见识。经过伊丽莎白的开导,她逐渐懂得,做丈夫的可以放任妻子对自己唐突撒娇,而做哥哥的却常常不允许一个比自己小十来岁的妹妹这样干的。

凯瑟琳夫人对自己外甥的这门亲事愤慨已极。她外甥写信向她禀告婚事的安排,她回信的时候毫不掩饰,把她那坦率的生性暴露无遗,她对他破口大骂,特别是提到伊丽莎白的时候。这一来弄得双方一度断绝了

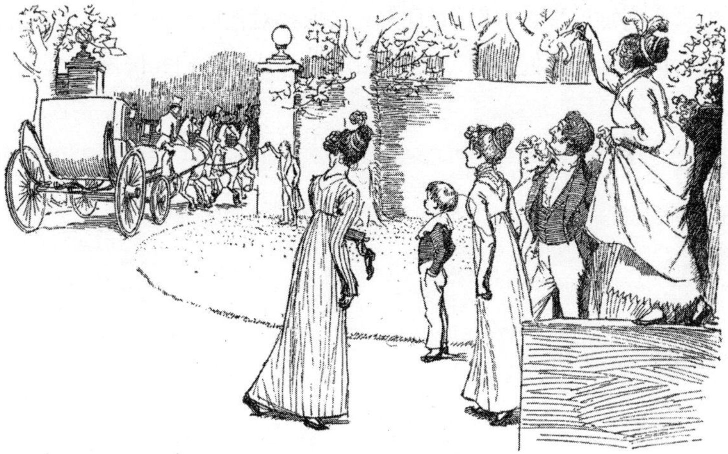

来往。不过后来达西还是被伊丽莎白劝服，不计前嫌，努力争取和解。他姨母一方开头还僵持了一阵儿，后来心里的怨恨也就冰消雪化，不知是出于对外甥的骨肉之情，还是出于对他妻子好奇，想看看她为人如何。夫人终于大驾光临彭贝利，来看望他们，也顾不得彭贝利的树林由于不仅迎来了这样一位主妇，而且还接待了她那来自伦敦商业区的舅父母的拜访，而遭到那么严重的污染。

达西夫妇和加德纳一家一直保持着最亲密的关系。达西像伊丽莎白一样，真心实意地喜爱他们，而且夫妻二人都对他们充满了最为热诚的感激之情，因为正是他们把她带到了德比郡，才成全他们共偕连理。

"插图本名著名译丛书"书目

(按著者生年排序)

第 一 辑

书 名	著 者	译 者
荷马史诗·伊利亚特	[古希腊]荷马	罗念生 王焕生
荷马史诗·奥德赛	[古希腊]荷马	王焕生
一千零一夜		纳 训
神曲(地狱篇、炼狱篇、天国篇)	[意大利]但丁	田德望
十日谈	[意大利]薄伽丘	王永年
堂吉诃德(上下)	[西班牙]塞万提斯	杨 绛
培根随笔集	[英]培根	曹明伦
罗密欧与朱丽叶——莎士比亚悲剧选	[英]威廉·莎士比亚	朱生豪
威尼斯商人——莎士比亚喜剧选	[英]威廉·莎士比亚	朱生豪
鲁滨孙飘流记	[英]丹尼尔·笛福	徐霞村
格列佛游记	[英]斯威夫特	张 健
忏悔录(上下)	[法]卢梭	范希衡 等
少年维特的烦恼	[德]歌德	杨武能
浮士德	[德]歌德	绿 原
傲慢与偏见	[英]简·奥斯丁	张 玲 张 扬
红与黑	[法]司汤达	张冠尧

希腊神话和传说(上下)	[德]古斯塔夫·施瓦布	楚图南
高老头 欧也妮·葛朗台	[法]巴尔扎克	傅雷
普希金诗选	[俄]普希金	高莽等
巴黎圣母院	[法]雨果	陈敬容
悲惨世界(一二三四五)	[法]雨果	李丹 方于
基督山伯爵(一二三四)	[法]大仲马	李玉民
三个火枪手(上下)	[法]大仲马	李玉民
安徒生童话故事集	[丹麦]安徒生	叶君健
死魂灵	[俄]果戈理	满涛 许庆道
汤姆叔叔的小屋	[美]斯陀夫人	王家湘
雾都孤儿	[英]查尔斯·狄更斯	黄雨石
双城记	[英]查尔斯·狄更斯	石永礼 赵文娟
简·爱	[英]夏洛蒂·勃朗特	吴钧燮
呼啸山庄	[英]爱米丽·勃朗特	张玲 张扬
猎人笔记	[俄]屠格涅夫	丰子恺
罪与罚	[俄]陀思妥耶夫斯基	朱海观 王汶
包法利夫人	[法]福楼拜	李健吾
海底两万里	[法]儒勒·凡尔纳	赵克非
八十天环游地球	[法]儒勒·凡尔纳	赵克非
复活	[俄]列夫·托尔斯泰	汝龙
战争与和平(一二三四)	[俄]列夫·托尔斯泰	刘辽逸
安娜·卡列宁娜(上下)	[俄]列夫·托尔斯泰	周扬 谢素台
小妇人	[美]路易莎·梅·奥尔科特	贾辉丰
百万英镑——马克·吐温中短篇小说选	[美]马克·吐温	叶冬心
汤姆·索亚历险记	[美]马克·吐温	成时
最后一课——都德中短篇小说选	[法]都德	刘方 陆秉慧
羊脂球——莫泊桑短篇小说选	[法]莫泊桑	张英伦
一生	[法]莫泊桑	盛澄华
变色龙——契诃夫短篇小说选	[俄]契诃夫	汝龙

泰戈尔诗选	[印度]泰戈尔	冰　心　等
麦琪的礼物——欧·亨利短篇小说选	[美]欧·亨利	王永年
名人传	[法]罗曼·罗兰	傅　雷
约翰-克利斯朵夫(一二三四)	[法]罗曼·罗兰	傅　雷
童年	[苏联]高尔基	刘辽逸
在人间	[苏联]高尔基	楼适夷
我的大学	[苏联]高尔基	陆　风
绿山墙的安妮	[加拿大]露西·蒙哥马利	马爱农
热爱生命——杰克·伦敦小说选	[美]杰克·伦敦	万　紫　等
一个陌生女人的来信 　——斯·茨威格中短篇小说选	[奥地利]斯·茨威格	张玉书
变形记——卡夫卡中短篇小说全集	[奥地利]卡夫卡	叶廷芳　等
了不起的盖茨比	[美]菲茨杰拉德	姚乃强
老人与海	[美]欧内斯特·海明威	陈良廷　等
钢铁是怎样炼成的	[苏联]尼·奥斯特洛夫斯基	梅　益
静静的顿河(一二三四)	[苏联]米·肖洛霍夫	金　人

购书附赠有声书《傲慢与偏见》

1. 扫描二维码
下载"去听"客户端。

2. 注册"去听"
点击书城首页右上角,选择"立即兑换",输入兑换码。

3. 兑换成功
在"已购买"中查看。

兑换码:

(部分图书未配有声内容,为此我们随机提供一部作品欣赏)